财神赵公明

神话传奇

杨泽勋 ◎ 著

团结出版社

图书在版编目（CIP）数据

财神赵公明神话传奇 / 杨泽勋著. -- 北京 : 团结
出版社，2017.8（2020.2重印）
　　ISBN 978-7-5126-5321-4

　　Ⅰ．①财… Ⅱ．①杨… Ⅲ．①神话－作品集－中国－
古代 Ⅳ．①I276.5

中国版本图书馆CIP数据核字（2017）第160263号

出　　　版	团结出版社	
	（北京市东城区东皇城根南街84号 邮编：100006）	
电　　　话	（010）65228880　65244790	
网　　　址	http://www.tjpress.com	
E－mail	65244790@163.com	
经　　　销	全国新华书店	
印　　　刷	北京佳信达欣艺术印刷有限公司	
装帧设计	成都天恒仁文化传播有限责任公司	
开　　　本	170mm×240mm　　1/16	
印　　　张	16	
字　　　数	287千字	
版　　　次	2017年8月第1版	
印　　　次	2020年2月第2次印刷	
书　　　号	978-7-5126-5321-4	
定　　　价	56.00元	

目录

第一回　寻公明穷秀才精诚石开

古代，一轮红日，照在四川省成都市都江堰青城赵公山的小镇上。鸡叫、鹅叫、羊鸣、猪吼，加上人们的吆喝打闹，形成一个很有活力的混声大合唱。"人之初，性本善。性相近，习相远。……"此乃混声中的独特演唱也。其演唱者为一个穷秀才，他高兴地手舞一根竹竿，一步一回首地行进着。突然，他看见一群孩子在嬉闹着，便道："孩子们，你们好！"

众孩子叫道："穷叔叔好！"

穷秀才道："昨天，我教你们什么来着？"

孩子们道："人之初，性本善。性相近，习相远。……"

穷秀才道："很好！你们要用功读书，学习赵公明爷爷，才有出息！好了，奖品到！"他搜遍全身道："糖，一颗？没了！……怎么办呢？"

"我要！我要！……"孩子们争抢开了。

穷秀才调解道："这样，这颗糖，给最小的妹妹，好吗？"

孩子们道："好！"

小妹妹拿到糖以后道："谢谢穷叔叔！赵公明爷爷要……要我们爱，爱小哥哥！小哥哥，你吃嘛！"

小哥哥道："你吃！"

一孩子对穷秀才道："你还欠我一颗胡豆！"

穷秀才道："我没忘！今天欠大家的，明天还！……"

一孩子道："穷叔叔，赵公明爷爷，欠不欠胡豆？"

穷秀才道："不欠！赵爷爷从不欠账！叔叔要学习赵爷爷，从今以后不欠账！"

孩子们的话，使穷秀才感觉到，自己与赵公明的距离还很大。当事事向其学习之，并求其保佑之。故他拾起竹竿，继续迈步唱念道："人之初，性本善。保佑我，赵公明！……"这不，"保佑我，赵公明"才是他生存的主调。他叫钱旺才，三十年读了一箩筐的书，当不成官，也无钱，也没找到其他的好营生，故为穷秀才。他的理想是找到身边的赵公明——发大财——与贫穷的乡亲共同发财！突然，他喊叫着向一男人跑去："大哥，你好！"

1

"你好！"那人很有礼貌地站住了。

"请允许我……嘿嘿！……"钱旺才转动至那人背后，用竹竿比量道："请把腰打直！……呀，一点不差！找到了？"

那人不解道："呃，你这是干啥！"

钱旺才将拇指放置嘴边"嘘"了一声，暗示别问。又从衣包里，掏出一根长短固定的绳子道："请给个方便，量一量你的腰围！"

那人道："啊，你要给我做一套衣服？"

钱旺才道："嘿嘿，对不起，天机暂不泄漏！"测量完，他遗憾道："唉，略有欠缺！"随之，一弯腰一挥手道："请吧！"

那人奇怪道："怎么啦？"

"你不是我要找的赵公明！对不起了！"钱旺才按竹竿和绳子之长短，确定的赵公明的高矮胖瘦，是不能有半点误差的。

那人笑着友善道："赵公明在梦中，你找去！"走了。

不，赵公明不在梦中，就在身边，我一定能找到！钱旺才继续寻找，看见水沟旁的小路上，一个大娘走路踉踉跄跄。他便迅速跑去搀扶之，一搀扶，大娘便倒在他怀里。他问道："大娘，你怎么啦？"大娘无语。他见场口的药店，便道："走，到药店去！"但大娘两腿却似木棒，不能动弹了。"来，我背你去！"他慢慢地移至大娘胸前，刚弯下腰，一启动，就"叭"地一下被拉直了——九十斤重的他平趴在地，压在背上的是两百斤重的胖婆。两个汉子跑来拉起大娘，钱旺才道："二位大哥，送大娘去药店！"

药店老店员给大娘摸摸额，号号脉道："发烧！五付药，三个铜元！"

大娘不吭声也不动，钱旺才提示道："大娘，三个铜元！"大娘启动，摇摆的手又把钱旺才掀倒在地。体弱却志明的他，又迅速爬起来追道："大娘，你？"大娘抖抖包，摆摆手：无钱！他也搜搜包，皱皱眉，随之道："大娘，你等等！"转身对老店员道："一只鸡换五付药行不行？"老店员点点头。他道："请捡药！我回家抓鸡，很快送来！大娘，你要吃药，求个健康！"

钱旺才家磨坊里，钱父在推磨子磨面，累得气喘吁吁。钱母在一旁纺线，并起身给老头擦汗道："歇口气嘛！……"突然，院坝里传来鸡飞狗叫声！……"有贼！"二老立即追出去。钱旺才捉住一只鸡正往外跑，一见二老，立即磕个头，又跑了。并留下话道："回来再说！……"

钱父欲追，钱母拦住道："他不会干坏事！"

钱父道："干坏事？他还没长那根骨头！哼，三十岁的人了，缸子里的水，不挑点回来，都算了，还使劲地往外头泼！快泼干了，剩下的就是你我的血啰！没能耐干事！"

钱母抵制道："你吓不到我！我的儿，总会找到赵公明，做大事！"

钱父摇头道："做大事？……哼，我懒得和你争！叫他拿灰面上集市去，能换点钱回来，就算赵财神保佑他啰！"

第二天早晨，钱父手把手地教钱旺才认秤道："这是一两，二两，这是半斤！看清楚，这是一斤，两斤……"

钱旺才道："我懂了！父亲大人，我的时间宝贵，请不要耽搁！"将灰面袋搭在肩上，快速跑了！

钱父道："呃，你……就跑了！"对钱母道："他会认秤吗？"

钱母道："笑话，我的儿不会认秤！"

钱旺才到了镇上人流多的地方，手握竹竿，站立于面袋前。

买主道："多少钱一斤？"

钱旺才道："一个铜元！你称，我不认秤！"

买主动秤很麻利，迅速报道："正好一斤！"

旁边一人道："呃，不对，你这是三斤啦！"

钱旺才对那人道："不，你的眼睛看得不准！当今，谁会说假话呢？正好一斤！谢谢！"买主摸钱……突然，钱旺才跑了，买主借机溜之乎也。

"赵公明！……"钱旺才呼叫着向一行者奔去。行者停下，见钱旺才跑来围着他转动，他则不解地随之转动。钱旺才道："请别动！"用竹竿比量其高矮后，兴奋道："呀，一点不差！……"行者仍不解地盯着钱旺才。钱旺才放下竹竿，手握绳子，激动得全身颤抖地向行者走去，行者则步步后退；钱旺才停了停，猛地扑过去抱住行者量腰围。行者则爆笑如惊雷，似足球运动员，一挺肚子，将钱旺才弹了出去，再举腿将其踢至远处趴地！被惊吓后的钱旺才，爬起来又追上去。行者道："别挨着我，我要笑！"钱旺才着急了，想了想道："请先生帮帮忙！拿着，……往背后送一下！"将绳子的一头交给行者，他则抓住另一头，绕至行者的背后，将其送过来的绳子抓住，两头合拢，完成了腰围的测量道："哎呀，多了这么一点！"最后遗憾地鞠躬道："请！"

行者问道："啥意思？"

钱旺才道："对不起，我找赵公明！"

行者道："找我啥事？"

钱旺才道："我找的是赵公明！"

行者道："我就是赵公明！啥事快说！"

钱旺才道："我找的赵公明，是财神爷！"

行者道：“我就是财神爷赵公明！有屁就放！”

钱旺才道：“你不是赵公明！”

行者道：“你凭啥说我不是赵公明？我的名字就是赵公明！”

钱旺才道：“你不是我想象中的赵公明！”

行者抓住钱旺才道：“你……你想过去想过来，我就不是赵公明了？你攻击我赵大爷，侮辱我赵财神！本大人要办你，赔我钱！”

“对不起！我没钱！……”钱旺才借机跑掉。

“你跑不脱！跑到天涯，我追到海角！拿钱来！”行者追赶捉拿钱旺才，钱跑一段又绊倒了。正当行者要抓住钱时，一声炸雷将行者打懵了。随之狂风暴雨，飞沙走石，搞得行者就地旋转，待站稳后，便迅速地寻找安全去了。

雨停后，钱旺才跑回原处，见面粉被水泡到可以烙饼了。他捡起竹竿，提着面袋走了几步，敲一家的门。门开后，露出一中年妇女警觉地道：“你干啥？”

钱旺才道：“大姐，你好！我没卖完的面粉，送给你烙饼！”

“把我当叫花子？你有病！”大姐“咚”的一声关上大门，钱旺才吓了一大跳。他想：哟，伤害了大姐，对不起了！可这不是我的本意呀！突然，大姐又开门吼道：“呃，你放毒药干啥嘛？我什么时候得罪你了！”又关上大门。

放毒？我钱旺才是放毒的人吗？……呀，大姐是不是有病啰？本性善良的他欲敲门关心一下。突然，吼叫声从门内传出。开门后，冲出一个五大三粗者，似戏曲之花脸般，对着钱旺才大吼大闹，张牙舞爪。钱吓跑了，又不断回头。他想，二位如此这般干啥呢？对千奇百怪的世界，他是不了解的。

回到家，无一分钱交账。钱父欲发火，钱母阻挡道：“你滚开哟！儿子，老娘相信你！”又对钱旺才道：“明天你大舅要来，杀鸡招待，你陪同！”指着屋内的那只鸡道：“就杀这只花母鸡，明天早晨你给我抓来！”

钱旺才道：“好！”

听见母子对话的花母鸡，立即往外飞去。

半夜里，“叽叽喳喳叽叽喳喳”的声音，将钱旺才吵醒，啥？原来是花母鸡对小鸡道：“明天早晨，主人家要杀我请客，我想飞走。只是主人家喂养了我，我光想到个人，就不道德！现在，主人要吃我的肉，就给嘛！做鸡，凡事都要想到对不对得起主人！这点，你们要记住！……你们要小心，上防天雷、老鹰，下防蛇虫，耗子……”钱旺才听得感动又心酸。家禽如此，人当何之？天一亮，就去找母亲，花母鸡随其后。他将鸡的事讲完后道：“母亲，就不杀花母鸡嘛，它还有那么多小鸡崽！”

钱母道："好了，不杀它！不杀它！"

钱旺才高兴地跳起来道："啊，不杀啰！不杀啰！……"

花母鸡亦飞起来！

钱旺才一放心，便上床来个回笼觉。花母鸡则带小鸡进屋叫个不停，且啄他的脚呢！"哈，感谢我救了你的命？"他也高兴了，翻身起床捉小鸡玩。花母鸡则叫着啄他两下，飞出房门；再飞进来啄他两下，再飞出房门；如此反复，且母鸡越来越急躁，叫声越来越大！……钱旺才想："外面有啥？"便起身往外看个究竟。刚出门，"轰"的一声，房屋垮塌了。他吓了一跳，转而惊喜道："呀！我救鸡命，鸡救我命也！善有善报！赵财神保佑也！"

钱旺才在坝子里烧香拜财神，虔诚道："赵公明爷爷，我和花母鸡相互救助，都是你老人家的保佑！我谢谢你！我一定要找到你！"然后起身，像思想家一样，徘徊思索道："赵爷爷呀，至今还没找到你，是我心不诚吗？……"

钱妈道："你心诚！你天天到镇上找赵公明，怎么能找到嘛！那些都是凡人，赵公明是神仙元帅哆嘛！"

"哎呀，我的妈呀，我！……"钱旺才兴奋道："对，赵公明是道教的护法元帅呀！嗨，应该到道士当中去找元帅呀！不，我应该去做道士，才能向他靠近！哈，我要做道士了！……"钱旺才每当激动，就要倒地打滚。这不，他倒地呼喊着滚过来，抱着钱母跳道："我伟大的母亲呀！"又向钱父跑去。钱父道："不要来！我不伟大！"他举起烟杆道："老子真想敲你几下啰！哼，当你的道士去吧！老子不再管了！"转身离去！

为了到"赵公祖庭"去做道士，钱旺才翻了一座山，看见"赵公庙"三个字，他高兴了。七个道士走来，问道："施主何往？"

钱旺才道："在下欲投身赵公祖庭，努力争取做一个合格的道徒！"

道士道："欢迎！这里是第一庙，到赵公祖庭之前，我们七人陪你绝食七天。做到了，算你心诚，心诚就好办了！你愿意吗？"

钱旺才感觉已靠近赵公明了，便兴奋道："愿意！"

道士道："行！开始绝食！"这七天，七个道士不断遣派道："把地扫干净！"钱旺才扫地，满院灰尘；"烧开水！"钱旺才整得浓烟弥漫，两眼泪流，一天烧不开一锅水；"挑粪浇菜！"钱旺才不断绊跤，一身臭气熏天；"上山采野菜！"钱旺才被野狗追赶，一身被绊散架了！……三十年头一回如此劳动，收获一张花脸，一身臭汗，面容可笑，可怜！……但他毫无怨言，且神态虔诚之极！

七道士道："对面崖上银杏树下，有一串糯米团，你去拿来！我们快饿死

5

了！”

　　“好，请等等！”钱旺才手脚无力，一路绊绊倒倒，跌跌撞撞，差点掉悬崖下。到了半山腰，吼叫声中闪出一只红斑巨虎，坐路中央张开血盆大口，灯笼似的两只眼盯着他。他环视四周，已无他路，便一拐一拐地走到老虎跟前，试探道：“老虎哥哥，要吃我吗？”老虎点头。对此，他坦然认了！便与其商量道：“我有件要紧事，等办好了，再送来你吃！行吗？”老虎移动屁股，让他过去了。到了银杏树下，发现一串糯米团子，他高兴地捡起来，又原路走回虔诚道：“老虎哥哥，前面庙里的七个师父，陪我饿了七天，等着吃这串糯米团。要是你现在把我吃了，他们就吃不成这米团，我就对不起他们。你让我先到庙里去，糯米团送给师父们吃了，我也就不欠他们什么了！然后，你再吃我，行不行？”老虎点头，钱旺才亦敬礼，往前走去。突然，老虎奔到钱旺才的前面，匍匐在地，不停地点头拱背。钱旺才立即爬到虎背上，虎哥飞驰而行。到庙前，庙上匾额“赵公庙”变成“山神庙”。他走进庙里，见正中坐着山神菩萨，立即跪拜道：“山神大人，贫道钱旺才向你请安！”

　　山神道：“钱旺才，你心诚，很好！你的事业在老家！老虎送你回去，糯米团要好好保存。再努力，时机快到了！”钱旺才一抬头，庙宇不存在了。只是米团在手，趴地的老虎则翘动着尾巴，钱旺才便骑上去，一眨眼，就到家门口，老虎又不见了！

　　钱旺才向二老讲述了全过程，钱母笑欢了。钱父问道：“遇到赵公明了？”

　　钱母道：“我儿遇到的，不是赵公明，就是赵公明派来的神仙！”

　　钱父道：“好哇，山神说‘时机快到了’，又叫‘再努力’！那就努力吧，我和你妈保护好糯米团，你就做你的事！”

　　钱旺才要做的事，就是走近赵公明！这一天，他穿过山林，向伏银岩走去。突然，“嗨哟”之吆喝声中，伏银岩上，一个高大的白头发长胡子老头，用竹笆子舞蹈式地翻捡着地上大块的银团，银团在太阳照射下闪闪发光！对此，钱旺才早就听到过，也来过，可就没见到过！……哈，赵财神保佑我的时机到了！于是，他也兴奋地与老人舞蹈起来。爬过一坡，翻过一坎，气喘吁吁地向老人追去，可与老人总保持固定的距离！他便大声喊道：“老人家，等等我！……”他呼叫时，老人站立不动，似满脸微笑地等他。于是，他又快步追去。……

　　突然，背后传来一个老人的呼叫声：“救命！狮子要吃我！狼要吃我！救命啦……”狮子声和狼嚎声在山谷中回荡。钱旺才关注的，却是老人绝望的呼叫！他看见了狮子和狼，老人却在其后面！狮子和狼猛地转过身来，盯着他，且有欲扑过来吃他的架势！他毫不犹豫地挥动木棍，吼叫着向老人冲去。……狮子和狼没有阻挡他，他冲到老人面前，见老人全身颤抖着。便抱着老人道：“老人家，别怕！别怕！……”又用双手捂住老人的耳朵道：“别怕！别怕！狮子走了，狼走了！……你听嘛……”狮子和狼真的不叫了，但也没走。老人真的不怕了，对钱旺才道：“你不怕？”

“怕！怕得要命！”钱旺才谈吐很坦然。

老人道：“你怕得要命，又何须跑来呢？”

“救你！”钱旺才回答很真情。

老人道：“你救不了我！”

“那就陪你！生死与共！”钱旺才说得很坚决。

老人道：“不行！你快走！保命去！”

“弃你保己，非赵公明也！”钱旺才回答很慷慨。

老人试探道：“上面有白银，你不去拿？”

“要去拿！”钱旺才的态度很明确。

老人道：“你现在就去拿嘛，别陪我了！”

“人比银重！”钱旺才语重千斤、义重万斤。

老人道：“银欲何用？”

“乡亲们太穷，共同发财！”钱旺才之抱负何等伟大！

老人感动道：“庆云台岩窝里，前有三千银，后有银八百，取用之！”话一完，人不见了，狮子狼也不见了。……

钱旺才沉静片刻，又兴奋地吆喝道：“赵公明爷爷，我的理想要实现了！”他重复着，蹦跳着，山谷回响着。……突然，他一脚踩虚，往悬崖下掉落。慌乱中抓了一块正方形石疙瘩，又飘飘然地着陆了。他扭动几下，验证已安全了。便得意忘形地嫌石疙瘩太重，扔之，哼哼哈哈跳跃性地往前走去！突然，他自言自语道：“吔，那石块正正方方，天下难遇，何不纪念之？”于是，返回去拾起石块，迅速回家了。

二老听了龙门阵，兴奋不已，走来走去念道：“我儿遇神仙了！……”

钱旺才道：“把石块和糯米团放在一起，保存好！我马上去庆云台取三千银！”

钱父道：“我跟你去，保护你！”

两父子一前一后，走到距庆云台约五十公尺处，钱旺才便一步一磕头，往其靠近，钱父便在大树后躲起来。钱旺才到了庆云台，先找岩窝后，啥也没有。再找岩窝前，发现一个黄布包袱，打开一看，银锭闪闪发光，黄布上写有几个字道："赵公赐银，东渡大洋，重振道源。"钱旺才惊叫道："赵公财神爷显灵了！"

钱父追过去，看到一切，便与子一起向岩窝磕头。钱旺才道："哈，我钱旺才，三十年没有白活了！……嗨哟！……"他兴奋地舞之蹈之，且吆喝起来。赵公山男女均爱"嗨哟"，或表达对新老朋友之招呼回应，含其问候尊敬，及个人的喜怒哀乐也。钱旺才数落歌唱道：

嗨哟！……嗨哟！……

你哟！……我哟！……你哟！……

你姓啥？我姓山

什么山？赵公明的山

赵公明的山，赵公山

赵公山的山有多高？

天那么高！

赵公山的天，有多宽？

无边边啦无边边！

一步一步地走，

一次一次地攀，

你才摸到赵公山的边边。……

钱旺才歌唱着往回走，迎面走来两个道士，一长者一青年，也跟着节拍行动着。到钱旺才跟前，长者道："施主对赵财神之虔诚，很使人感动！愿施主有好报！"

钱旺才道："谢谢道长，在下已得好报了！"

"快走快走！家里还有好多事！走走走！……"钱父急切地催促回家，特别是那个黄布包，若不是他将其藏在背篼里，钱旺才就要抖包包交底了。就此，钱旺才还是留话道："我家住在赵公山流金村，欢迎道长来玩！"

二道士走到岩窝前后寻找，只发现有刨动的痕迹。年轻道士道："哎呀，啥也没有！没有三千两银子，我们东渡大洋，重振道源，怎能实现？"

长者想了想道："看来，实现目标的时机还不成熟。要有耐心！会有缘分的！"

钱旺才怀抱黄布包，与父母亲对坐于屋，钱母跳起来道："要升天堂了！……"

钱父亦跳起来道："就是啊，苦了几十年！……"

"哎呀呀，二老别动，该儿下跪也！"钱旺才叫着跪下，又在地面打起滚来。……突然，他猛然醒悟道："别笑了！这三千两银子，我们不能用！"

钱父急道："你……怎么搞的哟，尽说些吓人的话！咋啦？"

钱旺才念道："赵公赐银，东渡大洋，重振道源！这表明，三千两银子，是赵公用于重振道源的专款！"

钱父道："这笔款到我们的手，我们重振道源就行了！"

钱旺才道："重振道源的地方，在大洋那边，我们能东渡大洋吗？"

钱父道："我们去就行了嘛！"

钱旺才道："不行！山神说，我的事业在老家，不能东渡大洋！"

父亲着急道："嗨！拿到手都不能用，还搞屁的事业！"

钱旺才道："不管怎么说，这三千两银子，只能保管起来！总有一天，会有东渡大洋的人来领取。"

钱父埋怨道："是，把银子供起来吧！哼，一边喊要事业，一边尽是屁话，空话，梦话！你要我信你啥呀？……"说完，冲向门外。

钱旺才欲宽慰父亲，母亲阻拦道："别管他！把银子包好，跟那块石头，糯米团放在一起，保管好！"说完，摇摇头往外走去，她也流露出几分遗憾。

钱旺才便安抚道："娘，你要相信儿子！"

钱母回头道："我相信！"

钱父见钱母走来，便哀声叹息，拌背篼，踢粪桶，赶鸡鸭，打花狗……钱母道："你的鸡爪疯又犯了！"

钱父道："没有哇！我在跟你儿一起做梦呢！"

钱母道："跟我儿一起做梦，你还不配！"

钱父道："是，不配！我该醒了！以后，别再找我！……"欲往外冲去。

突然，钱旺才的惊叫声："黄金！白银！……"这惊叫声震动了山崖树林，与天籁之声汇成了美妙欢快的音乐。二老跑来，钱旺才抱着母亲道："母亲，黄金！……"又抱着父亲道："父亲，白银！……"然后，拉着二老跑到木箱前：方石块变黄金，糯米团成白银！——

钱家平房很快变成了大院；钱旺才成亲大典；钱旺才在家门口发放粮食；钱旺才成了人们心目中的活财神，人们从各条道路走来！……

这一天清晨，钱旺才在床上手舞足蹈。猛醒后，见母亲抱孙儿过来，便道："娘，我又梦见赵公明！赵公明告诉我，将有两个道人，前来与我谈三千银之事！"

钱母道："那你快起来吃饭，吃了饭等他们！"

吃过早饭，钱旺才徘徊于门前，与常来的乡亲们聊天。两位道士微笑着走来，一看是庆云台相遇者，便主动邀请道："二位道长，请里坐！"

长者道："施主好！看来我们有缘！"

钱旺才道："有缘！有缘相会！哈……"与二道士往里走去。钱旺才敲磬，二道人立即向赵公明的像叩首。完毕，长者道："施主是钱旺才先生？"

钱旺才道："对，钱旺才就是在下！"

长者坦诚道："很好！昨晚，赵财神于梦中告知：三千银仍在施主手中！"

钱旺才道："此话怎讲？"

长者道："那日，赵财神在梦中，遣我们去庆云台提取三千银专款，以抵大洋彼岸，重振道源。结果却空手而归，以此考验我们接受任务之心，诚与不诚？而让施主将三千银取走，是考验施主是否见钱眼花，拿钱乱用！"

钱旺才高兴道："看来，我们都经受住了赵财神的考验！还有……"

长者抢话道："施主不提，贫道也会告知：黄布包上写有十二字：赵公赐银，东渡大洋，重振道源！"

"哈！……请二位道长稍候！"钱旺才跑去抱来黄包，放于赵公神像前，请道长主持，与之共同朝拜。随之，钱旺才请道长取之，然后道："请稍候！"跑进里屋，拿来一红包道："黄金三百两，请二位道长收下，这代表我钱家及乡亲们，对重振道源应尽的微薄之力！"

长者道："此乃施主对我等之鞭策！为重振道源献出生命，乃我等生存之目的！请历史为之鉴证！"发自肺腑之语，引来动情的音乐，二道士离去！

目送二道士后，钱旺才翻了跟斗，抱着钱母道："母亲，我们为道教保存下不属于我们的部分；又为道教贡献出属于我们的部分！这就是赵公明的崇敬者！"

钱母道："是呀，我的儿！"

乡亲们对钱旺才道："钱老师，我们也要做赵公明的崇敬者！"

钱旺才道："好！乡亲们，你们崇敬赵公明，我就必须向你们介绍赵公明。在梦中，赵公明把他从天上到地下、从人到神的全过程告诉了我，我们就从赵公明的前世讲起吧。赵公明前世是玉皇大帝的十个儿子之一，就是十个太阳中的一个！现在要说的是'在天上无人情羿射九日'！"

第二回　在天上无人情羿射九日

赵公明，是后羿射下的九个太阳中的一个！后羿为何要射九个太阳？要探究这个问题，得从后羿是什么人开始。后羿是天上神仙，玉帝派他来人间，目的是辅佐尧帝，消灭奇蛇怪兽，还百姓以安宁与太平。

这天，一头牙齿如凿的怪兽凿齿，猛地咬断一棵大树，再张口欲吃一樵夫，后羿之箭射怪兽口中，樵夫得救，跪谢后羿。

一龙头虎爪的怪兽猰貐，使山民惊恐四散。怪兽举爪欲抓一个大娘，后羿之箭从空中垂直射下，将怪兽钉入地里，且旋转成坑，再将其埋葬。众欢呼。

九头怪物九婴以它害人类为大乐。吐火毁庄稼，它欢呼；喷水淹死人禽，它狂笑；吹黑烟，给天地以黑暗，它乱跳；吹毒气，毒死一切生物和人，它吼道：“我是天下第一，谁敢惹我！……”为了将山村化为灰烬，它运运气，向农舍吐出一束火苗。但火苗尚未触及农舍，就突然转向，朝天空飞去！原来，是后羿的箭，将九婴举于五十公尺的高空，再燃烧化为尘埃！……

后羿被人们举为天下第一神箭！为感谢后羿带给人们幸福与安康，纯朴的羌族人，在味江河边树林里，举行篝火晚会，跳着原始的皮鼓舞，围绕后羿转圈。……突然，似一聚光弹爆炸，黑夜成白天，树林成通明光亮的炉膛。人人发热，脱衣，望着天空闹开了：“太阳！五个太阳！”“七、八、九、十！十个！”……

后羿知道，这十个太阳乃玉帝之十子！他对慌乱的人群道：“老乡们，不要慌！大家暂时不要回家，全体到山洞去躲一躲！我去看看！……”

后羿驾云头，见十个太阳正大闹着。其一道：“诸位兄弟，我们比赛翻跟斗，谁翻得多，谁就到父亲大人那儿领奖！”“好！谁当裁判？”……

后羿吼道：“小太阳们，你们干啥？”

齐声道：“我们比赛翻跟斗！后羿大哥，你来当裁判！”

后羿道：“不行！你们一齐跑出来，要把人烧死，把大地烧化！快回去！”

一个道：“我们是怎么快乐就怎么玩！你说的屁话，对我们无用！”……

十个太阳，居大海东边汤谷水池旁。玉帝规定，老大每天出去走一圈，走出门，从我们的东边升起；回家，从我们的西边落下。另九个在水池泡澡即可，不准一同外出。时间长了，众不安逸，便跑出来了！一出来就将毁灭地球！这怎么得了！为了让他们立即回去，后羿来个激将法，厉声道："你们再胡闹，我把你们抓起来，送到玉帝那儿去！"

齐声道："你大胆，敢欺负玉帝的儿子们！不想活了？"

后羿道："我就要欺负你们，我就不想活！有本事，你们抓我去见玉帝！"

"哈，抓你就抓你？走！"众对后羿抓的抓，扭的扭，后羿则快速往天宫飞去！突然，有几个道："啊哟，不比赛了？不干！""啊，后羿耍我们！"

无可奈何之后羿，只有回山洞与族长道："这十个太阳，是玉帝的十个儿子，只有玉帝才管得着他们。我现在去找玉帝！大家互相关照关照！"说完，即驾云头，直飞天宫，下跪道："后羿向玉帝西王母请安！吾王万岁万岁万万岁！"

玉帝道："爱卿平身！说说你辅佐尧帝的事情！"

后羿道："后羿辅佐尧帝，消灭了奇蛇怪兽，还百姓以安宁与幸福！启禀玉帝，十个公子跑出汤谷，比赛翻跟斗！……"

一宫役呼叫着跑来报告道："启禀玉帝，十公子求见！"

玉帝道："宣！我正要弄清楚！"

宫役喧唱道："十公子，请！"十公子闹着上，将大殿炸开了锅。其内容唯一为："该我得奖！""该我！"……

西王母道："别闹了！老十，你讲讲，怎么回事？"

老十道："启禀父王母后，我们比赛翻跟斗，谁得第一，就找父王领奖！"

玉帝问道："谁得第一？"

十公子又争道："我第一！"……

玉帝道："哎，说说，第一名要我奖励啥？"

十公子齐声道："美女！"若十个耗子掉进油锅，大殿沸腾，笑闹声一片！……

西王母大笑道："不成体统！"

玉帝开心道："好！本王答应奖励美女！那是三年以后的事情！哈……"

后羿趁虚而入道："启禀玉帝，既然三年以后再谈婚事，请玉帝审理一下十个公子翻跟斗一事！十个公子是燃烧热能体，他们一翻跟斗，就使地球的温度飞速上升，已热死了好多人！若再这样翻腾，就会烧死人类，毁灭地球！……"

玉帝道："那么严重？"

西王母道："玉帝君，后羿所言绝非小事，有啥解决方案呢？"

后羿道：“唯一的方案是，消除十个公子身上的热能！”

十公子又闹道：“不行！没有热能，我们就不是玉帝的儿子！”……

后羿道：“报告，我刚才说错了！十个兄弟身上的热能全消除了，人间就没有了光明和温暖。所以，还要保留一个，只能'消除'九个！”

十公子又争道：“保留我！……后羿，你要消灭我们？消灭后羿！”……

西王母道：“行了，别闹了！后羿，还有啥办法？请讲！”

后羿道：“十个兄弟，每天只能一个外出，不能同行！”

十公子喧闹声中，西王母道：“统统给我闭嘴！玉帝君，后羿的解决方案都有道理！怎么办，请君裁定！”

玉帝哼哈着道：“李老君，以为如何？”

李老君道：“老朽以为，十个公子成熟还需时日；后羿所谈，又不无道理！”

玉帝对西王母道：“娃娃们的教官是你，如何？”

西王母对十个太阳道：“哎，你们十个不能一起出去！不准一起出去！”

玉帝道：“孩子们，只能照你们妈说的做，听到没有！”

西王母道：“都下去！”

十公子对后羿道：“后羿，还是你凶！父母亲都要听你的！”走了几步，又回头对后羿道：“咱们走着瞧！”下去了。

后羿磕头道：“玉帝西王母，后羿代表天下人，向你们叩首！”

玉帝叫了一声：“退朝！”他似乎并不欣赏后羿。

西王母倒是欣赏后羿的，她道：“好样的！好好干！”

后羿道：“谢谢西王母！”

后羿回到山洞口，人们又围着他磕头，跳皮鼓舞。后羿道：“乡亲们，从今以后，每天只能一个太阳出来，大家可以放心地干活了！请大家回家休息！”

众道：“后羿大人，我们没有家了！……”

后羿猛醒道：“哎呀！我……我一高兴就忘了！十个太阳把大家的房子烧了嘛！走，老乡们，修房子去！……”屋基前，后羿一挥手，所有的房子都起来了，众欢呼！新房里，后羿吹口气，锅盆碗盏，桌椅板凳，铺笼被帐全齐了，众欢呼！后羿吼了一声，鸡鸭猪牛羊狗全齐了，众欢呼！后羿一跺脚，被烧毁的树木竹林，禾苗庄稼全长起来了，众欢呼！后羿再放眼一看，泥土还是焦干的，他坦然道：“这需要的是水！我没这个本事，等我去找水神大哥！”他驾云头叫了一声：“水神大哥，有请了！”水神立即驾云而至，后羿道："水神大哥，麻烦你了！你看，这一片土地被烧焦了，就是十个太阳干的！"

13

水神道："这事我知道！唉！……十大公子，麻烦啰！不说了，干活！"水神运运气，喷出长长一股水，原地一转动，就形成一张以他为圆心的银盘，覆盖了焦灼的土地！后羿则在地上，与山民跳起原始的皮鼓舞，以示感谢！……

又是圆月当空，山民们又在味江边树林里，围绕后羿歌舞着。族长道："后羿大人，你是我们与天斗、与地斗、与神斗、与鬼斗之一切希望！多谢了！"

后羿道："不用谢，我们是一家人！"

"嗨哟！嗨哟！……"众疯狂起来！

后羿道："乡亲们，只要把庄稼劳作好了，不愁吃，不愁穿，我们就可以经常开篝火晚会！现在回家休息，好不好？"

"好！后羿大人，再见！"老乡们回家的路上依然欢歌笑语，喜乐无限！

突然，历史又重演了：天上，钻出了九个太阳！……后羿叫道："乡亲们，又是九个太阳在捣鬼！我必须再跑一趟！我走了！"后羿升空飞去，九个太阳吼道："后羿，大坏蛋！大坏蛋！……"

后羿道："少爷们，玉帝西王母不准你们一起出来，你们怎么？……"

九太阳吼道："父母亲要我们干啥，不要我们干啥，与你啥相干？"

后羿道："少爷们，请听我说！……"

"后羿，滚回去！滚回去，后羿！……"九个太阳就这样不断重复着。

后羿高吼道："别闹了！再闹，我又去找玉帝告你们！"

九个公子道："哈，你当我们怕你呀！……"九个公子不断吆喝着翻跟斗，致使气温升得更快更高。后羿想，多与之交谈一分钟，人间灾难就加重万分。于是，便往天宫飞去！九个太阳吆喝道："滚了！哈……等一会儿，我们堵住他！烧死他！"……

后羿到天宫大殿门口，就遇到十个太阳的老十。老十很热情招呼道："后羿大哥，我估计你要来，专门在这儿等你。"

后羿道："你好！"

老十道："父母亲正准备出门，你快吼叫着闯进去，把他们挡住！……后羿哥，上次没搞好，对不起了！"

后羿与之招招手，高叫着直往里闯："我要见玉帝！我要见西王母！……"

听见后羿的叫声，玉帝转身欲躲。西王母道："后羿来了，你躲啥？"

后羿追过来下跪道："后羿向玉帝西王母请安！启禀玉帝西王母，九个公子又一起翻跟斗，气温急剧升高，人间父老不断被烧死！请玉帝西王母召回九个公子，以免造成更大的灾难！"

玉帝不满道："呃，后羿大人，你在给我上课，下达命令？"

后羿道："不敢不敢！请玉帝不要误解！后羿亲眼看见，尚未被烧死的人求玉帝救命，求神仙保佑！……"

玉帝道："你就是神仙，我派你去的任务，就是拯救百姓的呀！"

后羿道："拯救百姓是我的天职！但现在的灾难是九个公子造成的，我无法解决，只有再求玉帝西王母了！"

西王母又为后羿解围道："后羿说得有理！那九个太不像话！你要管一管啊！"

玉帝道："你当妈的是干啥的？"

西王母道："我管？好嘛，你推我，我就管！后羿，陪我去招回他们几个！"

玉帝变相阻拦道："你跑去做啥哟！……我看，后羿去叫他们回来！晚上再订些条款，把他们管起来就行了！"

后羿道："天上一天，人间一年！到晚上，不知道又要烧死好多人！请玉帝三思！"

玉帝又不满地盯后羿一眼，西王母为给玉帝留点面子，便道："行嘛！后羿，你去传达玉帝和我的命令，叫他们立即回来！一分钟也不准停留！"

"是！玉帝西王母，后羿告退！"后羿走了。

后羿向九个太阳飞去，九个太阳鼓足气，喷出一团白炽达百万度的火焰，将后羿吞没，似乎已将其化为灰烬。猛地，后羿从火团中，旋转着往上飞升；双手一挥，将火焰挡在一边；再一吸气，将火焰吸入胸中。九个太阳站着张嘴瞪眼，似九个呆子。随后，后羿口中吐出九团火，一一灌进九个太阳的嘴里。后羿道："请你们立即回家，这是玉帝和西王母的命令！"

九个太阳道："命令书，拿来！"

后羿道："马上回宫对质，若命令是我编造的，我立即向玉帝西王母，请求赐死！走吧！"

太阳们道："你少来这一套！""后老头，我们又没偷你的，抢你的，干吗要和我们过不去嘛！"……

后羿道："我和你们没有冲突！我把你们当兄弟，还愿意为你们拼命！……"

一太阳抢话道："闭上你的嘴！你为啥不准我们一起出来玩呢？……"

后羿道："我前次说过，你们一起出来，人间就要被毁灭！"

太阳们道："人间毁灭，我们又没有损失啊！"……

后羿为人间跪求道："兄弟们，你们这样多玩耍一分钟，人间就多死数万个父老乡亲！走，我陪你们回去！"

太阳道："兄弟们，弄死后羿！"一瞬间，九个太阳的头，将后羿的头围挟着，旋转起来，形成以后羿的头为中心的光盘。他们欲借此将后羿的头削下来。谁知，后羿的头之转速无与伦比，猛地将九个太阳摔到百里之外；又一挥手，将他们收回来，摔在面前道："走，我把你们抓回去！"

九个太阳道："我们还要出来胡闹！要和你斗一万年！你敢干啥？"……

面对这群无赖，再想想玉帝对他们的宠爱，后羿想：为老百姓只有拼了！至于个人后果，无论啥都认了！于是，他通牒道："公子们，如果你们再不回去，我就用箭把你们射落人间！"

九个太阳静默片刻，狂笑声："哈！把我们当人间小孩！你射呀！马上射！"

后羿道："我没带箭！"

太阳道："快回去，我们等着！看你厉害，还是我们厉害？"……

后羿绝望了，拱手道："对不起了，兄弟们！"后羿回到山洞，发现热死者遍地，快死的人道："弄死那、那几个太……阳！""你是天下第……第一神射手！射他们！我们要活命！"……

后羿道："好！弟兄们，你们等着！"后羿带着箭，来到赵公山顶峰。九个狂妄之徒，正对着他吹热气，气温猛升。他对九狂徒道："我最后一次请你们回去！再不回去，我不客气了！"

太阳们叫道："大傻瓜，把我们当成树林里的小鸟儿了！哈……"

后羿弯着腰，拉开了九支弓箭，全身旋转成一股强风暴，并传出有冲击力的吆喝声，这声音越拉越长，越长越有力。最后，"嘿"的一声，如山崩地裂，飞出的九支箭，射中了九个太阳。太阳们惨叫着变成九只乌鸦，落入青城山中。

天地一片黑暗中，后羿呼喊道："水神大哥，快给我来雨！"滂沱大雨随之而至！气温在迅速下降……燃烧的火把给大地带来生机！人们欢呼着，歌唱着！……

可是，剩下的太阳老十不出来，天地漆黑已两个月了，人们唱不起来，也动不了。……后羿知道其缘由，多半是玉帝阻止老十外出！但总在希望着，故只有耐心地给人们送吃的，安抚着。众道："狗日的太阳，还不出来！……又是三个多月了！""后羿大人，没有太阳，又死了好多人了！"……

后羿道："乡亲们，会好的，会好的！再等一等，太阳会出来的！"又过了一段时间，气温迅速下降。人们冻得发抖，绝望地呻吟号叫："哎呀，怎么活啊！……死了算了！"……后羿也无法忍受了，便对众道："乡亲们，我现在上天去，把那个太阳请出来！你们相互关爱着等我！请大家放心！"说完，又往天空飞去。

天宫大殿外，老十迎上前道："后羿大哥，终于把你等到了！"

后羿道："玉帝不让你出来？"

老十道："是的！我争取多次都不行！"

后羿道："多半是要收了我的命，才会放你出来！"

老十道："没那么严重！你使劲认错就行了！"

后羿在老十陪同下冲进大殿，下跪道："玉帝西王母，后羿请罪来了！……"

玉帝怒视着后羿，不吱声。后羿则不断磕头，头已出血了，仍未停止。……西王母心痛了，怒吼道："后羿，收起你这套！只磕头干啥？说话呀！"

玉帝则吼道："磕，继续磕！磕一百下，一千下，十万下！……"

后羿道："后羿错了！请求玉帝处置！"

玉帝道："还我九个太阳！"

后羿道："后羿有罪！九个太阳收了几亿条人命！"

玉帝吼道："你胡说！李老君，你说，死了那么多人吗？"

李老君道："请玉帝饶恕老朽，老朽不敢讲矣！"

玉帝道："讲！恕你无罪！"

李老君道："老朽做了统计，后羿报告的死人数……少了，少多了！"

玉帝惊，故作道："我……我不信！"

西王母道："后羿，你再说！还有啥？"

后羿道："人间需要阳光，需要老十兄弟每天出去走一趟！"

玉帝吼道："你收了我九条命，还要弄死老十！"

后羿道："老十兄弟不出去，人类就又将毁灭！后羿愿用小命，换请老十兄弟，出去关照人间！"

西王母解围道："胡说！谁说要你的命？你的命值几个钱？"

玉帝道："都是屁话！我是要老十接替我，怎么能出去呢？"

老十道："启禀父王，儿不愿接替你！儿成天盯着人间！人间的生与死，比啥都重要！"

西王母道："玉帝，你将就一下老幺吧！我看，他不是坐你这把交椅的料！"

17

李老君道:"玉帝,你不能离开这个位子哟!永远不能!"

众臣:"对,玉帝永远坐这把交椅!"

西王母道:"对,老十每天出去一趟,关照人间!现在,玉帝也该休息了!退朝!后羿,快回去!"

玉帝道:"不行!后羿退去神功,贬入人间,永远不要回来!"……

钱旺才道:"后羿被玉帝贬入人间,却给人间争来了阳光和温暖。人们则奉他为神灵救星!他归天以后,人们就把他供奉在赵公山的顶峰——为拯救人类而发出九支神箭的地方!……九个太阳被射落青城山,变成乌鸦。很久很久后,九只乌鸦又投生人世,成为九个鬼王,赵朗就是其中之一。……这里,我们要说的是赵朗的故事!因为赵朗就是赵公明小时候的名字。赵朗出生四川省成都市都江堰青城赵公山,……我们要说的这段是'投人世无人性老君引路'!"

第三回　投人世无人性老君引路

被后羿射下的九个太阳,变成九只乌鸦,飞行于天地间,其一只飞到了四川省成都市都江堰青城赵公山。此时,繁星点点的天幕上,一个亮亮的,圆圆的光团,在几家大院上面徘徊旋转后,定悬于燃烧着火炕的一家人的上空。这是那支乌鸦在演变着,寻找投生人世的机遇。突然,那个光团猛地往下坠落!"哇!……"一男婴来世之第一声哭叫,打破了四野的沉静。接生婆抱婴儿过来道:"快看啦!仙胎也!"其脸上还沾有血丝,一对大眼珠却滴溜溜直转!……婴儿之父赵木,系羌族皮鼓舞爱好者,见子似仙胎,便兴奋地击鼓舞之,舞姿不断变化,唱词却只一句:

太阳落,儿子来

幸福花儿赵家开……

好友金土及朋友们亦唱亦舞亦击拍。金土问道:"取啥名字?"

"赵……赵朗!"赵木一说话就结结巴巴。他已是三十多岁的人了,二子一女却夭折离去,似乎被命运捉弄着,故对未来总是提心吊胆。给孩子取此名,就是祈望孩子能朗照赵家,保夫妻平安幸福地过完此生。

十年后,弯腰驼背的赵木,手端一盆水果;头发花白的赵妈,手捧两碗鸡蛋，很幸福地盯着一个方向。传来赵朗的吼声："我要吃面！煮鸡蛋！"

赵木送上一碗面，赵朗尝了一口，吼道："难吃死了！"砸之；赵妈送上两个蛋，赵朗吼道："生鸡蛋！"砸之！

"哈！……"赵朗狂笑着往外走去。他肥头大耳，膀阔腰圆，其面部表情，略有天不怕地不怕之神质。他一走，赵母就急着把长绳交给赵木道："快追上去！出了事怎么得了！"

"朗儿，等等……等我！"赵木呼叫着追上去，用长绳与赵朗腰上拴的绳子挂上钩后道："乖……乖走！"赵木似牵着猪儿行走，引起围观者之嬉闹。对此，赵朗很不满意，他猛拉绳子，"哎呀！"赵木差点仰倒。赵朗命令道："回家！"

回到家里，赵朗命令道："赵木，老妈，过来！"二老笑嘻嘻地走来。赵朗让二老背靠背，用长绳捆死其腰部，再挂上绳钩，又将皮鼓挂在赵木胸前。然后，高吼道："走！"赵朗手拉长绳，被牵的二老则侧步扭动在田间路上，难看死了，而二老却满脸笑容。赵朗一看，高兴死了，跳起来闹起来，见围观者多了，便长声吆喝地喊道："看猪儿牛儿啰！……赵木，击鼓！"赵木击起鼓来，且与赵妈同步舞之。赵朗边跳边舞边吼叫，更狂笑着翻起跟斗来，其手中之绳牵动二老倒地。苦痛的赵木仍击鼓，呻吟的赵妈仍微笑。

"别跳了！……"金霄跑过来扶二老，并道："朗哥哥，你看嘛，两个老的倒地，好心痛啰！"金霄是金土的女儿，比赵朗小两岁，最喜欢和赵哥一起玩。她心痛地为二老解绳道："赵爸，赵妈，叫哥哥别翻了！……"

赵木拒绝解绳道："不要……紧，金……霄，让他……跳！"仍击鼓。

赵妈道："金霄，乖乖，别急！只要你朗朗哥高兴，随便怎么都行！……"

金霄不高兴地吼了一声："朗朗哥！"又抓住绳子使劲地一拉，使赵朗倒地了，她又惊叫道："哎呀，朗哥哥，摔痛了？我不是存心哈！好心痛啊！……"

仍捆在一起的二老吼着翻起来，又绊倒；又翻起来，又绊倒，且心痛地大喊道："哎呀！……乖乖儿，脚杆绊……绊断了没有？"

"我的脚杆摔断了，你们才安逸！"赵朗硬邦邦地甩一句给妈、老汉。

金土跑来道："朗朗，没事吧！……不要紧！金霄，和朗哥到那边玩去！"

金霄与之悄悄话道："哥哥，你绊倒了，妹妹好心痛啊！……"往一边走去。

金土为赵木夫妇解绳，对赵木咬牙切齿道："你怎么搞的嘛？"

赵木只顾点头，满脸堆笑，此乃他一大特点：你说他对他点头，嘴巴开而不合；你说他错他也点头，嘴巴开而不合！然后，一切照旧！对此熟悉的金土，只有摇摇头，无可奈何地转向赵妈道："弟妹呀，你拴他，就把他当羊儿牛儿马儿！万万不能了！……朗朗读书的事，我跟朱老师说好了！"

赵木问道："对嘛对嘛，多……多谢！交多少……多少米？"

金土道："五斗米！明天，你挑上米跟朗朗过来，我们一块儿去！"

次日，山路上，赵朗金霄手牵手，边走边唱道：

豌豆粑，胡豆粑，

家婆叫我耍一哈。

我不要，我不要，

我要回去割麦把。

麦子没有黄，

跟到爹妈上学堂，

跟到爹妈上——学——堂！哈！……

金土和赵木各挑五斗米，一捆竹简，踏着儿歌的节奏，乐悠悠欢快无穷。

私塾学堂在场口，教室里只十套桌凳，每套独立。赵朗，金霄等学生九人，各自就位，赵朗属最大的一位。

金土拉着赵木往外走，赵木却不断往里奔，并叮嘱道："朗儿，坐好哈！屁股千万不……要放到凳子边上，绊倒了……不得了哇！"

"走啊！"金土不满地使劲一拉，使赵木绊倒在门槛上。金土道："对不起哈！你怎么那么多废话哟！"

赵木爬起来，又返到赵朗跟前，将竹简摆放桌上道："我给你摆，摆好，免……得你动手！"

赵朗吼道："你走不走？"

"走！……走！"赵木吓坏了，又绊倒门上道："我怕你出……出事！"

"上课了！同学们，我们上课。从学写'人'字开始，再学如何做人，到死的时候，再漂漂亮亮把这个'人'字写好，完完全全地做一个好人！这就是每个人，从小学习，一辈子学习的目的！……什么声音？"在尚无眼镜的年代，高度近视的朱老师听觉特别灵敏。声音是赵木搬动凳子发出的，他走至赵朗身边，欲坐下伺候儿子。朱老师移动过来，指指父子的脸道："你们谁上课？"

赵朗笑了，道："他！"并起身欲走。

赵木紧张地抓住赵朗，结巴道："不是……我，他……他上课！"

朱老师严肃道："那就请你出去！你在此，对他学习不利，很不利！"

"好，好，我走……走！……"赵木咧着嘴，点着头，出去了。……

此时的赵妈提一木盒吃的，急行于山间小路上，给宝贝送去。

被赶出教室的赵木心慌意乱，磨皮擦痒地打发着时光。突然，赵朗在窗口吼道："赵木，给我竹简！"赵木慌慌张张跑过来，道："啥？"

"我竹简写完了，你听不懂吗？"赵朗训道。

"同学，你不能这样和你父亲说话！也不能叫你父亲的名字！要有礼貌，要尊重人！"朱老师说着移动过来，发现赵朗在一梱竹简上，只写了一个不像样的"人"字。朱老师道："呃，你怎么这样写呢？我说过，字要小写，一片竹简上可以写很多字！你下午再好好练！现在放学！同学们，下课了，到灶堂去吃午饭！"

赵木拉住赵朗道："你就不……不去吃了！有肉，你妈送……送来！"

"来了！朗儿，快来吃！"赵妈喊叫着跑来。

金霄对赵木夫妇之举不满，欲阻之。赵朗却命令道："赵木，饭菜提过来！"

金霄又对赵朗叫赵木之名不满，欲责之。赵朗则令赵木道："摆起来！"

金霄更不满地盯了赵朗一眼，嘟着嘴转过身去！对此，有心的赵朗，便主动地拈了一筷子回锅肉至她碗里，并诳道："乖妹妹，吃，好东西！"

金霄立即拈还道："谢谢哥哥！我吃不来！"

赵朗又拈给她，诳道："乖，吃嘛！"

金霄又拈还赵朗，双方的筷子架在一起，回锅肉则悬于空中。金霄看了看同学们，便找理由道："同学们吃不成，好难看啰！"

"大家都吃！"赵朗大声道，把肉拈给了金霄，又给众人拈肉，众人欢乐了。

"乖妹妹，你不关心哥哥哇？嘿嘿！"赵朗又主动与金霄亲热，从其碗里拈一块泡萝卜放嘴里，喊道："呕哟，这个都能吃呀！"跑至一旁呕吐完，走了。

父母追来道："干啥，乖儿子？"

赵朗道："回家！"

赵妈道："下午要上课嘛！"

赵朗道："不上了！同学们那么小，我这么大一堆，笑人！"走了几步，又回头道："你们两个帮我上课！"

这天，艳阳高照，山风劲吹，味江河水急速向大海奔去。河滩上，赵朗见爹妈又摆满了红烧肉炖鸭子，便瞪了爹妈一眼，往河里扔石头。如此反复！……

这是他对父母管制他的反感。赵木则跑来道:"宝贝,吃……饭了!"

赵朗怒视赵木道:"我不饿!你害我干啥嘛?"

"呃!……"赵妈招回赵木道:"跳皮鼓舞,让他也跳,跳饿了就要吃!"

"嗨哟!嗨哟!……"一声吆喝,赵木击鼓,与赵妈舞动起来,围着赵朗转圈。的确跳得非常好看,河滩上的人都围过来观看,并击掌助阵。赵朗兴奋了,接过赵木手中的皮鼓,与母亲对跳。他甚至边跳边翻跟斗,情绪好极了!赵木也空手随跳,和谐之极,真可谓一个高水平的舞蹈节目。突然,赵妈端起饭菜,欲边跳边喂赵朗。赵朗不满地,将皮鼓挂赵木脖子上,使劲地敲打起来;母亲又欲喂他,他便对赵木下令道:"翻跟斗!翻跟斗!"赵木一翻就倒地,赵朗则不高兴地敲鼓不停;赵妈再跑来道:"宝贝,跳饿了吧,来,妈喂你!"赵朗将赵妈拈的肉,抓过来扔到河里,且在妈的衣服上擦油,然后,坐地喘粗气!

赵木端肉跑来道:"乖儿,是谁得……罪你了?说,我为你出……出气!"

"就是你们得罪了我!"赵朗吼道,且抓过赵木手中的碗,猛砸地上!

"朗哥哥!"金霄背个书包一拐一拐地跑来,语无伦次地道:"见到你就高兴!吃饭呀,赵爹赵妈搞了那么多菜。……你不上课,一点都不乖!……哎呀,好安逸哟,老师上课好耍得很!老师这样比(两腿叉开,双手贴身),就是'人'字,就成人!这样比(双手平举)就成'大'字!老师说,人不断吃东西……哎,你快吃东西呀!多吃东西,就长成大人了!……"

赵朗高兴地模仿比划,缓慢地举手道:"哈,好玩!这是人!这是大!人吃吃……长长……大大……大人!成了大人!……"高兴地翻跟斗。

金霄道:"朗哥哥,你去读了书,比大家都精灵!……乖哥哥,快吃饭哈!"

赵朗高兴地从赵妈手中接过饭菜,递给金霄:"乖妹妹,你也吃!"

"金霄,乖,吃!"赵妈说这话时,又给赵朗一碗饭。赵朗一手端碗,一手握筷子,仍兴奋地叨念着比划"人"字和"大"字,碗里的饭菜则倒在地上了。

金霄道:"朗哥哥,你怎么能倒菜呢?你……"

"不要紧!"赵木又送来饭菜道,"快吃,乖!你想吃鸡鱼……鱼鸭,我去摸,去抓!天上……的星星,你要,我给你……给你摘!"

赵朗双手平举呈"大"字状时,听赵木之语,看了一眼大河,便道:"好哇,吃鱼!我是大人了,大人要吃鱼!"

赵妈命令赵木道:"快到街上买!"

赵朗道："不，我要吃赵木抓的鱼！"

赵木道："好，我到田头抓……抓鱼去！"

赵朗道："不，河头抓的鱼！"

赵木道："河头鱼？……山沟也河……是河，我去……去抓！"

赵朗道："不，就这儿！这条河的鱼！"

云头上的李老君目睹一切，惊叹道："这孩子，万恶！"

赵朗道："你下去抓，抓到鱼丢给我，我就高兴！"

赵妈道："乖乖，你爸不会水，算了嘛！"

赵木急切道："就是就是，我没下……下过河，我不……不得行！……"

赵朗道："怎么不行？天上的星星，你都能摘的嘛！"

云头上，李老君哈哈大笑道："娃娃面前说大话，要背时！"

赵木狼狈之极，赵妈为其圆场道："乖乖，饶了你爸嘛，他说的是逗你玩的！"

赵朗道："说话不算话呗！"

赵妈道："就当你爸说错了嘛！"

赵木道："我错……错了！我错了！"

金霄拉住赵朗道："朗朗哥，赵爸都认错了嘛！乖哥哥，老师教我们，小人要听大人的话才乖！听妹妹的话才乖！……"金霄坐地下，将赵朗的头拉到怀里，诓娃娃式的道："你要高兴哈！乖哥哥，你说嘛，你说妹妹乖！"

赵朗挑逗道："哥哥乖！"

金霄道："高兴的妹妹才乖！……"

赵朗道："不高兴的哥哥更乖！"

金霄道："不高兴就不乖呀！你说，不高兴的哥哥，要和高兴的妹妹一起乖！"

赵朗道："不，不高兴的哥哥，比高兴的妹妹乖！"

"你！"金霄不高兴了。少顷，她让步道："好了，就算哥哥比妹妹乖，好不好？可你必须高兴才乖呀！"她突然发出哭声，装出哭相道："你看我赵朗好乖哟！……"

"哈！……"赵朗疯狂地笑起来，与金霄跳起来，他欲与乖妹妹玩个痛快，或唱歌，或跳舞，或做游戏。可是，讨厌的父母又过来道："两个乖娃妹，快吃！"

赵朗吃惊地盯着爹妈，围着爹妈转了一圈道："你们！……"他又愤怒地"嗨哟"着一挥手，将爹妈手中的饭菜打落，翻一个跟斗，瘫倒在地喘粗气。

"哎呀，我的宝贝！……"赵木赵妈心痛了，向赵朗跑来。赵朗觉得二老又要逼他，便大吼一声，往河边跑去。

赵木赵妈道："你要干啥？"

赵朗吼道："下——河——摸鱼！"

真像炸弹爆炸了，金土跳过来抓住赵朗道："朗朗，不要乱来！河水深，流得快，淹死过人的！"

"他们！……"赵朗欲向金叔叔诉苦，又说不出……最后赌气道："我要吃鱼！"

金土诓道："这样，金叔叔到田头给你抓鱼！"

赵朗朝着父母吼道："我要这条河的鱼！"

金土道："好，你金叔叔水性好，我去抓！抓不抓得到，我不保险！"

"我不要金叔叔抓！"赵朗又吼道："我要赵木抓的鱼！"

赵木吓得给赵朗跪下，求道："儿子，求求……你，饶……了我吧！"

金土道："朗朗，你爸从来不下河，游不来。你要他下河，肯定抓不到鱼，还要丢命！"

赵朗看了一眼讨厌的爹妈，又赌气道："他不下河抓鱼，我一辈子不吃饭！"

赵妈也向赵朗下跪道："朗朗儿，求你给你爹一条生路嘛！"

赵朗怒吼道："生路！哼，我的耍……耍路……我要耍！"叫着往大河奔去。

金霄抱住赵朗道："不行！……"

赵妈向儿下话道："乖儿，这样，让你爸到河边上摸一摸鱼，行了不？"

金土道："不行，人命关天！"又小声对赵木夫妇道："不要过分将就！不能把他当作玉皇大帝！"

赵木道："他比……玉皇大帝还……还重要！"

赵妈道："金大哥，只有这样了！……"

"我！……我！乖乖……"赵木全身发抖地追着儿子，向其求饶，儿子根本不理他！他又无可奈何地，向死亡走去，几步一回首！……

金土大吼道："站住！你像打摆子下油锅一样！等我拿绳子来拴住你再说！"

"对！这才安全！"众呼叫道。

"儿……我……"赵木转身对着儿子，不成言语，全身发抖，一副求宽容的叫花子可怜状。金土拿来长绳子，拴死了赵木，再组织几个汉子拉住绳，以保其安全！赵木全身不发抖了，并英雄式地对赵朗道："儿子，我为你下河，高……兴！"他一步一步地移动着，踩着石头下河！……

突然，他一脚踩虚了，掉进河里。金土等紧张地抓住绳子，使劲地往回拉，绳头上已没有赵木了！河水咆哮着向前奔去！赵妈绝望地呼天叫地！金土等在河边呼叫奔跑着！赵朗站起来，不叫不哭，脸上无笑意！……

突然，赵木从河中央冒了出来！双手抱一条大鲤鱼，向河边慢慢移动，脸上挂满胜利者的笑容。所有的人都惊呆了，沉默片刻，欢呼起来！赵木抱鱼上岸，众人欢呼之时，又投以惊异不解之目光，自然为其让路！……

赵妈怀疑地围着赵木摸了摸鱼，又拉着赵木的手捏了捏，并在其脸上揞了揞，确认是自己丈夫。然后，抱着鱼向宝贝儿子走去。走到高处，将鱼交给赵朗，赵朗高兴地接过鱼，众人为之吃喝！

突然，大鲤鱼变成一块泥土，赵朗猛地扔掉；泥土再化为泥浆，向低处流去！

众静静地，惊慌地，轻脚轻手地散去……

突然，有谁高叫一声："有鬼啰！"众立即号叫着四处奔跑！

赵家三口人未跑！金土父女未跑！……

片刻，金土问道："兄弟落水后，下沉，呛水，闭眼，憋气，你有啥感觉？"

赵木道："不……知道！"

金土道："你怎么得到鱼？怎么冒出来？又怎么走到岸边？"

赵木道："不知……道。"

金土道："肯定是遇到神仙了！要是遇到鬼，你就到阴间了！"众放心地笑了。

金霄惊喜好奇道："赵爸，你看到神仙了？神仙像谁？像不像我爸？像朗哥哥吗？像我不？像赵妈不？……"

众笑开了，赵木道："我没……没看到，没看……到！"

是神仙救赵木，还是赵木是神仙？年幼的赵朗，围着赵木转圈。他思考着，猛地将赵木掀倒，骑其背上吼道："驾，神仙来了！"赵木则只咧着嘴往前爬，赵朗扫兴地吼道："神仙在哪里？……"

神话一传十，十传百，方圆百里的人们，纷纷前来交头接耳，指指点点。对此，赵木夫妇不在乎，唯一在乎的是盯着宝贝笑。

赵家院子里，几株梨树的梨儿已下树。唯独最高那棵树之巅，还有一个梨儿挂着，风儿来时，它还很得意地摆过去摆过来。赵木在梨树下削竹简，为赵朗再次读书作准备。赵妈坐一旁，满脸堆笑地盯着翻跟斗的宝贝，并为其击鼓。赵朗翻跟斗，仰落在一大堆竹简上，痛叫道："哎哟！痛死我了！……"

二老痛叫着同一句："我的儿啦！"抓住宝贝，双方使劲拉扯，欲抢至自己怀里。厌烦至极的赵朗则翻身起来，抓起竹简折断，往墙外扔。

放学归来的金霄走到墙外，边捡竹简边吼道："别扔了！……"跑进院子道："朗哥哥，赵爸削的竹简，你读书要用！你！……你怎么能乱扔呢？"面对喜欢的妹妹，赵朗故意往外甩竹简。金霄则惊叫着跑出去，又跑回来，反复几次，大吼道："别扔了！……你再扔，我就扔你，不跟你玩了！"将赵朗手中的竹简抓过来。赵木赵妈则笑着跑来，拿过金霄手中的竹简，交给赵朗。金霄道："他又要扔的，不行！"

赵妈道："乖乖，不要紧，他想干啥，由他！"

赵木道："只要他高兴就……就好！"

金霄道："赵爸赵妈，你们不能将就朗朗哥哇！"

赵妈道："没关系，他还小！"

金霄道："不对哟！他比我还大！"又对赵朗道："赵爸为你削竹简，你抓来扔，你这就是……朱老师今天讲了，叫我们要孝敬父母！你这就是不孝敬！"

赵妈端来一盘梨子道："乖霄霄，来，陪你哥哥一起吃梨儿！"

赵朗抓一梨儿，塞到金霄手中，并拉到一边坐下道："吃，甜得很！"

金霄道："我不吃！你不陪我上学呗！"

赵朗哐道："好，我上学！拉钩！"

"拉钩钩，金不换；同读书，永不变！啊！……"二人又欢闹起来。

金土赶来。金霄拿一个梨儿，塞到赵朗嘴里："乖哥哥一口，乖妹妹一口！乖哥哥先吃！"突然，赵朗一抬头，看见了挂在树尖的那个梨儿。他想，老头下河遇到了神仙，叫他爬树，神仙会不会再来呢？于是说道："赵木，去把那个梨儿摘下来！"

云头上的李老君道："又要出事！"

赵木道："啊，那个梨儿还……还没熟，还要过……过几天！你吃这些嘛！"

赵朗生气地欲爬树，借以逼老头子爬树。金霄抱住赵朗道："不能这样！"

赵木道："这样，我用竹竿帮……帮你夺下……下来！"

"夺下来要砸烂，你笑人！"赵朗又要爬树。

赵木诉苦道："朗儿，爬不得呀，会摔下来。"

金土道："朗朗，金叔叔给你一百个最甜的梨儿，行不？"

"不！"赵朗又施行常用的绝招道："吃不上那个梨，我一辈子不吃饭！"

赵妈对赵木吼道："快爬嘛！"

金土大吼道："等一等！把家头的棉絮，搬过来垫上嘛，以防万一！"

赵木与金土几人，跑进屋抱来垫絮被盖，在垂直落地处铺好后，金土又拉了几个壮汉来，准备抢救。赵木小心地往上爬，爬呀爬！……突然，狂风卷来，梨树大弧度摇摆。赵木像一只麻雀，随树枝摇荡，无处攀扶，双脚发抖！……猛地，惨叫一声，横着身子往下坠落！众又惊呼起来！奇怪的是，在赵木快触地面之时，横着下坠的身子，变为双脚触地，安然无恙！一双双睁大的眼睛，尚未回过神来，又一奇迹出现了：那个梨儿，斜线飘至赵木的手中！

赵木赵妈笑着走去，向儿子献梨儿。梨儿至赵朗手中，迅速变成一只麻雀，在梨树上空盘旋两圈，向远处飞去了。又是一次静场！又是观者轻步往外移动！又是一声惊叫："有鬼啰！"人们散开了！剩下的还是赵家三人和金氏父女。

金霄打破这个沉静，道："赵爸，你怎么了？"

赵木道："不知道！"

赵朗用特别异样的眼神，盯着赵木道："你是不是神仙啰？"

赵木咧着嘴道："神仙，我？怎么会……会呢！要成神仙，只有你……你才会成神仙嘛！"

赵妈高兴道："我儿成神仙，巴不得呢！"碰了碰赵木，一同下跪合掌祈祷道："天老爷保佑！我儿成神仙！我儿成神仙！天老爷保佑！……"

"哈，我是神仙了！……"赵朗不断叨念着翻跟斗，砸东西。再对着火炕，幼童式地装神弄鬼一番，不断往火炕加柴，突然，赵朗端来一盆油，往火炕泼去，火焰纵升三丈高，眼看要烧房子了。

突然，火焰在一块无形的铁板下，往四周扩散，快要烧到二老了！……猛地，火焰汇聚为一股火龙，直往赵朗追去。赵朗往屋外跑，火焰追着；跑到哪里，追到哪里；跑哇跑，追呀追……突然，赵朗四肢未动，却无端往空中升去。升啊升，升啊升……直至消逝！

太空里，传来李老君的声音："赵木夫妇，你们对赵朗的将就顺从，就是为自己挖坟墓，赵朗也会成为社会的大害！为此，我把他带走了！放心，赵朗会成为人间的大善人！"……

钱旺才道："李老君说，赵朗会成人间的大善人，就是大财神！这当然是

27

我们求之不得的希望！那么，赵朗是如何成为大财神的呢？请看'李老君讲故事孝爱当先'！……"

第四回　李老君讲故事孝爱当先

李老君带着赵朗，飞行于都江堰青城赵公山上空。赵朗不断翻跟斗，却看不见李老君。李老君道："我让你翻！让你翻！……赵朗，你是不是人？"

赵朗道："是人！"

李老君道："回答我，什么是人？"赵朗懵然。李道："你首先要懂得，如何做人，才会知道什么是人！这是一个人，一辈子才能回答的问题！"

赵朗疑惑道："要一辈子？"

李老君道："我是谁？"

赵朗道："神仙！"

李老君道："不，我是你的老师！教你如何做人！"随之隐去。

李老君之行宫，在青城赵公山老君岩兜率小天。岷江从眼前流过，邻近处，为李冰父子修的都江堰；河对面，为祭祀李冰父子的二王庙。李老君将赵朗扔至此，开始点化财神赵朗赵公明。故此乃天人合一，古今闻名之圣地。

"咦，神仙呢？"赵朗落地后，惊叫着寻找神仙，无人。便观察其环境道："这个地方……呃，神仙住的地方，是天堂哆嘛！怎么住这儿呢？笑人！"其房屋，比自己的住地还简陋，怎么搞的？他看见一条小巷，神仙可能在巷子的那边！便迈步跑去，那一端走来一个大娘，他只得后退至院子。大娘微笑着走到跟前，温和地问道："小朋友，你是赵朗吗？"

赵朗惊奇道："你怎么知道？"大娘笑而不答。赵朗道："大娘，别动！"他围绕大娘转圈，并抓住大娘的手看道："大娘，你蹲下来嘛！"大娘笑着蹲下。他摸摸大娘的脸和耳，又摸自己的脸和耳，结论道："大娘，你不是神仙！"

大娘道："为啥？"

赵朗道："我就不是神仙，你长得跟我一样！"

大娘哈哈大笑道："谁说我是神仙？"

赵朗道："带我到这儿来的，是神仙！你也在这儿，应该是神仙嘛！……"

大娘道："我是神仙，不是神仙，随你说吧！小朋友，跟我来！……"

赵朗不动，自言自语道："大娘是……是凡人！呃，这里有神仙哆嘛！"越想越奇怪，大声道："凡人伺候神仙？不会吧？呃，好怪哟！"拉着大娘求道："大娘，你告诉我嘛！说嘛！……大娘一点都不乖！不和你玩了！"

大娘道："不玩了？不玩我就走了！"欲走。

"别走！"赵朗拉着大娘道："大娘乖！……大娘，神仙在哪里嘛？"

大娘仍不理睬，拉赵至厨房道："这是厨房，米菜都有！以后，你自己煮！"

赵朗惊呼道："我自己煮？天老爷呀，我……"

大娘严肃道："自己煮饭，这是做人的第一步！过来！"赵朗不高兴地走近。大娘抓住他的手，淘完米后，边舀水边道："煮干饭，这么多水；煮稀饭，这么多就够了。看清楚没有？"赵朗点头。大娘道："干饭稀饭都是你的哈，我走了！"走了几步，又道："弄不好，就没吃的啰！"走到巷子口，又道："不准往那边走！记住！"说完走了。

赵朗自语道："不做就没吃的？哼，我十年不做事，吃得比谁都好，长得比谁都胖！我才不信你那一套呢！"他心中有数了，便又把注意力转到神仙上！神仙住在巷子那端吗？他由慢到快，追了几步，停下来；又由慢到快，退回院子。……大娘的话还是听为好！他在院子转去转来，大声道："神仙爷爷，我想你，你怎么不见我嘛？你长得好高？一百岁吗一千岁？"他又朝着小巷吼道："你比大娘高吗，比大娘矮？你乖吗我乖？……你不见我，气死我！我又不是坏娃娃！……"

他思索着大娘所言道："煮饭是做人的第一步？笑话，我在天空乱飞乱舞，马上要当神仙了，还学做人干啥？笑话！"他又跑到小巷口，对着那边乱跳乱比，高唱道：

神仙爷爷长啥样，

像猪像牛像马羊；

神仙爷爷教教我，

我要做个好小伙！……

唱完最后一句，赵朗饥饿倒地了。正此时，大娘端着饭菜，跑过来。叫道："唱得好哇，'我要做个好小伙'！呃，你怎么啦？"进厨房，将饭菜放桌上。

赵朗道："我饿了！"爬起来，欲动手吃饭。

大娘道："哎，别动！这是我的！你的还没煮好？……哎呀，糊了！你看！"见满锅饭都煮糊了，大娘道："吃不吃？要吃就再煮！不想吃，就算了！"

"这儿有哆嘛！"赵朗动手欲吃。

"别动！这是我的，我又没叫你吃！"大娘吃起来，并逗其道："眼馋了？……看得到，吃不成，背时！尽吃现成的！现在行不通了！一切靠自己！"

赵朗饿得吃了口糊锅巴，吐都吐不赢道："饿死我啊！……"大娘不理，且吃得很香；赵朗咽口水，大娘不理；赵朗两腿无力倒地，两眼泪流，大娘似见未见；赵朗哭喊着："娘啊，我饿！……"大娘仍当他不存在一样。突然，赵朗欲抓生米吃，大娘道："别动！这生米不是你的，怎么能动呢！你叫嘛，叫你娘来给你煮嘛！不像话！"赵朗在一旁直哭，大娘吼道："别哭了！你一哭就哭饱了？好好想想吧！这米不是你的，你要拿来吃，不劳动，对不对？"

赵朗道："不对！"

大娘道："我叫你煮来吃，你不煮，不爱劳动，对不对？"

赵朗道："不对！"

大娘道："不对了，怎么办？"

赵朗道："要劳动，还要爱劳动！"

大娘大笑道："哈！……这就乖了！你现在饿了，怎么办？"

赵朗道："煮饭！"

大娘道："你煮不来呀！"

赵朗道："大娘教我！……不，请大娘教乖娃娃煮饭！"

大娘哈哈大笑，将赵朗搂在怀里。从衣包里，拿出煮苞谷道："大娘疼你，怕你饿坏了，早就准备了！认了错，就有吃的；不认错，明天也不给你吃！永远不给你吃！好了，来，吃！"

赵朗想了想道："谢谢大娘！"抓过去，如狼似虎地吃起来。大娘还给他拈了些回锅肉。……赵朗吃饱了，大娘送来一碗汤道："孩子，喝汤！"

"谢谢大娘！"赵朗一抬头，见大娘变成老头："哎呀！"他吓得差点绊倒。

李老君哈哈大笑道："孩子别怕，我就是你要找的爷爷！……"

"哎呀！……"赵朗往后退，又差点绊倒。

李老君蹲下道："呃，你再看看，我是猪是牛是马羊？我有一百岁吗，一千岁？是你乖吗我乖？"

听李老君之言，赵朗便松弛道："你乖！"

李老君道："我乖，你就不乖啰？"

赵朗道："我乖！……我是乖乖，比你多一个乖！"

李老君敞怀大笑道："乖乖，过来！"赵朗蹑手蹑脚走过去，一摸到李老君的手，又跑开了。……李老君道："怎么啦？"

赵朗道："你是神仙，我是凡人！"

李老君道："神仙，也是凡人变的！"

赵朗第一次听到这个说法，很吃惊道："神仙是凡人变的？"

李老君道："是的，我就是凡人变的呀！"

赵朗疑惑道："真的？"

李老君道："真的！你想不想变神仙？"

"想，想得很！"毕竟还是孩子的赵朗，一下扑到李老君怀里。

李老君抚摸着赵朗，亲切道："你能不能成神仙，关键在你个人！"

赵朗疑惑道："在我？"

李老君道："是呀！关键在你，改不改掉身上的缺点错误，看你听不听我的话，按不按我说的去做！"

赵朗道："我保证改正错误，听爷爷的话！"

李老君道："你不懂得孝敬爹娘，甚至逼你爹下河爬树，连爹的死活都不管，这还是人吗？你说，这不严重吗？"

赵朗道："严重！"

李老君道："当然，你犯错误，你爹娘有很大责任！他们不让你劳动，娇惯你，把你当皇帝，就是天大的错误；你呢，横行霸道，把爹娘当猪狗！这就更不像人了！……哎呀，一说到这些就鬼火冒！"

"爷爷，你打嘛！你打！……"赵朗将脸送过去。

"我不对！我要改！……"赵朗趴在爷爷怀里，号啕大哭！

李老君让他号啕宣泄后道："好，你使劲地哭吧，想想你犯的错误也好！……乖，爷爷相信你能改！来，拉勾！"

赵朗情绪陡变，与之拉勾道："拉金勾，吊金鱼；不改正缺点吊不到鱼！"

李老君哈哈大笑道："哈……乖娃娃，爷爷高兴，给你讲个故事，想不想听？"

赵朗道："想听！神仙讲的故事最好听！"

李老君道："好，听着！西边有一个很小的邻国，邻国里，有一个小伙子，像你这么大。他的父母亲年老体衰，眼睛得了怪病，只有靠喝母鹿的奶才能治好。他二话没说，就披上鹿皮，装成鹿子，混进鹿群，挤到了鹿奶，父母亲喝了，好了一些。这一天，他又去了——

山的这一面，披着鹿皮的小伙子，四肢触地向鹿群移动过去。……

山的那一面，以国王为核心的狩猎队伍，正骑马奔跑着。……

小伙子给母鹿以感谢的拥抱以后，开始挤奶。……

国王的狩猎队伍正向鹿群靠近。……

小伙子一边挤奶，一边向母鹿投以感谢动情的目光。……

国王正对着鹿群拉开弓箭。……

小伙子挤满了一桶奶，正起身欲返回。猛地，一支箭射中他，他惊叫倒地。国王等追过来，鹿群已跑了。中箭的"鹿"却是小伙子，国王等惊呆了。急问道："怎么了？……小伙子，你在干啥？"

脸色发青的小伙子，无力地道："我挤……鹿奶！"

国王道："你为啥挤鹿奶？"

小伙子道："我爹妈病……病得很厉害，只有鹿……鹿奶才……才能治好！我就这……这样了！"

一大臣道："你没想到过，打猎的箭，可能射中你吗？"

小伙子道："想……想到过，可我是儿……儿子，为爹娘，该！……值！……麻烦你们，请将这桶奶给我爹娘送去。谢谢！"

国王道："太动人了，对不起！御医！……糟糕，御医没来！"他对高天拱手道："启禀玉皇大帝，我国最大的孝子……"

云头上，一仙女匆匆而至，给小伙子喂了一粒仙丹后，说道："小伙子对父母之孝，感动天庭！玉帝派我送仙丹以救之！"

小伙子立即康复，下跪道："感谢玉帝！感谢仙姑！感谢国王！感谢诸君！"

仙女道："天下第一孝子！"随之升空离去。

众欢呼着抬起小伙子，国王道："走，给大孝子的父母亲送鹿奶去！"

李老君看赵朗泪水直流，便小声道："乖乖，你哭了？为啥哭？"

赵朗道："为爹娘，哥哥不怕死，太好了！"

李老君道："说得好！为爹娘他这是啥子……心呢？"

赵朗道："孝心！"

李老君道："对！孝心太重要了！没有爹娘就没有那个哥哥，没有爹娘就没有你，你懂吗？"

赵朗思索道："没有爹娘就没有我！……不孝敬爹娘，就不是人！"

"说得太对了！哈……"李老君将赵朗抱起来转圈，然后道："爷爷乖不乖？"

赵朗道："乖！乖！乖！"

李老君道："乖爷爷又要给你讲故事了！哈……我国远古有个舜帝……"

然后，又给他讲了舜以德抱怨，孝敬父母的事情。

李老君道："乖乖，你听懂没有？"

赵朗道："懂！……懂了些！就是，那个，那个……孝！"

李老君道："怎么孝？"

赵朗道："对爹妈的孝！"

李老君道："对，你只说了一半！那个哥哥，是为他亲生父母挤鹿奶，那是百分之百的孝心！可是，这个是后妈，不是亲生的母亲啦，舜帝仍然表现出真诚的孝心；不是亲兄弟的象，舜也尊敬他，关心他。了不起呀！听懂没有？"

赵朗道："懂了！就是要尊敬亲人，还要关心！"

李老君道："很好！这只是说的对亲人！作为人，还要和很多人一起生活，应该怎么办呢？"

赵朗道："尊敬所有人，关爱所有人！又不索取回报！"

李老君道："对！这就是不自私！对犯错误的人呢？"

赵朗道："原谅，尊重，相信！"

李老君道："对！孩子，这是你一辈子都要做的事情！"

赵朗自语道："关心人！不求回报！一辈子……"

李老君高兴道："乖孩子，我准备教你读一段时间的书，再把你撵出去！"

赵朗道："撵我走？"

李老君道："对，让你一个人出去闯！靠自己的劳动，解决吃住穿的问题！愿不愿意？怕不怕？"

赵朗道："愿意！怕……我怕！"

李老君道："不要怕！任何人，只要相信自己，热爱劳动，热爱一切人，就不怕了！"赵朗思索着点头！……

钱旺才道："赵朗离开了父母，又要离开可敬的爷爷，走向社会！一切靠自己，可他小得很呀，怎么活？活得出来吗？请看'小孩儿闯天下卧薪尝胆'！"

33

第五回　小孩儿闯天下卧薪尝胆

李老君带赵朗，来到赵公山山顶先人后羿的墓前，赵朗立即下跪道："谢谢先人后羿，射下了九个太阳，为人间除害！"

李老君道："孩子，我告诉你，你是这九个太阳中的一个呀！"

赵朗吃惊道："啊，我？……我是危害过人间的一个太阳？"

李老君道："是的，你不恨后羿？"

赵朗道："恨后羿先人？不，后羿先人把我射下来，使我不再继续危害人间，我该谢谢他！"

李老君道："真是乖孩子！以后呢？"

赵朗道："我要随时来看望他老人家！一想到他老人家，就想到我对人间欠下的债！我要还债！"

李老君道："很好！以此鞭策自己！好了，准备，升空！……"

李老君赵朗运行于云头上，李老君道："孩子，下面是青城赵公山。那里的爷爷叔叔在等着你，你就去和他们一起劳动，学本事！你才十二岁，要把自己当作小伙子！记住，久经磨炼才能成仙！"

赵朗道："久经磨炼才能成仙！"

李老君道："孩子，你还有啥舍不得的？"

赵朗道："舍不得爹妈！以前不孝，很难受！担心他们！"

李老君道："好哇，孩子真懂得孝敬父母了，我很高兴！你的情况我会随时向他们通报，让他们对你放心！你们一家人何时团圆，我自有安排！"

赵朗道："谢谢爷爷！"

李老君道："孩子，我随时在你身边！给你一把弯刀，这是山里男人随身带的劳动工具！"李老君吹口气，两爷孙一往前一往后，拉开距离，最后消逝。

赵朗在山林里砍了一梱柴，背着向村落走去。路边一块空地上，一群十岁以下的弟妹们正在跳绳，滚铁环，做游戏。做游戏的女孩银霄拍打着阿华的手时，喊鼻子、眼睛、耳朵，阿华用手指以上部位。若与所喊吻合，赢；不吻合，输！此时，银霄喊眼睛，阿华摸鼻子。银霄道："错了，再来！"再来两次，阿华都答错了。旁观的男孩巴石奚落女孩阿华。

几个孩子争执起来，赵朗及时解决了争执。认识了几个孩子。

麻姑拉起赵朗问道："啥名？"

赵朗道："赵朗！"

麻姑道："干啥？"

赵朗道："帮人！"

麻姑道："帮谁？"

赵朗道："谁都行！"

银霄道："走，到我家！"

"谢谢！"赵朗背上柴，随银霄而去。麻姑阿华等孩子尾随，巴石又加入进来。银霄见爹妈在门口，就喊道："爹、娘，这个好哥哥要帮人，我带他来了！"并决定道："好哥哥，进来！"

银霄爹道："别忙！怎么回事？"

赵朗道："叔叔大妈好！我叫赵朗，十二岁，想帮人干活儿，讨口饭吃！"

银霄道："就我们家，进来吧！"

"别忙！哎呀！……我们家没啥活儿干啦！得罪了！得罪了！"银霄爹叫银贵，是个实用型的山民，淘金人家。

"实在打搅了，打搅了！……"赵朗后退离去。

"走！到我家！"麻姑拉着赵朗走到自家门口，命令道："进屋！"

赵朗道："不行！你爹妈准不准许哟？我不能乱串门嘛！……"

麻姑快速进屋。片刻，麻良跟着出来道："赵朗兄弟，我叫麻良，是麻姑的哥哥。爹妈在等你，走吧！"他帮赵朗卸下柴，一起往里走。

麻尚道："来了，好！麻良，跟你妈带赵朗兄弟去住房，一会儿吃晚饭！"

赵朗道"谢谢麻爹，麻妈，麻良哥哥，谢谢麻姑妹妹！"随麻良走了。

次日晨，在朝霞映衬的山梁上，麻良带队走前，赵朗挑着水桶走第二，后跟麻姑银霄阿华巴石及小朋友们，手牵手唱道——

小鸟儿，一起飞；

小鱼儿，一起游；

你拉我的手，

我拉你的手，

我们都是好朋友。

挑担井水大家喝，

洗了花脸洗脏手！

哈……

到了水井边，在麻良协助下赵朗提满了两桶水，正弯腰上肩准备起身时，麻姑往井里投了一枚铜钱，赵朗用异样的目光盯着麻姑，麻良则抢先道："井水是土地公公的，挑了水就该给钱！我们麻家就这样！"

吃饭时，赵朗激动道："麻爹、麻妈，你们挑水出钱，感谢土地公公！好好啰！我吃你们，又让我住，你们的恩情不报答，不是人！我磕头！"

麻尚拉起赵朗说道："好孩子，欢迎你！"

麻姑道："好哥哥，你好乖哟！"

明月，繁星，山风，河水，都让独闯社会的赵朗感到：人间太美好了！

突然，一颗彗星从天上迅速闪过，这是扫把星！山民们露出惊恐之神情，麻氏家更是如此！麻妈推开了麻姑的门，轻声叫道："女儿，起来！有事！"麻姑随之走到大厅，麻尚麻良均在。麻尚道："女儿，扫把星来了，赵朗怎么办？"

麻姑道："扫把星，和赵朗有啥关系？"

麻良道："妹妹，爷爷婆婆讲过，扫把星降落的时候，出现的生人，就是扫把星！你忘了？"

麻尚道："这一来，赵朗就成扫把星了。又在我们家，很不吉利呀！"

麻姑道："我不信！"

麻尚道："这不是你信不信的问题，是祖祖辈辈信奉的规矩。你一个小姑娘，就能改变吗？"

麻姑道："要变要变，我就要变！"

麻尚道："好了，我的乖女儿，你再好好想想，明天早晨再说！睡吧，乖！"

这一夜，麻姑想到：要赶走赵朗，休想！一大早，她就起床跑到赵朗的门外，为赵哥当把门将军。当爹妈哥走来时，她便吼道："不准过来！退回去！"

赵朗一听，翻身起床开门道："妹妹，怎么了？"

"回去！"麻姑推赵朗回屋，又关上门。

麻尚道："女儿，你听我说！……"

"我不听！不听！"麻姑双手捂着双耳道。

赵朗拉开门，说道："麻爹麻妈麻哥，请你们说真话，是不是我不好？……"

"快走，快走！进去！"麻姑吼着推赵朗进屋，赵朗又冲了出来。

"小赵，我们对不起你呀！你……"麻尚有些难于启口。

麻良道："是这样的，这个……哎呀，不好说！……"也不好启口。

麻姑干脆道："他们说你是扫把星！我不信！进去！"又推赵朗进屋。

赵朗明白了，扫把星乃灾星，人当避而远之。而今，自己当主动离去，便推开麻姑道："麻爹，麻妈，麻哥，谢谢你们的厚爱，孩儿该走了！"

麻姑抓住赵朗道："不准走！"

赵朗安抚麻姑道："妹妹，为你们着想，我必须走！"

麻姑道："你要走，我跟你走！"拉住赵朗往外走。

"不行！"赵朗阻挡道。

"你少说，一起走！"麻姑的态度是很坚决的，一个劲地推着赵朗出门。

"女儿！不行！……"麻家三人将麻姑抓住，麻姑欲奋力挣脱！

赵朗见麻家为己而闹，不安道："妹妹，你不听爹妈的话，我不跟你耍了！"

麻姑道："不听！不听！……你等等我，一起走！"麻姑乃一条不回头的小牛。

赵朗跑了几步，见斗争已近白热化了，便感慨道："妹妹，我们说好，你听爹妈的话，我就不跑；你不听爹妈话，我就跑很远，一辈子不跟你见面！"

麻姑立即道："你不准跑！不准跑！我听话！听话！"

傍晚时分，流落于山林的赵朗，已饿到寻野果充饥。他用弯刀一撬，哈，红苕！便高兴地抓根红苕在衣服上擦了几下，放进嘴里，又拖了出来，自语道："不是我的嘛！麻良哥挑水都要给钱，我乱吃，不行！"他摸摸衣包，没有钱！怎么办？砍一捆柴换红苕吃！但他饿慌了，就想吃饱了再砍柴！又想到：不行，不见回报就吃等于偷！于是，他强撑着砍了一梱柴，拖至红苕地，抓起红苕，来了个狼吞虎咽！……待吃饱了，便倒在地下打哈哈！再翻身朝高天的李老君下跪道："爷爷，我一定做你的乖娃娃！"又朝着老家的方向跪下，道："爹，妈，以前儿不乖，以后要做乖儿子！"最后，他站起来，对着四周的院落大声道："麻爹麻妈，叔叔阿姨，爷爷奶奶，赵朗一定是个好娃娃！麻姑妹妹，银霄妹妹，还有金霄妹妹，我要当你们的好哥哥！……"在说这几句时，还不断翻跟斗。

随后，发现月亮出来了。啊，该睡觉了！便决定再捞一捆干山草铺地作床，他一捞草就来情绪了，唱道：

牵牛花，会牵牛，

牵着牛儿到处游。

一游游到银河边，

洗个澡儿乐悠悠。

唱完歌，背着山草，去有人气的屋檐下准备铺床。屋里传来话语："扫把星，走开！扫把星，走开！……"是的，影响父老乡亲的休息，良心上也是过不去的。于是，便背柴回到山林，合手求李老君道："爷爷，想到你，还是，有点怕！……"

云头上，李老君一挥手——

突然，林盘里传来狗的大合唱，这是李老君派来保护赵朗的队伍，围着赵朗，舔舌头，摇尾巴，再长声地叫着。赵朗则与之会心地笑了！突然，狗大爷们再一齐趴下，一齐长叫三声，若"小皇帝"睡眠的号角，引来美妙的音乐：

风儿吹，月儿笑，

小主人，要睡觉

小花狗，不准跳，

小黑狗，不准叫，

主人睡觉最重要！

小主人，睡好觉，

我们大家哈哈笑！……

走向社会的赵朗，第一次独自在山林里，睡得那么安详甜蜜。醒来时，发现弟弟妹妹们围着他。麻姑则打开一桶红苕稀饭道："吃！"

赵朗道："我吃你的，又无报答，就不是人！"

麻姑将饭桶举起道："你不吃，我就砸了！……"

赵朗阻止道："别这样，好妹妹！"

银霄道："好哥哥，你吃嘛，以后报答！"阿华及"胖鸭"也附和道。

赵朗道："好妹妹，我是绝不乱吃的！"

麻姑道："昨晚，你吃啥？"

赵朗引弟妹们至红苕地，坦然道："吃了两根红苕，报答一梱柴！"

麻姑道："你吃这个，也来一捆柴！"

赵朗想开了，干脆道："吃！吃完就砍柴！"

"胖鸭"们吆喝开了："嗨哟，哥哥吃饭啰！""哥哥不吃我要哭！""吃了哥哥好安逸哟！""哥哥吃了我也饱哟！"……

赵朗吃完饭，提弯刀砍柴去，弟妹们紧随其后。

家长们赶来了，抓小鸡似的搞得鸡飞狗跳。其打骂声，哭叫声却在山上回荡："我要哥哥！""哥哥是乖哥哥！""不要我跟哥哥耍，你是坏爸爸！"……小狗们跑跳着凑热闹！

山上只剩下麻姑，银霄，阿华和巴石。阿华道："这么好的哥哥，怎么不让弟妹些耍呢？"

银霄道："这些爹妈太不讲理了！"

麻姑道："哥哥，你不要难过哈！"

赵朗道："我不难过！你想嘛，哪一个弟妹绊倒了，得了病，我不真成了扫把星了？我也对不起爹妈！弟妹们回家是好事！你们也该回去了！"他迅速砍了一梱柴，快步到麻姑家放下柴，又对麻姑等道："谢谢弟妹们！"随即消逝。

晚霞染红山林之时，赵朗甩开弟妹们，到了另一个山头，又挥刀砍起柴来。他如此，是想避免给弟妹们的家头惹些麻烦。突然——

"哥——哥！""蠢猪哥——哥！""乖——乖——哥——哥！"……长声悠悠的呼叫声，最使人心灵震荡的童声，由小到大，由小到大。……从四周向赵朗处飘荡过来。……赵朗听到了，却看不见人。小鸟儿为之歌唱！

慢慢地，呼叫声变成孩童们甜美的笑声，由小到大，由小到大！……小山鸡为之腾飞！

猛地，弟妹们站起来，像一股龙卷风，向赵朗卷过来。几条小狗跑跳起来！……

赵朗抱着一个"胖鸭"旋转起来道："我躲到这儿，你们怎么找到的？"

银霄道："随便你怎么跑，都跑不脱！"

"胖鸭"们抢话道："我是神仙哆嘛！""你跑到天上，我有弹弓，一弹，弹你下来！""你成了鱼，我抓你煮来吃！"……

一派欢乐之后，赵朗见天快黑了，便道："弟妹们，快回家！走，我送你们！"

麻姑道："你们回去，我不走！"

银霄阿华巴石道："我也不走！"

"胖鸭"们纷纷表态："不走！不走！都不走！""哪个走，我弹哪个！"……

赵朗急了，道："不行！你们不回去，爹妈怎么办？"

麻姑道："你别管！"

众道："你别管！"

赵朗道："怎么睡觉？"

麻姑道："你别管！"

众道："你别管！"

赵朗道："晚饭，怎么吃？"

麻姑道："你管！"

众道："你管！"

赵朗道："我管？……怎么，吃红苕？"

"呵……吃红苕啰！……"众欢呼着往红苕地跑！……

赵朗道："站住！数数几个人，一人一梱柴！"

银霄道："一，二，三，……十三个人！"

麻姑命令道："十三梱柴！砍柴去！"

"啊！……"月儿出来了，风儿吹来了，小蝉儿鸣了，小狗儿叫了！……轻快的音乐飘一飘地飘过来了——

小鸟儿，成群飞；

小鱼儿，成群游；

小朋友，手拉手，

砍梱柴火煮红薯，

吃饱了，又拉手，

朗哥是我们好朋友。

歌声中，十三梱柴放到红苕地里，十三个孩子坐在林盘里，边吃红苕边唱道：

小鸟多快活，

天上追云朵；

云朵追不着，

地上排排坐。

排排坐，做什么？

边吃红苕边唱歌。

歌儿永远唱不完，

我们都爱朗哥哥！

孩子们的父母及山民都赶来了。一为接孩子，二为看扫把星如何，当看到赵朗和孩子们那么亲热，便也高兴鼓掌，孩子们手拉手表演道——

花瓣白，吹喇叭，

地里开的什么花？

什么花，茄子花，

朵朵藏在绿叶下。

一朵花儿结个果，

从不对人说谎话。

孩子们拉住赵朗大声道："我要乖哥哥！"……

麻尚大声道："赵朗，好孩子，欢迎到我家！"

银霄之父银贵道："欢迎到我家！"

山民们齐声道："到我家！到我家！……"

赵朗下跪拱手道："谢谢爷爷奶奶、叔叔阿姨、哥姐弟妹，你们关爱我！谢谢！以后，请你们死盯着我，看我赵朗是好人还是坏人！……"众鼓掌欢呼。

赵朗激动了，他与弟妹们分为甲、乙方，吆喝数落歌唱起来——

甲：嗨约！……乙：嗨哟！……

你哟！……你哟！……

你姓啥？我姓陆！

哪里的路？赵公山的路！

合：赵公山的路，弯弯路！

弯弯路，有多弯？

溜溜弯啊溜溜弯！

赵公山的路，有多长？

溜溜长啊溜溜长！

一次一次地爬，

一步一步地走，

才开头啊才开头啊，

才——开——头！……

钱旺才道："赵朗来这里，才三两天就被村民们承认，其根本在于他的真诚，在于他凡事先为他人着想之品德。然而，人生之复杂艰辛，是任何人都难以预测左右的。更何况一小小少年赵朗呢！他的生活就只有鲜花和掌声吗？非也！请看'不吃世间苦何能做豪杰'！"

第六回　不吃世间苦何能做豪杰

赵朗拒绝了家家户户为他准备的床位，在树林里，选择了一间无桌无凳无床的草堆房。为何？李老君爷爷说过：久经磨炼才能成仙嘛！

清晨，蜷曲在草堆上的赵朗身子一伸直，起来了。他醒来四下一看，惊呼道："中午了？"飞也似的跑到田间小道上，一失足，掉进水凼凼，挣扎起来如落汤鸡。跑到陈妈家，惊叫道："陈妈！对不起，我来晚了！……"

陈妈闻声而出观其状，惊叫道："哎呀，娃娃吔，你怎么搞的哟！"

陈妈道："掉水凼了？走！"拖住赵朗往屋里走道："换上你陈爹的衣裤，过来吃饭！"往灶房走去。赵朗脱了衣裤，只穿短裤，抓起扫把扫起地来。"吃饭了！"陈妈叫喊着，冲过去抓住赵朗道："看你这个样子，硬是心疼死了哟，娃娃吔！"又凑近耳边道："要是有你这么个儿子，我硬是高兴死了哟！"

赵朗凑近陈妈耳边道："我就是你儿子嘛！"

陈妈又道："是我儿子，就跟我走！"拉着赵朗进灶房，桌上满满的一碗白饭一碗腊肉，陈妈道："快点吃！"

赵朗狼吞虎咽之时，又泪眼汪汪地盯住陈妈。陈妈道："你盯着我干啥？"

赵朗道："你们对我太好了！我又这么晚才来，觉得对不起你们！"

陈妈道："乖娃娃，你这么大一点，正是睡大觉的时候。早晨醒不来，有啥对不起呢？快吃快吃！"

赵朗道："别忙！陈妈，我求你帮我想一下，天刚蒙蒙亮，我怎么才能醒得来？"

陈妈道："很简单，我已经给你腾出一间房子，你搬过来住。每天早上公鸡叫第三次，我就叫你起床！"

赵朗道："陈妈，我早说过，不能搬到你这儿住！"

陈妈道："为啥？"

赵朗道："过多地接受父老乡亲的关照，就不能磨炼自己！"突然，坝子里有两个公鸡打架的声音，赵朗便道："陈妈，你的公鸡，我抱一只到我那边养。每天早晨，它就叫我起床！"

陈妈哈哈大笑道："我的鸡，你全抱过去，我都没意见！"

赵朗抱着陈妈道："多谢陈妈！"

几缕月光透进草房，赵朗将公鸡抱在怀里，亲热道："亲爱的，你第三次叫的时候，啄我一下哈！……"他睡着了。第一次鸡叫时，这公鸡伸长脖子，真的啄他的肚子，他醒来道："你第三次叫了？好样的！保证本大人不迟到了，多谢！"他翻身起来就往外跑。

跑到大树下时，一条蟒蛇追过来，吓得他还未回过神来，就被蟒蛇缠倒在地。蟒蛇在他脖子上咬了一口，他用双手卡住蟒蛇的七寸，待蟒蛇的缠绕松弛了，便用弯刀割下蛇头，将蟒蛇扔到远处，以免惊吓过路人。他往前走了几步倒地了，原来全身被勒伤肿得像圆球。对此，他神态是安详泰然的！突然，一只手将一粒灵丹喂进赵朗嘴里；那只手又在赵朗流血的伤口上方停留，眼看着伤口消逝了；那只手一挥，赵朗全身消肿，进入正常状态，他便兴奋地跪下磕头道："多谢爷爷！"这的确是李老君爷爷在磨炼他。当然，爷爷对他的磨炼才开始！

往前走，五匹狼的眼睛，像十支手电筒，对着赵朗闪闪烁烁，并发出叫声。对此，赵朗并不惧怕。他拿出弯刀，主动地大叫着冲过去。五匹狼将他围了起来，他巍然不动，立于其间。突然，五匹狼如箭似的，围绕他转圈，使他旋晕倒地！四匹狼分别咬住他的手脚，第五匹狼长叫一声后，埋头盯视他，片刻后，狼伸出舌头舔他的脸，他趁机咬住狼的舌头，使劲不放！狼痛叫着使劲昂头，甩掉他，再叫一声跑开了，四匹狼亦追随而去！他知道这又是爷爷在磨炼他，他站起来得意地道："爷爷，你看徒弟如何？"

对于赵朗的胜利，山村里的鸡第二次为他而鸣叫。可他一听，则惊慌道："第三次叫了！呀，又要迟到！"拔腿就跑！赶到银霄家时，银家围墙门尚未打开，便坐门槛上，背靠门板，等一等再说。一坐下，就又闭眼打起鼾来。

第三次鸡叫时，银霄之父银贵起床走到围墙门，听到外面的鼾声：谁？他捡根木棒高高举起，轻轻地拨开门闩，猛地开门，赵朗随之倒地，还似醒非醒。银贵道："朗朗，是你呀？"

赵朗道："银爹，我干啥活路？快说！"

银贵道："哎呀，身上这么多血，怎么了？"

赵朗道："我杀了条蟒蛇！"

银贵吃惊道："杀蟒蛇？大人都怕蛇，你小娃娃！……不得了！快，快去里头洗一洗，我出去一趟就回来！"

赵朗道："不，我要干活路！"飞也似的往里跑道："银妈，给我啥活路？"

银妈道："你歇一歇，吃了早饭去放羊！"

"好！"赵朗四处寻找，在灶房外抓一个斧头，劈起柴来，劈得柴块满天飞。

银霄翻身起床，不洗脸不梳头，坐到门槛上观赏道："朗朗哥，你劈柴好好看啰！"赵朗依然埋头劈柴不语。银霄走到他身边道："朗朗哥，我跟你说话嘛，你为啥不理我呢？"

"乖妹妹，我劈完这最后一筒柴，再跟你说话！"赵朗摆好一筒柴。

银霄踢倒了那筒柴道："不嘛！你为啥不理我呢？"凑近一看，惊道："哥哥，你有血？你摔跤了？你受伤了？我好伤心啰！你快说嘛！……"

赵朗对这不停的话语，只说道："我杀了蛇！"然后，满坝子奔跑，收集柴块。

银霄则跟在赵后头不断道："哥哥，你遇到蛇了？好吓人啰！蛇咬你没有？蛇咬了人，要死的！我好伤心啰！哥哥，你告诉我嘛，哎呀……"她摔倒了。

赵朗跑来扶银霄道："乖妹妹，你伤了没有？"

银霄抓住赵朗道："乖哥哥，蛇血呀？好臭啊！"她翻身起来，拉住赵朗就跑道："走，洗脸去！洗干净了蛇血，蛇就找不到你了！"走到井边，对着一个无提手的木水桶道："这里，埋下头！"将赵朗的头轻轻摁进水桶里，洗起来。

银妈道："银霄，你和哥哥来吃早饭了！"

"吃饭啰！"银霄拉着赵朗往灶房跑去。餐桌摆的是四个煮鸡蛋，泡酸菜，红苕稀饭。赵朗一个劲地用泡菜伴稀饭，几下就吃饱了。银霄道："哥哥，你为啥不吃鸡蛋呢？"

赵朗道："我吃不来！"

银霄道："不行，你必须吃！"她剥掉蛋壳，喂赵朗。

赵朗拒绝道："留给银爹银妈，还有你吃！"

银妈进来道："银霄，哥哥不吃就算了嘛！"

赵朗道："是嘛！银霄强迫我吃，笑人！银妈，我吃饱了！"往外跑。

银霄道："站住！你跑我要哭！"

赵朗站住了，为难道："妹妹，你！"

银霄道："两个蛋，你全吃了！"

赵朗道："我吃饱了！"往外走去。

银妈站在灶房门口道："朗朗，你把蛋吃了嘛，免得她哭！"

墙外传来麻姑的喊叫声："银霄，朗朗哥来了没有？"

银霄道："哥哥来了！我们要去放羊！"赵朗吃着蛋，赶着羊随银霄往外走去！

山林边的一片绿地上，一群白色的羊，伴着吆喝蹦跳的赵朗、银霄、麻姑、巴石及其他小朋友们，显示出无穷的生命力！突然，山林里传来虎叫声，众哭闹不已。惟赵朗不管自己，叫道："不要慌！不要乱跑！"老虎向这边走来，巴石抓住赵朗，欲以赵作挡箭牌道："赵哥，救救我！"赵朗摁下巴石和弟妹们道："不要动！"弟妹们蹲作一团。

突然，巴石往外逃，老虎上前围着他转动。赵朗毫不犹豫地赶上去，摁下巴石道："不准动！"

老虎走向羊群，赵朗冲过去对老虎道："你……饿了吗？就吃我吧！"

他手握弯刀，猛地向老虎的舌头舞去，并大吼道："滚！滚开！"老虎后退了几步，前脚腾空舞了几下，大吼一声，转身跑了！

众围过来，抱住赵朗道："哥哥！你好英雄啊！"他又接受了爷爷的磨炼。

赵朗赶着羊回到银霄家，银妈道："吃晚饭啰！"

巴石道："赵哥，明天该去我家哈？"赵朗点点头，送弟妹们离去。

晚餐又是一碗泡酸菜、一盘炒豌豆，再加清汤寡水的稀饭。赵朗又狼吞虎咽地喝稀饭加泡菜，未动一颗豌豆。

银霄眉飞色舞道："妈呀，老虎好凶啊，要吃人，我们都吓死啦！哎呀，哥哥好英雄啊！"她突然吼道："妈，怎么尽是清汤寡水，哥哥半夜饿了怎么办？"

银妈道："胡说！娃娃家，晚上吃多了睡不着！"

赵朗对银霄道："对的！晚上吃多了睡不着。银妈，我走了！"

银妈道："慢走！睡好哈！"

银霄抓一把豌豆，追上去塞到赵朗衣包里道："睡不着来找我，给你好吃的！"

才午夜时分，鸡叫都不容易醒的赵朗，突然醒了。他翻身起来对鸡道："你又叫了！"见鸡未动，感到饿了！银霄给的豌豆已吃完，怎么办？他提起锄头出门找吃的。左右寻视，发现了几株山药，他举锄挖下去，锄底下银光闪闪，细看：白银！他惊呆了！再挖了几锄，还是白银！他东西环顾，自语道："这是哪家的？"非自家的，不可乱动，这是他的行为原则！于是，便又用锄将白银埋下，地面恢复原状！李爷爷的考验，他又过关了！

次日清晨，在巴石家吃完饭，巴石道："爹，赵哥陪我上集市嘛！"

巴山里长道："行，你就当巴石的……保镖吧！"

赵朗道："巴爹，我只想劳动！"

巴山道："上集市也叫劳动！各种各样的人，各种各样的事，都可以供你学。这也是劳动嘛！"

"各种人、各种事都有学的？"赵朗在仔细思索巴山的话。

到了镇上，巴石吃着东西，晃晃悠悠于闹市中。赵朗的背篼里已装有不少东西，随其往一家糖果铺走去。看见几个人，围住一个正在放钱袋的女人，喧闹着拥挤着，其甲顺手将女人的钱袋偷到手。赵朗道："他怎么偷东西呢？"

巴石道："这批人，靠此为生！"

赵朗冲上前去，抢过钱袋，给被盗的女人送去道："大妈，他们偷你的钱袋！"

女人一看，收过钱袋道："谢谢你，小兄弟！"

那几个牛高马大者，冲过来将小孩赵朗围在中央。其乙抬起赵朗的下颌道："乳气未干的娃娃，管起本大爷来了！看来，你还没有长醒，我帮你一下！"一拳将赵朗打倒，背篼落地，篼中的货物撒落一地。

甲抓住赵朗道："你凭啥说我偷钱？"

赵朗道："我亲眼看见！"

甲道："你一个人看见不作数，你诬蔑老子！"

赵朗指着巴石道："他也看见了！"

"啊！"巴石惊慌道："我……我没有看见！"

赵朗气愤道："不敢承认！你怕啥？"

甲道："你是啥都不怕啰！我怕你好不好？"一拳将赵朗打到一边。

乙道："我怕你！"一拳将赵朗打到一边。

"我们都怕你！"甲乙丙丁一齐将赵朗举到空中，吼道："你再说我偷了，就把你摔成肉泥！"

"不要摔呀！"被偷钱袋的女人惊叫着冲上前道："这个小兄弟摔下来，断腿断腰怎么得了！几位大哥，我给你们磕头了！求你们把娃娃放下来！你们没有偷我的钱！这个钱袋，是我……我偷了你们的！……我还给你们！"交出钱袋。

赵朗轻轻一动，在空中翻两个跟斗落地，抓住女人道："大妈，你怎么……"

女人捂住赵朗的嘴，道："乖乖，为了你的安全，别说了！"

赵朗又冲过去，夺回钱袋，交给女人！乙冲上去欲抓赵朗道："你干啥？"

赵朗逼上去道："你敢干啥？"

甲见到围观者愤怒的眼神，便拍了拍乙道："算了！嘿嘿！……"几个人便动手，拾捡背篼里掉出来的货物。赵朗对巴石指了指道："你说话呀！"

"我！……"巴石又转过身去。

赵朗吼道："不准动！那些全是我的东西！"

甲道："呃，你硬是没有吃够哇！"

赵朗毫不示弱道："不是你的东西，乱捡也是偷！"

甲逼上前道："你！……"他左右瞟了瞟愤怒的人群，便自我下台地伸手摸小孩的脸道："好，今天给你个脸！……"

"你干啥？"赵朗一挥手，甲摔倒在地后吼道："嘿，你个小王八蛋！……"爬起欲抓赵朗！赵朗两手叉腰，傲慢地盯着甲，丙拉甲溜之。

众对赵朗比大拇指道："小兄弟，以正压邪，好！"

"以正压邪！"赵朗叨念着，兴奋道："对，我们要以正压邪！"……

就这样过了十年，赵朗进入了惊心动魄的青年时期。这天，在镇上雕塑商店前，他拿起一个玉帝塑像问道："多少钱？"

老板道："一两银子！"

公子哥儿巴石道："这石头打的要卖一两？你笑人！一文钱就够了！"

赵朗道："哪儿啰，这是铜铸的！"

巴石道："你……你赵朗……"凑近耳边咬牙切齿道："硬是傻到家了，敢和我巴石作对！"又大声道："我说石头就石头！一文钱卖不卖？"赵朗则傻笑着送上一两银子，巴石抢过银子道："你怎么那么傻哟！这石头的，满山都是！"赵朗的另一只手又摸出了一两，交给老板。"你真是天下第一傻瓜！"巴石气得一跺脚，快速地走了，赵朗提着铜像追去。老板则满意地点点头，他是李老君！

走了一段路，巴石回身两手叉腰道："你赵朗十年前是呆子，怎么十年后还是呆子呢？就算是铜做的，也不值钱啦！你送我我都不要！"赵朗仍傻笑不语。

还是那间草房，已有床桌凳，略像人住的地方了。一面墙上，搭了一个神龛，供玉帝像用。漂亮的麻姑银霄在此等待，见赵朗来了，麻姑道："哟，回来了！"

赵朗高兴道："哈，两位妹妹也在！请，进本人之宫殿！"他拿出玉帝塑像，放到神龛上道："位子放对没有？"

众道："基本到位！"

赵朗道："来，我们一起向玉皇大帝行个礼！"四人排队后，赵朗道："玉皇大帝，我们向你叩头了：一鞠躬！二鞠躬！三鞠躬！"

突然，玉帝像金光四射！金光射出草房，草房成了金灿灿、光闪闪的宝地！三人惊呆了道："哥哥，这……"

赵朗则理智道："别忙！看看！"拿下来掂了一掂，道："很重，是金子！"

纷纷拿过来掂掂道："金子！黄金！"

巴石道："起码有两斤重！……赵哥，你发大财了！"

赵朗抱着金像，坐在床边傻笑，麻姑银霄也傻笑。唯独机灵的巴石眼球直转动，顺手摸出那一两从赵朗处拿的银子，退还道："这个你先收下！赵哥，你是这一带的首富了，准备怎么办？"

赵朗道："你说呢？"

巴石道："修一座最豪华的大院子，把县令的女儿结来做媳妇！不，应该弄一个附马来当一当！一天到晚，喝酒划拳，生儿育女！真有享不完的荣华富贵呀！赵哥，这辈子，我跟定你了！"

赵朗道："你跟我干啥？"

巴石道："大管家！"

麻姑道："你当大管家，过不了几天，金钱全到你腰包！"

巴石道："麻姑妹把我当傻瓜了！附马的钱到我腰包，皇帝一句话，我就脑袋搬家！"

银霄道："你是想抱大腿升官发财！"

巴石道："对！一人得道，鸡犬升天嘛！"

赵朗傻笑着摇头道："我可能，命中注定住草房！"

巴石道："你乱说！这是玉帝给你的黄金，就是让你享福！对吧？"赵朗仍傻笑不语，其神态无任何变化。巴石想了想道："那你……你想干啥？"

赵朗道："你说呢？"

巴石自语道："哼，命中注定睡草房！简直没道理！"徘徊几步，灵机一动道："赵哥，你是一两银子买的，那就五十两，不，一百两卖给我！"

银霄道："你跟朗朗哥做起生易来了，笑人！"

麻姑道："嘴巴张大了，当心把你梗死！"

巴石道："两个妹妹，怎么这样说呢？我……"

"行了，别说了！"赵朗轻松地站起来道："走！"

巴石道："干啥？"

赵朗道："退货！"

"啊！"巴石惊呆了，阻拦道："赵哥，你怎么能这样干呢？一不偷，二不抢，三不骗，你正儿八经买来的！……"赵朗欲出去，巴石两手把门阻挡道："赵哥，你发财，是天经地义的！你怎么能退呢？……"

赵朗微笑道："让不让？"

巴石道："不让！赵哥，你是不是怕有人打你的主意，害你？"

赵朗嬉笑道："是，我吓得全身发抖啊！"故作发抖状，挤开巴石出门了。

巴石追上去阻挡赵朗道："两个妹妹快来呀，把赵哥挡住！赵哥，你听我讲，这是玉皇大帝让你发财，谁敢害你？真有人害你，我陪你拼命！为你死，值！……"

"我多谢你了！"赵朗说着往前走。

巴石拉着赵朗道："赵哥，你听我说嘛，像你这样办的人，天底下找不到！你为了啥嘛？"赵朗仍傻笑不语，甩掉巴石走了。巴石大声道："赵哥，赵朗，天下最大的傻瓜！"赵朗傻笑着招手，巴石大吼道："赵朗，天下第一大笨蛋！"

"大笨蛋，等等我！"麻姑银霄叫着，随赵朗朝着阳光灿烂的地方走去！

"看到金子化成水！我为啥没那福气哟。唉！"巴石捶胸顿足蹲了下来！

又是一个艳阳天，赵朗挑一担红薯进入热闹的市场，麻姑银霄随后。选定一块空地，刚放下，一身高一米八的中年男人道："你这一担，我买定了！"

赵朗及麻姑银霄高兴了，赵朗道："好哇，卖给你！"

长一脸横肉的中年人道："多少斤？"

赵朗道："一百二十斤！"

中年人道："多少钱？"

赵朗道："你说。"

中年人笔划道："他们的卖价是一担一两二，你这一担只按一两银子算！先给你一半，送货到家，再补够！"

赵朗收下一半的钱，道："行！走吧！"他挑担跟随，麻姑银霄亦跑步追。走到一座很气派的大院门口，中年人道："就倒在这儿！"

赵朗道："倒门外呀？大爷，你还要再搬一次，麻烦，我帮你挑进去算了！"

中年人怒目道："我叫你倒哪儿，就倒哪儿嘛！啰嗦干啥？"

赵朗倒了红薯，大门外铺了一地。突然，中年人吼道："呃，你为啥给我倒在门外呢？这是我刚修的豪华大院，这道门，是金银滚滚而进的大口子。你用红苕给我堵住了，金银滚不进去了，怎么办？"

银霄道："你……你怎么不讲理哟？"

麻姑道："是你喊倒在这儿的嘛！"

中年人道："我喊倒在这儿？有谁作证？"

二位姑娘道："我们作证！"

中年人道："你们作证无效！你们是一伙的！"对赵朗道："你说，怎么办？"

赵朗轻松泰然道："你说！"

银霄道："你叫他说，他要是说不给你钱了，你也听？不能这样嘛！"

麻姑道："这个大爷胡说我们堵住了他的金银口子，你也认？"

赵朗微笑着阻止二位姑娘道："算了！别说了！"

"你走开！"中年人一伸手像抓小鸡一样，轻轻地将赵朗扔至远处。

"朗朗哥！"二位姑娘欲去救赵朗！

"站住！"中年人阻挡道："我在和他做生意，二位姑娘横插两刀！你们是安心和我扯横筋啰！"

银霄道："我们是路见不平，拔刀相助！"

麻姑道："我们讲正理，不来歪理！"

"行了！"赵朗又插进来，推开二位姑娘，转身微笑着欲与中年人说话。

中年人道："谁跟你笑哇？"又伸手抓住赵朗。

二位姑娘与中年人对抗道："你要干啥？"

中年人道："我要干啥？我要和这位微笑先生说钱的事！你们靠边！"

赵朗道："你说怎么办？"

中年人道："我修大院花了那么多钱，你赔我！……"

"啊！"二位姑娘吃惊！

中年人道："这不现实！今后，金银滚不进我的家，你赔我十万两黄金、二十万两白银！……"二位姑娘急切地盯着中年人！中年人故意吼道："拿来！……"

"啊！"二位姑娘睁大眼睛，更着急了！

中年人笑道："哈！……这样吧，我还欠你的一半，不再给你了！"

赵朗道："我把这几个钱也退给你，行吗？"掏钱时，二位姑娘跑过来阻止。他不听，把钱退给中年人。

中年人道："你不怕吃亏？"

赵朗笑道："吃得亏才打得拢堆！我们是朋友了！我叫赵朗，需要帮忙，尽管找我！"扛上箩筐往前走去。

麻姑追上去道："哼，朗朗哥就是朗朗哥，我们真搞不懂！"

银霄道："那个人也太横了！他……"她一回头，惊叫道："呃，你们快看！"

那座院落不存在了！红苔升空成彩云，光彩夺目！吃惊的麻姑银霄回眼盯着赵朗！赵朗扛着箩筐，微笑着不慌不忙，心静若水！他又通过了李爷爷的考验。

钱旺才道："几经磨难的赵朗，由少年变成了青年，但离成熟还有距离，还当有若干磨难，方可成熟。请看'虔诚淡定多磨炼方成人'！"

第七回　虔诚淡定多磨炼方成人

夜深人静的时候，赵朗提着三副中药，行走于山间小路上。此时，病人银妈斜靠在床上，银贵坐一旁。银霄端碗跑来道："妈，把荷包蛋吃了，就会好的！"

银妈道："我吃不下！"

传来赵朗敲门叫声："银爹，开门！……"

"朗朗哥来了！"银霄立即跑来，打开围墙之门道："你怎么满头大汗呢？"

赵朗往里跑道："银爹，我给银妈捡了三副药！"

"朗朗！朗朗！快来！……"银妈在屋里叫道。

"哎，来了！"赵朗跑进去道："银妈，好些没有？"

银妈道："好了！来，坐我床边！"停了停，深情地道："朗朗，乖娃娃呀，以前我对你关心不够，一想起，心如猫抓呀！"她在为只给赵朗吃泡酸菜难受。

赵朗道："银妈，你千万别这样说！没有父老乡亲，我可能早就喂狗去了！你再说，就是不欢迎我，我就不再来了！银爹银妈，好好休息养病，我走了！"

银霄道："站住！你到哪里去？"

赵朗道："我去陈妈家看看，还有三家！"

银贵感叹道："孩子啊，你真是把千家万户搞成一家人啦！难得呀！好哇，有了你，家家都有希望！"

银妈道："朗朗，你银妈要请你帮个忙！"

赵朗道："银妈的忙，侄儿一定帮！请讲！"

银妈道："请把那碗荷包蛋——帮我吃了！"

"啊，又要我吃呀！"赵朗显得很狼狈，满屋却一片欢笑。

赵朗在路上，见一农舍烧起来了，"刘大爷家！"他毫不停留地叫着："刘大爷！"冲进火中，背出刘大爷；又冲进去，挟两袋粮食出来，扔到地下；他衣服燃烧起了，又冲进去，扔出一头大猪，扔出两头小猪，随即跑出来倒地打滚，以熄灭身上的火。一老乡泼来一桶水，他身上的火熄了，眼睛是睁开的，四肢却不能动弹。刘大爷哭叫着："朗朗啊，你的皮子烧伤了！这怎么得了啊！为了我一条老命，把你的命赔进去，不值呀！"

"刘大爷，我没事！"赵朗欲坐起来安慰刘大爷，却无可奈何。

乡亲们赶来，把赵朗抬到陈妈家。赵朗躺在床上，全身被烧得鲜红，有的部位已破皮流血。高龄的万爷爷和李婆婆赶来，见坐的坐，站的站，特别是麻姑与银霄抱在一起，心痛得全身发抖。李婆婆道："我等无能，只有求天神了！"二老对着高天跪下，众亦跪下，李婆婆道："玉皇大帝，赵朗是我千家万户离不开的亲人，我们给你磕头，救救我们的赵朗！"

众磕头哭声道："玉皇大帝，救救我们的赵朗！"

突然，一根红线从赵朗的身上扫描而过，鲜亮的皮肤颜色，一下就变为正常颜色，伤口愈合。此乃李老君之作为。赵朗跳下床，往外跑。见大家为他而跪，激动地跑到李婆婆、万爷爷跟前跪下道："李婆婆，万爷爷，父老乡亲，弟兄姐妹们，我赵朗完全沾你们的光！你们的真情感动了上苍，是你们救了我！赵朗永远是你们的儿子，永远忠诚于你们！"

"朗朗哥！……"麻姑银霄的呼叫声划破夜空，众人高兴地将赵朗抛向空中！

丽日悬空，河风轻柔，赵朗、麻姑、银霄及一群人，在味江河边等候牛皮船，以过河回家。突然，上游河水，无端地形成一座移动的冰山，压了过来，冲撞着皮船，赵朗伸手抓住船索，一使劲就将船拉到身边。又一种无端的力量，把赵朗拉上船。

从此，李老君打磨赵朗的景况，便不断地显现出来！——

河水将船抛至空中翻了几翻，欲把赵朗甩至水中，可赵朗仍站立船头；船被反扣过来，将赵朗压至水底，过了好久，船浮水面，赵朗仍站立船头；突然，岸边的一个女孩落入水中，时隐时现。赵朗一蹬脚，上前抓住女孩，却与暗礁碰撞，船被反扣过来，他猛地抱住女孩脱离船身，翻跟斗至岸边，落地将女孩放下；突然，又一种无端的力量使赵朗四肢瘫软，平躺着飘到水面上空，再将其拉入水中。过了一个时辰，人们才从下游河滩上找到赵朗，他已咽气。

在比河水咆哮声更大的哭声中，赵朗被平放在李婆婆家一张桌上。陪伴的是燃烧的蜡烛钱纸、飘动的幡旗、祭祀的锣鼓、父老乡亲闪烁的泪花、麻姑银霄长流的泪水。李婆婆哭诉道："小孙女呀，是赵朗叔叔救了你，给赵叔叔磕头！"

女孩一边磕头，一边哭喊道："赵叔叔！赵叔叔！……"

李婆婆哭道："朗朗，孩子啊，我们守候你三天三夜了！你是乖孩子，我们不让你走！……赵朗不会走！"

众呼道："赵朗不会走！"……突然，一声巨雷，老天落泪了！雨水落到赵朗的上空，却向周围弯去，形成了一顶乳白色的帐子，将赵朗罩住。猛地，赵朗的身躯平平地往上升，升至高处，向远处飘去，直至乳白色的帐子消逝。……

乳白色的帐子飘进草房，草房发出光芒，赵朗躺在床上，似乎光是从他身上发出来的。过了一会儿，光芒消逝，一盏油灯移动过来，停放在桌上，并没有人执掌。躺在床上的赵朗动了动身子，皱了皱眉，柔美的女声响于他的耳边："亲爱的朗朗哥，该起床了！"

赵朗一惊，睁开眼睛，见一张漂亮的脸蛋，挨着他的脸。他立即偏头，再谨慎地往下方移动几下，猛地坐起来，回头见一位姑娘：着一身乳白色的薄纱，朦胧可见其漂亮的身躯。他立即转头闭眼道："你是谁？"

姑娘道："我是巫师的女儿，你的媳妇！"走近赵朗身边，举手欲拥抱。

赵朗像触电似的立即起身，躲至一边道："你别过来！"

姑娘道："好多男人主动上门求婚，我都看不起！我就爱你赵朗，主动上门，你怎么能这样对我呢？"

赵朗道："我配不上你！"

姑娘道："哎呀，我的乖乖，你越谦逊，我越爱你！"又欲扑过去。

赵朗移至桌前，埋头弯腰背对姑娘道："你爱我是犯罪！"

姑娘道："我爱你是犯罪？哈，为了爱你，我家花钱请几个功夫好的人，把你从河里捞起来，又花钱请高人把你救活了。我这是犯罪吗？"又向赵朗靠近。

赵朗蹲到桌子下面道："你救了我，我还钱！"

姑娘道："你还钱？哈！……你家家户户求饭吃，手中无一分钱。你唯一的办法就是纳我为妻！亲爱的，我疯狂地爱着你！"欲蹲至桌下拥抱赵朗。

赵朗道："请你出去！"

姑娘道："这是我的家，你为啥要赶我走呢？"

赵朗道："那我走！"蹲出桌子去开门，被弹了回来，反复几次，弹坐于地面。

"哈！……"姑娘发出银铃般的笑声。

这草房的墙是草织的，赵朗想来个穿墙而出，结果仍被弹坐于地上，他又不敢抬头看姑娘一眼。姑娘笑道："哈！……看来，你我婚配，是天意！"动手便拉赵朗。赵朗猛地往床下钻去，姑娘道："乖哥哥，你，这有失你的身份嘛！出来！"

赵朗道："不出来！"

姑娘似自语道："……怎么办呢？……看来，只有回去把爹搬来，才能保证这美满的姻缘！"最后一跺脚道："好，我走了，你不准离开！"说完开门走了。

等了一会儿，赵朗探头探脑地爬出床，蹑手蹑脚地走至门口，推开门——父老乡亲们将草房围着！对于草房内发生的一切及姑娘的离去，他们都不知道。但赵朗一出门，便看见了，众人上来叫道："朗朗！"

"父老乡亲，我很好！"赵朗又回到爱他的父老乡亲中。

过了几天，阳光下，山路上，马匹彩旗开路，锣鼓敲打随行，两台花轿闪悠悠跟后，此乃巫师之师。走到了草房外停下，巫师便走下花轿，两士兵从花轿里抬出一把交椅放好，巫师坐上去。他环视一下赶来的山民，声若洪钟道："赵朗在哪里？"众无一人回应，巫师挥手道："抓赵朗！"

四名佩刀骑士一拍马，便腾空飞出山林。山林那边，万紫千红的花园里，赵朗正在此向老花农学习技术。四名骑士赶到齐声吼道："赵朗！"

赵朗站起来，无语地盯视着空中的马队。四骑士道："赵朗，出来！"

赵朗道："有事吗？"四骑士驱马飞至，其中一人提起赵朗放到马背上，飞奔走了。奔回草房边，赵朗从马背上下来，神态自若地，用疑问的眼神盯着巫师。巫师起身，严肃地上下打量赵朗。赵朗不卑不亢地微笑道："请问……"

巫师道："你是赵朗？"

赵朗道："小人赵朗，请问大人……"

巫师道："我是巫师！"他凑近赵朗的脸，目不转睛地盯着，似乎要给其一个下马威，让其点头哈腰。赵朗却施礼道："请巫师大人坐下，有事慢慢道来！"

"哈！……"巫师大笑赞赏道："赵朗啊，真是一个不惊不诧、冷静沉着、能左右江山的好苗子！老夫不虚此行也！"

赵朗仍礼节道："巫师过奖了！"

巫师道："我宣布，赵朗做我家附马、我的副巫师、未来的巫师！请上轿！"

赵朗道："巫师大人，赵朗不是那块料！赵朗从未有此非分之想！"

"哈！……"另一台花轿里传来脆生生的姑娘的笑声，走出来的就是那位向赵朗求婚的姑娘！她走来向赵朗道："亲爱的朗朗哥，我父亲亲自出马来接你，你和我上轿吧！"

赵朗道："巫师大人，小姐，我赵朗天生命薄，不能享受这一切！对不起了！"

姑娘道："我爱你！"

赵朗道："我没资格接受你的爱！"

巫师道："我们需要你！"

赵朗道："我需要的是，做个有良心的百姓，从来没想过当官！"他走进人群道："这些养育我的父老乡亲，才是我的亲人！我永远属于他们！"

众道："赵朗是我们的！"

姑娘道："赵朗是我的！为了赵朗，我和你们拼命！"

巫师阻拦道："孩子，冷静点！"

姑娘道："爹，你不把赵朗给我抓到手，我……我就死在你面前。"

巫师抓住姑娘道："孩子，爹一定想办法满足你的要求！"

然后，对众人道："乡亲们，我不会和你们打仗，放心好了！"欲去找赵朗，被众堵住，巫师便道："赵朗，我女儿爱你，三天以后我来接你！"

赵朗大声道："我是父老乡亲的！"

众道："赵朗是我们的骄傲！"

突然，锣鼓声震天动地，巫师的人马腾空而去，消逝在天边。巫师的交椅却留了下来！赵朗站在交椅旁，微笑着凝视远方！巫师是李老君，留下的交椅，是代表财神爷的神物。

又是一个赶场天，赵朗、麻姑、银霄背着背篼，卖完了东西，转悠于闹市里。巴石则在小镇的猪市坝，与一群人围着一个卖药的道士。道士举着一瓶药道："诸位，我这瓶药，有谁买？"这道士又是李老君。

巴石道："是拿来治病的吗，还是收命的？"

道士道："收命的！"

众人哗然："啊哟，你拿来收命？怪了！""你又要收命，又要卖钱，天底下哪有这样的怪事？你笑人！"

巴石道："你是不是有病，说胡话哟？除非是疯子才会买你的药！"

道士对巴石道："小施主，你信不信，肯定有个正常人买我的药！"

巴石道："呃，新鲜！你这样说，是要和我打赌哇？"

55

道士道："打赌就打赌！怎么赌？"

巴石被道士一句话堵住了，众鼓励他道："赌，跟他赌！""他肯定要输！你想想看，谁会拿钱买死？他不输才怪！赌！""拿钱买死的人，天底下找不到！"……

巴石道："好，我赌！赌啥？"

众道："赌钱！把他的钱赢过来，请大家吃一顿！"……

巴石道："好！赌你的钱！"

道士道："行！这瓶药卖一两银子，我身上还有三两银子，我输了，全给你！要是你输了呢？"

巴石道："我要是输了，也给你四两银子！"

道士道："好，就这么定！"

闹市的这一边，赵朗对麻姑银霄道："停一下！"从两位姑娘身上取下两个小背篼，放进自己的背篼道："我是当哥哥的嘛！"

两位姑娘道："真是一位'坏'哥哥！"唱跳着往前跑。

随着时间的推移，那一边猪市坝的围观者越来越少，并有的打退堂鼓道："这么久了，没人来，我看搞不成！走啊，回家喝跟斗酒！"……

道士则不惊不诧地道："诸位，凡事都要有耐心！"

巴石烦躁道："太阳快落坡了，算了！道长要是大方认输，给我一点赌金；要是舍不得，我也不跟你赌，走了！"

道士阻拦道："别走！小施主，不要着急！我的买主快到了！"

巴石道："快到了？你根据啥？"

道士道："天机不可泄露！要不了眨眼工夫就见分晓！"

巴石道："哈，你又在骗我！哎呀，四两银子绝对要到我包包头哇！"

这时，赵朗走来道："巴石兄弟，你在干啥？"银霄、麻姑跟后。

巴石兴奋地抓住赵朗道："赵哥，大好事！这个道士的药卖不出去了，他就要给我四两银子！我赢了，大家下馆子！"

赵朗道："怎么回事？"

"走！"巴石拉赵朗至道士跟前。

巴石道："好！买主还没到，拿钱来！"

"别忙！"道士拉着赵朗道："这位就是我的买主！"

"啊！"众人先吃惊，又大笑起来道："嘿嘿，看你耍什么花招？"……

赵朗并不惊诧，也不过问，只是微笑地等待着什么。

麻姑问巴石道："他卖的什么药？"

巴石道："死人药！吃了他的药，就要死人！"

银霄道："他为啥说朗朗哥是买主呢？"

巴石道："他是想骗赵哥的一两银子。我们不会上当，不会买他的！"

众道："对，我们都不买他的！你们也不能上当哈！"……

银霄放心道："朗朗哥会出钱买毒药？天大的笑话！"

麻姑道："哼，除非遇到鬼！"此时，二位姑娘肯定赵朗不会买此药。

巴石道："对呀！我们不买他的就行了，他只有乖乖地给我钱了！哈……"

"走哇，站着干啥？"银霄也叫着，与麻姑一起推赵离去，赵却稳如泰山。

他走到道士跟前，小施一礼，微笑道："请道长训导小生，小生想长点见识！"

道士道："小施主求知欲强，很好！我认定你是我的买主，也算你我的缘分！"

赵朗道："何以见得？"又与道士交汇眼神。

道士道："我这个药，是专为有缘分的人制作的！"

巴石吼道："既然有缘分，你为啥要让他吃了就死？"

银霄吼道："是嘛，你为啥要收有缘人的命呢？"

麻姑吼道："你把道理说清楚！"

道士意味深长道："天机不可泄露！我只能实话实说，吃了我这个药三天之内，就会到你想去的地方，到你该去的地方！"

赵朗与道士的眼睛又碰出了火花，便道："也许，这就是天意！此药我买了！"

道士笑道："无量寿福！善哉善哉！"

"不准买！不能买！"巴石与二位姑娘竭力阻挡！

围观者亦劝道："小兄弟，买不得呀！明明要丢命，你又何必呢？"……

赵朗泰然道："祸兮福所倚，福兮祸所伏！应该去什么地方，我听从安排就是了！"伸手拿到药水。

"不准吃！"巴石及二姑娘阻拦着，赵朗高举药水一饮而尽！三弟妹瘫坐在地，痴呆地盯着赵朗！

随后，赵朗就甩手而去。两位姑娘则背着箩，行走在赵朗两侧。巴石呢，背着箩忽前忽后，都在观察保护着赵朗。

走了一段路后，忽然看见。

前面有一群人在嘀嘀咕咕，巴石上前问道："有啥事？"

众道："三岔路口，有几个强盗！专抢过路的人！都不敢过路了！"……

"我去看看！"赵朗说着，摆脱众人的阻拦，背上背篼，弯腰驼背，踉踉跄跄地往前走去。三强盗吼道："站住！"冲上去拉下背篼，赵朗倒地蜷曲成一团，全身发抖。三强盗将赵朗围住吼道："老头，你不留一两银子，别想走！"

可"老头"慢慢地身子伸展，站起来道："我是老头吗？"三强盗望而欲逃，受骗了！赵朗"嘿！嘿！嘿！"地吼三声，并将三个强盗制服！

众人围过来叫道："就是这三个强盗，太好了！"……

巴石道："赵哥，把他们捆在树上，让过路的人都认识他们，以后好防他们！"

三强盗惊叫道："哎呀，捆起示众！那好丢人啰！求求大哥！……"

赵朗道："你们还要脸哪？抢了人的钱财，该不该还？"

三强盗道："还！一定还！"

赵朗道："以后还抢不抢？"

三强盗道："不抢了！"

赵朗道："为了给他们一个脸，就不捆他们了！我想，把他们三人带到我家去。你们几位，还有遭抢的乡亲们，都到我那儿去，一块儿处理！"

巴石道："赵哥，莫非你还要把他们养起来？"

赵朗道："他们也是人嘛！我相信他们能改过自新！"

三强盗跪下道："大哥，我们一定跟着你做新人！"

吃"死人药"第三天，赵朗在水磨房为乡亲们磨面粉。流水冲着水车转动，传出"吱咕吱咕"的水车声，"嘀答嘀答"的水声，"嚯嚯嚯"的石磨声，赵朗"嗨哟哟"的吆喝声，汇成轻松和谐的音响。……巴石麻姑银霄走来，见几个小孩在水车边玩耍，麻姑道："孩子们，不要去碰水车哈！水车危险！"然后，走到磨房门口站立不动，盯着赵朗咳嗽一声。赵朗道："呃，你们来了？"

三弟妹说道："出来！"

赵朗走出来道："啥事？"

"站好！"赵朗立正，三弟妹围着赵转圈，快乐地将其抱住道："吃了'死人药'，三天过关了！"

赵朗也叫道："哈，我赵朗死不了啦！……"四人狂喜起来！突然，传来小孩的哭叫声！赵朗几步上前，见一小孩在水车上，可能被摔死，或掉水里淹死。他一跺脚，飞腾上去，抓住小孩，落地！小孩平安无事了！众人仍惊魂未定，盯着他！这功夫该是吃了"死人药"的反应吧？

傍晚，绚丽的霞光尚未散尽，茅舍之炊烟则升起。赵朗及巴石麻姑银霄，走到三岔路口，欲分手回家。突然，一个老叫花子边走边用嘴敲着锣鼓道："赵朗，坏蛋，呛呛呛！赵朗赵朗，天天骗人！呛呛呛！……"

巴石麻姑银霄吼道："你才骗人！"

"啊！"叫花子吓了一跳，又凑近巴石看道："你们是赵朗的啥人？"

三人道："我们是赵朗的弟妹！"

"你是赵朗他爹妈，我也不理你！"叫花子是个近视眼，故爱对着地面骂道："你赵朗二十多岁了还到处骗饭吃！……哎呀，看到你赵朗吃红烧肉，喝跟斗酒噻，我就只有望着天喝山沟水呀！可怜的叫花子呀，呛呛呛呛呛！"

赵朗拉着叫花子道："大哥，请你到我那儿吃红烧肉，喝跟斗酒，如何？"

叫花子道："你是谁？"

赵朗道："我是赵朗！"

三人道："就是你骂的赵朗！"

叫花子道："嗨，新鲜，我在骂你，你还要请我吃饭！"

赵朗真诚道："大哥，每个人的想法做法，可以不一样，但每顿吃饭又都是一样的呀！吃饱了喝足了再说请吧！"

叫花子道："好，这才是我要的赵朗！"

草房里，叫花子坐在巫师留下的那把交椅上，望着满桌的红烧肉、跟斗酒，不断地打嗝。赵朗则不断给叫花子拈菜敬酒道："大哥，再吃！"

叫花子醉醺醺地站起来道："这把交椅，好东西，保留好，用好！"然后，往外走去。

赵朗追上去道："大哥，你怎么就走了呢？"

叫花子道："我也不麻烦你！"别看步履蹒跚，可速度还不慢。

赵朗追上道："大哥，就在我这里过夜，我担心你不安全！"

叫花子道："不用！"

赵朗服从道："好的好的，请慢走！"

这叫花子还是李老君。

"我听你的！大哥慢走！"赵朗原地不动，望着远去的叫花子，于茫茫的黑夜中，被一道红光吞没。

赵朗思索着，慢慢地往回走。突然，几道红光交相闪烁划行，聚焦于赵朗身上。对此，赵朗泰然静立。"赵朗，你们十个太阳害死好多人！还我命！……"红光辉映下乡人魂魄飘来……

赵朗真诚动情地道："先人们，我赵朗前世，害死了无数善良的生命，欠下了永远还不清的命债！为此，就是死亿万次，我的心也不能平静！现在，你们要来收我的命，该！"

众魂叫道："跳悬崖！跳崖！……"

赵朗毫不停留地向悬崖走去，到了悬崖边，他真情地喊道："先人们，我对不起你们！"向崖下跳去！突然，一道红光将赵朗裹住，太空里回荡着李老君的声音："孩子，勇于负责，好样的！"

"爷爷，我欠下了一笔还不清的债呀！"

李老君的声音："孩子，路一步一步地走！债一笔一笔地还！但绝不可轻生！父老乡亲们需要你，大胆地去走吧！"

钱旺才道："经历了现实生活的摔打，又经历了李老君的考验，赵朗成熟了。他在一步一步地行走着！下一步会如何呢？请看'吃百家饭长大以人为本'！"

第八回　吃百家饭长大以人为本

赵朗一出门，一伸腰，就见红苕，苞谷，花生，山果，茶叶，家禽，摆满一地，乡亲们严肃地盯着他，他感到意外，道："乡亲们，有啥事吗？"

乡亲们指着满地货物道："收下！"

赵朗一看，便道："老爹大妈们，我早说过：情，我领了；东西，拿回去！以后不要再这样了！"

众人叫道："你不收，我们就不走！"……

赵朗抢话道："乡亲们，吃你们的饭长大，养育之恩，这笔账如何算？我跟着你们学会了各种技术，欠你们的学费又该如何算？这两笔账还没还清，我又要从你们那儿拿钱拿粮，这……我的良心被狗吃了？"

众道："你天天为大家做好事，又不求一点报答，我们难受嘛！"

银贵道："孩子，收下了，你难受；你不收下，我们难受！这一来，大家都难受！这……怎么办呢？"

李婆婆道："乖娃娃，精灵鬼，一定会想一个大家都高兴的办法！"

赵朗道："婆婆呀，我是大蠢猪哆嘛！我……"一看太阳升高了，惊叫道："哎呀，不早了，我要走了！"

李婆婆抓住赵朗道："你跑不脱！上哪儿？"

赵朗道："山那边，聂郎兄弟家！"

李婆婆道："啊，是呀，聂郎他爹前不久走了！"

赵朗道："就是，聂妈很伤心，我要去动员他们搬过来！现在家里头又困难！"

李婆婆道："他家困难，就带些吃的去嘛！"她边说边指着大家送来的东西。

银贵拍手道："好哇，孩子！你把这些都收起来，帮助困难户！"

众道："好！这一来，大家都高兴！"

"好哇，就这么办！啊！……"赵朗高兴地翻两个跟斗，指着一背篼问道："王爹，这背有多重？"

王爹道："苞谷，大约六十斤，绿豆大约二十斤！"

赵朗道："贵爹，这背东西，我背到聂郎那儿去了，请你记下来！其他东西，全部登记，我当随时向大家作交代！"立即往聂郎家奔去。到三岔路口，他依然埋头快速跑着。"站住！"麻姑银霄大声叫道。

"麻姑妹妹，银霄妹妹，你们干啥？"赵朗高兴地咧开嘴。

银霄道："找你！麻爹他们在后头！"

麻姑道："给你修房子的事！"

赵朗道："哎呀，我早就不同意，为啥要'整'我呢？"他放下背篼。

麻姑道："为啥要'整'你？是，我哥哥他们正抬木料来'整'——你！不'整'你，他难过；不'整'你，我们大家都难过！"

银霄道："呃，你为啥不领情呢？"

赵朗道："领情领情！我年纪轻轻，你们就……就这样'整'我干啥嘛？"

银霄道："啥，你硬是说我们在'整'你嗦？说清楚！"

麻姑道："不说走不脱！"

赵朗道："说了让我走！"

麻姑道："行！说！"

赵朗道："大家关心我，我感谢！我从来不想从大家那儿得到报酬，永远不想！现在，我年纪轻轻，想对大家尽心尽力，又尽得太少太少了，为了这点，我心头经常不安；你们又要给我修房子，这不折我的寿哇！这不是'整'我是干啥？"他抓起背篼跑了，且不断地吆喝着：嗨哟！……嗨哟！……嗨哟！……

赵朗的吆喝声，引来了麻良等抬木大军的号子声——

61

抬头望，把坡上。

两边空，走当中。

赵朗住草房啊，大家心头慌啊。

抬来好木料啊，为他修天堂啊。

嗨咗嗨咗嗨咗嗨咗……

优美动听的抬木号子声，在树木崖石间回荡……真使人心悠悠，情荡荡，舒坦极了，快乐极了。

赵朗行走在山坡上的乱石间。突然，他听到隐隐约约的呼叫声："哥哥——！哥哥——"似雀雀的鸣叫声。随其声音的加大，他明白了，这是聂郎兄弟。于是，他也回应以雀雀鸣叫声："弟弟——！弟弟——"双方的呼叫声很有节奏，不断重复，很像打击乐。赵朗找地方坐下继续叫；九岁的聂郎，则叫着围绕赵朗转圈。发现赵朗还喊"看不见"，他就"哇"的一声扑至赵朗怀里，将赵的脸抹花；赵朗也"哇"的一声，抱着聂郎转圈，倒地后指着天空道："弟弟，站起来！"聂郎站起来后，他道："你头顶的是啥？"

聂郎道："天！"

赵朗道："你的脚站在哪里？"

聂郎道："站在地上！"

"这就叫……"赵朗手指天启示道，聂郎想了想道："顶天！"赵朗用手指地，聂郎道："站地！"赵朗摇头，聂郎道："立……立地，顶天立地！"

"好，我的兄弟真聪明！哈……"赵朗高兴地狂笑起来。

聂郎求知道："哥哥，顶天立地是啥意思？"

赵朗道："头顶天，脚踩地，人人都这样嘛！"

聂郎道："真的呀？我不信！你每次对我讲的，都有别的意思！啥水滴石穿、专心致志呀；啥百折不挠、不耻下问呀；啥大公无私、脚踏实地呀，还有……"

赵朗道："哈……还是我的弟弟聪明！什么样的人才是顶天立地的人呢？学习一切知识要有不耻下问、水滴石穿的精神；做一切事情要专心致志、百折不挠；为父老乡亲尽力要脚踏实地、大公无私。这些都做到了，就是顶天立地的汉子！懂了吗？"

聂郎道："懂了！你就这样顶天立地！"

赵朗道："行了，你不要给哥哥戴高帽子了！等搬过去以后，我天天教你读书，学知识！走，回家去。"

在一间草房里，年约三十几岁的聂妈正在纺线，一听"聂妈"的呼叫声，也高兴地迎到门口道："朗朗来了！"赵朗直接到厨房，将粮食倒缸里，聂妈道："朗朗，你又这样，我心里……"

赵朗抢话道："聂妈呀，我心里对你是很有意见的！"

"哥哥，喝水！"聂郎倒杯水送来。

赵朗道："哎呀，我的兄弟太乖了！"

聂郎道："妈，哥哥说等我们搬过去以后，要教我读书，教我做一个顶天立地的汉子！"

聂妈高兴道："好！顶天立地！哈……你看，这花脸猫才是顶天立地！"抓块帕子给赵朗擦花脸。

赵朗道："还不是你这个顶天立地给我搞的！哈……聂妈，快点搬过去吧！你想嘛，我那边的事情又多，不能天天过来，对你们我很不放心！搬过去了，天天看到，就踏实了嘛！再说，兄弟不读书，我心头是慌的！"

聂妈道："好！按你说的，越快越好！"

赵朗道："好，当侄子的就等你的命令！我走了！"

聂郎追上来道："哥哥，我要跟你玩！"

赵朗道："现在最重要的是，照顾好妈妈，你能保证吗？"

聂郎道："我保证！保证照顾好妈妈！"

赵朗走了几步又回头对聂郎指指天，指指地，聂郎道："顶天立地！"

赵朗大声道："照顾好妈妈，就是顶天立地！"说着快速走去。

这一带势力最大、最霸道的员外坐在轿子上，闪悠悠从草房的一边拐弯过来，走在前面的管家对聂妈道："聂家的，你欠的租金赶快还来！"聂妈点头。

傍晚时分，赵朗的草房外，麻良等抬来的木头，就已堆积如山了。麻良对众人道："回家喝酒吃肉，睡好觉，明天开始动工！"

在一旁的巴石，掌握了这一切动态，就跑回家向父亲巴山里长禀报道："爹，麻良他们抬了很多木头，要给赵朗修房子？"

巴山道："你听说的？"

巴石道："亲眼看到，明天就动工！"

巴山道："走，马上组织一群人，去把木头给他运走不就完了！"

高天上明月孤悬，树林里火把熊熊，巴石父子组织的大队人马赶来，欲将木头运走。麻尚麻良等跑来阻止，麻尚道："巴里长，这些木料，是我们心甘情愿为赵朗修房子用的，你要搬走，也该有个理由哇！"

巴山道："理由只有一个：巫师的命令！你们不满意，找巫师说去！"然后，指挥众人抬起木头，很傲慢地离去。

此时，赵朗正在照顾得病的万爷爷。乡亲们却在呼叫着："赵朗！朗朗兄弟！朗朗哥！……"山野树林中，一支支火把队伍，从四面八方向万爷爷家会聚。

万爷爷道："娃娃，有事找你，你快走！"

"我估计，没啥大事！"赵朗对全村落的大事小事，是了如指掌的。

万爷爷道："不对！肯定有啥事！你快走，你不走，我心里不舒服！"

赵朗道："不行，不看到你喝药，心里不踏实！"

"好！……"万爷爷喝完后，动情道："有你这娃，算山里人的福气啰！……"

赵朗跑到三岔路口，与众人相遇道："出啥事了？"

麻良道："兄弟呀，我们给你修房子的木头，被巴山两爷子的人抬走了！"

赵朗道："啥理由？"

麻尚道："他没说理由，只说是巫师叫干的！"

银贵道："我们不服，他叫我们找巫师！"

赵朗道："背时！我喊你们不要搞，你们……"

麻姑道："我们硬要'整'你，是不是？"

"就是，就是'整'我！哈……"赵朗又翻起跟斗来。

银霄急了，抓住赵朗道："你还笑！坏哥哥！坏哥哥！……"

麻尚道："孩子，你看怎么办？"

赵朗轻松地安抚道："麻爹，没事！明天，去搬回来就完了嘛！要是大家不想动手，就叫他们给我们搬！"

"啊！"所有的人都张着嘴，发出一样的惊叹声，痴呆地盯着赵朗！

赵朗轻松道："好了，该睡觉了，大家回去吧！"他越轻松，大家越不轻松，越找不到话说，只有盯着赵朗。赵朗道："盯我啥？……你们？……呃，不走哇？不走我走啰！"他迈一步，大家跟一步；一步跟一步！……月光下，炬光中，这种行为不断重复，而其间唯有赵朗之笑声，在空中飘荡。大队伍到了草房外，席地者，站立者仍盯着赵朗。赵朗反被盯诧了，道："哎……你们？我哪儿搞错了？"众不理不语，"我……懒得理你们啰！"赵朗把交椅搬了出来，燃起篝火唱起歌，跳起皮鼓舞来：

青松青来篝火熊
燃起篝火满天红，
风吹篝火"啪啪"响
又唱又跳乐无穷。

赵朗大声吼道："跳哇！闹哇！打哈哈呀！篝火都在欢闹……"

"哈！……"赵朗高兴地演唱着，给众人摆山茶水果。

栀子花儿香又圆，

干妈请我打长年。

干妈只给二吊五，

干妹圆我八吊钱！

赵朗对麻姑银霄等道："干妹，你们大方点哈，关心一下干哥哥，给干哥哥圆一圆梦嘛——你十吊钱，你一百吊钱，你一千吊钱！让干哥哥发一回财嘛！"

麻姑银霄等推搡道："发你的背时财哟！"……

"啊呀呀！……"赵朗顺势翻跟斗，唱道：

月亮出来照山坡

照亮山坡比唱歌

兄弟多半公鹅嗓

漂亮妹中害羞多

"你才是公鹅嗓，你才是害羞！……"众笑闹着追打赵朗，在赵朗的鼓动下，众兴奋起来，聚为甲乙双方，边唱边跳皮鼓舞——

甲：你，你，你……乙：我，我，我……

你姓啥？我姓路

啥子路？赵公山的路

合：赵公山的路，弯弯路

弯弯路哇好不好走？

条条路都不好走

关键看你敢不敢走

大胆些，往前走

不走你就无前途！

勇敢些，不停地走，

每走一步算开头

算——开——头！

歌声中，交椅金光闪闪，迫使人们用手遮住了眼睛。待金光消逝，则红日东升，彩霞满天！……"嗨哟！……嗨哟！……"呼叫声像一阵狂风，卷起松涛万叠！一双双惊呆了的眼睛，眼神向一个方位集中——一座规模宏伟的木制四合院，实实在在呈现在眼前。交椅放置在大院正中的，供人们祭祀的堂屋中央。人们呼叫着，狂奔于院落的每一个角落，吼闹道："赵朗干的？""神仙，神仙在帮赵朗的忙！"……人们兴奋的视线，又集中到神秘的赵朗身上了！赵朗知道，这是李爷爷在给我撑腰，且知道了交椅乃神物也！而天机又不能泄露，便兴奋道："乡亲们，我们把这里办成老人、孤儿院！到镇上搬木头，出发！"

赵朗的"大军"，集中在镇上一个大坝子，坝子的一旁，堆满了给赵朗修房的木头。巴山向赵朗走来，显得气势汹汹，咄咄逼人！巴石气喘吁吁追叫道："爹，爹！……等等我！"赶到后，耳语道："昨晚上，赵朗的房子已修……修好了！"

巴山道："一个晚上，谁修得起？"

巴石道："谁？不是……鬼，就是……神！"

"啊！……"巴山惊呆了，凝思片刻，便满脸堆笑地向赵朗走来道："朗朗，乖娃娃呀，我想你呀！"

"巴爹，我也想你，就是没时间来呀，对不起！"赵朗也热情与之握手！

巴山道："乖乖，走，进里面喝茶！"

"别忙！"赵朗见一棵大树顶端，有一个雀雀窝在风中摇荡。他一跺脚，飞升上去，又迅速降落，对巴山道："巴爹，两个雀雀蛋，老人家营养营养！"巴山明白了，赵朗这小子不敢惹，也不能惹，故道："老爹谢你了！巴石，你叫大家把木头给你赵哥送去！"

赵朗道："不用了，我们自己动手！乡亲们，我们再修一个幼稚园，办一个学堂，教娃娃读书，好不好？"

众呼："好！"

钱旺才道："赵朗全身心地爱父老乡亲，父老乡亲便全身心地关照他，这就为他以后的一切作为，打下了坚实的基础！那么，如此热爱父老乡亲的赵朗，当如何为父母敬孝呢？已搁置了那么多年了，他们何时才相见呢？请看'老百姓需要我父母置后'！"

第九回　老百姓需要我父母置后

新修的幼稚学堂与老人孤儿院，大门对峙。因赵朗住在这里，这里就成为赵公山人聚会的地方。今天，人们来此，是为赵朗要回老家接爹妈送行。当他背上背篼走出大门时，银贵就道："朗朗，孩子，我准备了一些滋补品，拿去给你爹妈补一补！"

赵朗道："谢谢银爹！"

麻尚拉住赵朗道："孩子，你麻良哥和阿华的婚礼，还是要等你爹妈到了才进行啰！我们是安了心，作好了一切准备的哟！"

麻良抓住赵朗道："赵朗兄弟，你五次说好了回去接爹妈，又五次不回去，搞得我五次没结成婚！今天不能再重演啰！"

五家人道："对不起，五次都是我们的事情，耽误了赵哥接爹妈，对不起了！"

麻良道："没事，不怪你们！"又催促赵朗："快走！……"赵朗离去。

"赵叔叔！赵叔叔！"一个男孩大声呼叫着跑来，麻良拦住小声道："啥事？"

男孩小声道："周爷爷绊到崖底下去了！"麻良立即带几个年轻人走了。

赵朗追过来问道："出啥事了？"

众道："没事！你快走！"

赵朗扫了一眼道："麻良哥呢？"

"快走！快走！"众推赵朗走，赵将背篼交给万爷爷，万抓住他道："娃娃呀，回去接爹妈才是大事！"

"大事在哪儿？万爷爷说错了！"赵朗将万爷爷的身子，扭转过去，对麻姑银霄道："两个妹妹，多关照一下两个老人！"向麻良走的方向追去！众亦跟随。

李婆婆道："这样的娃娃，打起灯笼火把都找不到！"

"是呀，算是我们这一片人的福气呀！"万爷爷边道边摇头。

李婆婆看了看万老头，问道："呃，你摇头干啥？"

万爷爷道："我摇头了？……这个，对了，活了七十多年，才遇到这个娃娃，不抓紧时间玩咯，就对不起朗朗娃哟！"他敲起川戏鼓点，走起台步来，麻姑上前扶着万爷爷，银霄唱道：

你看那，

鸳鸯鸟儿成双成对……

"不准老牛吃嫩草！"李婆婆上前推开麻姑，牵万爷爷，与众唱道：

你看那，

鸳鸯老了还有一对！……

"赵哥！"一小伙子呼叫着寻找赵朗："赵哥呢？"

万爷爷道："他走了！你啥事？"

小伙子道："牛冲太不像话，摁着他爹妈使劲地打！整得爹妈头破血流！"

麻姑道："这还了得！走！"

小伙子道："不行，麻姐，恐怕只有赵哥才镇得住！"

"我才不信！走！"麻姑抓住银霄随小伙子走了。

李婆婆感叹道："唉，牛冲这娃儿，麻烦啊！……"

金霄牵扶赵朗妈走前，其父赵木背一大梱竹简，抱着皮鼓走后，来到两院门口，东看西看，金霄打听道："爷爷，婆婆，你们好！"

李婆婆道："我们好！大家都好！"

万爷爷道："有话直说！"

金霄道："请问……"

万爷爷道："不要请过去请过来，问就行了！"

赵木道："我的儿……儿在这里吗？"

万爷爷道："你的儿……是皇帝，还是土匪头子？"

本不善言语的赵木，被万老头一闷棒，整得语无伦次，使得与赵朗之父子关系，不易被守门头万爷爷确认。

赵妈道："我的儿子赵朗！"

"赵朗！"万爷爷李婆婆瞪大双眼，特别是万爷爷倍加警觉起来。

赵妈道："赵朗，知不知道？"

万爷爷道："你问啥呀？……啊，我知道，有个赵朗，不在这儿！"

"赵朗，我儿子！你叫他出来！"赵妈说着往院里走。

"站住，不能进去！"万爷爷阻拦道："你们找错地方了！往上头走吧，你们要找的人，多半在上头！"

可金霄都拿出竹简读道："老人孤儿院，幼稚园学堂，建立！爷爷婆婆，这没错吧？"

李婆婆道："没错没错！"

"你说些啥哟？"万爷爷将李婆婆拉至一边，小声道："不要乱答应！弄清楚了再说！你要是给朗朗娃添些麻烦，我对你不客气"

李婆婆道："啊哟，好像朗朗是你一个人的！我还不懂？"

金霄读竹简道："刘大爷害病烧房子，赵朗救刘大爷，有这事吗？"

李婆婆道："有，有这事！"

"有这事！你参加了？……听来的事，不要乱说！"万爷爷揪李婆婆的背道："你怎么不听招呼哟！"

"哎哟！"李婆婆惊叫道，"痛死我了！揪我干啥嘛？你要我说假话吗？"

万爷爷道："装哑巴嘛！哑巴又不吃亏！"

金霄读竹简道："李婆婆的孙女掉河里，赵朗救之。"

"对！……"李婆婆见到万爷爷瞪大的双眼，立即变哑语手势。

"你认识我儿子赵朗吗？"赵木对李婆婆道。

"认得认……不得！"李婆婆被万爷爷瞪大的双眼逼得难受，往一边躲去。

赵妈追至李婆婆前道："赵朗好不好？"

李婆婆用哑语，但又怕对方不懂，故大叫道："赵朗是天大的好人！"

万爷爷道："听来的！人好名气大，方圆几百里的人，都知道赵朗这个人！"

金霄读竹简道："有个孤人万爷爷，年老体衰，赵朗通夜照顾不计其数！"

李婆婆哑语，金霄译道："就是他！他就是万爷爷！"

万爷爷对李婆婆道："呃，你又不是当官的，指手画脚做啥呢？"

聪明的金霄，发现万爷爷有官瘾，便信口拍马屁道："哈，听说这个万爷爷，现在是老人孤儿院的万院长！"

"啊，这还差不多！"万爷爷飘飘然过起官瘾，突然敏感道："你乱编的？"

金霄道："哪儿啰，你看嘛，这竹简上写了的：万院长，赵朗任命的院长！"

万爷爷兴奋了："万院长？我是万院长！还写啥？"

金霄道："还写有，万爷爷要活一百二十岁！"

"哈！……"万爷爷敞怀大笑，发现李婆婆带着赵木赵妈往里走，大吼道："站住！你为啥带他们往里窜呢？"拉李婆婆至一边道："你怎么搞的……"

金霄主动道："爷爷，婆婆，赵朗哥离家有十年了，每一个月都有一根竹片，上面写有他的活动情况！"

赵木道："是嘛，看到了竹……竹片，就知道娃……娃的情况！"

赵妈道："是嘛，不知道这些噻，我们早都气死了！"

万爷爷道："都十年了，你们都知道了，为啥不来找他呢？"

金霄道："这上面没有写地址嘛！"

万爷爷道："没有地址，你们为啥又朝这儿跑呢？"

金霄道："这块竹片，是五天前才得到的，上面写的是，老人孤儿院，幼稚园学堂。今日在两院前全家团圆！”

万爷爷道：“啊，这是谁给你们的？”

金霄道：“捡的，一个时辰前，在山那边路上捡的！”

万爷爷道：“啊哟，十年了，那么多竹片是谁给的，你们都不知道！”

李婆婆道：“啊哟，神了！神了！兄弟，弟妹，我为你们高兴！”

突然，大院堂屋内的交椅，又金光四射，片刻才消失。万爷爷李婆婆一下感到，赵朗父母的到来，乃神仙意志之体现也！故万爷爷拉住赵木道：“兄弟，弟妹，神仙在帮你们一家的忙！我们遇到你们的儿赵朗，也沾一点光哇！哈……”

赵妈道：“我的儿，朗朗呢？”

万爷爷道：“他出去了，一会就回来！”

赵朗的屋里，赵妈趴在床上，闻枕头道：“是！就是！我儿的气气！……”

赵木则闻赵朗用的凳子、桌子及其他用具，兴奋道：“我儿的气……气味！……找到了，我的儿！哈！……”他又击打皮鼓。

金霄道：“爹妈，朗朗哥走了十年，你们还闻得出他的气味呀？”

赵妈兴奋地拍着床、桌子道：“呵，我的儿！我的儿的！”

李婆婆道：“姑娘还不懂，爹妈都能闻出儿女的气气！”

万爷爷道：“对的，这个事情，妈比爹强！”

李婆婆笑道：“哈，当官的头一回说对了！”

处理好牛冲家的事情，赵朗便回来了。

金霄拉着赵朗奔至父母前，父母亲看着赵朗，笑容满面，泪水长流，全身发抖地道：“我的儿！……”

赵朗跪下道：“爹妈，儿赵朗，对不起你们！”

赵木拉起赵朗，赵妈推开赵木，捧着赵朗的脸，又是那三个字：“我的儿！……”

赵木推开赵妈，捧着赵朗的脸道：“我的儿！……”赵家三人抱在一起！

众为其欢呼鼓掌道：“谢谢二老，给了我们天下第一好人赵朗！”

万爷爷李婆婆道：“弟妹的到来是我们的福气！”

麻尚道：“弟妹，我的儿子——麻良与阿华的婚礼，已准备多时，等弟妹一到就举行！”

赵朗宣布道：“麻良兄与阿华妹的结婚仪式，现在开始！”

“嗨哟！嗨哟！……”赵木夫妇吆喝着，跳起皮鼓舞，赵朗亦跳起来，这是赵家团圆的最好体现；新郎新娘也跳起来，体现人们对新婚的祝愿！……

钱旺才道："音乐声中的婚礼，充分表达了人们对赵朗的爱，对赵朗父母的尊敬！或者说，仔细回忆，这之前的每一个细节都表明，赵朗已是群众心中没有缺点的偶像了！赵朗的'三霄妹子'已有金霄、银霄了，还有一个碧霄该亮相了吧？请看'护熊猫斗猛虎赵朗相救'！"

第十回　护熊猫斗猛虎赵朗相救

在父老乡亲心目中，赵朗真成了神乎其神的人物，走到哪里，哪里就掀起波澜。此时，他到周大爷家挖出的几大堆金矿，就使前来的淘金者激动起来，纷纷抓起这金子与之前的对比道："这是今天的，赵朗挖出来的，你看你看，含金量好大哟；这一堆是昨天的，大家看，含有金子吗？没有嘛！""是嘛，他不来就是沙石堆，他一来就成金子了！""还有，赵朗用金筛筛出来的金子，就是比其他的多！""对，是那样的！他用过的金筛，其他人一用，金子就多一些！""赵朗是棵摇钱树，周大爷，你发了！"……

周大爷道："哎，摇钱树属于大家的哈！要发大家发！轮流发！"

赵朗背矿石出来了，众人上前接应，又闹开了花："朗朗，明天到我家！""到我家！""你是我们的摇钱树！"陈妈无语地站立一旁。……

赵朗道："哎呀，你们搞得神乎其神，把我整成神仙了，不行！"

众道："不管玄不玄，神不神！反正，你明天到我家！""到我家""到我家！"……

赵朗的安排是以家境贫富为先后的，他道："你家，第八天；你家，第三天；你家，第二十一天；……"他走到陈妈面前道："陈妈，明天一早我到你家！"

"孩子啊！……"陈妈像抓住自己的儿子一样，只顾在赵朗身上拍打尘土。

"朗朗，吃饭了！陈妈，请！诸位兄弟，喝跟斗酒！"周大爷欲宴请宾客！

赵朗道："我不吃了，周大爷，我要回去陪爹妈！"

周大爷道："哈，幸好本大爷有两手准备！周明，提出来！"周明和周妈提来一只炖鸡、两个炖猪膀，周大爷道："朗朗，提回去陪爹妈好好吃一顿！周明，拿箩篼挑起，跟赵哥走！"

长长的一支队伍，行走在山路上，挑担子的赵朗，走在队伍的最前头。

到地方后，队伍散去，赵朗道："周明兄弟，我们一起去看聂郎兄弟、聂妈好不好？"

周明指着食物道："把这些给聂郎兄弟送去，太好了！"

按赵朗的安排，金霄银霄麻姑背着食物，与赵他们碰面后，走至牛冲家时，赵朗喊道："牛冲，出来！"牛冲及父母立即跑出来，赵朗道："牛爹，牛妈，我要带兄弟出去玩，你们看行不行？"

牛妈道："行！牛冲跟你走，我们放心：如何管好娃娃，不简单啊！"

牛爹道："你跟你爹妈的事，我们越想越怕！有时一想到就吓得全身发抖！你遇到那个好心的爷爷，得救了；我们遇到你，也得救了！"

赵朗道："不能说遇到我就得救了！我们经常碰头，才是带好牛冲的办法！"

以赵朗为首的一支队伍，行走在山梁上……

当赵朗、牛冲坐地上歇息时，山沟对面传来女声的歌唱：

嗨哟，嗨哟……

曲曲弯弯艰难路呵，

重重叠叠险山垭。

山坡赶羊羊乱跑，

金鸡飞过彩云霞。

唯有身边的熊猫妹呀，

我们都没有爹和妈！

只有我牵着你往前走啊，

你是我心中一朵花！

众人听了很感动，在赵朗引领下，也唱和起来：

嗨哟，嗨哟！……

曲曲弯弯艰难路啊

重重叠叠险山垭

白鹤翱翔松枝上

猿猴出洞把树爬

熊猫妹妹的姐姐呀

与山乐啊与水亲

爱山爱水乐开花

大家都做好朋友啊

真心关爱你我他

山沟对面的姑娘碧霄，听到弟兄姊妹们之唱和，既感动，又有"真心关爱你我他"之强烈愿望，便喊着"我也要爱你我他哟！"她欲赶熊猫往这边走来，熊猫则反行之；她使劲地抓住熊猫，熊猫屁股一摆，她就倒在地上。她叫道："哎哟哇……"

　　赵朗等认真地听着碧霄的吼叫声："喊你走这边，那边有老虎，这边才有亲人！"碧霄的吼叫声越来越远了！

　　赵朗耐不住了，便道："弟妹们，为了对面那个妹妹，我建议，金霄妹、周明兄弟和我，快去快回！你们在这儿守着，行不行？"

　　牛冲吃惊道："啊哟，赵哥，那个姐姐又不认识，你还要管啦？"

　　赵朗道："小兄弟，听到的人和事，见到的人和事，只要能尽力，就要使劲地尽力！这点，你长大以后，就会懂得！"

　　麻姑道："你爱赵哥吗？"

　　牛冲道："爱！"

　　麻姑道："为啥要爱？"

　　牛冲道："因为赵哥爱我！"

　　银霄道："好。你爱别人，别人也就爱你！"

　　牛冲高兴道："我懂了！我懂了！你爱我，我爱你！大家都要爱！"

　　赵朗道："哈，我的兄弟就是精灵！"

　　麻姑道："你们走！快去快回！"

　　赵朗金霄周明快速到了聂郎家，聂母站在门边上，噙满热泪，感受着这些小哥姐们对儿子的爱。赵朗对聂郎道："金霄姐教你读书，你读不读？"

　　聂郎道："要读！"

　　"好，奖你一坨鸡肉！"赵朗喂聂郎，聂郎要自己动手，赵朗打其手玩笑道："你是'小皇帝'，'小皇帝'动口不动手！"将肉喂进聂郎嘴里。

　　金霄道："认一个字你想得啥奖？"

　　聂郎道："一砣炖膀！喂我！"

　　赵朗阻止道："你还想当'小皇帝'嗦？休想！你现在是自己动手的'小叫花子'！"聂郎拈金霄那坨肥肉，放进嘴里，油满全脸全身。赵朗抓住聂郎的衣服道："这一身油，自己洗吗，妈妈给你洗？"

　　聂郎道："妈妈洗！……"

　　赵朗举起手，"讨打！"

　　聂郎道："自己洗！……"

　　赵朗另一只手举起一筷子鸡肉，闭着眼睛道："这块肉，谁吃？"

73

聂郎慢慢道："妈妈要给我洗，我不理；我要自己洗！我不洗，我就是山上臭狗屎！"随之，悄悄过去咬住鸡肉又使劲地跳，赵朗顺手将他抱在怀里道："小傻瓜，吃东西乱跳，要坏肚子的！周明，你当哥的呀，唉！"暗示其喂聂郎。

老实之极的周明拈了一坨肉问道："你说，朗朗哥有多好？"

聂郎道："天那么好！"张口咬下周明给的肉。

"唉，天有哪点好？天经常要变脸色的嘛！"赵朗变脸色，举起根鞭子假装严肃道："读不读书？……看着我，不回答，天老爷可要打你了！唉！……"

聂郎道："要读！"

赵朗道："要不要顶天立地？"

聂郎道："要！"

赵朗道："很好！现在，天老爷宣布：你……"与聂郎耳语，聂郎笑着向金霄走去，抱金霄使劲地吻起来！赵朗煽动道："使劲，还给姐姐满脸油大！……"

"大坏蛋！小坏蛋！……妈妈，快救我！……"金霄叫道。一片欢笑！聂妈拿块帕子给金霄擦脸。

赵朗道："走了！聂妈，还是那句老话：尽快搬过去！"

聂妈道："我记住了，小祖宗！"

赵朗在聂妈耳边道："不快点搬，小祖宗伤心！"快步走了。

"赵哥！赵哥！我要跟你去！……"聂郎叫着追上去。

赵朗道："到我那儿去，哥哥欢迎！但是，现在不行！"

聂郎道："不，我现在就要去！"

赵朗道："哥哥欢迎你！可是，你现在是要陪妈妈，妈妈离不开你！到搬家的时候，和妈妈一起搬过去！乖！"目送哥姐远去，聂郎号啕大哭起来！赵朗跑回来，抱着聂郎道："男子汉，不轻易哭！现在陪妈妈是头等大事！知道吗？"

聂郎点头，赵朗离去。"赵哥！……姐姐！……"聂郎仍号啕大哭。谁知道，这已成为他与崇拜的赵哥相见的最后一次！

"聂郎弟，我们爱你！……"赵朗金霄周明呼叫着泪水长流。

员外坐的轿子与赵朗等迎面错过，再走到聂妈母子跟前时，员外道："从现在算起，半个月还清！"聂母听之点头。

再说这边，不听话的熊猫，走到远处又往回一拐一拐地走，悠悠自得。

对此，碧霄亦自得悠悠，因为，她正向哥妹们靠近，吆喝道："嗨哟……嗨哟……"

听到那边有人了，大家就放心，麻姑道："坐哈！牛冲弟，不要乱跑！"

牛冲敬礼道："是，保证听姐的！"

碧霄仍在吆喝："嗨哟……嗨哟……"

牛冲也应和吆喝道："嗨哟……嗨哟……"一边是纯甜优美的女声，一边是稚嫩清脆的童音，两种声音在空中交汇，有节奏地穿过树林，碰撞在山崖上，再回荡于天地间。……麻姑与银霄双眼微闭的脸上，泛出满意之情！

越吆喝，牛冲越兴奋不可收拾：声音大到近乎沙哑了！……麻姑道："小兄弟怎么啦？看看！……"二人向牛冲处走去，惊呆了：牛冲在悬崖外伸的一棵树上，不断地吼叫着，抖动着，且动势越来越大！……两个姐姐不敢吼，轻手轻脚地靠近后，轻声地叫道："牛冲弟弟！牛冲弟弟！"

云头上的李老君道："这小子，要出事！"

牛冲没听见二人的呼叫，只顾扭动着，大声地对着远方吆喝着。

麻姑银霄越来越揪心，便放大声音道："牛冲弟弟！牛冲弟弟！……"

牛冲听见在叫他，便道："姐，啥事？"

麻姑银霄仍谨慎地言道："小心，不要抖动，慢慢地下来！"

牛冲仍未听见，弯腿弓腰伸头道："大声点，我听不见！……"因身体重心的转移，一切失去平衡，"啊！……"惊叫着往深渊坠落！

"啊！牛——冲——弟——弟！"麻姑和银霄呼叫着从浅坡往下滚动！……

赵朗等追来，麻姑银霄道："牛冲掉下去了！……"

赵朗按麻姑银霄指定的地方跑去，声嘶力竭地叫道："牛冲弟弟！"这呼叫声，在山谷里回荡！……

过了些时候，山谷深处传来牛冲的声音："哥哥！姐姐！……"这声音像音乐，由远到近，由小到大。……原来，这是飞来的交椅将牛冲接住，李老君变的赵朗站在交椅旁边，一个光团将他们裹住，从深渊往上升腾！光团里不断传出牛冲的声音："哎呀，坐在交椅上好安逸哟！赵哥，你怎么用交椅来救我的？你说话呀！你只知道笑，怎么成了傻哥哥哟？……"

听到光团中牛冲的话语，众人的视线，自然集中到赵朗身上了……猛地，光团散去，交椅也不见了，牛冲跳到众人面前，抓住赵朗吼道："赵哥！你怎么救我的？快说快说哇！"

赵朗道："我一直跟他们在一起，怎么救你呢？"

众："对，他没有离开我们啦！"

牛冲道：“不对！是赵哥把我放交椅上，不说话，只傻笑！”

赵朗道：“随你怎么说，我不知道！”

突然，传来碧霄、熊猫和猛虎的吼叫声！赵朗毫不犹豫地指挥道：“有老虎！你们要注意安全！我去看看！”借老君之力，他脚一蹬，升上云头，见虎要咬熊猫，碧霄拉住虎的尾巴；虎转头，碧霄手中的木棒一下刺进虎嘴里，老虎惨叫着往一边跑去，碧霄与熊猫抱在一起。稍过片刻，猛虎腾空向碧霄扑来，只要猛虎落地，碧霄就定入虎口。说时迟，那时快，交椅飞来，旋转几下，变成一根绳子。赵朗抓住甩出去，绳子在老虎身上绕了几圈，一使劲，将老虎拉到一边。早已身感绝望的碧霄，赶忙拉熊猫往巨石后面躲去。被捆的猛虎，从绳中滑脱，又向碧霄扑去。赵朗之绳再甩出，在碧霄身上绕了几圈，将其拉过来背在背上。李老君扔来一根金鞭，赵朗接到手，扑到老虎背上，使出吃奶的气力，猛吼猛打，在震动山谷的吼声中，老虎一声惨叫，一命呜呼……

山谷安静了，麻姑等弟妹们，呆滞地张开嘴巴，相互盯视着：哥哥呢，哥哥怎么没声呢？不会出事吧？但都不敢吱声……

在安静的山谷里，在猛虎的尸体旁，赵朗轻轻地将碧霄解开。那根绳子，又恢复成交椅形状，往大院的堂屋飞去。

碧霄坦然道：“我叫碧霄！”

赵朗道：“我叫赵朗，应该算是你哥哥了！”

面对英武伟岸的赵朗，碧霄敬礼道：“朗朗哥，我谢谢你！”抬起头来，脸红了，盯着赵朗道：“老祖宗规定，第一个碰触女人的男人，就是女人紧跟的人！”

赵朗道：“你家呢？”

碧霄道：“没家了！爹妈为保护熊猫，被老虎害死了！”

赵朗道：“我们那边，弟兄姊妹相亲相爱，欢迎妹妹去！”

麻姑等弟妹们等不及了，还是牛冲第一个吆喝道：“嗨哟！……”麻姑立即叫牛冲停下来，等赵哥的回应！等了等，碧霄回应道：“嗨哟！……”

怎么没有朗朗哥的声音呢？故大家声嘶力竭地吼道：“嗨哟！……嗨哟！……”又立刻停下来等待着。还是碧霄的回应声：“嗨哟！……”

怎么了？赵哥还没有声音？这怎么得了！……于是，又撕心裂肺地吼叫起来：“嗨哟！……嗨哟！……”又停下等待！过了片刻，赵朗回应道：“嗨哟！……嗨哟！……”赵朗的声音真乃天地之灵魂，把山谷救活了！林涛声声！鸟儿啾啾！山风呼啸！天人和鸣！……抬猛虎的号子应声而起——

（前）起！（后）起！

嗨咗嗨咗嗨咗嗨佐

踩左在我

踩右将就

前面一根线跑得马来射得箭

猛虎上我肩大家都平安

虎肉大家来品尝，心里快乐谢赵朗！

吃起虎肉齐唱歌，心里想的朗朗哥

嗨咗嗨咗……嗨咗嗨咗……

队伍不能前进了，路上放的矿石，一个挨一个。金船子的主人站立两旁，故离老人孤儿院很长的一段路，全被占满了。赵朗道："你们这是……干啥？"

银贵道："朗朗，这些矿石，请你都过手一下，求个吉利，发点小财！"

众："对，求吉利，发小财！"

赵朗道："父老乡亲，我没那本事！"

银霄道："朗朗哥本事大，他打死了老虎，救了碧霄妹妹，救了这只熊猫！"

麻姑严肃认真道："朗朗哥的本事，有天那么大！"话语不多，从不说假话大话的麻姑之语，使众倍加相信，且为之欢呼！

"嗨哟！……嗨哟！……"在赵朗的带动下，大家又欢快地吆喝喊唱开来：

众：你姓啥？赵：我姓山！

啥子山？赵公山！

赵公山这山，金子的山

金子的山有多高

天那么高啊天那么高

金子的山有多宽

无边边啊无边边

一步一步地走

一次一次地攀

你才挨着金山的边边

在激越动听的歌声中，赵朗一吐气，一挥手，金矿石连成一串，似长龙腾空而起，穿云破雾，翻江倒海。……众与其唱之舞之，无不动心，无不动情！

钱旺才："我们强烈地感觉到，善良敦厚的人们，把一切希望都寄托在赵朗身上了！而只有赵朗步入仙班以后，才会为父老兄弟开创一片崭新的天地！那么，还要等多久呢？请看'以生命换猴菌初入仙班'！"

第十一回　以生命换猴菌初入仙班

赵朗打死的老虎之皮，用木架绷好放在幼稚学堂讲坛上，做教材用。正在上课的多为幼儿，还有牛冲、周明等孩子。碧霄读道："大老虎，坏东西。"

众："大老虎，坏东西。"

碧霄："尾巴像根大棒槌。"

众："尾巴像根大棒捶。"

碧霄："干尽坏事害人命。"

众："干尽坏事害人命。"

碧霄："只留丑陋一张皮。"

众："只留丑陋一张皮。"

碧霄道："牛冲，站起来！为啥不跟着读？"

牛冲道："我……我要跟……赵哥上山采菌子，你不放我去。……哼！"

碧霄道："呃，你好像还很有理呢！你……"

牛冲道："是嘛！今天，你碧霄姐姐的爹妈死于虎口，金霄姐姐的爹妈乘船遇难，我要跟赵哥去采最好的山菌，纪念四个老的，你凭啥不要我去？"

碧霄道："我凭啥？哼，四个老的不是要你采菌，是要你读书。你读好了书，他们就高兴！我就凭这个！你怎么？"

牛冲道："那，那……还要欢迎赵哥的爹妈！我去采菌……"

碧霄道："哼，你耍不成了！"

金霄走来道："不准乱耍！这是朗朗哥的规定！牛冲，你们几个准备墨水、竹简，接着上课！"

为祭祀四个老的，欢迎赵木赵妈两个老的，赵公山人皆自愿地提着鸡、鱼、鸭、羊肉来两院，举办几十桌人的大宴会。麻尚、银贵、万爷爷、李婆婆，在一旁陪着赵木赵妈喝茶。万爷爷道："兄弟，弟妹，今天是欢迎你们，在大家面前，你们就是老皇帝老皇后，不准做任何事情！……"

"哎呀！"赵木又惊叫着跑去，扶起一个绊倒的孩子。万爷爷追上去，扶赵木道："皇上，这是奴才们做的事请！走！"

赵木赵妈傻笑，麻尚道："弟妹呀，你们只埋头做事，没有任何要求！真是……"

银贵抢话道："就是就是！朗朗完全把弟妹的优点发挥了！真是……"

万爷爷抢话道："真是我们一方人的福气呀！……"

众道："弟妹，我们感谢你们啦！"突然，赵木又甩开大家，跑去搀扶背一背柴火的大爷了。众感动道："你看你看，朗朗是不是这个样？完全一模一样！……"

为办宴会，赵朗麻姑银霄等，一大早就上山采蘑菇。此时，他们各背一大背，"嗨哟！……嗨哟！……"地吆喝着往家走来。"嗨哟！……嗨哟！……"一个衰老的吆喝声，从对面传来。赵朗便命令道："有问题！"往对面跑去。一个枯瘦如柴的老头，斜倒在地上，两眼无神，嘴巴张而不合。赵朗一看，心都紧了！对老头道："老人家，慢点，轻点，我背你回家！……"麻姑银霄轻轻地将老头扶到赵朗背上，快速往回走。此老头是李老君，此次出现，当有大的举措！

几十张桌子的人已基本坐满，一派喧哗热闹之气氛。待赵朗背着老人来，立即变为安静，且纷纷为之开路，为之分担。赵朗将老头放在堂屋的交椅上，金霄跑来，检查摸脉一番道："你们照顾好，我去熬药！"

碧霄赶来，邦老头梳理胡子眉毛，居然唱起歌儿来：

苞谷爷爷身体好，

大风吹来也不倒，

胡子眉毛随风飘，

太阳一出他就笑：

嘿嘿嘿，哈哈哈

瞧他满嘴牙，

一颗也没掉。

唱的时候，赵木为之击鼓。唱完后，碧霄扳动着老头嘴巴道："呃，苞谷爷爷，你笑哇，'嘿嘿嘿，哈哈哈'，大家看，'瞧他满嘴牙，一颗也没掉'！没事，苞谷爷爷身体好，没事！"苞谷爷爷也笑了！大家也轻松了！

李婆婆道："老哥子，别看你瘦，瘦是瘦，有肌肉！你身体比好多人强！"

赵木道："金霄熬……药！"他抓赵妈道："我们也……熬药！"二人离去。……

快到吃饭的时间了，麻良跑来与赵朗耳语，赵朗对苞谷爷爷道："老人家，我一会儿来陪你！"招呼碧霄离去。到了祭祀堂，众弟兄姊妹手执香火，叩拜四个老人，金霄碧霄道："爹妈一路走好！"

赵朗道："金爹金妈，碧爹碧妈，一路走好！金霄碧霄就是我们的亲人！"

众道："我们永远亲如一家，请金爹金妈碧爹碧妈放心！"

祭祀完结，当进入欢迎赵朗爹妈之宴会了。主席台正中，给赵木赵妈留有两个位子，万爷爷、李婆婆、麻尚、银贵、周大爷、牛爹等坐两旁。麻尚道："各位，我们热烈欢迎赵爹赵妈入席！"

锣鼓掌声中，麻姑及三霄护送赵木赵妈上主席台就座。麻尚道："我代表赵公山人，只说一句：十年来，弟妹失去了儿子赵朗，而赵朗却带给了我们极大的变化，大大改善了我们的状况！我们感谢你们！"

"感谢！"……众纷纷道出对赵氏一家人之感谢。一人喊道："赵哥在哪里？站出来！"众寻找赵朗，一片喧闹声！

"赵朗迟到了！"赵朗背着苞谷爷爷叫着跑到主席台。麻良扛着交椅跑前面，将其放在正中央，让苞谷爷爷坐交椅上，赵木赵妈分坐两边。赵朗道："父老乡亲欢迎我的父母，我感谢！我的父母亲已经成了主人，而不是客人！现在，真正的客人是谁？"

众道："苞谷爷爷！"

赵朗道："对！牛冲到了没有？"

牛冲道："到！"

赵朗道："苞谷爷爷是我们发现的病人，现在成了我们的主要客人！为啥？"

牛冲道："因为你教我们，听到或看到的事情，就是我们要办的事情；听到或看到的人都是我们的亲人！"

赵朗道："你说得对！但是，这不是我赵朗教你的，而是赵公山的人，这样教我赵朗的！"众鼓掌！赵朗见苞谷爷爷情绪很好，便请示道："老人家，你是主角！按你的精神情绪办：是安静呢，还是热闹？"

苞谷爷爷双手舞动着，吆喝道："嗨哟！……嗨哟！……"碧霄等歌唱之：

嗨哟！……嗨哟！……

苞谷爷爷，怪爷爷

我们向你问声好

苞谷爷爷，怪得妙

你苞谷叶子像尖刀

开花开在顶顶上啊

你苞谷结在半中腰

苞谷爷爷，怪爷爷

你的怪病定会好

我们天天请你服药

我们天天为你祈祷……

嗨哟！……嗨哟！……

淳朴的山民的歌唱与皮鼓舞，全围绕苞谷爷爷展开，伴之以鞭炮声、吆喝声，把宴会气氛推向高潮！到了夜间，山民们皆愿为苞谷爷爷办事！故赵朗那间房拥挤不通，赵朗道："乡亲们，回去休息！苞谷爷爷病好了些！没事了！"众人不动。

碧霄假装严肃道："他们不走，都是为了照顾你苞谷爷爷；他们不回去休息，身体搞垮了，我要你苞谷爷爷'负'全部责任！"

苞谷爷爷道："乡亲们，你们不走，碧霄姑娘要处分我呀！……"见众人仍不动，便来绝招道："你们不走，就是为我送终！"众立即散去。

金霄道："苞谷爷爷，你是啥病？怎么得的？"

苞谷爷爷道："也搞不清楚！只是有一个老道长告诉我，赵公山顶峰悬崖上，有一朵猴王菌，长得像猴子一样，只要一吃，我就全好了！今天就是为这事才病倒的！得不到猴王菌，我死不瞑目！"

赵朗道："好，我一定给你摘来，还你健康！"

众道："我们一定！"

次日，在赵公山顶峰的悬崖边上，赵朗的人个个都像眯着眼睛，对远处近处的悬崖进行扫描，寻找猴王菌。突然，赵朗发现牛冲、马路站在极危险的崖边，他紧张地轻脚轻手地过去，抓住二人道："二位小皇帝，我怕你们！"像抓小鸡似的将二人提至石头上放下道："请坐龙椅，请！"然后，对众人道："过来，都过来歇一会儿！"众人过来，赵朗对牛冲、马路道："以后呢，你们两个就不要来了，掉到崖底下我负不起责！"

金霄碧霄银霄道："我同意！"

"啊！"牛冲似掉了魂一样道，"不跟赵哥一起玩，你不等于收我的命！"他发现只有麻姑没投反对票，便走到麻姑面前撒娇道："麻姐，亲爱的麻姐姐，你……"暗示其到赵哥面前帮忙说话。

麻姑道："你要求姐了？"

"去嘛！……"牛冲使劲推动麻姑去赵哥处，麻姑到赵面前转了一圈，往一边溜去，并拉长声地哼川戏腔道："无可奈何也……"

月光下，坝子里，又是一大群人陪着苞谷老头吃夜饭。快完的时候，牛冲端着一碗鸡汤，高叫道："苞谷爷爷，鸡汤到！"

马路也道："苞谷爷爷，牛肉汤！"

苞谷老头接手道："谢谢！两个小朋友，今天碰了一鼻子灰了？"

牛冲道："就是，我跟马路抢位子！"

马路道："自私，没得资格当赵公山人！"

"哈……"苞谷老头大声道："好！赵公山人，了不起！"

赵朗走来道："老人家，我们争取明天找到猴王菌！"

苞谷老头道："谢谢！"

次日，山林里的薄雾，被万道霞光剪得支离破碎，故对人们的视线不会造成障碍。赵朗背了一梱绳子，走得比谁都快，麻姑和金霄银霄碧霄也使劲地跟上。到了高处，赵朗将绳子甩在一边，仔细地对着悬崖寻找着。……突然，他高叫道："猴王菌！……来看看，像不像猴子！……"

众观察道："像！硬是像猴子！肯定是！……"猴王菌长在悬崖的石缝中！

赵公明道："挨着猴王菌有棵树，要是到了那棵树上，就好办了！"

赵朗想了想，提着绳子边看边往上走，众不解地跟随。赵朗走到一处，往下看着，又比画道："大家看，这里比那棵树高很多，对吧？"

众看了看道："是很高！怎么办？"

赵朗再环视周围，发现近处大石后面有棵树，便跑过去，往树上拴绳子，众吼道："你做啥？"

赵朗往身上拴绳子道："从这儿吊绳子下去，摆动几次，就可以到那棵树上。这样，猴王菌不就顺手可得了！"

几姊妹夺过绳子道："不行！""不准！""说不行就不行！"……

赵朗愁眉苦脸，直挠头无言，碧霄上前挠赵朗头发道："长虱子了？"

赵朗道："你才长虱子！唉，麻烦啰！……"徘徊思索。

碧霄堵住赵朗道："有话就说，有屁就放！"

赵朗道："好嘛！我要放了！……妹妹些，把这窝猴王菌拿到手，重不重要？"

金霄银霄道："重要！"

碧霄道："你的命重要吗，还是猴王菌重要？"

赵朗道："这样说！……这朵猴王菌，牵扯到我的信誉问题哆嘛！你们说，信誉重不重要？我为猴王菌许愿的时候，你们在场！你们也许了愿的哟！"

金霄道："但还可以重新商量噻！"

银霄道："对的，再找苞谷爷爷商量！"

麻姑道："苞谷爷爷肯定不会为难别人！"

众道："走，找苞谷爷爷！"

赵朗阻拦道："不行！你们说得有理！苞谷爷爷肯定好商量！但是，苞谷爷爷说，不了此愿，死不瞑目！为了满足我们的要求，让苞谷爷爷死不瞑目，这恐怕不是赵公山人干的哟！"众对此理认了，但仍表现出对赵朗之强烈担心，亦无言！赵朗道："再说，那样一来，我赵朗就变样了！未必，你们是安心让我变样？"众张口，无法言！赵朗道："答应过的事，就是一坨屎也要把它吃了！这就是赵公山人！"使劲地拴绳子，碧霄上去，乞求道："能不能……"

赵朗道："无用的话，不要再说！"

大家知道此时与其说啥都无用，便积极配合将绳子拴在那棵小树上。赵朗呢，被绳子死死地拴牢后，便近距离试跑了两次，发现还可以。"别忙！"麻姑从包里拿出蜡烛香火，准备求天老爷，保佑朗明哥安全顺利。谁知，所有人，包括赵朗也拿出蜡烛香火，于是，众一起求神拜祖道："求道教先祖元始天尊，太上老君保佑，保佑我们一切顺利，绝对安全！"虔诚的祈祷声，在山谷碰撞回荡！……赵朗在这有很强冲击力的祈祷声中起步了！……

突然，四个女人异口同声叫道："停下！"刚跑了几步的赵朗停下了下来，四个女人同时跑去，抓住绳子将自己拴起来！拴好后，一起在一块大石后面的树子旁，死抱一团，齐声对赵朗吆喝道："嗨哟……嗨哟！……"

赵朗从中获得感动与力量，大声回应道："嗨哟……嗨哟！……"

在不断回荡的吆喝声中，赵朗拼命地往前冲去，又摆回来，又荡出去！……

待第三次，快攀上那棵树的时候，强大的摆荡力，将四个姑娘从大石后面拉了出来，弹入空中，四女一男在空中抱在了一起！再一起往万丈深渊沉下去！沉下去！传来一男四女的惊叫声，带有恐惧感！……突然，恐惧的声音，变得轻松愉快，且伴以笑声与零乱无序的歌声。……突然，深谷里迸出激动人心的呼叫声："苞谷爷爷！……"这满怀激情的呐喊，变成兴奋激动的笑声。……四女一男抱在一起，不断地往上升！往上升！……而在一旁的苞谷爷爷，轻微地舞动右手，亲切地说到："孩子们，吓坏了吧？不要紧，经经风雨，对你们总有好处的！"苞谷老头会心地吆喝道："嗨哟！……嗨哟！……"四女一男吆喝唱道：

天蓝蓝，地蓝蓝

蓝天大地紧相连

风雨雷电随时有

争当小鸟飞山尖

风雨吹，雷电闪

一吹一闪上蓝天……

歌声中，苞谷爷爷恢复李老君面貌，正式收四女一男为徒弟；李老君授一捆竹简——《道德经》；李老君传授仙术；李老君授以缚龙索；李老君授以金蛟剪，混元金斗，……四女一男均已步入仙班！……

钱旺才道："在李老君的培训和《道德经》的熏陶下，赵朗们已初入仙班。然而，赵朗们深爱的聂郎兄弟，因住地略远，不能随时关照，故致使二十四个望娘滩事件将发生！请看'二十四个望娘滩赵哥除害'！"

第十二回　二十四个望娘滩赵哥除害

赵朗在孤儿老人院内，专设了一个茶馆，其茶叶均为乡亲们捐献的，故喝茶不交钱。而烧开水配茶叶，由赵妈管，赵木则专门参开水。这个大院成了赵朗办事，及村民集会的地方。此时，赵朗正在库房里过称，记录部分食物，即将给聂郎送去。外面传来喧闹声，赵朗道："我看看去！"

大院外，来了一群拖家带口的山民。其带队者正介绍道："你们快看，看一看，我给你们说的，是真的还是假的！"

众人似麻雀四处飞，闹开了花："啊哟，好漂亮啊！""这儿是皇宫，我们那儿是猪圈！""不行，我们要搬过来才对！"……

麻姑道："各位父老，你们有啥事吗？"

众道："投靠赵朗！""求赵朗救救我们！"

带头者道："妹妹，我叫林云，我带他们过来，想请赵朗带领大家发点财！"

众道："赵朗是我们心中的神仙！""赵朗大爷！……""乱喊，人家才二十多岁！""赵大哥！我们要见赵大哥！"……

麻姑道："各位父老，这就是我们的赵朗哥！"

赵朗道："各位父老，欢迎你们！"

一个年轻人惊叫道："哎呀，这个这个……你们知道不，那次在场镇上，飞到树巅巅取麻雀蛋的，就是这个赵大哥！""嗨，我们算找对人了！""赵大哥，我们把全家人都交给你了！"……

赵朗道："请大家进去，一边喝茶，一边研究怎么办！"众随之鱼贯而入。

金霄背着东西，手提两只鸡走来。赵朗道："你一定要说服聂妈，快点搬过来！你也快点回来，这边事多！"

"放心！"金霄说完，迈开大步。她是一个雷厉风行的人，从眼边闪过的事，完全看不见。到了聂郎家，她叫着"聂妈！"往里去，将粮倒入缸子里，只装了缸子的三分之一。聂妈赶来道："金霄，这么多东西呀！这……"

金霄道："聂妈，原来是朗朗哥也来，哪晓得邻村来了一大群人，要求投靠朗朗哥，他就走不脱！你好久搬过去？必须说死时间！这是朗朗哥的要求！"

聂妈想了想道："你告诉朗朗，从明天算起，第十天我搬！"

金霄道："谢谢聂妈！要不然，我回去要挨骂的！聂郎兄弟好久回得来？"

聂妈道："多半中午才回来，你在这儿吃午饭！"

"不了！"金霄道："我很想见聂郎弟，检查一下他读书的情况！但是，朗朗哥要我快点回去，那边事情还多！"

聂妈道："行！朗朗办大事，需要你们几个好帮手！快走吧！"

"聂妈，我走了！"金霄抱了抱聂妈，走了几步，又倒回来，动感情地道："聂妈，我怎么……怎么那么想聂郎弟哟？"

聂妈感动道："你们这群娃娃呀！……以朗朗为首的，太有感情了！生活在你们身边，啥都放心！"

金霄道："告诉聂郎弟，朗朗哥，还有几个姐姐非常想他！"金霄说完走了。一路上，她不断吆喝着："嗨哟，聂郎弟弟！……"

"嗨哟！……"聂郎握一弯刀，背个背篼，吆喝着东游西晃。突然，见一大窝又嫩又肥的草，长在崖边上！"哎呀，我的赵哥！"这是他习惯性的语言。但凡遇到惊喜，都将下意识地如此流露！他跑去，大手大脚地割完草，刚好装一背篼，就高兴地吆喝着背起背篼，飞快地朝收牛草处跑去。收牛草的人发现这草好，就多给了一厘！聂郎跑步回家，放开嗓子叫道："妈妈，快出来，快点！"

聂妈走了出来，笑着道："你又有啥过场？"

聂郎拱手道："各位乡亲，我是顶天立地的英雄赵朗……第二个赵朗……不，正宗的赵朗的徒弟，请看！……英雄本色！……"翻了几个跟斗后，便投入母亲的怀抱，用钱遮其眼道："比昨天多一厘！妈妈，你看儿子英不英雄？"

聂母道："英雄！"……

传来敲门声，员外叫道："屋头的人，还我的债，准备齐了没有？"

聂母开门对员外道："快了！"

85

第二天，聂郎走到昨天处，又见一丛肥嫩草，又习惯性地叫道："哎呀，我的赵哥！"他迷惑不解地自语道："还没一天时，又长成这个样子，怎么搞的？"他拱手道："赵哥，肯定是你在保佑我！……"接着，他割草装背篼准备回家时，想道："明天，会不会？……"于是，在一棵树上刻上"赵哥"两字道："赵哥为我作证！"便回家大叫道："妈妈，快出来！"

聂母出门向儿子走去，道："这是……怎么啦？"

聂郎道："妈妈，你快看，这丛草好嫩哟！还是那个地方，我昨天割了，又长出来的！"

聂母道："割了又长？我的儿，你会不会搞错？"

聂郎道："没错，一个地方！好怪哟！"

聂母道："明天再去看看！这样，我跟你一起去！"

聂郎道："妈妈，不行！赵哥说过，时间宝贵，不要浪费！妈妈陪我去，就是浪费时间了，你在家纺线！"

聂母道："不要紧！"

聂郎严肃地提醒道："不要紧？呃，赵哥的话那么重要，你不执行，要犯大错误的哟！你不怕？"

聂母道："怕，我怕犯错误！"

第三天，聂郎快速向那里靠近，"哎呀！我的赵哥！"又看见一丛草了！他追过去，找到了昨天刻的"赵哥"二字，确认了那丛草。他疑惑道："怎么回事？"闻了闻，看了看，又自语道："没啥怪味嘛！"他割一刀草，看一看，装入背篼，如此反复。割完装好后自语道："根根呢？"用手摸了摸草根部道："没有啥呀！"又用弯刀轻轻地撬，再用手刨动，随即看见一颗鲜红的珠子。他又高叫道："哎呀，我的赵哥！"以求松弛一下。……

他用手触摸珠子一下，又紧张地缩回，反复几次，将珠子捏在手里，站起来，又紧张地扔掉！珠子一触地，天色变黑，巨雷，闪电，暴雨，狂风一起压来，将珠子卷起，围绕聂郎旋转。聂郎紧张地跑了几步，珠子随其移动，旋转的珠子发出闪闪的红光，在漆黑的空间，聂郎也就成了一束燃烧的火炬！……猛地，珠子钻入聂郎的衣包，风雨雷电没了，阳光又灿烂，天空又明朗！……

聂郎担心珠子是怪物，故又将其扔远一点，并随之蹲下。又是天色变黑，风雨雷电一齐来，珠子又飞过来，围绕聂郎快速旋转，形成一张红色的光盘，将聂郎升至空中，使聂郎在光盘上悠然自得，盘腿而坐，两手合并，如已修道成仙也！……猛地，珠子钻进聂郎合并之手中，聂郎伸脚落地，风雨雷电又没了，太阳悬在明朗的天空！……

聂郎仍觉奇怪，又想扔掉珠子，可这珠子似乎粘在手上，左手扔不掉，右手也扔不掉！他笑了，索性往衣包里一放，珠子则落入衣包。他两手空空地舞了几下，心态进入正常，拱双手高叫道："这珠子是我的了！……"他高喊道："妈妈，赵哥，喜讯！……"又吆喝起来：

嗨哟！……嗨哟！……

妈妈妈妈亲爱的妈妈

赵哥赵哥我的好哥哥

我要让你们惊喜

我要让你们快乐……

聂朗唱着，飞快地往家跑，连背箦都忘了背走。

夜，珠子将聂郎母子的一间小屋，照得亮堂堂，红彤彤。兴奋的母子抢起红珠子来，红珠子之或藏或显，就使此屋之光线明暗交替。从屋外路过的员外之账房先生，被吸引住了，便推门进去看个究竟。恰好此时的珠子已在被窝底下，上面还有两个枕头，屋内的光线则处于正常状态。

聂母道："有事吗？"

账房似提问又似自语道："怎么啦？鬼火一闪一闪的！你这屋有鬼吗？"

"你就是鬼！"聂郎脱口而语。

"你？"账房不知说啥子，便"哼"了一声走出去，又回头道："还债！"

随后，聂母拿着珠子寻找存放处。聂郎道："妈妈，你干啥？"

聂母道："藏起来！弄不好，员外那边又要来人！"

聂郎道："就是就是！他们看到就麻烦了！"

聂母道："特别是晚上！"将其放进米缸子道："你看，有没有红光？"

聂郎看了看道："没有光！"

聂母道："好，就这样！"米缸里的珠子带给母子愉快的一夜。

第四天，聂母起床煮早饭，打开米缸子舀米时，发现满满的一缸米！红珠子位于缸口的正中央！聂母直捅儿子道："快醒！醒！你快看！"聂郎随母到米缸前，聂母道："米，满缸子的米！原来只有三分之一，现在，满了！"

"哈，赵哥在保佑我们！"聂郎兴奋道，突然，他诡密地抓住母亲，凑近耳朵道："妈妈，这些米，是不是珠子变的哟？"

聂母道："我也这样想的！……好了，不多想了！今天晚上再看！"

晚上，聂母舀了一小钵米，倒进一个更大的缸子，再拿着红珠子往大缸子放的时候，屋内又红光闪闪。聂郎道："妈妈，你把红珠子拿到哪儿去了？"

"我放这儿！你别管！"聂母将红珠子放进缸子盖好后，屋内光线就正常了！

"哎哟！"屋外传来绊跤呻吟声。"谁？"聂母开门，看到账房先生和一个家丁，便问道："你们干啥？"

二人往里走去，账房道："刚才满屋红光，为啥一下就没了呢？"

聂母道："没有哇！我们没有看到，你是不是眼睛花了！"

账房道："红珠子是啥？拿来看看！"

聂母道："你又说的啥哟？……儿子，睡觉了！"

账房道："睡觉！撵我们走？哼！"不满地出门后，又道："提醒你，方圆百把里，不管谁，有事都要过员外这一关的！不然就不好说了！"

这一夜，聂母看见儿子，想着珠子，又考虑如何防员外呢？她焦急不安地度过了一夜。

这一夜，赵朗做梦了，听见聂郎叫道："赵哥，我在这里！……"他循声而去，找不到。就此反复，他翻身坐起自语道："梦是反的，会不会出事啰？"

这一夜，聂郎也做梦了，梦见他被绑往远方拖，他叫道："赵哥，救救我！……"

聂母坐儿子旁，待其停下喊叫，便轻轻地道："儿子，醒醒！……"

聂郎醒来，抱住妈妈道："妈妈，好惨啰！员外叫我交出珠子，我不交，就把我捆起，拖着跑！跑了好远好远啰！……"

聂母一听，心都紧了！她看天亮了，便安抚儿子道："没事！没事！一会儿就起来！"她急忙跑去看看缸子有无变化，揭开缸盖：呀，满满一缸大米，红珠子位于缸口的正中央！便叫道："儿子，你快来看！"

聂郎跑来一看，惊喜道："哎呀，宝贝，发财了！呀，要是员外来……"

聂母道："找赵哥去！有了赵哥，我们才不怕员外那些人！"

员外呢，率账房等出发了！他们要来聂家，就红珠子之事，搞个水落石出。

一大早，吃完饭，聂母就给聂郎穿好衣服，并将红珠子装进衣包，道："一路上不要动它，掉了就麻烦了！"

聂郎道："不光是麻烦啰！要是掉了，我就对不起老天爷！对不起赵哥！又让妈妈享不到红珠子的福！"

聂母道："我儿子真乖！"又高兴地指挥道："站好，准备……"

"我来我来！"聂郎打断了母亲的话，当起指挥员道："家丁妈妈，要听聂郎长官的指挥，一、二、三，朝前——走！"

"是！"家丁聂母兴奋地放开歌喉吆喝起来，两母子共抒情怀：

嗨哟！……嗨哟！……

天蓝蓝，地蓝蓝

蓝天大地紧相连

风雨雷电随时有

争做小鸟飞山尖

风雨吹，雷电闪

一吹一闪上蓝天

"啊，两娘母，好快乐！"山路的拐弯处，突然蹿出的账房先生道。聂氏母子虽感惊异，但仍微笑着往前走。账房道："站住！你们上哪里去？"

"看赵哥！"聂郎语中饱含一种自豪感。

员外道："就是那个赵朗！"

聂母道："是！他在家等我们！走！"

员外道："等一下！你把我的账还清了再走！"

聂母道："期限还没到嘛！再说，我又不是搬家，下午回来再说嘛！"

员外道："这样，为你考虑，你的债再拖两年也可以！现在就回你屋头，再签个字，划个押就行了！"

聂母道："不想再欠你债了，下午回来还清就行！"

突然，两个家丁受账房的暗示，架着聂郎往家跑。聂郎不断地叫，不断地闹。"放开我的儿！……"聂母只有呐喊着，追着回家了。

到了聂家，账房道："大嫂，实话相告，员外今天来，只是想看看红珠子！"

聂母明白了，只有演戏道："啥，红珠子？"

账房道："我亲耳听到你儿说红珠子！"

机灵的聂郎道："我好久说了红珠子？我跟妈说的是红兔子！"

"啊！"账房又被打哑了，对家丁道："你听到他说的是红珠子嘛！"

家丁是个结巴，道："红珠……子？红……兔子？我怎么知……道呢？"

聂郎抱来一只红兔子道："你们看嘛，这是红珠子吗？"

聂母解围道："听错了！没关系！"员外、账房和家丁交头接耳往外走了。聂母抱着红兔子亲道："谢谢你！"又抱着转危为安的儿子道："谢谢你，赵朗第二！"

聂母从门缝见员外等远去，便迅速收拾，检查了红珠子，高兴地关门，欲迅速往赵朗处走去。刚一转身，员外等又杀回来了，账房吼道："不准走！"

聂母道："啥？"

账房道："我们想在这儿等！如果晚上还没有看到鬼火，你们算是冤枉！"

聂母道"你们晚上来，我们欢迎！走！"与儿欲走。

账房道："不行，不能走！"

聂母道："那哪儿行呢？……这样，现在开始，你派几个家丁，把我这个草房守着，连我两母子都不准进去！到晚上，我们再一起来逮鬼火！"

员外道："行嘛！你安排一下！"

"那我们走了！"拉着儿子又欲离去。

"站住！"员外道，"我现在就想到你屋看看！"

聂母尽量克制着，道："员外，你想到我家看稀奇，这和我欠你的债没关系，我完全可以不同意。出于对你的尊重，我可以同你们回去；你也应该为我考虑，让我儿子，到他赵哥家去捎个口信！"停了停，又补充道："要不然，你派一个家丁，跟我儿子走一趟！"她急切希望是儿子身上的红珠子落到赵朗手中！

员外对结巴家丁道："行！你跟他走一趟！"聂郎往赵朗家走去，家丁跟随。

路上，聂郎轻快地走在家丁的前头。突然，家丁道："等……等一下！"聂郎未理，继续走。家丁吼道："我喊你站……住！我要屙……屙屎！"跑去寻找方便处，又跑回来道："不行！我屙屎，你跑……掉了，我对员外……不忠！"

聂郎对狗奴才很不理解道："你这是干啥哟？"

家丁夹着屁股道："走，回去！我把你交……给了员外再……再屙……屎！"

聂郎道："屙屎都要想到员外？哼，你去屙你的屎，我坐这儿等你！"

"对……对嘛！"家丁又四处寻找方便。又叫着跑回来："我放心不……下！"

聂郎道："来，你把我捆起来！"

"好哇！"家丁将聂郎双手反捆，然后，牵着绳子找方便。又跑回来道："不行，屙……屙不出……来！"

聂郎道："为啥？"

"嗨，在这儿屙野……野屎！就是对员外……不忠！怎么能屙……屙野屎呢！"说完，挟着聂郎往回走，任你聂郎如何动如何叫，皆无用。

家里头，聂母想到，儿子找到了赵朗，就不怕你员外了，故显得格外轻松！突然，家丁揭开大缸子盖道："快来看！"

众跑来围观，惊奇道："这么多米，装满了！"

聂母轻松道："赵朗送来的！"

账房道："别动！大家看，这正中有一个小坑，是放过红珠子的！说，红珠子是不是给赵朗了？"

聂母微笑着摇头道："哼，真要是给赵朗了，你问来问去有啥用呢？"

"放开我！……"聂郎的吼叫声传来，聂母惊！家丁点头哈腰道："员外，把娃娃交……给你了，我才敢屙……屙屎！"

员外道："很好！我要重重地奖赏你！"

家丁道："报告员……员外，我可以屙……屙……屙屎了吗？"员外捏着鼻子挥手，家丁退走时被门槛绊倒。

账房道："娃娃，你过来！"指着大缸口道："这个小坑是啥？"

聂郎道："你问我妈！"

聂母道："儿子，你到外面去，等家丁来了，再一起走嘛！"

"不准走！"员外道："娃娃，刚才你妈说你们有红珠子，你说，在哪里？"

聂母道："员外，你不要哄骗娃娃哟！有啥事找我！让娃娃走！"

员外对家丁道："把娃娃弄到那间房子去！"

聂母保护着聂郎道："不行，不准吓唬娃娃，有啥一起说！"

聂郎抓起一根木棒吼道："谁敢来？"

员外吼道："小娃娃，你把红珠子拿出来，你就没事！"

聂母大闹道："不准欺侮孩子！我告诉你们，今晚上大家来，一起看！看到有红珠子，你们就拿走！"

"不行！他们是坏人！有红珠子，也不能给！"聂郎舞动木棒吼道。

员外等交头接耳，聂郎选此机会，将红珠子放入口中。"儿子，你！……"聂母想阻止儿子，可已来不及了。

聂郎手执木棒，怒视着员外。员外道："你说，红珠子放在哪里？"

聂郎逼上几步，员外打了一个寒战，威胁道："你不说，吊死你！吊死你妈！"

聂郎举棒欲打，结巴家丁夺过木棒，又给一耳光，聂郎受惊倒地，并将嘴里的红珠子吞了下去。又翻身起来，欲与之拼命，聂母上前抱着道："儿子，不要紧！这些全是疯狗！被疯狗咬一下，不要紧！你赵哥一来，把这些疯狗全撵走！员外、账房，老娘给你们算个命：你们活不过今天！赌一盘，敢不敢？"

"好，我们……晚上定输赢！"员外说着，与账房等离去。

聂郎道："妈妈，家丁打我，我把红珠子吞下肚子了！"

聂母安抚道："我知道！儿子，不要紧，你明天厕出来就好了！不要急！"

聂郎高兴道："好！妈妈，我们快点搬到赵哥那儿去！"

聂母道："我们现在就去找赵哥！"

聂郎跳起来，又当指挥员道："妈妈，站好！一、二、三，出门！"

山路上，赵朗与麻姑、三霄快速向聂家靠近。

山路上，聂郎对聂母道："妈妈，我口渴！"

聂母道："儿子，忍一下，到赵哥家喝水去！"

聂郎道："妈妈，我要回家喝水！"说着往家里跑，聂母追随。他喝完水缸里的水，还焦急地喘粗气。聂母摸其额及全身，急道："哎呀，儿子，你在发烫！……"

聂郎道："妈妈，我口渴！……"找遍全家：无水了！便道："妈妈，我到河边喝水去！"未等母亲回答，便向岷江奔去，聂母追后。到了水边，聂郎半身扑进水里喝个不停。聂母赶到岸边，抓住聂郎的一只脚。聂郎喝了不少水，回头望着母亲，愤怒道："妈妈，赵哥，我恨啦！……"聂郎一声怒吼，狂风暴雨，闪电雷鸣！白天变成了黑夜，大自然也要为聂郎鸣冤呐喊啊！……聂母安抚道："儿啊，别想多了，你要喝水就使劲地喝吧！妈妈陪着你！……"

赵朗及麻姑、三霄风雨中行进着！……

突然，聂母惊叫一声：儿子头上长角，两只眼睛浑圆透亮，似怒火熊熊燃烧；浑身披鳞，银光闪闪，寒气森森！……儿子变成龙了！唯两手紧抓的还是儿子的那只脚！……聂母想，你成了龙，也还是我的儿，故仍抓着儿子的脚不放。

聂郎摆脱了母亲的手，身体便越长越大，越长越长。……他回头投给母亲含泪的双眼，随岷江的波涛，向下游游去！聂母深情地呼唤道："儿啊，你回来呀！"

聂郎应声回头，望望母亲叫道："妈妈！……"他回头处，形成一个河滩。

"儿啊，你回来呀！"母亲又喊一声！

聂郎又回头一声："妈妈！……"又成一河滩！……母亲喊了二十四声，儿子回头二十四次，河边就成了二十四个滩——二十四个望娘滩！

就在第二十四个滩的地方，赵朗赶来道："郎郎兄弟，我来晚了，对不起！"

聂郎道："赵哥，不能怪你！这是天意！"

赵朗道："郎郎兄弟，你的妈妈就是我的妈妈！你放心，我，还有那些哥姐们，一定代表你做孝子孝女！"

聂郎道："谢谢赵哥！我永远做你的兄弟！"

赵朗道："兄弟，你活着就好，我要去求李老君爷爷保护你！等你回来！"

聂郎道："我相信！我等着！赵哥，二十四个滩上有二十四颗神珠，请你用它为我报仇！"

操坝里，员外一大家几十个人站在一起。赵朗一挥手，二十四颗神珠将其全罩住。赵朗道："我们惩处恶人，不株连族人！员外、账房、结巴家丁三人留下，其他人往外走！"被罩的员外族人迅速散去。员外、账房、结巴家丁欲往外闯失败，便跪地求饶。赵朗宣布道："坏人，见鬼去吧！"一挥手，圈内的水上升将三人淹死。随后，赵朗一挥手，一切都消失了，唯二十四颗神珠回至手中。

"妈妈！"赵朗及"四女"向聂母跪下！赵朗道："请妈妈相信，聂郎兄弟迟早要回来！""四女"与赵朗齐声道："妈妈，我们永远是你的儿女！"

钱旺才道："可爱的聂郎，是赵朗的崇拜者，他绝对会成为赵朗的得力助手、赵朗第二，却因天意而走了！为此，赵朗则懂得，应在关心父老乡亲方面，下更大的功夫！也因为此，又使他的关心范围扩大，并开拓出一个崭新的局面。请看'蹚浑水治昏人步入商道'！"

第十三回　蹚浑水治昏人步入商道

为了父老乡亲，赵朗的工作，从来就没有固定的作息时间表。但有一点却是固定的：每晚深夜才回家。这一来，两院的大门每晚为他而开，万爷爷痴痴地等待着；院内赵家的门也每晚为他而开，父母与聂母金霄碧霄一起坐在门口，均不言语地望穿秋水。见赵朗回来，聂母与金霄碧霄，立即走进住房。

赵朗一进来就关门，万爷爷叫道："走开走开，我来！爹妈的眼都望穿了！"

赵朗抱万爷爷一下，跑去对爹妈小声道："老爹老妈，各就各位！"然后，往聂母那间屋走去，见门已关，便道："儿向妈妈请安！"

聂母道："妈妈领情了！快回去陪爹妈！"

赵朗道："妈妈，我要对你说的，还是那句话！……"

聂母道："你再说！"

赵朗道："聂郎兄弟迟早要回来！"

聂母泪水夺眶而出，将金霄碧霄拉到怀里，片刻道："快走！"

赵朗家，赵木与赵妈各坐沙发的一头，中间的位子留给儿子，这就是所谓的"各就各位"。赵朗一坐下，就给赵妈找白发，高兴道："哈，一根白发都没了！"又下令道："不准再长白头发哈！心情愉快，白头发才不来！记住！"亲了亲母亲，转头见父亲，立即道："爹呀，老大爷了！"亲了父亲一下，就头枕母亲怀，脚放父亲腿，在父母亲的抚慰下，很快打起鼾来了。母亲哼起摇篮曲——

天上星星

颗颗亮堂

赶不上我的儿赵朗

地上鲜花

朵朵光辉

比不过我家的宝贝

他爱大家

大家爱他

他是大家的宝贝……

歌声中的赵公山人，都在关心着"大家的宝贝"！

大门外，陈妈快速赶来，见大门已关，便急切地徘徊踱步！一过路青年道："陈妈，你要找赵哥？"

陈妈道："是呀，我的沙金被抢走了！"她举手欲敲门，又放下，反复几次不忍心敲。……青年举手重敲了两下，陈妈急切地抓住对方的手，激动又低声说道："哎呀，你敲门做啥嘛！你敲一下，我的心就扯了一下！"

青年吃惊道"你要找赵哥嘛，不敲门怎么找他呢？"

陈妈道："我又心痛朗朗那孩子，怕打搅他睡觉！"抓住青年又欲敲门的手，示其离去！大门轻轻地开出一条小缝，传来万爷爷的声音："那是陈妹子吗？"

陈妈小声答道："是我，他万爷爷！"

万爷爷轻轻出门道："你要找朗朗吗？"

陈妈道："是呀！我家的沙金被抢了！我想找……不，我是来等朗朗的！"

万爷爷道："等朗朗？陈妹子，要不，你回家去！我明天一早就告诉朗朗！"

陈妈想了想道："好，我走！万爷爷，快关门休息！"万爷爷见陈妈消失了，才轻轻地将门关上！陈妈又倒回门口，抱了些麦子秆摆地铺，恭候至天亮。

天蒙蒙亮，赵朗就起床，走至门口。万爷爷听到赵朗的脚步声，翻身起床道："昨晚陈妈来找你，她家的沙金被抢了！"

赵朗惊叫道："哎呀，我怎么忘掉了陈妈呢？我……马上去找她！"开门，见陈妈睡在一旁，他惊呆了！脱下外衣，轻轻过去，生怕惊醒陈妈。陈妈醒了，惊叫道："朗朗，好孩子，你就起床了？"

赵朗生气道："陈妈，你怎么睡这儿？"

陈妈支开话题道："我……我想，在这儿睡觉……舒服！……"

赵朗生气道："陈妈呀，到了这儿，为啥又不叫我？沙金被抢了，我偏偏忘了到你家！已经很对不起了！你来了又不找我，在这儿睡，我一看就受不了！……万爷爷，你说实话，是不是你把陈妈挡在门外的？"

陈妈道："不，万爷爷没有挡我！……"

赵朗激动道："我知道，都是万爷爷干的！……"

万爷爷抢话道："是，是我干的！"父老乡亲们赶来了！赵朗激动道："万爷爷呀，你想想，陈妈就是我的妈，她有急事找我，你却挡住她，让她在屋檐下受冻；让我悠悠闲闲地睡觉；我……我受不了！这不是我赵朗！万爷爷呀，以后，只要我在家，任何时候，任何人找我，都不准阻挡！听到没有？"

万爷爷道："听到了！我……"

陈妈激动地抓住赵朗道："孩子，你……这么多年以来，我第一次看到你发脾气，又是我惹得你发气！我……我是想，离你近一点，心头就踏实些！都怪我，你别气了哈！你生气，我很难受！我……"

赵朗安慰陈妈道："哎呀，陈妈，你不应该难受！你难受了，我更难受！"

陈妈道："你别难受哈！你是大家的孩子，让你身体受到影响，我就对不起大家！乖，别难受哈！……"

赵朗道："好，我不难受！我不准你难受！"

陈妈安慰赵朗道："好，好，我不难受！我也不准你难受！"

赵朗盯着陈妈道："不准！"

陈妈盯着赵朗道："不准！"抱在一起，泪水盈眶的两母子，又哈哈大笑起来！众人放心地发出笑声，赵朗扑向万爷爷道："老人家，孙儿发了你的脾气，不乖了！"送过脸去，"来，揪一坨肉下酒！"

"孩子！……"万爷爷激动地抱着赵朗，说不出话来。众激动无语流泪！

赵朗道："陈妈，你是在马冲口被抢的吧？"

陈妈道："对，马冲口！是一个大胡子！有四十来岁！"

麻良等道："对，就是那个人，人家喊他江大麻子！还有三个随从。"

赵朗道："好了，大家回家去。我现在走马冲口，会见江大麻子！"走了几步，又道："麻姑银霄妹妹，一会儿你们各背一筒沙子，走马冲口过，被抢的时候，吼几声就离开！大家等我的好消息！"

山林里，长头发，满脸污垢，一身破烂，举止呆滞的是赵朗。他掏出两节竹筒，装满沙子，用绳子拴好，搭在肩上，往前走去。江大麻子等四人将赵朗挡住道："站住！你竹筒装的啥？"

赵朗坦然道："沙金！"

"啊，给我。"三人欲抢，均被弹倒在地！赵朗再度盯视四人，自语道："大胡子，对吧！麻子三颗！……怎么只三颗麻子呢？是江大麻子！……江大爷，江师兄，老子认了！"将两竹筒沙金交给江大麻子。

江大麻子及三人打开竹筒，见金砂，且纯度很高，皆高兴地嚎叫。江大麻子则理智地问道："你为啥把沙金给我？"

赵朗道："啊哟，都说你，老贼，把沙金变……变钱，有很……很多办法！"

江大麻子道："你为啥不把沙金变成钱呢？"

赵朗道："啊哟，我变钱？哼，吃了他妈的亏，好多亏！整不好，不干了！当强盗最好！"他怪声怪笑，一伸手，其中一人的一袋沙金就到他手中。他道："笨猪，你的，是不是？"扔给对方。

众惊呆了！江大麻子惊喜道："你叫啥名字？"

赵朗道："名字？求啊！……我啥名字？憨……憨，大家叫我憨……憨！"

江大麻子道："憨憨！好，憨憨兄弟，我们好好连手，大干一场！"

麻姑银霄走来，各背一大竹筒。三男人一看，便兴奋地向其靠近，憨憨跟其后，三男人吼道："站住！"

"有强盗！……"二女叫着快跑！突然，憨憨一招手，二女身上的竹筒离身，飞越三人，落于手中！二女吼道："强盗！土匪！还给我！……"

三男人向二女追去。突然，憨憨一跺脚，三男人却相互抱着打斗倒地，且相互骂道："打流氓！……你不得好死！"

江大麻子跑过来，吼道："你们干啥，疯了？……"

"憨憨"道："啊哟，笨猪，笑死人！"三男爬起来，皆露呆象，不知其然。

"憨憨"打开抢来的二竹筒道："啊哟，好安逸哟，江大麻子，金子！金子！……"江大麻子接过来一看，跳起来道："憨憨兄弟，遇到你我要发大财呀！换钱去！"

到了灌口镇金银市场，江大麻子寻找着往前走，"憨憨"等跟后。近五十来岁的黎朋，系赵公山沙金之老收购家、金银界的老手。他迎上前道："江大爷，我也在等你！呵，那么多筒？快走，咱好好谈谈！"又问道："这兄弟是才来的？"

江大麻子道："对，他的名字叫憨憨，对谈生意，一窍不通！抢沙金的高手！把他带在身边，定有好处！"

黎朋道："憨憨兄弟，请！"

走进去，柜子里摆满金银珠宝，空中还吊有不少纯金砣砣，硬是整得"憨憨"眼花缭乱，不断"啊哟，好安逸！……啊哟，这些金砣砣，是怎么搞的呀？"

江大麻子道："用火烧的！"

憨憨道："火烧？水煮更……更安逸嘛！"

黎朋笑道："哈……硬是傻瓜娃！来，谈生意！"把每个竹筒看了看，并试探其重量，道："这四筒，每筒白银一两，共四两；这四筒，每筒二钱五，共一两！全加在一起五两！给，二两五银子！"

江大麻子吃惊道："你为啥只给我二两五呢？"

黎朋道："呃，你怎么这样问我呢？你要求我把赵公山的沙金收购让给你，你收购来再卖给我，双方各进各的钱！如果你是抢来的，按正常价格计算，对半开！这批全是抢来的吧？"

江大麻子道："这两筒不是抢的，是憨憨兄弟拿来的！"

黎朋道："憨憨兄弟拿来的，你并没有出钱啦！你怎么乱提要求呢？"

江大麻子道："啊哟，你嘴巴张得太大啰！我不干！"

黎朋略施商人手段道："算了！听说赵公山有一个叫赵朗的人，很厉害。真要是你被他抓住了，我又是你的同伙，都脱不了干系！算了，这笔生意我不做了！"

江大麻子吼道："你安心吓老子嗦！"想了想，又无可奈何道："格老子，亏就亏，就按你说的办！"

突然，"憨憨"的手一举，房屋四周，发出恐怖的吆喝声："嗬！……"

"啊！……"江大麻子紧张地环视四周道："啥？有鬼？"

黎朋镇静道："哪里有鬼哟！"又自我安慰道："外面有吵闹声，你听嘛！"

江大麻子听到外面的吵闹声，稍微安静道："啊哟，整得老子的心乱跳！

算了，这一盘整了，洗手不干了！"

黎朋道："你不是有一个能抓会抢的高手吗！"

江大麻子道："憨憨兄弟绝对能使我发大财！但是，你说的那个赵朗，可厉害了，惹不起！抢得越多，就越脱不到手！"

黎朋又抓住对方的要害道："好！为你老兄安全考虑，就把憨憨兄弟让给我！"

江大麻子道："把憨憨让给你？好哇，你给我一百两，我把憨憨让给你！"

黎朋道："憨憨是你儿？是你兄弟？是你买来的？"

江大麻子道："你怎么这样说呢？"

黎朋道："你想靠他掏一百两银子，是不可能的！你信不信，我一分钱不给你，他就要跟我走！"

江大麻子道："我不信！"

黎朋道："你也够傻了！我把给你的二两五银子给他了，他不就跟我走了！"

江大麻子傻了："啊！我……"

突然，憨憨一举腿，房屋四周，又发出恐怖的吆喝声："嗬！……"

"有鬼！有鬼！……"江大麻子紧张地躲到桌底下，黎朋也紧张地避于门后。

"憨憨"在屋内巡视，将墙板敲得"咚咚"直响道："没事呀，两个笨人！"

江大麻子、黎朋的心稍有安定。突然，江大麻子又来一手道："这几筒卖不脱，我就给你！"

黎朋道："啊，你不要钱了？"

江大麻子道："你不给我加钱，我就一分钱不要！"

黎朋道："肯定不加一分！"

江大麻子道："咱们把话说清楚，我去把赵朗找来，这些东西是你抢来的，与我无关！"

黎朋道："哈，你拿赵朗吓我？赵朗算老几？我的后台比他硬！"

江大麻子道："你的后台？"

黎朋道："阎王爷！哈……常言道：有钱能使鬼推磨！他赵朗肯定也见钱眼开，肯定也听我使唤！"江大麻子彻底泄气了。

突然，"憨憨"翻了一个跟斗，四周又响起巨大恐怖的吼声："嗬！……"

江大麻子、黎朋吓得同时趴地下。"憨憨"瞅二人一眼道："笨猪！"二人惊恐万状！"憨憨"动手收拾几个竹筒，二人为财而动，将"憨憨"挡住："你干啥？""憨憨"将四个竹筒倒出来：全是沙子！

"啊！"二人真是惊呆了！"憨憨"背着另几个竹筒往外走去！二人欲追！

"站住！"财神爷从屋顶降临道："我是财神爷！黎朋，江大兵听着，你们联手抢劫百姓的沙金，我已火速上报玉帝，玉帝决定，你们二人每人减去寿命三百天！长期以来，黎朋强吃了好多生意人，罪大恶极，再减寿六百天！另外三个随从，每人减寿三十天！"

二人磕头求饶道："财神爷爷，我有罪！请玉帝饶我一命！……"

财神爷道："磕头没用！你们只有跟着憨憨走，才有宽恕的希望！快去吧！"

"啊！憨憨兄弟！等等我！……"惊叫着起来往外冲时，二人碰撞倒地，整得头破血流，但仍不叫痛，"憨憨兄弟！……"二人放声大喊。见在门外的三人，江大麻子道："哎呀，不得了哇，我们抢了人，玉皇大帝减去我们的寿命！"

黎朋道："你们三人，每人减寿三十天！"

"啊！"三人纷纷磕头哀号道："哎呀，我的命，怎么办？玉帝饶我们吧！"

江大麻子道："不要闹了！我们只有跟着憨憨兄弟走，才有宽恕的希望！"

黎朋道："分头找！最后在黄桷树下会面！"

为寻憨憨，五人穿行于闹市人群中，进出于茶馆，饭馆，小巷，大院！……

三个随从先到黄桷树下，发现了"憨憨"，叫了一声"憨憨兄弟"，皆不敢靠近。恰此时，江、黎二人赶来。五人走到"憨憨"跟前道："憨憨兄弟，现在干啥？"五张笑脸表情未变，五个身子却逐渐弯曲，十条长腿亦开始折叠，快下跪了！……

"我饿！""憨憨"道。五人身子立即挺直，献殷勤道："吃饭，到最大馆子！"

"憨憨"道："我吃面去了！"

五人道："对，吃面！"走到面馆桌前，五张笑脸对着"憨憨"的铁青脸，似乎想干啥，又不敢干，狼狈不堪！"面到！"堂倌送来六碗面，五人腰杆笔直，双手下垂，不敢动弹。"憨憨"道："吃呀！"突然，江、黎等五双手一触及碗，五碗面立即变成五碗黑水！"啊！"五个人惊吓得张口无言，五双眼睛憨痴痴地，盯着"憨憨"热气腾腾的白面，真成了五个憨憨。

99

"憨憨"盯片刻,伸手端起白面换一碗黑水,黑水至他胸前立即变成白面,再将此白面送出去;又端一碗黑水,变成白面后又送出去!就这样,五碗白面摆在五人面前了!"憨憨"道:"做坏事定有报应。"

五人醒悟道:"是!定有报应!"

"憨憨"道:"吃!"见五人不动,又来一句道:"吃了就变好人!"为变好,五人狼吞虎咽起来,几下就吃完。"收钱!"黎朋道:"我代表大家,请憨憨兄弟!"

"憨憨"根本不理,给钱离去,五人紧跟。山路上,"憨憨"快速走前,五人趴地哀求道:"憨憨兄弟,不要丢下我!求你了!……""憨憨"走到前面的桥上,停步了。五人急速追去,追上桥,累趴了;趴地上,仍不停向"憨憨"爬去。

又上路了,"憨憨"走前,五人跟后,皆很自觉地调整自己的步伐,保持与"憨憨"同步同姿势。黎朋与江大麻子不断地抢位子,争着靠近憨憨!此时,黎走前,江则想冲过去,黎阻拦道:"江大爷,我求你把这个位子让给我吧!我的罪比你大,我越靠近憨憨兄弟,就越能改过自新!"

"不行,憨憨兄弟就是我的命!"江大麻子猛地将"憨憨"抱住!

"憨憨兄弟是我的命!"众上前抱住"憨憨"。稍后,众人望着"憨憨",自然产生一种畏惧感,皆后退。"憨憨"微笑着,友善地点头挥手道:"请吧!"

两院大门口,父老乡亲们都在此,见憨憨黎朋江大麻子等六人走来,便吼道:"强盗!土匪!""还我沙金!"五人跪道:"我们是罪人,向父老乡亲请罪!"

黎朋道:"我罪过比他们大,我叫他们抢你们!是憨憨兄弟救了我!"

江大麻子等四人道:"是憨憨兄弟救了我!"

众道:"憨憨兄弟是哪一个?""哪一个是憨憨?"

五人指着赵朗道:"他就是憨憨兄弟,我们的救命恩人!"众人笑弯了腰!

麻良道:"憨憨兄弟就是我们的赵朗兄弟!"

"五位大哥,请起!"赵朗将五人扶起。

黎朋道:"憨憨兄弟!不,赵朗兄弟,久闻大名了!"

赵朗道:"没关系,你们叫我憨憨兄弟还亲热些!我本来就是个憨憨嘛!"

麻姑、银霄道:"还认识我们吗?"

江大兵等四人吃惊道:"哎呀,对不起了,两个妹妹!你们?……"

麻姑道:"都是憨憨干的!"

江大兵道："不是憨憨这样干，我们还不知道要走多远！"

黎朋道："是呀，还不知道犯多大的罪！"

五人站起来敬礼道："再次感谢赵朗兄弟！"

赵朗道："行了！不要客气了！现在说大事！长期以来，我只关心父老乡亲的日常生活，根本没想过以经商手段让老百姓发财，这是一大错误！值得庆幸的是，这一次遇到黎大哥江大哥，使我猛醒，觉得应该大干一番！比如说，淘金，是不少乡亲的主业！如何才能让大家，在原来卖沙金的基础上，增加收入呢？首先要向金银专家黎大哥请教！"

黎朋坦然道："兄弟到我家看到那么多金银，是怎么来的？"

赵朗道："把收购到的沙金，通过高温烧打成金子，再卖出去！"

黎朋道："就是这样！"

赵朗道："我们这里的沙金，全部集中烧打，再卖出去，不就行了！"

麻良、陈妈等叫道："对，就这样！"

江大兵道："好，我来负责烧打！"

三随行道："我们也会！跟江大哥一起干！"

黎朋道："烧打出来的金子，我来卖！"

赵朗道："我的意思是，不光是在灌口镇，还要卖到成都，卖遍天下！"

黎朋激动道："卖到成都，卖遍天下！憨憨兄弟硬是看得远了！我再说一句，卖出去的事情，我来管！算我帮忙，一分钱不收！"

江大兵等四人道："我们也不收一分钱！"

赵朗道："五位大哥说错了！你们不是帮忙，你们也是主人！共同劳动，共同分配，共同发财！"

你姓啥，我姓山，

啥子山，赵公山的山

赵公山的山，有多高

天那么高

赵公山的山，有多深

万丈万丈深

深山藏有啥深山藏沙金

大家齐努力呀

沙土变黄金

经商迈大步哇

天地一片新

钱旺才道："赵朗对经商的醒悟，是赵公山人的福气。他率领淘金者发了财，又当带领一部分人干起养殖业来。请看'鸡叫鹅叫赵公山唱新歌'！"

第十四回　鸡叫鹅叫赵公山唱新歌

在赵朗的带领下，黎朋、江大兵等五人，完全成了感情丰富的人。他们正赶一头猪儿，去两院谢谢赵朗。刚走到桥上，财神就笑着现身面前，五人立即下跪道："谢谢财神！谢谢老人家救了我们！"

财神道："很好！你们的行为玉帝很满意，对你们寿命的惩罚，玉帝决定：黎朋减去一百五十天；江大兵减去一百天；三个人每人减去二十天！……去吧，孩子们，命运掌握在自己手中！"

财神走了，五双泪眼相互对望！稍顷，疯狂地叫道："我们得救了！"又磕响头道："谢谢玉帝！谢谢财神爷！"五人又疯狂地抱在一起吼道："我们得救了！得救了！……"五人又蹦跳起来吼道："谢谢憨憨兄弟！"泪水长流的五人，又趴地上叫道："父老乡亲，我们永远爱你们！"……

赶猪来到两大院，集聚的人们热烈欢迎。黎朋等五人道："谢谢父老乡亲！"

众道："感谢你们！要是没有你们，我们只知道卖沙金！"……

江大兵道："是赵朗兄弟救了我们！"……

赵朗道："都是一家人，不说客气话了！"

黎朋道："玉帝已给我们减刑了！"

赵朗道："好哇，为你们高兴！几位老哥，我是想，再搭几个炉子，再到其他地方去收购沙金，再大干一番！如何？"

江大兵道："好！这个事，我包了！"

黎朋道："哎呀，我保证，带出一支收购队伍！"

赵朗道："不，我还要请你带出一支销售队伍！搞出一支吃遍天下的赵公山队伍！还有，这几天我在想，除了金银之外，再干点其他的啥！"

黎朋道："好哇！兄弟，我先说，我愿意把我全家财产交给你，干啥都行！"

赵朗抓住黎朋的手道："目的是，让父老乡亲都发财！"

众道："对！好！"

陈妈拿出一支笛子吹了几下，牛冲马路吵闹着上来抢。陈妈道："我这是给最乖的孩子的，朗朗，过来！"

"啊，我是乖乖，我好乖哟！哈……"赵朗接过竹笛，像小孩一样，边吹，边跑，边叫："唱啊！跳啊！……"众跟着闹起来。

"不要闹了！"财神提着几只卤鸡，叫着跑来。

赵朗热情道："财神先辈，你好！大家欢迎！"众热烈鼓掌。

财神道："乡亲们，请大家尝一下，看这个鸡的味道好不好？"

众人尝后评道："好香啊！""哎呀，好好吃啊！"……

赵朗道："先辈，这么好吃的鸡出自谁之手？"

急性子的财神道："懒鬼之手！小偷之手！赌徒之手！嘿，还是一个不孝之徒！一提起他，我就想收拾他！走！"他拉着赵朗，边走边道："这小子叫石头，快三十岁了，成天赌钱。父母亲挣来的家产，被他赌光了！"

赵朗道："坏蛋！坏蛋！坏蛋！"

财神道："刚才大家吃的卤鸡，就是石头这小子搞的！他赌光了，就把家头的卤鸡来卖，父母亲要吃，他不给！"

赵朗道："坏蛋！"

财神道："家里头的鸡整光了，就去偷！这次偷的鸡，卤好以后，我就提走了！看他父母可怜，也心痛，就把卤鸡送了几只回去，叫他们藏起来，悄悄地吃！"

赵朗道："可怜的老人啊！"

财神道："我来找你，是要你想办法治治他！"

赵朗道："那好！晚生办理过程中，遇到什么麻烦，先辈予以点播即可！"

财神道："好！你先去！"

红日当顶，正值午饭时刻。石家坝子里，两碗稀汤汤面糊糊，放在一根长凳上，借晒太阳之光晒热面糊。石大爷、石大娘坐一旁，不时用手摸碗。赵朗看了好久，过来摸了摸碗道："老人家，还是冷的，怎么能吃呢？锅里头烧一下嘛！"

"烧一下？柴火也是钱啦！"石大娘摇摇头，指指太阳长叹道："唉，没钱人家，只有靠太阳啰！"

赵朗道："太阳不出来，阴天怎么办？"

石大爷愤怒地欲言又止，长叹一声。石大娘道："一家都赌光了！怎么活哟！"

坝子的一角，一个烧箕放在一张凳子上，那是石头晾卤鸡的专用工具。此时，他赶回来，见卤鸡一只都没有了，便大吼道："我的卤鸡呢？"二老不吭声，石头冲过去，抓住石大爷，闻其嘴，吼道："你吃了！"又抓住石大娘闻了一下道："你也吃了！说，吃了几只？剩下的放哪里？"

赵朗劝阻道："石头，你不能这样对老人嘛！"

石头掀开赵朗吼道："滚开！滚！"又对二老吼道："我说过，不准吃我的鸡。你们居然敢吃，简直无法无天了！你们……"

赵朗抓住石头道："你想干啥？"

"滚开！"石头猛地一推，将赵朗推倒在地。赵朗想：看看再说！

石头冲进里屋寻找，挖出一个缸子，抱出来吼道："你们干的好事！"二老往一边躲去。石头道："躲啥子？躲得过初一，躲不过十五！……啊，只有五支鸡！还有五只呢？"他追二老时，一脚将两碗面糊糊踢到地上，吼道："十只鸡是我还债的！那几只鸡，到哪儿去了？"

石大爷愤怒道："肚子里头，你拿刀来划嘛！"

石头道："是不是的哟？"

石大爷拉着石大妈道："是！来嘛！"

石头又想进屋拿刀，但又有些不敢，故吼道："你们！……怕我不敢哪！我……"

"抓贼娃子！抓强盗！……"吼叫的人群从四面围过来。石头慌张欲跑，围过来的蒋青吼道："你偷老子的鸡！"顺手一拳。

王冬吼道："偷鸡赌博，坏到家了！"又是一拳。

蒋青吼道："一贯虐待两个老人，不得好死！"补上一脚。众人上前，拳脚相加，一顿痛打，一片吼骂声。"哎哟，痛死我了！……"石头却在痛叫之后，吼道："你们……你们越打，我越要偷！"

蒋青吼道："你越偷，我们越打！"

王冬道："你偷一回，我们打十回！看到就打！打哟！……"

"石头还钱来！"贾成等四个人吼叫着冲过来，将石头围住，吼道："还钱来！"

石头向诸位磕头道："兄弟们，欠你们的，我肯定还！你们……"

蒋青问道："他输给你们的？"

贾成道："是嘛，欠我五十两银子！"

吴光道："我三十两！"

另二人道："我十两！""我五两！"

四人道："欠钱不还，房子作抵押！"

蒋青道："哼，赌博，你们这些，都不是好东西！"

贾成道："你！嗨，本人喜欢，关你屁事！"

王冬挖苦道："你喜欢，当然对！赌光了，拿婆娘作抵押；又赌光了，把家产作抵押；又赌光了，去偷，去抢；再赌光了，去杀人放火！哪点不对？"

贾成道："你再说，老子对你不客气！"

王冬道："老子还怕你？"

石头煽动道："弟兄们，就是他们到处煽阴风点鬼火，要收拾我们！"

蒋青道："收拾就收拾！为民除害，打！"

石头贾成吼道："跟他们拼了！""两军"阵势摆开！

"住手！"财神显身道："我是财神！"

蒋青等即刻跪下道："欢迎财神老人家！"

财神道："你混账石头，还要煽动大家打架呀？我告诉你，你卤的鸡是我拿走的！二老的几只鸡，是我叫他们藏起来慢慢吃的，其他的我吃了！你把我的肚子划开吧！有本事来呀！……"

石头道："老人家，我……"

蒋青道："把他的手砍断！他偷了那么多人的鸡！"

王冬道："不行！还要砍断两条腿，他才偷不成了！"

贾成、吴光等想溜，蒋青道："站住！你们的账还没有算清，怎么就走呢？"

财神道："你们这些赌博成性的混账东西，还想赌博发财？做梦！"突然，财神不见了，只有他的怒吼声："石头，你几个混账，我要把你们的钱全部收缴了，发给穷人；我要你们一厘钱都得不到，一口米汤都喝不成！

石头、贾成、吴光等惊恐万分，磕头道："老人家，我洗手不干了！……"

待他们乞求好久，财神才显身道："你们要改吗？我不相信！"

石头、贾成、吴光等虔诚道："请老人家指出一条活路！"

财神道："你们只有跟着赵朗走，才保得住你的命！混账东西！"说完消失。

跪地的石头等人相互对望，茫然道："赵朗？赵朗是谁？赵朗在哪里？"转身对众磕头乞求道："乡亲们，哪个是赵朗？赵朗在哪里？求你们告诉我！……"

王冬道："你们这些赌性不改的人，我就是认识赵朗也不告诉你！"

石头等磕头道："乡亲们，我错了！我向你们请罪！救救我吧！"

蒋青笑着散去！石头等绝望了！赵朗走来，蒋青道："赵朗兄弟，你来了！"

石头等睁大眼睛，爬过去，将赵朗围住道："赵菩萨，救救我！……"

赵朗没有理睬，走过去扶起二老，又拾起面糊糊碗，怒吼道："这就是你让两个老的吃的东西！你居然对两个老的说'是我还债重要，还是你们的命重要'。"

赵朗吼道："滚开！"又对二老哽咽道："老人家呀，你们被石头搞成这样子，怎么不去找我呢？"二老只顾摇头。赵朗道："也怪我，没有关心到！蒋青大哥，这一家算穷到底了！最穷的，还有几家？"

蒋青道："我算算看，方大爷家，古大娘家，……至少有六家！"

赵朗道："咱们每家每户看看去！别忙！"摸出钱来道："王冬大哥，你拿去买二十只鸡，在这里卤来吃，我请客！石头，你要是不愿意卤，我就另外找人！"

石头道："我愿意，我愿意！"

赵朗盯了石头一眼，道："王冬大哥，还要买酒哈！"往外走去。

赵朗在蒋青陪同下走完几家，回到石头家时，坝子里几张桌上，已摆满了卤鸡和烧酒，坐满了特困的几家及山民们。赵朗举杯道："各位父老乡亲，现在，请大家仔细地闻一闻，最香的是酒，还是鸡？"

众异口同声道："鸡，鸡最香！"

赵朗道："石头，你偷来的鸡，当然净赚！要是买来的，赚多少？"

石头道："这桌子上的二十只鸡，起码赚五两银子！"

赵朗道："如果你天天这样干，会不会发财？"

石头道："早就盖新房，结老婆了！"

赵朗道："有技术，不想发财！不孝父母！不想帮助贫穷的乡亲！你真不是人！说到这儿，我硬是想痛打你一顿！"

石头道："该打！赵朗兄弟，请你为父母亲，为乡亲们出口恶气！我真不是人！我保证改！"

赵朗举起手，又放下道："你决心改过，相信你一回！你要是光说不做，我发动大家把你往死里揍！"

石头道："对嘛！我敢说，大家揍我的事情，五百年以后再说吧！"

"好！"赵朗鼓掌道，"乡亲们，我是这样想的，……对了，我还忘了，你们之间欠的赌博账不义之财免了！再追账，我对你们不客气！改不改？"

贾诚、吴光等道："不改不是人！"

赵朗道："我想，石头把鸡、鸭、鹅卤好后，由王冬带上它们到场镇上卖，到灌口镇卖，打开局面！货源呢，愿意送上门的，给钱！其他的，我们上门收购。长远考虑，我们自己饲养鸡、鸭、鹅。先由石大爷、方大爷、古大爷、殷大娘等最困难的几户办起来！行不行？在这个过程中，所需经费全由我出！只要参加劳动的，都可以发财！大家都发财，我才对得起大家！"

灌口镇最繁华地段，一个姓巫的老板雇了两个人，摆了一摊子卤鸡，其规模不小。王冬就在对面不远处，摆上两簸箕卤货。路过的人皆感到一种特殊的香味，不断打探道："啥东西的香味？"走来一对年轻夫妇，女人道："哎呀，这么香，吃起才舒服啊！"跑到巫老扳处闻了闻，再根据鼻子的感觉，走到王冬处，惊叫道："哎呀，快来买！"男人赶来，女人道："买两只！不，一只鸡，一只鸭，我妈一份，你妈一份，我们一份！让大家都吃安逸！共买六只！"

男人道："行！我后天要请客，你给我送来五十只卤鸡，五十只卤鸭，二十五只卤鹅！"

王冬道："好，保证给你送到家头！大人的家在何处？"

男人指道："前面左拐弯处，杨府，一问就知道！"

王冬道："好！保证在午时前送到！"

大买主女方的喧闹，加之香气之力量，招来不少买主，整得王冬等休息不成，几下就只剩下一只了！一个高度近视的老大爷，边闻边唠叨道："香啊……香啊，……香在哪里，源自何方啊？香的卤鸡儿，香的跟斗酒儿，当双双进入吾之胃肠也！"王冬将鸡送入老大爷手中道："老大爷，这是最后一只了！"

巫老扳一只也没卖，气得跳脚！

晚上，赵朗、蒋青、王冬等在石头家饮酒商谈。赵朗道："一家要几十只？"

吴光道："是呀！后天一家人请客，要一百多只！"

赵朗道："好！这就提醒我们，在灌口镇，定几个摊点之外，还要提货走，喊起卖。再打听有红白喜事的，大办宴会的，再送货上门。"

接下来，大家对生产和销售之劳动分配及饲养场之诸多问题进行了研究。最后，不少人提到："赵朗兄弟，你的收入该最高的，怎么不提呢？"

赵朗道："这是以后的事请，现在不说！"

灌口镇，在昨天那个地点，王冬等摆好摊，准备分头流动喊卖。巫老板带上几个打手赶来，他抓起一只，闻了闻道："大家闻一下，是啥气味？"

众道："好臭啊，狗屎臭！"纷纷摔到地上。

王冬等闹道："你们想干啥？"

巫老扳道："干啥？这是老子的地盘，滚！"

贾成道："凭什么？！不走！"

巫老扳道："你整得老子昨天一只鸡都没卖成！"将摊子踢翻，不少鸡触地，又下令道："打！让他们长点见识！"

一场混战就此拉开！好的是，打斗并没有踩烂落地的鸡。战争中，围观者都站在王冬一边，骂道："这几个祸害，打！"身强力壮的山民把巫老板等打跑了。善良的山民道："从来没有闻过这么香的卤鸡！"……纷纷捡起包装还在没有触地的鸡，买下了！有个买主捡起一只触地的鸡道："太香了！把这只卖给我！"

王冬道："不行，这些整脏了，卖给你们，我们心里过不去！"

买主们道："不要紧，拿回去开水烫一下就行了！"

王冬道："干脆送给你们！"围观者几下抢光道："多谢了！以后还来不？"

王冬道："天天都要来！"

众道："对的，不要怕他们！""我专门来买你们的！"……

王冬道："多谢了！保证让你们满意！"

巫老板咬牙切齿道："明天，整他个四脚朝天，让他永远不敢再来！"

第二天，在打架的地方，摊子又摆开了。赵朗、麻姑、金霄站在中间，其他人在两边，赵朗环视道："我们最好在这里，修一个作坊兼铺子，把货送来，现卤现卖！一会儿，到镇政府办个手续！"随之，喊开了："嗨哟……嗨哟……

鸡鸭鹅，喷喷香，

不闻不买心头慌；

鹅鸭鸡，味道好，

吃了叫你永不老。

嗨哟……嗨哟……

欢迎来闻呀，欢迎来买，

吃了保你发大财；

欢迎来买呀，欢迎来闻，

买来送客增感情。……"

一派欢唱，引来大量的顾客，纷纷掏钱。"滚开！"巫老板之大队伍吼叫着压过来，买主们纷纷散开。巫老板吼道："你们是干啥的？谁叫你到这里摆摊？"

金霄嬉笑道："是的，我们没有给你打招呼，需要吗？现在，弟兄伙，招呼啰，生意各做各！"

巫老板道："嘿，农村来的姑娘，还胆大呢！快走！快走！"

麻姑逼近道："你干啥？"

巫老板道："你要干啥？"

麻姑道："我要做生意！你敢干啥？"

巫老板道："敢叫你们见阎王爷！兄弟伙，打！"一群人大打出手，一副老子天下第一的架势！待他们将把王冬等人压倒在地时，赵朗的手舞了一下，巫老板及几个打手就不能动弹，嘴在吼，身躯却成了雕塑，现出各种丑态。围观者吃惊，又欢呼。巫老板的其他打手见状不妙，溜之大吉。"打呀，怎么不打呢？……"麻姑金霄戏弄道。

众道："他想横行天下！""他比皇帝还凶，好像天下是他一个人的！"……

赵朗道："乡亲们，送他到衙门去，行不行？"

众道："行，好好地收拾他！"……

赵朗等回到摊位，卤品已卖完了！赵朗高兴道："太好了！弟兄们，走，给石大爷、方大爷他们买鸡、鸭、鹅小仔仔去！"

赵朗们挑着家禽仔仔，迎着晚霞，行走在弯弯曲曲的山路上。吆喝道：

嗨哟！……嗨哟！

霞光万道照山坡

赵公山人唱新歌

鸭儿叫——嘎嘎嘎

鹅儿叫——嘎嘎嘎

鸡儿叫啊——咯咯咯

唱得大家心欢畅

唱得银儿往包包头"梭"（往包里装之意）

多谢赵朗指引路啊

真是我们的好哥哥！

唱到最后两句时，众放下了担子，围绕赵朗转圈，且不断重复歌之。赵朗不准这样唱，先后捂住麻姑、金霄等的嘴；然众人的嘴，却是捂不住的。……赵朗赌气蹲下去，众亦蹲下去；赵朗赌气地站起来……

钱旺才道："赵朗开始在商业上，大打出手，让一些人发财了！看准了方向，一迈步就不可收拾，这就是赵朗的一大特点！下一步，他又将干啥呢？请看'劳动生财必当才智在前'！"

第十五回　劳动生财必当才智在前

赵朗组织的木材交易，搞得红红火火。劳动者利益分配之冲突，犹如河水之波浪，显现出来了。江河之滩头，上游漂来的木料，堆积如山，以供修楼房造家具使用。此时，四个搬运工，正抬着一根大木，喊号子道：

嗨咗嗨咗，嗨咗嗨咗

天上乌云跑地下乱草草

天上毛毛雨地下滑溜溜

稀泥烂窖乱踢乱跳

右边力大（有牛马）让他一下

地上有毛（有犬）踩到要糟

嗨咗嗨咗嗨咗嗨咗……

搬运队的头目黄灿，坐一旁烧水蒸。他情绪不好地对抬木者吼道："停下来！停下来！"又对正准备抬木者道："你们四个不要动，过来！通通过来！"

众人漠然地走向黄灿，其中一年轻人鲁刚不解，便道："黄灿大哥，还要歇气呀？"

黄灿道："叫你歇气不安逸呀？"

鲁刚着急道："修房子的、打家具的两个地方，都急需木头哇！"

黄灿道："关你啥事？"

鲁刚理直气壮道："这是做生意嘛！木材不送去，就捞不到钱了，谁负责？"

黄灿道："啊哟，你说来吓我黄大爷！哼，黄大爷怕你鲁刚？"鲁刚沉默了，众人围过来，黄灿道："出于对大家的体谅，我想问一句，对现在的收入，满意不满意？"

先是沉默，稍后，鲁刚道："我觉得过得去！"

黄灿道："你过得去，就过那边去！"

鲁刚道："你啥意思？"

黄灿道："我是说，你过得去，就到童云那边去！和我们要说的事，就没有关系了！去吧！"童云是这个群体的生意洽谈者、每笔生意成与败的关键人物。

"尽讲歪理！哼！"鲁刚一赌气，往一边走去。

黄灿道："大家说，该挣的钱，多了，还是少了？"

大狗道："多啥哟！一天到黑，汗流浃背，几个鬼打钱啰！"

二毛道："钱钱钱，几根火钳！煮顿饭都不够！"

一人道："是嘛，那个童云挣的钱是我们的几倍！"

黄灿道："算说对了！我虽然比你们多一点，可跟童云比，连边都挨不到！"论此之目的是，煽动五大三粗者，朝着童云闹一闹，以增加收入！

锣鼓唢呐伴着花轿，由远方走来。花轿后面，跟着一串挑抬陪嫁绸缎、家具的人，还有送嫁的。他们均穿得花花绿绿，闪闪光亮。花轿里传出新娘的"哭嫁歌"：

喊声我的爹

哭声我的娘

十月怀胎把我养

洗屎洗尿费心肠

三灾八难心操尽

望儿健康来成长

望女攀高门

嫁个如意郎

辛劳十八载

恩德永难忘

今朝离家去

悲痛欲断肠……

黄灿道："这是谁？童云接的儿媳妇，有钱人家呀！他童云家要是无钱，结得成这样的媳妇吗？"

大狗道："他童云在吃我们嘛！"

小毛道："是嘛，要不是我们为他垫脚垫背，他童云还能修房子，还能结媳妇，说不定，他新郎官童一还在讨口呢！"

童云家，新宅新院，辉煌气派。大门两边，用竹简做的对联为：且看淑女成新妇，从此奇男是丈夫！门内大坝，摆了几十桌，坐满了客人。新郎官童一在呼朋唤友，童大娘热情道："大哥大嫂，请坐，喝喝茶！多亏你们的关照哇！"

童爷爷大笑道："各位弟兄，我童家要四世同堂了！哈！……"

一大爷道："那个天大的好人赵朗呢，没请他呀？"

童一道："赵哥是我的救命恩人，怎么能不请呢？他一会儿到！"

老爷爷道："赵朗救了你？"

童一道："我小时候掉到崖底下，是赵哥把我背到乡上治疗，他又天天照顾我，我才有今天，大家都知道！呃，老爷爷，你还来看过我！"

老爷爷道："啊，对！有这么回事！哎呀，老糊涂了！"

童爷爷道："你真是个老朽啊！要说沾光，我们这里的人，都沾赵朗的光啊！"

童一道："我爷爷说得太对了！你想嘛，要不是赵朗哥组织大家搞木材生意，我爹只有坐在旮旯头烧水烟，我一家人还在茅草房烤'烘笼'（取暖具）！"

众道："是啊，都托赵朗的福啊！……"

在河滩上，花轿队伍过来了，搬运工纷纷向其靠近，看稀奇。突然，鲁刚看见黄灿与大狗小毛耳语后，小毛就吼道："我怕你？"

大狗也吼道："老子怕你？"二人大打出手，边打边骂边向花轿靠近，猛地将花轿撞翻，直到花轿散架，才停下来。新娘摔地，新衣染脏，额上流血，新脸流血，泪水滚滚，哭天喊地。……鲁刚很气愤，欲前去说个子卯寅丑！

童云赶来问道："怎么了？"

在童云家，众目死盯着门外，盼新娘！新郎童一焦急地走来走去，童大娘道："怎么还没动静？"

童一道："是嘛！妈，怎么搞的嘛？"

童大娘道："老五，你去看看！"老五向山路跑去。

在河滩上，童云二话没说，扶起新娘，对其简单包扎即可。大狗道："童大哥，对不起！"

小毛道："对不起！我们又不是故意的！"

童云苦笑摇头感叹道："不要紧！唉，两个愣头青呀！"

小毛道："我们送她去镇上看看！"

童云道："新娘去镇上，新郎怎么办？再说，你们运木料又是大事！算了！"

黄灿坐在一旁，弯着腰，似乎病发了。童云一看，便对新娘队伍下令道："你们走吧！"锣鼓声又起，新娘一瘸一拐地走了。

在童云家，赵朗赶来，看见在门口心急如焚的童一，便道："新郎官，急啥？"

童一道："赵哥，还没动静！急死人了！"

赵朗道："别急！好事不忙！"

在河滩上，童云走到黄灿跟前道："老黄，你不舒服？"

黄灿道："肚子有点痛！"

童云道："那就到镇上去看看！我陪你去吧！"

黄灿道："那怎么行呢？你快回家，童一要完婚，你不在场，就不成体统了！"

童云道："我家是小事！修房子要十根木料，刚才联系的那家也要二十根木料，今天必须送到！不送到，生意就免谈！这才是大事！我看，喊一个兄弟陪你去，其他人还要抓紧抬木料！"

小毛大狗争道："我陪你！"

童云道："不行，只能去一个！走多了，运木料的事怎么办？"大狗小毛根本不听，扶黄灿往前走，黄灿暗示所有人，即跟着走了。

鲁刚道："你们都要走哇？装啥怪哟？"

一人道："你少放点屁！"

鲁刚欲追上去，童云阻挡道："站住！闹起来有用吗？"又对离去的人道："弟兄们，晚上到我家喝喜酒，请了！"又对鲁刚道："这人不够哇！……这样，你追上去，把抬花轿的几个兄弟请来！"

在童云家，赵朗正与老者们亲热道："朱大爷，还好吧？"

朱大爷道："好哇，托你的福哇！"

赵朗道："哪里哪里，是我赵朗托大家的福呀！李大娘呢，你的腰不痛了吧？"

李大娘道："哎呀，多亏你这个娃娃呀！"又绘声绘色对众道："你们不知道哟，我那天背柴回家，腰就这个样子，痛得好凶哟！那个老东西呢，吓得连魂都没了，想救我，又不敢碰我，像个三岁娃儿看到我，动都不动，口水眼流水直流哇！整得我哇，硬是想：遇到这个老呆子，真是霉到家啰！突然，赵朗娃娃来了，轻轻地扶我上床，在我背上东摁一下，西摁一下，然后，我看他吹了口气，在我背上一捶，整得我痛得钻心，我'哎哟'一声，呃，不痛了！爬起来，我这样扭，又这样扭，呃，扭了几下，没事了！那个老呆子呀，还要笑呢，笑起来嘴巴张这么大，脸上的沟沟像河沟哈！……"

王大爷抢话道："听我说！赵朗娃……"

伍大爷抢话道："听我的！我说赵朗……"

柳大娘道："要说赵朗这个乖娃娃，只有我最有资格！……"

赵朗道："柳大娘歇歇气，听我说！我很多地方还做得不够！比如说，今天童一兄弟结婚，新娘到现在还没到，童大爷也还没有回家！我……"

老五跑来道："童哥！花轿整烂了，新娘子只有走路，不知道好久才到！"

童大娘道："你去看看！不行，就背她回来！"

赵朗道："走，一道去！"

去河滩的山路上，新娘坐在一旁歇气，眼泪汪汪；锣鼓唢呐依然鸣响，过路的围观者议论纷纷。新娘吼道："看啥？……不要吹了！吹得心烦！"陪伴助阵的人皆哑然，过路人自然散去。

在童云家，童爷爷道："我童家大好事，遇到这个麻烦，真晦气！"

童大娘道："爹，我童家是硬邦邦的，不怕！"

童爷爷道："固然硬邦邦，也要请一个小巫师来做法事，去去邪！"

童大娘道："好，我这就安排！"

去河滩的山路上，赵朗、童一赶到，新郎扶起新娘，新娘放声大哭。

"等一等！"鲁刚喊着跑来，见赵朗便道："赵哥，黄灿他们几个人跑了，今天下午抬木头的人手不够，童大爷叫我来，请抬花轿的弟兄们去帮一下！"

抬花轿的四人道："对嘛！"将轿棒交给别的人。

赵朗道："我去看一下！童一兄弟，你就陪新娘妹子回去吧！"

赵朗鲁刚赶到滩头，童云对赵朗谈情况，鲁刚抢话道："我看到黄灿给大狗小毛说悄悄话，接着就打起来了！肯定是他在捣鬼！"

赵朗道："他是有啥想法吗？"

童云道："肯定嫌挣钱少了，分配不公！这点，我早有觉察！"

鲁刚道："就是就是！主要是童大爷挣得多了，黄灿很不满意！"

赵朗道："这不是一个小问题！这里的搬运，就由鲁刚兄弟抓一下！"

在童云家，在司仪的指挥下，身心受伤的新娘子，完成了多种程序，步入红烛熊熊的堂屋，开始拜堂。司仪唱道："东方一朵紫云开，西方一朵紫云来，两朵紫云来相会，新郎新娘拜堂来！"

在河滩上，鲁刚对童云赵朗要留下抬木头，着急道："不行！童一结婚，童大爷必须在场；赵哥是主婚人，又必须去。你们走吧，我另想办法！"

童云道："童一结婚，小小家事；大家找钱，就是大事！再说，今天不送货上门，对方就不买我们的货了！"

赵朗道："好，拼了！"

在童云家，拜堂完毕，在司仪的指挥下，客人们纷纷入席吃宴。司仪边走边唱道："喜洋洋来笑洋洋，大家都来贺新郎。现在请来坐席上，酒菜不好请原谅！请大家入席。"新郎新娘随司仪四处敬酒，气氛热烈，喜气洋洋。

在河滩上，两组人抬两根大木，一齐喊道：嗨哟……嗨哟……

左：上肩，右：上肩

起步起步

嗨咗嗨咗嗨咗嗨咗

抬花轿新娘到

虽然摔一跤快把坏事抛

眼睛看远点幸福到处捡

大家哈哈笑幸福马上到

大家笑哈哈幸福到童家

嗨咗嗨咗嗨咗嗨咗……

傍晚，童云家客人们大都散去。童云赵朗等回来，显得精疲力尽。童大娘迎过来道："大家累了，也饿了，他赵哥，快请坐！"

童爷爷赶来抓住赵朗道："娃娃吔，你也去抬木头？"

赵朗道："童爷爷，莫非孙儿犯错误了？"

童爷爷道："你不光是我童家的娃娃，你是众人的宝贝，要是身体整垮了，我怎么向大家交待呢？"

童一向新娘介绍道："这是赵朗哥！"

新娘道："赵哥！……"

赵朗道："新娘弟妹要好好将习身体！虽然遇到点小波浪，不要怕，心情要好！要高兴，要笑，一天到晚要有打不完的哈哈！要记住：眼睛看远点，幸福到处捡；大家哈哈笑，幸福马上到；大家笑哈哈，幸福到童家！"

众鼓掌道："好！"

赵朗举杯道："为幸福到童家，到万户千家，干杯！"

众道："干杯！"

天黑了，童云家法事堂，除了童爷爷，童家人全部下跪。小巫师默默叨念，甩动拂尘，撒米弹水道："打架者，每人每天送一只红公鸡，来此滴血，必须三天！打架唆使者，当于第三天，赶一头一百五十斤重的公猪，来此与公鸡共同喷血，以最后驱邪。三天内，新郎新娘轮流守堂，三天后方可房事！法事完结！"

童大娘给巫师红包道："多谢巫师大人！"

童云道："鲁刚，麻烦你陪童一走一趟，行不？"

鲁刚道："没问题！光找大狗小毛，不找黄灿吗？"

童云道："又没有根据说他是唆使者，以后再说！"

踏着月光，童一和鲁刚匆匆向大狗家赶去。大狗正在抽烟，见到鲁刚二人，不想言语。鲁刚道："童一家为你打架，刚做完法事。巫师说，你和小毛一连三天，每天送一只大红鸡去，滴血才算了事！"

大狗道："我不信！"

鲁刚道："巫师说，你要是不去，就坏了你的家！"

大狗道："坏了我的家！真的呀？"

鲁刚道："不是真的，是假的？巫师还说，唆使你们打架的，第三天要送一头一百五十斤重的公猪去，与鸡血同喷，童家才彻底去邪！我们还要去找小毛！"

第二天，大狗忐忑不安地徘徊于山路上，见小毛提一只大红公鸡走来，便问道："我想和你商量一下，怎么办！"

小毛道："有啥商量的？办就行了嘛！整烂了花轿，整伤了新娘子，人家童云大爷没有骂我们，也没有叫我们赔啥，一想起来，就很不舒服！还不该圆满童一兄弟的婚事？"

大狗道："你等我一下！"

各提一只鸡的小毛大狗，到了童云家门外，贼头贼脑地往里窥视，见没人，便飞也似地向法事堂跑去。进了法事堂，见无人，小毛急忙忙在身上摸出刀，迅速地在两只鸡颈上各割一刀。然后，迅速滴血转圈，刚一抬头就见到新娘子，二人惊叫一声，小毛立即跪下道："对不起弟妹！……"

"就是就是！"大狗也跪下，随其附和道。

二人又奔跑滴血，遇见童一、童大娘、童爷爷，二毛又立即下跪道："童一兄弟、童大娘、童爷爷，我对不起你们！"

大狗附和道："就是就是！"未等回答，二人迅速地滴血三圈，扔下鸡跑了。

童大娘将二人拦住道："吃了饭再走！"

二人道："童大娘，不要管！"

昨日新娘走过的路上，大狗小毛见黄灿等几人走来。大狗道："怎么了，不抬木头了？"

黄灿怒吼道："抬个屁！龟儿子童云，不准我们挣钱了！"

小毛道："童大爷不准我们挣钱？……不会吧！"

黄灿道："你就跟着童云跑，去舔他屁股嘛！走！"带着人走了，大狗也跟随。

小毛喊道："黄灿大哥，等一下！巫师说……"

黄灿道："我知道，就是唆使你们打架的，又要如此这般！我又不是唆使人，你跟我说啥？"

小毛惊道："你？是你叫我和大狗打架的呀！你不承认？"

黄灿道："是我叫你们打架的吗？大狗，是不是？"大狗不便言说，哑然。抓住小毛："你诬蔑老子！你再说！"

小毛道："是你，就是你唆使我们！"

黄灿提起小毛道："当心老子揍扁你！"众人劝阻黄灿。

小毛道："干了坏事不认账，你不是人！大狗，你也不是人！巫师说，不承认，就会找你的！"

黄灿根本不睬道："哟，搬神仙来压老子嘛，我黄灿又不是吓大的！"昂着头，挺着胸往前走去！大狗跟了黄灿几步，又停下来，回头盯着小毛。

傍晚，黄灿回到家，对老婆吼道："晚饭呢，还没有煮？"

老婆一听就紧张道："马上煮！"

黄灿道："你个婆娘，也要跟老子作对呀？拿酒来！"老婆慌慌张张抱一小坛酒来，又捧来花生。黄灿抱坛就喝，往外喷吐道："白水！你搞些啥名堂？"

老婆全身发抖道："我又没有动过！哎呀，你嘴巴是红的？你喝些啥哟？"

黄灿吃惊道："呃，我就喝这个嘛！"打开坛子看："血水！怎么搞的呢？"

老婆道："我不晓得！"

黄灿道："他妈的，遇到鬼了！"剥花生，丢进嘴里："哎哟！……"吐出一看，道："哎呀！软的！狗屎呀，好臭啊。"又剥一颗，又是软的，臭的！连剥几颗，全一样，他惊呆了："怎么了？再拿一些来！"

老婆道："你去拿嘛！我要煮饭了，没吃的，你又要打我！"跑了。

黄灿捧来胡豆，剥开看了看，没啥不同，放进嘴里咬："哎哟！……"吐出来看，惊叫道："是铁块块！怎么了？"突然，响起一个声音："背时！活该！没你吃的！"声音像在屋内，又像来自屋外，还是一个熟悉的声音。他紧张地屋内屋外寻找道："鲁刚！是鲁刚吗？童云啦？你在哪里？……"

老婆大喊道："快来哟！快点！"黄灿跑至灶房，老婆道："你看嘛，烧不燃！"

黄灿道："我来！"他点了几下，也烧不起来，望着老婆道："为啥呢？"

突然，灶房响起一个声音："背时，活该！我是财神爷，你一家人吃饭，不准煮黄灿的。否则，一家人都吃不成！黄灿唆使人害了童家，也害了你一家！你欠童云的债不还，我要饿死你！"

黄灿跪地请罪道："财神爷，我有罪！我一定还债，改过做好人！"

财神道："照巫师说的办！"

黄灿道："我保证！我一定！"

次日清晨，黄灿奔跑在山路上。小毛手提一只公鸡，并赶一头猪，迎面走来道："黄大哥，你去哪儿？"

黄灿抱着小毛道："小毛兄弟，我黄灿对不起你！是我欠下童云大爷的债，连累你和大狗，我向你赔礼了！"

小毛道："不用了！你要干啥？"

黄灿道："我要还债！一百五十斤的公猪，我家又没有，到镇上去买！"欲跑。

小毛道："站住！这不是？公猪，一两不差！是缘分吧？"

黄灿道："缘分！缘分！兄弟帮大忙了！多谢了！走，到童云大爷家去！"

小毛道："别忙！我和大狗约了，在你家碰头，再一道去童家！"

黄灿道："好！"回到家里，那天跟随罢工的抬木头者，纷纷赶来，大狗也来了。黄灿道："诸位，我黄灿错了！现在，我要去向童云大爷请罪！"

童云、赵朗赶来，童云道："请啥罪？小有不失，何谓罪？"

黄灿向童云敬礼道："童大爷，我对不起你，对不起新郎新娘！"欲磕头。

童云拉黄灿道："跪啥？人与人之间，不求形式，只求心相通！我要去请朱大爷！"走了。

赵朗道："黄大哥，不让我们坐一坐哇？"

黄灿猛醒道："啊！对不起了！弟兄们，帮着搬凳子！"气氛一下活跃起来。

"来来来，朱大爷，请坐！"童云请来朱大爷道："诸位，我和赵朗兄弟，是专为朱大爷来的！为啥？请大家猜一猜！"众茫然，猜不着。童云拿出钱，道："朱大爷，这是你该得的钱！"

朱大爷感到意外道："我……我又没有抬木头！就给钱？这……"

童云道："你那天告诉我，马吃水有个工地，要木头。我去联系，对方决定买我们三百根！你给了值钱的消息，就该给你钱！"

朱大爷道："那我以后又有消息，又要给我钱哇？"

童云道："当然！该！"

朱大爷对众道："安逸！不和你们抬木头，照样有钱到我包包头，划算！"

众道："对的！该！""是嘛，朱大爷不说，我们就没这笔生意！""那我们又抬木头，又去找消息，也有钱吗？"

童云道："肯定！抬木头得钱，消息又有钱，两笔钱到你包包，安逸不？"

众哗然："好安逸哟！""到处窜，到处钻，整对了就有钱，太有搞头了！"……

赵朗道："不光是找木头的买主、卤食品的买主、纯金的买主，……我们搞的各种加工产品，你找来买主，钱就往你包包头钻！干不干？"

众哗然道："干！"

赵朗道："这就是说，找来买主就是钱！还有，我们办的事情，你出主意，想办法，只要整对了，赚了钱，你就有钱！呃，这银儿往你枕头下钻的时候，不要怄气哈！"

众哈哈大笑："不要紧，你用银儿把我埋在底下，我都不怄气！"……

赵朗道："这就是说，要动脑筋，不能光抬木头！对不对？"

众道："对！"

赵朗道："话又说回来，你介绍了买主，联系生意又是关键！你谈了半天，对方不买你的东西，就等于白搭。对方买了，才来钱！所以，联系生意的人，帮大家"摇"钱！对不对？"

众道："对！"

赵朗道："比如说，朱大爷介绍的买主，他要是不买我们的木头，你们抬木头的，既无活儿干又无钱！是童大爷把钱给大家"摇"来了。这笔生意，没有童大爷，就搞不成！黄大哥，你说呢？"

黄灿真诚道："是这样！"

赵朗道："这表明，也要用智慧！是不是这个道理？"

黄灿道："是这个道理！"

赵朗道："童大爷是不是比我们关键？他得的钱该不该比我们多？"

黄灿道："该！赵朗兄弟，我错了！童大爷，对不起你！"

赵朗道："想通了就好！黄大哥，我想再搞一个木材家具作坊，大干一场！木匠师傅除外，让跑木料，卖家具的照样发财！请黄大哥来抓一下，行不？"

黄灿道："行！谢谢赵朗兄弟对我的信任！"

赵朗道："我们要干的事情很多，弟兄们，只要大家同心，泥土石头也要变黄金！"

钱旺才道："由于赵朗的组织，赵公山人已不是单纯的体力劳动者，而是动脑筋想办法，或搞起来钱的小作坊，或把土特产变成钱，或将手中的工艺产品推向市场。……一句话，不少的赵公山人，在赵朗的带动下发财了！然而，也有一个怪人，出现在被赵朗遗忘的角落。请看'抱金碗讨口笑煞镜中人'！"

第十六回　抱金碗讨口笑煞镜中人

被赵朗遗忘的角落里，蹦出的一个大叫花子，年约四十来岁。他衣衫破烂，头戴一顶周围吊着短草绳的烂草帽，拄拐杖，提烂箢，弯着腰，瘸着腿，一步一步地行走在灌口镇行人熙攘的街上。他见人就道："求求……求你，可怜……可怜我吧！……"善良的人便施以银钱。一会儿，他满意地站到街的一角，观察着他的五个小"兵"的作为——

一个小"兵"向路人"进攻"道："爷爷，我没钱！"哪个爷爷避开他，他又挡住要钱，就此重复，直至钱到手，再转向另一个目标。五个"小兵"皆如此"作战"，其业绩颇丰。最后将钱交给老叫花子，老叫花子对此很满意。

街对面"香卤店"三字特别显眼，这是赵朗修建的铺子。石头、王冬等四人在守铺子卖卤货。老叫花子并没有看见老熟人石头，便一挥手，五个孩子向"香卤店"进军，将石头、王冬等四人围住道："叔叔，给我钱！……"石头等人道："走开，没钱！"突然，最大的小叫花子丑娃，抓一只鸡就朝老叫花子跑去。石头叫道："偷儿，抓住！"他追了过去。老叫花子从丑娃手中拿过鸡，朝卤鸡吐了口唾沫！石头追过来，对着老叫花子生气道："嘿，你……你吐口水，老子也不给你！"欲夺过卤鸡，叫花子木棍一舞，转身走了。就这一瞬间之交流，石头吃惊道："滕大哥！"他追到前面挡住道："你是滕大哥吧？"老叫花子转身走。石头又挡道："你肯定是滕大哥！"老叫花子又转身，快步跑了。石头目送其离去，便回到店子道："怪了，滕大哥当叫花子了？"

王冬道："滕……滕天？编藤制品的那个人？"

石头道："对嘛，赵公山藤制品第一人，大家叫他赵公藤嘛！"

王冬道："啊哟，他做的藤椅、藤桌、藤柜那么多买主，他就不干了？"

石头道："是呀，他为啥当叫花子呢？哼，这事，我要找赵朗兄弟说说！"

滕天的家，"赵公藤"三个字为大门之横匾，进门一看，已有不少的藤条，成了做柴烧的短节子。十几岁的大娃，病倒在床，滕大娘正在为其喂药，大娃道："妈，你好累哟，把爹找回来嘛！……"

滕大娘道："不要提你死老头！我拖了他几次都不回来，还找他个屁！"

小娃跑进来道："妈，来人了！"

叫声："老滕！老滕！家里有人吗？"

滕大娘听出是汤里长的声音，便道："死光了！"

汤里长道："他妹子，大好事，巫师决定要用藤制品，把宫殿的家具全部换了，派我来找老滕商量这事！"

滕大娘道："老滕人疯了，手断了，你还找他干啥？"

汤里长道："呃，这……这是一笔大生意呀！"

滕大娘道："好大的生意？五百两，一千两？到我们手头的钱只有十来两！"

汤里长道："这事好说！你尽快把老滕找回来！这笔生意，一辈子都难遇到！我走了！"到门口，指着横匾道："他妹子，这个牌子值钱啦！"

滕大娘道："哟！这个牌子，霉了一家人，老娘把它烧了！"

与此同时，赵朗和石头正向滕家走来。石头道："赵朗兄弟，滕大哥不搞藤制品，天大的错误！"

赵朗道："是嘛，赵公山那么多青藤，又不花钱，把它变成钱，多划算！"

走到滕家门口，见滕大娘正在用竹竿夺"赵公藤"牌子，石头跑上去道："滕大嫂，你这是干啥？"

滕大娘道："啊，石头嗉！"继续夺。

"要夺我来夺！"石头接过竹竿，介绍道："这是滕大嫂！"

赵朗道："滕大嫂，你好！我叫赵朗！"

"要浪！……浪，浪过去，浪过来，还不是等于零！"正在气头上的滕大

121

娘，似听未听地唠叨着。她又要夺牌子，突然问道："你叫啥名字？"

赵朗道："赵朗！"

滕大娘道："赵——朗！就是山那边那个赵朗？"

赵朗玩笑道："是那个……浪过去浪过来的赵朗！"

滕大娘笑了，道："哎呀，不好意思！"又抓住石头道："就是带着你发财的那个赵朗？"

石头道："就是！赵朗兄弟专门来找你，研究发财的事情！"

"妈，哥哥喊痛！"小娃叫着跑来。

"赵朗兄弟，你坐一下，我去看看！"滕大娘往屋里跑道："我的儿，怎么了？"

赵朗道："大嫂，我来看看！"他双手在大娃胸前，平行移动几下，两手往上升，大娃全身平着往上升；他两手猛击，并大吼一声："嗨！""嗨"大娃跟着吼了一声，全身平落床上，两眼闪闪发光，精神来了；他再在大娃背上揉摸几下，猛击一掌，大娃惊叫一声，站起来，双手舞动，抱着滕大娘道："妈！"

滕大娘双泪纵横道："我的儿啦，来，跪下，感谢赵叔叔！"

大娃道："谢谢赵叔叔！"

赵朗扶着二人道："不要！跪下就见外了！"

滕大娘激动地望着赵朗，静静地流泪，慢慢地笑了……她全身颤抖地扑过去，抓住赵朗擂打起来，并动情地号啕道："赵朗兄弟，你怎么才来呀！……我滕家……我滕家有救了！"

一草房，位于绿色的田野中，在阳光下闪闪烁烁，如绿海中的一块宝地。其实，此乃堆放柴草之地，滕天等人的"殿"。此时，着普通人服饰的滕天，见孩子们懒洋洋歇息，便拿起五个短竹筒，筒里插有五根细管，走到门口，背对着孩子们，握竹筒的两只手往两侧平伸，"嘿！"的一声，"哈！"五个孩子像五只喜鹊跑来。各拿一个竹筒，"飞"向绿地，抽出细管一吹，五光十色的气泡在空中飘浮，十分好看；孩子们背靠背地吹，彩泡成了一根升天的彩柱，好看极了；孩子们在地上打滚吹泡加欢闹，滕天也吆喝着助兴；孩子们又"飞"过来围着滕天吹气泡，气泡成立体的圆柱，滕天成了圆柱的中心！再配以多彩的霞光，绿色的田野，欢跳的小狗，欢唱的鸡鸭，腾飞的小鹊，何等美丽！稍后，滕天道："孩子们，现……在……嘿，现在该干啥？"他是个结巴，每当说话至最艰难的时候，就要"嘿"一声，才能顺畅地说完后面要说的话。

孩子们道："给爹化装！"

滕天道："然后干啥？"

孩子们，双手叉腰道："嘿，然后向银子进军！"

在滕家，赵朗道："嗨，我们赵公山，长出那么多青藤，正该大干一番！这样，滕大嫂负责准备藤条，我去把滕大哥请回来！避开汤里长，直接找巫师谈生意，由我负责！所需的一切资金由我出。"

次日清晨，赵朗行至灌口镇，向一家小面馆走去。见滕天坐在面馆门外一块石头上，双手搭在拐杖上面，头放在手背上，似乎在睡觉。赵朗正与之言语，就传来小叫花子们的叫声："我要吃面！我要吃面！……"他进屋一看，五个小孩在要吃的。他便招手道："过来！"

"爹！爹爹！爹爹爹爹！"孩子们过来，都这样叫着赵朗。

赵朗道："你们一人一碗面，够不够？"

丑娃道："门外的爹要吃！"

赵朗道："好，七碗，来七碗面！"又问道："门外那个是你们谁？"

众道："我们爹！""我们的司令官！""他对我们好！""有他就有吃的！"……

孩子们又对赵朗讨好道："你也是好爹！"

赵朗道："你们的爹妈呢？"

众道："死了！""讨口去了！""嫁了！""跑了！"……

堂倌喊道："面来了！"小孩们抢过碗，就狼吞虎咽起来。赵朗道："慢点，烫！"他吃了几口，便端一碗面走到门外的滕天面前道："大爷，请！"

滕天不抬头，只偏头闻了闻，斜望着赵朗道："我们这些人，早晨一般……喜欢吃……吃甜食！"他说完了，又转过头去。

吃完面的孩子们，若燕子似的飞出来道："爹，是这个爹请我们吃的！"

滕天对赵朗道："你的表现还不错！"

孩子们叉手对赵朗表扬道："嘿，你的表现还不错！"

滕天下令道："孩子们，出发！"

孩子们又开始"工作"了。滕天则双手拄拐杖，望着前方，得意地抖动着！赵朗死盯着滕天吼道："你胡来！"滕天一愣，见四周无他人，便举拐杖，在赵朗眼前点了几下，"哼"了一声，转头不理了。

赵朗道："对不起，我不是说你！"然后，又死盯着滕天道："我说的是我的一个朋友，抱金碗讨口的叫花子，混账透顶！"滕天似乎感到对方有所指，转身欲走。赵朗吼道："滕天！"滕天身体颤抖了一下，又往前走去。赵朗追至前面道："呃，我觉得你是滕天！"滕天不理，走了。赵朗轻手轻脚地跟在后面，走了一段，滕天停了下来，慢慢转头，赵朗猛地凑近："我说你是滕天嘛！滕大哥！"拉掉其烂草帽，露出壮年人的黑发。滕天握拐杖的手抱头，赵朗抓住拐杖，喊道："你是滕大哥！"手一拉，滕天差点绊倒，赵朗搀扶道："滕大哥！"又将提篼弄掉。

众人不满。众人拾起提篼回家。

但赵朗找到进来道："我来了！"孩子们冲过来，围着赵朗，又打又骂道："打坏蛋！打坏蛋！""你抢我们的钱！你是大坏蛋！"……

赵朗微笑道："孩子们，我和你们的爹说事！"走到滕天面前道："滕大哥，巫师决定把宫殿里的一切设备，变成藤制品。我已和巫师商订了，三千两银子，半年送货拿钱！"

滕天道："你是……汤……？"

赵朗道："我叫赵朗！"

滕天道："汤里长……长的走狗！"

赵朗道："不是，我不是汤里长的走狗！"

滕天道："你不是汤里长的走狗，你有资……资格见巫师吗？"

一个孩子给赵朗腿上一拳道："打走狗！"

赵朗道："不是！哎呀！……"他往前走，丑娃一伸脚勾住他的腿，他就绊倒在地，仍微笑着盯着孩子和滕天。

滕天吼道："你少跟本大人嬉皮笑脸！"

孩子们围过去，双手叉腰道："嘿，你少跟本大人嬉皮笑脸！"

一孩子道："爹，我摸他！"他去摸赵朗的脸道："他的脸皮好……好厚啊，脸好大哟，为啥说细皮小脸呢？"

一孩子道："不对，他厚皮大脸！"

孩子齐声道："不准你厚皮大脸！"

赵朗哈哈大笑道："好，我不厚皮大脸！哈哈！"

滕天道："你笑……笑个屁！哼，三千两银子，我和弟兄能拿到二十两就谢天谢地啰！剩下的全到汤里长和你的腰包！"

赵朗道："不是那么回事！"欲起身。

孩子们道："不准起来！趴下！"

滕天道："老子宁肯讨……讨口要饭，也不愿为你们卖命！滚！"

"好嘛！我走！"赵朗欲起身。

赵朗又道："但我要专门收拾假扮叫花讨口要饭的滕天！滕天你跑不脱！"

他往回走去，与财神碰个满怀，赵朗道："先辈，你好！"

财神道："孩子，别急，你放心，我来办。后天晚上，保证滕天回家！"

滕天家里，供生产的藤条，已堆积如山。赵朗赶来道："乡亲们辛苦了！"

滕大娘道："赵朗兄弟，你找到滕天啦？"

赵朗道："找到了！他把我当成汤里长的走狗，痛骂了一顿！"

滕大娘道："几个兄弟，拿着棒棒绳子跟我走，把他拖回来！捆回来！"

赵朗阻拦道："别急！大家正常地作准备！我保证，后天滕大哥就要回来！"

五个小孩依然战斗在人群中，滕天依然悠悠闲闲地立于一角，等待着收受银两。突然，五个人高马大的叫花子，一人抓一个小孩，像抓小鸡似的提在手中。小孩又哭又闹道："爹！爹爹！救我！……"滕天见到，欲救孩子。但五个大汉已来到面前，将孩子扔给他道："这是我们的地盘，滚！"

面对几个"庞然大物"，滕天谨慎地往后退，猛地转身欲跑去，却与身材矮小的财神贴在了一起。财神溜圆的两眼则盯着他，微笑着，他感到惊异、害怕；财神呢，礼节性地慢慢地举手道："请自觉……"以示意离开。滕天点头，后退，又落在五个大汉的围困之中。他绝望地转了一圈，五个大汉齐声吼道："滚！"他迅速地寻空子蹿了出去，拔腿就跑。五个小孩哭叫着追去。

滕天蜷曲在巷子里，过了好久，仍然紧张地对丑娃道："你悄悄……地溜……溜出去，看那几个大……大汉在……不在？"丑娃轻手轻脚往外走去，东看西看后，迅速跑回来报告道："他们不在！"滕天终于放松了，出了口气，高兴地对孩子们道："好了，孩子们，抓紧时间，大干一番！"

孩子们像五只小鸟，又高兴地向人群飞去。滕天则轻松地哼了几句，扭了几下，犹如出狱般的快乐。可一转身，又见财神盯着他笑，又听到孩子们的哭叫声。他回头看，还是五个大汉提着孩子向他走来，吼道："这个地盘是你的吗？滚！"

财神却微笑着上前，拉着滕天转了一圈道："好朋友，你为啥那么不自觉呢？"

滕天道："是！是！我……走！我走！"他带着孩子们快速地离开了。边奔走，边回头，见那群人远去，欲寻找地方歇口气再干，孩子们却诉苦道："爹，我饿了！""我也饿了！"当爹的滕天便道："走嘛，下……下馆子！"

丑娃道："爹，会不会又遇到那几个大汉啰？"

滕天道："我们出钱吃饭，又没有惹他，他敢怎么样？"到了饭馆门口，滕天还是小心地派孩子们进去侦察一下。孩子们跑进饭馆后，丑娃出来道：

125

"他们没有来！"

滕天高兴地走进去，和孩子们坐一桌，堂倌道："请报菜！"

孩子们道："我要鸡！""我要鱼！""我要肉！"……

堂倌道："那就是红烧鱼，红烧肉，外加一份咸烧白肉片汤！"

孩子们拍桌子叫道："好安逸哟！"与滕天高兴地舞弄着筷子，又闹又跳，准备大吃一场。突然，五个大汉又围桌子站了一圈，不笑也不吭声。众孩吓坏了，有一个孩子欲往桌下钻，被滕天拉住。孩子们道："爹，他们……"

滕天对五个大汉道："这个地盘是你们的，我们就让！"欲起，一大汉将他摁下。

"哈！……"财神笑着进来道："你们出钱吃饭，不存在地盘！请坐！呃，干脆，我们一块吃！你们把那张桌子搬过来！"一个大汉一伸手，就把桌子搬过来了，另几个大汉围坐过来，脸上露出微笑。财神道："堂倌，他们叫的菜，再加十套，全部钱由我出，算我请客！"

孩子们又朝财神叫道："爹爹，好爹爹！"

财神道："前两次，多有得罪，孩子们不要怕，不要生气哈！"财神及五个大汉微笑着，盯着滕天及五个孩子。孩子们轻松，滕天却紧张。就这样，过了好久，几个堂倌道："饭菜来啰！"，摆满一大桌。财神道："先生，孩子们，请！大家使劲地吃，不够再喊！"五个大汉和孩子们放开吃起来，还不断给孩子们拈菜。财神也吃得很欢，见滕天还不动手，便亲热道："快吃呀，你还客气啥！"

滕天点点头，拈了一块回锅肉放进嘴里，"哎呀，我的牙……牙齿！"他惊叫一声，吐出一石块来道："呃，是石……石块块！"

丑娃道："爹，你是不是拈错了？"

财神道："对，再拈！"

滕天又拈了块咸烧白肉，反复看后，放进嘴里，立即吐掉："哎呀，死……死鱼！"且不断呕吐。一孩子端一碗饭过来道："爹，我喂你！"滕天蹲下去，孩子给他喂饭，又猛地吐掉道："沙……沙沙子！"

财神道："我看啦，这位先生，有点不宜在这儿吃饭啰！换个地方试一试！说不定，只有回家才有吃的！"

丑娃道："爹，到那边吃面算啰！"

滕天道："你……你们……吃……嘿，你们吃饱没有？"

孩子们道："嘿，我们吃饱了！"

滕天掏钱，财神阻拦道："我说我请客，说话算话！先生别客气！"

"谢了！"滕天带着孩子们走了。丑娃见到面馆，便道："爹，到那儿吃面嘛！"

滕天道："算了，我不……不想吃！"

滕家一群人，在等待着滕天的归来，滕大娘道："大家回去休息吧！"一人道："按赵朗兄弟说的，滕大哥该回来了！怎么还没动静呢？"

"别急，会回来！"赵朗提一大块猪肉赶来道："滕大嫂，拿去煮！滕大哥可能要饿死啰！大家别走，一起陪滕大哥大吃一顿！"

傍晚，滕天瘫倒在草堆上，两眼无神，满脸虚汗。孩子们在伺候着爹，有擦汗的，有的使劲按摩。对此，滕天没有言语。丑娃端一碗水来，吼道："不要摁！爹两天没吃东西，越摁越饿！爹，喝水！"滕天喝水，立即喷出道："呸！呸！马……马……马尿水！"

财神突然出现在面前道："滕天，你没有资格吃任何东西，只有回家才有吃的！否则，只有饿死！"五个大汉又出现道："快滚，这里是我们的地盘！"

几个孩子紧张地喊闹着，将滕天扶起，往门外走去。走了几步，孩子又返回对财神道："坏……坏蛋，我们不怕你！"

财神微笑道："孩子们真乖，我请你们吃饭！"

孩子们叉腰道："你少跟本大人厚皮大脸！"

滕天家里，摆了一桌酒席。滕大娘道："月亮那么高了，他怎么搞的？"

赵朗道："滕大嫂，弟兄们，干脆，我们去接滕大哥！"

月光下，山路上，饿肚子的滕天无力的两腿弯曲着，蹒蹒跚跚东倒西歪，丑娃搀扶着；而吃胀了的几个孩子则睁不开眼睛，脚步踉踉跄跄！丑娃吼道："不准闭眼！听到没有，睁开眼睛，看路，看路走！"……突然，滕天倒地，张开嘴，没了声音；孩子们倒地，个个打鼾，无限幸福状！丑娃无可奈何地东看西看，只得等待过路的叔叔孃孃了。

赵朗的人马叽叽喳喳往这边走来，丑娃警觉地盯视着，待队伍走近了，立即跪下道："叔叔孃孃帮帮忙！我爹饿得走不动了，几个弟弟也倒地睡了！"

一人道："你们想去哪？"

丑娃道："爹说回家！"

一人道："你爹家在哪里？"

丑娃道："我不知道，问我爹嘛！"

几个人上前道："滕大哥，是你呀？"欲搀扶。

"不准扶他！"滕大娘朝着滕天发泄道，"你要回家！你的家在场镇上，狗窝里！假装乞丐讨口，现在没吃的了，饿得走不动了，活该！"孩子们被骂

127

醒了，认真地听着。

赵朗道："滕大嫂，滕大哥还没吃饭，回去再说嘛！"

滕大娘道："回我家？休想！我不断地叫你回去，你说不愿再为汤里长卖命，不能再丢脸！你在外头向人伸手，要钱要吃的，就不丢脸！你厕泡尿照一照，你那个样子有多好看！你……"

赵朗道："大嫂，还是……"

滕大娘吼道："你少插嘴！"又骂滕天道："人家赵朗兄弟，拼命地想把你的技术变成钱，让大家发财，你却说人家是汤里长的走狗！安心和赵朗兄弟作对！你……你要把老娘我气死！"

孩子们为爹不平道："大娘，你……骂……骂我爹，你……你……"双手叉腰学道："嘿，你要把老娘我气死！"紧张的气氛，一下变成了欢乐气氛，滕大娘抱起一个孩子道："我的儿，为啥那么乖呀？"

笑声中，财神出现道："赵朗，我把滕天逼回来，交给你了！"

赵朗道："谢谢先辈！乡亲们，这是我们敬爱的财神！"

众欢闹鼓掌道："谢谢财神！"

财神道："滕天，我财神就要逼迫你回到正路上来，跟着赵朗走，我才放心！再见！"一下就消失了。

赵朗道："滕大哥，光有技术，并不等于你有钱！汤里长故然太贪了，但是通过他，毕竟使你产品变成了钱！所以，和汤里长赌气，是天大的错误！你的另一个大错误是，那么能干、口才那么好的滕大嫂，你没有叫她去寻找买主！"

滕天兴奋道："真……真的……的呀？"

滕大娘道："不是蒸的是煮的！这次，就是赵朗兄弟，带着我找到巫师，生意已经说好了！"

滕天翻身跳起来喊道："走，干……干活路！"

孩子们道："爹，你不饿了？"

滕天抱一个孩子道："不饿了！"

孩子们叉腰道："爹，你不饿了，凭啥子不抱我？"

"我抱你，乖儿子！"众人哈哈大笑，抢着抱孩子！

钱旺才道："'赵公藤'重新复活以后，赵朗又组织山民把赵公山的菌类、药材、野味、木制品、竹制品等推向市场，使不少人发了财。在财神爷的引导下发财，这是人们的共同需要！但因动机不同，也会有不同的结果。请看'勤劳善良交椅包你发财'！"

第十七回　勤劳善良交椅包你发财

赵朗和麻姑金霄银霄碧霄，巡行于山林间。发现一个院落里，聚集了不少人，在搀扶一个老大爷上滑竿。赵朗上前道："大爷病了？"

众道："对，到镇上，找朱老师看一下！"

赵朗道："金霄，你来看看！"

三十多岁的房主白善，反复地盯视赵朗。赵朗道："大哥，你……"

白善道："你是赵朗兄弟吧？"

赵朗道："我是赵朗！你是……"

白善道："我叫白善！"

赵朗道："白善大哥！你父亲病了？"

众抢话道："不是，这是孤老大爷！""还有一个孤老大爷，一个孤老太婆，没有儿女，全由白善大哥照顾！""白善大哥，天大的好人！"……

白善抢话道："不要说我！说我有啥意思！"这一行为，很像赵朗。白善道："赵朗兄弟，请里头坐！"

赵朗随之进里屋，观其设施极端简陋，属典型的贫穷慈善家。再看，两个老人，在桌上对弈五子棋，显示出平和满足的心态。赵朗上前观战，助老大爷道："老人家，走这步！"老太婆看了一眼赵朗，将其拉到身边道："幺儿，过来，帮老娘嘛，怎么能帮老不死的呢？"又将老大爷刚走的那步棋，还原道："你走这步棋，不作数！……幺儿，你看老娘走哪步好？"

赵朗道："好，我来帮老妈！……呃，老爹，你走哇！"

老太婆道："不准他走！"抓住赵朗道："我的幺儿回来了，有资格多走一步！幺儿，快点……"

众人敞怀大笑！白善道："老人家，这是赵朗兄弟！"

老太婆道："哎呀，赵朗，我的幺儿呀，有名的好人！和白善这个大儿子，一样的好人！老娘在这里，白吃了三年，这个老头五年，那个老头六年了！我们三张嘴，硬是把白善吃垮了！说到白善，老娘我……"老太婆泪眼花花道："每年二三月份，青黄不接的时候，我这个大儿，硬是勒紧裤腰带，也不让三个老的饿饭！……"

白善道："不要说我！"

金霄喊着进来道："朗朗哥，那个大爷病情不重，吃点草药就行了！"

赵朗道："那就好！白善大哥，三个老人，到我那边去，如何？"

白善道："都走哇！啊哟，我还担心不习惯！"

老太婆抱住白善道："大儿子，你想老娘，想老头，你过去看一眼就行了嘛！三张嘴巴走了，减轻你的负担，我们三个心里的石头，也落地了！"又对赵朗道："哎呀，我的幺儿，这三张嘴巴，你负担得起不？"

赵朗道："老妈放心，没问题！"

老太婆道："就这么定了！好久走？"

赵朗道："马上走！白善大哥，请你找四副滑竿来！"

稍后，三个老人上了滑竿。赵朗道："弟兄们，这里还有一副滑竿，请白善大哥坐上来！"

白善惊奇道："我坐滑竿？"

赵朗道："白善大哥为三个老人，付出了很多，值得大家尊敬！请接受我们的爱意，享受一盘滑竿！来，我抬白善大哥！"

众道："对的，白大哥太好了，该！"欲强迫白善上滑竿。白善挣脱道："我领情了！我有资格坐滑竿吗？赵朗兄弟做的事，比我多一千件，一万件！我都坐了滑竿，赵朗兄弟天天坐滑竿，时时坐滑竿，都不算多！大家说对不对？"

"对，该赵朗兄弟坐滑竿！"众拥过去，欲强迫赵朗上滑竿。老太婆吼道："别闹了！来，我的大儿，幺儿，抬老娘！"

白善赵朗道："好，老妈，走！"赵朗吆喝起来：嗨哟！……嗨哟！……

坐滑竿，上花轿

身儿悠悠心儿笑

作人个个想发财

不可自私胡乱闹

勤劳善良爱他人

财神包你得好报

滑竿到了两院，三个老人，由"三霄"负责安置。赵朗则带着白善到堂屋，道："白善大哥，请坐交椅上！"白善坐上交椅。赵朗道："这把交椅，代表财神赞扬你，保佑你发财！"

白善立即对交椅磕头道："财神菩萨，我白善乃凡夫俗子，作得还很不够。以后，一定按菩萨的要求，努力作下去！"

第二天清晨，白善起床后，习惯性地去看望三位老人。结果是：三间床都银光闪闪，堆放的全是银元！他惊呆了，立即把妻儿叫来，大家都不敢动！白善小心地摸了摸，的确是银元。他自言自语道："发财？真的……真的是发财了？"他猛地跪下，叫妻儿也跪下道："发财了！财神菩萨，保佑我发财了！……对，昨天，赵朗兄弟叫我坐交椅上，他说，财神要保佑我发财！……我发财了！"他一家人数了一下，整整九百两银子！白善突然道："不行，我得去问问赵朗兄弟！……"走了几步，又倒回来招呼道："钱，不准乱动！"

　　两院门口，麻姑抓住一个十几岁的小偷走来。小偷顺手从麻姑的衣包里，偷出钱包，握在手里，得意地舞动着。麻姑发现了，吼道："嘿，我的钱包！你安心要偷？"

　　小偷道："安心要偷！"麻姑举起手欲打。小偷道："靠拳头管人，没水平！你越打，我越要偷！"

　　麻姑道："好，我麻姑没水平。走，找有水平的人！"她使劲地将小偷推进大院后，喊道："赵哥，快出来，有水平的小兄弟，要召见你！"

　　等了一会儿，见无任何动静。小偷得意道："哈，你那个赵哥，不敢见本大人！"一转身，撞在赵朗怀里，吃惊道："你！……你是谁？"

　　赵朗道："赵朗，没有水平的赵朗！"

　　小偷对赵朗看了半天，得意道："本大人是谁，你知道吗？"

　　麻姑吼道："你太不像话了！"此时，白善已赶来，不便言语，旁观之。

　　赵朗道："你是有水平的大人，请报上名来！"

　　小偷道："本大人姓侯名娃，侯娃，十三岁，靠偷东西维生三年了。计划是继续偷下去，再培养一支队伍。到二十五岁，弄一个灌口县的小偷王来当一当！到时，一日三餐，有弟兄们敬供，本大人，成天跷二郎腿享福，好不安逸！"他边说边围绕赵朗转动，伸手偷到赵的钱包，赵一挥手，钱包飞起来，赵将其抢到手。侯娃道："本大人是专偷有钱人的，专偷你赵朗、麻姑这些有钱人的！看来，本大人之功夫不到家，还得下功夫，训练训练！"

　　赵朗道："侯大人，你功夫训练，本人还可以帮你忙！"

　　侯娃道："你赵朗名气大，功夫好，与本大人的专业不挨边！再见！"

　　赵朗道："哎，你怎么能走呢？你是专偷这群人的，现在，你就在这群人当中，正是练功夫的好机会。你离开了，好可惜哟！别走！"

　　侯娃下话道："啊哟，老哥子，兄弟这个功夫，只有悄悄地练噻。公开地练，搞不好，就讨打了！"

　　赵朗道："讨打！对呀，你刚才偷我的，偷麻姑大姐的，还没有打你呢！

现在，本大人就要打你屁股！"如捉小鸡似的，一只手将侯娃挟到堂屋，放到交椅上道："坐下！我要收拾你！"

侯娃一坐上交椅，其偷东西之得意神态，一下变得无脸见人的样儿。他低头良久，待抬头时，泪水长流，下跪道："大哥大姐们，我侯娃错了！"

赵朗扶起侯娃道："小兄弟，起来！有话好好说！"

侯娃道："赵哥，我早就听说你，崇拜你！三年前，我爹累死在有钱人家。从此，我就仇恨有钱人。下决心，靠偷有钱人为生！"

赵朗道："小兄弟，你娘呢？"

侯娃道："我娘身体不好，还有两个妹妹！三年不管他们，我错了！大哥，让我回家去吧！"

赵朗道："好，我陪你去看看！"

"让开！让开！"金霄银霄碧霄，背着一个大娘，牵着两个小姑娘回来。侯娃惊叫道："妹妹！娘！是你们啦！"

两个小妹道："哥哥！"

赵朗将大娘放交椅上。碧霄道："路上，这两个小妹向我们要钱，说大娘得了病，我们跑去看，就背回来了！"

大娘像无病了，精神又好了，怒吼道："侯娃，跪下！你爹走了，你在家里算老大，该挑担子！你却乱跑乱耍，偷东西害人，为侯家人丢脸，滚！"

侯娃下跪道："娘，儿错了！从此以后，重担儿来挑，保证做一个大孝子，好哥哥！"

赵朗道："大娘，侯娃兄弟说的，都是真话！走，我陪你们回家去！放心，只要勤劳，财神爷会保佑你家发财的！"

白善跟随走出大门，才叫道："赵朗兄弟！"

赵朗道："白善大哥，对不起，你来了好久，我都没和你说话！"

白善道："没关系！兄弟，我家突然有了九百两银子，怎么回事？"

赵朗道："白善大哥，你是一个慈善家，这是财神爷给你的奖励！"

白善道："那我就交一半给你，三个老人在你这儿嘛！"

赵朗道："三个老人，由我管嘛！财神爷给你的钱，是要你干大事，发大财，作一个大的慈善家！"

白善道："我懂了！兄弟，我想，昨天我坐了交椅，就变样；刚才，侯娃兄弟和大娘，一坐上去，就变样了！是不是？……"

赵朗道："对，只要与交椅神灵相通，人就变样，再包你走正道发财！"

一瞬间，赵公山人似乎一下与交椅心心相通了，纷纷赶来，排队恭候，靠坐交椅发财！刁七爷带着三名打手来了，人们见他，都有一种畏惧感，因为他是抓拿骗吃、横蛮凶残的刁蛮人。他看了看，欲抢到前面去坐交椅，但又不敢，因为这是赵朗所在地，他从来就怕赵朗。于是，转身离去，慢慢地走在山路上，思索着，想找一个靠交椅发财的招法。突然，他高叫道："跟老子走！保证不费吹灰之力，钱就往你包包头钻！"他认为，坐一盘交椅，等着发财，还不如把交椅控制在手，靠交椅收钱即可！他不敢惹赵朗，何不如让巴山里长行使权力，把交椅搬到巴府，钱就滚滚流来了。那么，控制巴氏父子保证利益的招法又何在呢？到了巴山院子，刁七爷大吼道："巴山里长！……"

巴石道："刁七爷，我爹在茅司（厕所）头屙屎！"

"走，找他去！"刁七爷抓住巴石，走到野外的茅司旁，他吼道："大好事！跪下！跪下！"迫使巴石朝着茅司下跪了。他吼道："巴里长，快出来！……"

巴山急忙走出来道："刁七爷，有啥事？"

刁七爷道："有大好事，快跪下！"他拉扯着，使巴山与他跪下了。他道："来，叩首，一叩首！……"

巴山道："为啥叩首？"

刁七爷道："大好事！你叩嘛！我又不害你！一叩首！二叩首！三叩首！我刁蛮与巴山结为弟兄，从此以后，生死与共，利益均沾！完了，起来！"如此使巴氏父子稀里糊涂地与之完成了"茅司结义"之事。刁七爷心想成了弟兄，靠交椅搞到手的钱，你敢不给老子刁七爷？

巴山道："到底怎么回事？"

刁七爷道："白善到赵朗那里，坐了一盘交椅，就得九百两银元，你知道吗？"

巴石道："我们出去了几天，不知道！"

刁七爷道："现在，赵公山人跑去，把交椅围起来，要坐交椅，要发财了！"他不停地围绕茅司转动，巴山巴石亦兴奋地跟随。刁七爷道："你去把交椅搬过来，往这儿一放，要坐交椅的，通通给老子拿钱来，好安逸哟！哈！……"

巴山激动道："哎呀，安逸呀！哈！……巴石，走，搬交椅去！"

巴氏父子赶到大院，见人山人海，负责组织的麻尚道："巴里长，请坐！"

巴山道："我来看看！这件事，算此地一大事，我当里长的，应该过问嘛！"

巴石道："麻爹银爹，今天来了好多人？"

银贵道："至少有两百人！"

巴山道："每人都要来，我们的村民还有两千多人，赵公山的人，也要跟着来。这就给赵朗，给乡亲们，增加很多麻烦。我想，为了不麻烦你们，把这交椅，搬到我那边去。我当里长的，担起这个重担，乃责无旁贷也！"

麻尚道："巴里长，这个事，请你和赵朗商量一下！"

巴山道："处理这个事，是我里长权力范围内的事情！放心，我会向赵朗打招呼！就这样办！巴石，背走！"

排队已到位的汪大爷、杨大爷、简大爷、宋大娘等老年人着急了，道："巴里长，等我们几个坐了，再搬走嘛！"

巴山笑道："汪大爷、杨大爷、简大爷、宋大娘，不能搞特殊哇！你们享受了特权，大家会有意见的哟！你们的心情我理解！不要紧，明天开始，你们到我那边去，包你发财！"

当天夜里，赵朗回来知道此事，泰然道："好嘛！并不是坏事！"

当天夜里，刁七爷哈哈大笑道："哈！……本刁七爷决策，何等英明！现在，交椅变钱，一人一次收五十两银元，如何？"

巴石道："收二十两就够了！"

巴山道："算了，一人一次三十两，就这样！"

刁七爷道："行，三十两！你我之间，如何分赃？"

巴石吃惊道："你……你要分赃？你凭啥分赃？"

刁七爷道："凭啥？刚才结拜了，结拜弟兄，利益均沾，我就凭这个！你要忘恩负义，老子不客气！"

巴石道："你敢做啥？"

刁七爷怒道："好！弟兄伙，来，把交椅给赵朗送回去！老子得不到，你也休想挨边！"

巴山道："刁七爷，好说好商量！这样，你我三人，三一三十一！"

当夜，吃过晚饭，汪大爷、杨大爷、简大爷、宋大娘就到巴山府，排上了前几名。到天亮，来者如潮流，将坝子挤满。巴山站到另一个位置道："现在，我宣布，坐交椅，一人一次，交三十两银元！带钱的，站过来！"

场面发生大变化，汪大爷等无钱人着急了，纷纷质问道："巴里长，为啥要收钱？赵朗那边不收钱啦！"

巴山道："收钱，是巫师国王的决定！"

汪大爷等穷人跪下道："巴里长，救救我们吧！"

简大爷道："巴里长，我们这些几代穷人，眼看财神爷给我们送钱来，你又不让我们去拿，这怎么得了！"

巴山道："乡亲们，我也没办法！"

刁七爷吼道："少废话！影响大家发财，你负责？"

未带钱的人，纷纷走上了凑钱之路。汪大爷等三十一个老人，零散地坐在白善家的院坝里，皆不吭声。白善的家人一看，就慌张地往里跑去，向白善报告。白善跑出来，看了看，便道："汪大爷，杨大爷，你们……是有啥事吗？"山民们相互看了看，不开口。白善道："有啥事，能告诉我吗？"众仍不吭声。白善道："需要我帮忙吗？"

汪大爷道："你帮得了忙！怕你不愿意，又怕为难你！"

白善道："没关系，你们讲，只要能帮的，我一定帮！"

三十一个人，一齐跪下："借三十两银元给我，发了财，加倍地还给你！"

白善急了道："大爷大妈，不要这样，快起来！……有啥话，起来再说！……你们不起来，我就走！"待老人们都起来了，便问道："每人三十两，拿来干啥？"

汪大爷道："我想坐交椅，一次，要交三十两银元！"

白善道："坐交椅交钱？我前天去坐交椅，没有交钱啦，怎么回事？"

汪大爷道："现在，交椅在巴山里长家！"

白善追问道："巴山里长，是啥时候搬走交椅的？"

杨大爷道："昨天下午！"

白善知道，这些都是穷人，怕错过发财的机会！三十一个人，九百两银子还不够，怎么办？他徘徊踱步，老人们则排成长队伍，跟随其后，不断叨念。汪大爷道："祖祖辈辈没有发过财，眼看财神爷来了，巴里长又伸手要钱！我哪里有钱嘛！为了坐交椅，求巴里长，巴里长都不干；现在，给小白也跪一下，看能不能帮个忙，让我也捡几个钱！"白善阻拦道："汪大爷，不准跪下！"

杨大爷道："快七十岁了，没笑过一回，小白开开恩，让我笑一笑，轻松一下，死了也值！我又给你磕头了！"杨大爷又要跪下，白善立即阻挡道："杨大爷，不要这样！……"

突然，六十岁的宋大娘倒地，白善跑过来搀扶道："宋大娘，你怎么啦？"宋大娘左脚脱臼，痛叫不已，还苦笑着道："想靠你发点财，真无耻！哎哟！……看来，给小白增加负担，就是犯罪呀！这是财神对我的惩罚哟，活该！对不起你了，小白呀！哎哟！……"

白善激动地大声道："娃儿他妈，这些大爷大娘，一人三十两，马上办！

我背宋大娘去找赵朗兄弟！"

白善背着宋大娘道："兄弟，起来！跟我走！"走到赵朗处，赵朗立即给宋大娘治脚，白善二人站立一旁。过了一会儿，赵朗道："宋大娘，你试试看！"宋大娘扭动了几下，感觉很好道："对了，谢谢！"

赵朗道："白善大哥，你把钱全部借给了父老乡亲，我很感动！这样，全部由我来管，包括宋大娘，这位大哥的事情，我负责！"

白善道："赵朗兄弟，我答应的事情，必须由我承担！财神给我的关照，看来应该属于大家，我坦然承受！我的一切，要靠自己！"

赵朗道："好！我们再想想办法！"

当夜，巴山家一小银库，堆满了银元，巴氏父子、刁七爷，在银元上翻滚号叫。刁七爷吼道："哈，银元下酒！快点，跟斗酒！"

"跟斗酒到！"二人抬来一桶酒，一人抱一摞大碗，刁七爷等拿碗舀酒，痛喝起来，且皆把银元丢嘴里，发起疯来！

第二天清晨，阴沉沉，雾蒙蒙。坦荡又勤劳的白善，挑着担儿往场上走去。当走悬崖过的时候，发现悬崖边上，有一个熟悉的身影：简大爷！他要干啥？白善放下担子，迅速地向其靠近。简大爷望着苍天，乞求道："财神爷，我简家世世代代求你，却总见不到你！现在，你来了，我又没有三十两银元，这都是我一身多病造成，我害了一家人！"他发现白善，立即道："小白，你不准过来！"

与此同时，寻求发财的人，将巴氏大院挤满。银库屋门口，刁七爷等把守库门道："既然是结拜弟兄，我宣布：每天得来的钱，我得九股，你们只得一股！"

巴石道："刁蛮，你太霸道了！"

巴山道："刁蛮，你不是人！"

与此同时，白善道："简大爷，你老人家，是出了名的穷大方，但凡包包头有几个钱，就爱向穷人抛洒！又何必为几个钱，去做傻事呢？"

简大爷道："我叫你站住！你再过来，我就跳崖！"

白善道："好，我不过来！你必须过来呀！"

简大爷道："我是简家一大祸害！我走了，简家就得救了！"准备跳崖！

"简大爷，我求你了！"白善跪下道："简大爷，你为三十两银元而丢命，不值呀！三十两，我给！求你不要跳！"

与此同时，巴山家放交椅的黑屋，突然金光闪烁，交椅冲破屋顶，从人们的上空飞走了！众人吓呆了，然后，朝交椅的走向追去。

与此同时，简大爷跪下道："小白呀，我谢谢你的好意！你不要管我！财神爷向我简家走来，是我把财神爷挡在了外面！财神爷，照顾一下我简家吧！"他往崖下跳去。

"简大爷！"白善呼叫着追过去，简大爷已无任何动静了！突然，悬崖下金光闪闪，简大爷坐在交椅上。白善看见了，兴奋地叫着。简大爷安静泰然地随交椅往赵朗大院飞行，白善拼命地追去！

巴山大院银元库门口，巴石提刀赶来道："老子和你拼了！"

刁七爷道："小娃儿，和老子拼命！哈！……"他疯狂地号叫起来。

突然，财神的吼声从高空压下来，房屋沙沙作响。众吓得趴地！"砰"的一声，库房的门开了。财神道："我是财神！你们进屋里！"三人爬进屋里，见库房空空，吓得全身发抖。财神道："那把交椅，是代表我，为老百姓指明正当发财道路勤劳致富服务的！你们却占为己有借机敲诈乡亲们！使简大爷为三十两银子跳崖自尽！你们罪大恶极！"

众道："我有罪！罪大恶极！……"

财神道："我已将银元，退还给乡亲们了！巴山巴石，你们劳动积蓄的二千三百两，我拿来偿还给百姓了，每人十两，这也算对你们的惩罚！"

两父子道："该，该惩罚！"

财神道："刁蛮，你抓拿骗吃，穷凶极恶，玉帝决定，减去你的寿命两千天！"

刁七爷吓得没魂了，哀求道："我悔过！求玉帝饶我一命！"

财神道："被你欺负过的百姓，当一一偿还！"

刁七爷道："是，我一定偿还！"

财神道："你挑起的交椅一事，也当罚你二千三百两银子，交给赵朗，偿还百姓！若不执行，再减去你寿命两千天！"

刁七爷吓死了，瘫倒地下，不断地张口，却不成语音。

交椅飞回堂屋原位子上，赵朗白善一起陪着简大爷，在交椅旁兴奋不已！赵朗道："简大爷，未来一定会好！"

汪大爷、杨大爷等三十人喧闹着赶来，找白善道："小白，还你的钱！"

白善道："汪大爷，你们……怎么回事？"

汪大爷道："昨天，有了你给的三十两银子，我们就坐了交椅，一心等着发财！哪晓得，今天早晨，桌子上，就有四十两银子！"

白善道："怎么回事？"

众道："每家每户都这样！不知道怎么回事！"

137

赵朗道："哈！……靠交椅收钱，违背了财神的本意，错误的！三十两，是财神退还你们的；这十两，还会有十两，都是赔偿给你们的，大胆地用吧！"

众人下跪道："谢谢财神爷！……哎呀，这十两是我的，还有十两！哈！……"

汪大爷道："小白，还你三十两，谢谢了！我先说过，发了财，当加倍偿还，这十两给你，算对你的感谢！"

众一齐交钱给白善道："对，说话算话，谢谢小白！"

白善道："不行！不能这样！……"

侯娃呼叫着跑来："赵哥，我和娘决定养山羊、兔子，你看行不行？"

宋大娘叫着跑来："小白，小赵，我想养几条奶牛，你们看行不行？"

赵朗道："好哇，那是赵公山的一片草地，把不花钱的草，用起来，大力发展牛奶、羊奶，肯定发财！"

白善道："好，这事，我来承头！汪大爷，你们的十两银元，如果愿意入股，就是老板了，发财是指日可待之事！"

众道："愿意！还有十两，一起投入！"

赵朗道："好！愿大家共同发财！"

钱旺才道："在赵朗的引导下，赵公山又一批人走上了发财之路，大家为之祝贺！然而，天有不测风云，人有旦夕祸福，那年的干旱，给百姓带来巨大的灾难。赵朗在绞尽脑汁，拼命救灾民的同时，又在富人中，掀起慈善事业的新潮流。请看'妙手救灾民富者当仁善'！"

第十八回　妙手救灾民富者当仁善

这一年的干旱，引起赵朗的高度重视。他带着麻姑、金霄、银霄、碧霄等，背着粮食煎饼，送上门，救了不少灾民。现在，又背着来到小镇上，一看饥民遍地，赵朗道："先散东西，散完再说！"然而，一开始散食品，饥民便一窝蜂而至。又挤又抢而得食者，多为年轻人。年长者一靠近，就有被踩死的可能，故赵朗等人完全为老人的安全而使劲了。几下抢光后，赵朗道："光靠我们存的粮食，远远不够！怎么办呢？"

唢呐鸣响，锣鼓阵阵，一支送新娘的队伍走过来。饥民们冲过去，几下就将队伍打散，一切货物食物被抢光，新娘席地哀号！……观此情景，赵朗感叹道："真是天有不测风云呀！"他走来走去，想了想，对麻姑银霄道："这样，你们两个回去，和麻爹，银爹商量一下，大家的余粮，可否拿出来救救灾民？我和金霄碧霄留下来，想想办法！"

小镇不少地方，挂有用竹简做的"招亲"告示，其文曰："家有二女，实属开天辟地最美之人儿矣！因其美，至今未遇可与匹配之男士，故仍居陋阁。现因天灾，将全家推向饥饿的深渊。为救亲人计，二女主动要求悬彩球于万年台，以随缘成亲。其方式简略：应招之男士，用布将金元银元包好，写上其姓名，往彩球砸去即可。砸中彩球者，不管你是麻子瘸子驼背子，不管你是瞎子聋子哑巴子，不分年龄，不论妻妾皆可立即成亲！招亲时间以三天为限，欢迎光临，愿君如意！（注：包的钱越多越重，命中律越高！）"

告示如炸弹，把十里八乡炸开了锅。有钱人，皆容入一条条小溪，打打闹闹向小镇流去。小镇上之万年台，系节日戏台。台上，金霄、碧霄分坐两边，两个彩球悬于二人之间。锣鼓唢呐声，赞美惊叹声，台上台下变成一个百鸟争春的小世界。赵朗宣布道："现在开始！"钱包如万箭齐发，向二霄砸去！往往是眼看快中彩球，却转向二霄两侧落下！"远了不行！要近点才好！往前挤呀！……"吼声中，后面的人往前压过去，又被阻回来，如此反复，就会造成踩踏事故。故赵朗吼道："停下来！不要挤！为了使大家能有效地砸中彩球，前面的人，排成十排往上砸，砸完了让到一边，再来十排人。作到近距离，保证砸中！开始！"这么近，钱包仍与彩球擦边而过，落在了二霄之两旁。

"让开！让开！踩死不负责！"喊声如洪水咆哮，导致人们慌忙中，让出一条路来。一个个挑着箩筐金银的队伍，浩荡而至。然后，仔细观看之。其一老者惊叹道："啊呀呀，是七仙女下凡，还是织女姑娘来此？真使我凡夫俗子自叹不如也！啊哟哟……"摇摇摆摆，一脚踩虚，仰倒在地，差点爬不起来。又一手无缚鸡之力的枯瘦老者道："诸君稍息，看吾之绝招，定当请仙女，入吾之博大胸怀也！"他挤近台口扔出石弹，因身体失衡而往前猛窜，碰在台口的石弹，正落在他脚上，他"哎哟啊呀呀……"一声，似歌唱，使众人笑闹不已！

马嘶声声，马蹄嗒嗒，三骑士策马而来。六位随员扛六袋金银，送上万年台。三骑士背对万年台，仰后拉弓，箭飞到彩球前停止不动，稍后落下；三骑士拉开弓，原地转圈射箭，箭飞万年台的上部，几经旋转，落至靠近二霄处；三骑士靠近台口，拉弓射箭，三支箭却猛地向空中飞去，交汇一起，落在人群中。三骑士道："明日不来，枉为人也！"随即驱马离去。

锣鼓喧天，彩旗飘飘，花轿闪悠悠而来，后面抬几箱金银，喽啰们吼道："让开！让开！高县令大人到！"众闻声让路，花轿驶至坝子中央停下来。下轿的高县令，六十余岁的老朽，用沙哑的嗓子道："姑姑美否？"

管家道："天仙也！此乃男士一看，就会发疯的美人儿矣！"

高县令骄傲道："哈，此二仙姑，非天下美男子本县令不可娶矣！下令吧！"

管家道："跟班走狗们，将金钱银元送上台去！射手们，开射！"

五名箭手拉开弓，瞄了半天，又靠近台口拉弓放箭，五箭齐飞台顶房檐上；再射，五箭射中舞台下的一头猪，一声惨叫，猪血喷洒五射手脸上；第三箭则围绕花轿转圈，再钻进花轿。高县令惨叫道："啊呀呀，惨也！如此二小姑，居然不能到手，吾堂堂县令，脸往何处放矣！"他哼小曲，扭摆着围绕轿子转圈："打道回府也，明朝再来也！……"花轿离去！

赵朗宣布："今日结束，祝诸位晚安！明日请早！"

万年台内室，堆积如山的金和银，笑煞了赵朗和二霄也。赶来的麻姑、银霄惊呆了，麻姑道："你们怎么搞到的哟？"

赵朗道："功劳属于我们三人！哈！……嗨哟！嗨哟……走，买粮食，送到百姓家！"一同唱道：

月亮走，我也走

我给月亮提烧酒

烧酒辣，我不怕

专找有钱人来说话

拿出钱，买成粮

送给百姓度饥荒

拿出粮，救灾民

多做善事增感情

你发财，靠百姓

劳动血汗养你们

做好人，凭良心

赵公山人家家亲

赵公人，讲人情

你我本是一家人

弟兄们，笑哈哈

幸福属于你我他

嗨哟，嗨哟……

就这样，粮食送到家家户户。次日，重演万年场的好戏，如此反复，三天三夜银变粮，救了不少饥民。然而，还有大量的饥民，怎么办？赵朗对四姊妹道："你们两人一组，分头到有钱人家，动员他们把粮食捐出来，或借出来救灾。我去找高县令，叫他开仓放粮救百姓！"

麻姑、银霄到一富豪门口，大爷正在关门，麻姑跑去阻挡道："大爷，请别关门，我们有急事相商！"

大爷道："我家与世隔绝也！"

大娘赶来道："有啥事？"

麻姑抢话道："外面饿饭的人，要来抢你们！我们是来帮你们的！"

大娘紧张道："哎呀，有人来抢，怎么得了！"欲开门，大爷挡住，对家犬吆喝一声，家犬跑过来，二老立即闪开，几条狗号叫着，在二姑娘头上飞来飞去，又从身边穿去穿来。二人背靠背就地旋转着，徒手挥舞，大声念经，几条狗慢慢后退，"嗨！"麻姑吼一声，一跺脚，狗大爷们趴地不动了。麻姑道："要通人性！只准咬坏人，不准咬好人！"银霄又吆喝起来，狗大爷们猛地摇起尾巴，跑过去，向初入仙班的二仙姑献起媚来。对此，大爷紧张悄声道："非同小可也！"

大娘试探性道："二位姑娘，一身仙气，狗都怕了！"

银霄道："大娘过虑了，我们和二老一样，与神仙不沾边！"

麻姑道："我们是专门驯狗的！驯的狗多的是！狗比有的人还好，通人性！"

二老放心了，大爷小声叨唸道："哼，凡夫俗子也！"

进到堂屋，大爷坐桌边，大娘道："二位姑娘，你们说有人要来抢我家？"

麻姑道："千真万确！他们没吃的了，说你家是这一带首富，到你家来借米，你不会干，不干就抢！"

大娘哭喊道："怎么得了哇，老头子！……"大爷不吭声，静观着。

银霄道："我们挡住了他们，不准抢人！二位老人，你们可不可以，先借粮给他们吃着，以后再还，行不行？"

突然，大爷指着桌子惊叫道："哎呀，这是啥？这……"大娘跑过去，往桌缝里看，道："一颗饭！"

"一颗饭也是我的命啊！"大爷急得团团转，在地下拾得一根细麦秆，挑起桌缝里的饭，扔进嘴里道："谁再掉一粒饭，五十大板！"说着入耳房闩门。

麻姑追去道："大爷，再商量一下嘛！"

大爷的声音："说到粮食，就不亲热！"

大娘乘机往坝子里走去，银霄追上道："大娘，你说说看，怎么办为好？"

大娘道："大事小事，都是他作主！找我没用！你们快走！"

麻姑道："大爷大娘，救救灾民，积点德嘛！"

大爷到堂屋门口吼道："你少给我念经！"见麻姑追来，又躲之，传来关门声。

麻姑道："狗都通人性！你也该有人性嘛！……"

银霄追去道："大爷，我们拿钱买粮，行不行？"

大爷听无声音了，便又到堂屋门口，见麻姑就在面前，他慌忙返回，头撞门框上，痛叫不已："哎哟，痛死我了！……"

"大爷小心点！……"麻姑叫道，欲上前关心一下。

大爷呻吟道："哎哟！……你少来这一套，献殷勤也没用！"又关门声。

麻姑道："是不是要大家来抢嘛？"

大爷的声音："来！我不怕！"二姑娘气得跺脚！

另一富人家，大娘正坐在大门口休闲。一抬头，见金霄碧霄走来，便笑开了花，主动道："二位姑娘，真是两朵花呀，哈……"

二位姑娘道："大娘好！"

大娘道："好！好！看到你们就更好！姑娘，到里喝口水！"

碧霄道："谢谢，我们就是来看望大娘的！"

大娘道："好哇！进屋！老头子，两位姑娘来看你！"

大爷道："两位姑娘！好哇！"

大娘在屋中央放置两张凳子道："二位姑娘，请坐！"就坐后，碧霄道："大爷大娘，希望二老能将你家的存粮拿出来，救济灾民！"

"请不要说话！"大娘说着，拉大爷围绕二姑娘转圈，表现出极大的敬仰，又似乎酝酿着什么。突然，二老一齐跪下道："求二位姑娘救救我家！"

金霄玉碧欲拉起二老道："老人家，别这样！"

二老道："你们不救我家，就不起来！"

金霄道："老人家，力所能及的忙，我们一定帮！请起！"

二老起来，拉着二位姑娘往另一间屋走去。房里有一跛脚，一偏颈嘴斜。大娘道："这是我两个儿子，双胞胎，十岁的时候，一齐掉到崖底下，就成这样子。"

金霄道："没有治疗？"她对两男子检查后，小声道："我看，赵哥可以治好！"

碧霄对二老道："我们先想办法，争取治好两位大哥！"

大爷道："要是治好了，我用全家财产酬谢你们！"

金霄道："我们只要你的存粮！"

赵朗行走在树林里，财神迎面走来，赵朗道："财神先辈，晚生向你请安！"

财神道："好孩子，我知道，你要去找高县令开仓救灾！我会为你助威的！"

赵朗道："谢谢先辈！"

县衙门外，六个身强力壮的打手，佩刀立正，无人敢靠近！赵朗却不睬，大步上前。打手们齐声吼道："啊！"赵朗停步看了看，继续往前走去。打手们齐声吼道："站住！"其二人又举刀将赵朗挡住："干啥？"

赵朗道："找高县令！"

二人道："高县令叫你来的？"

赵朗道："不！我是赵公山的山民！我要见他！"

一打手用刀尖指着赵朗的鼻子道："山民有资格见县令吗？"

赵朗道："谁说我没资格？"轻轻拨动打手之手，打手即刻倒地。众围过来大打出手，他轻舞几下，打手们就倒地了。赵朗昂首挺胸往里走，高叫着"高县令！高县令在哪里？……"排除一切人的阻挡，踢开所有的门。当他踢开最后一道门时，高县令正手举金银，对着亮光审视其真假，桌上还放有一大包金银！送钱人与管家站立一旁，管家吼道："你是谁？"

赵朗道："我是赵公山山民赵朗！"

管家道："放肆！县令没有约见你，任意闯衙门，该当何罪？"

赵朗道："饥民遍地，饿死千万！身为县令，虽闻不问，该当何罪？"

高县令嬉皮笑脸道："啊呀呀，问罪之人到也，本县令当诛，是吧？哈！……"

赵朗逼近道："你三次运所收巨额赌银，到万年台'砸'二位姑娘，欲纳其为妾！"气不过便打。

高县令惊叫道："哎哟，痛死我了！……"

赵朗道："开仓救民，你办不办？"

高县令道："我办！我办！你不放我，我怎么办？"

赵朗道："放你一回！"

高县令被放后，立即钻入打手群中，吼道："抓，把他抓起来，杀掉即可！"

赵朗道："杀掉我？早就料到！来呀，我成全你们！"几个打手紧张地舞弄几下，轻易地就将赵朗捆了起来。高县令下令道："对着这只小鸡，把刀举起来！听我口令：一，二，三，杀鸡！"突然，打手们举起的刀，全部对着高县令之头，高县令惊叫着不敢动弹！空中传来一个声音道："杀呀！怎么不杀？"

"不能杀！……我是县令！"高县令惊叫道。

空中的声音："不杀你这个县令，父老乡亲还要遭殃！我是财神！"

"财神大人！我……"高县令想下跪，但几把刀仍对着他，他全身颤抖道："财神大人……"

财神道："你不是要杀死赵朗吗？杀呀！"

高县令道："我错了！把赵大人放了！放了！"赵朗轻轻一动，绳就散开。对着高县令的几把刀落地，高县令立即下跪。

财神道："赵朗代表饥饿的民众，要求你开仓救民，你却要杀他，你就是这样用权的！你说，救不救百姓？"

高县令道："我马上开仓放粮，救百姓！……"

赵朗道："启禀财神先辈，高县令收取了巨额金银！他必须把这些金银买成粮食救灾民！"

财神道："是的，必须这样办！"

高县令哀求道："财神大人，我马上……马上把所有钱财交给赵大人，一切由赵大人来处理！"

财神道："很好，就这样办！"随即消失。

高县令道："赵大人，请！"

赵朗道："只要你心中有百姓，我就放心。为了百姓，走！"

接下来，赵朗又赶到金霄碧霄所在的富家。大爷大娘及全家立即将其围住，大娘道："他大哥呀，我全家人盼着你救我的两个娃娃呀！"

赵朗道："大爷大娘，走吧，看看去！"

进到里间，赵朗对两个残疾人摸了摸后，合手念道："求财神先辈帮我小施神力，救这两个可怜的兄弟！"赵朗对大家道："二位妹妹，请陪大家到外面去！"

走出大门，二老痴痴地盯着关上的大门，呆呆地聆听门内的一切动静。慢慢地，门内传来赵朗"嗨嗨嗨"的吼声，又增加了两个病人的吼声。最后，是赵朗与二人共同的吼声"嗨！"这声音如巨雷，使房屋颤动。随后，一切都安静下来。……突然，门内传来两小伙的叫声："爹！娘！"门开，两个健康人出来抱着二老。随之，四人转身跪下道："谢谢赵哥！"两年轻人又抱住赵朗，哭叫道："恩人啦，我们怎样才能报答你呀！……"

大爷下令道："谢谢赵大哥，谢谢两位姑娘！捐出我家余粮，救助乡亲们！"

赵朗、金霄、碧霄道："谢谢！谢谢！"

麻姑、银霄追来道："朗朗哥，孙老板在打人！"

孙老板的酒厂大坝里，几个被捆绑倒地的，都是酿酒的工人。围观者除工人外，还有不少是这一带的富豪。孙老板对打手道："打！"几个打手挥鞭抽打，被打者满地打滚！孙老板道："混账东西，你们在我这里干活，是给你们挣钱的机会，你们却偷老子的粮食！忘恩负义呀！"

被打者道："家里人都快饿死了，孙老板，你开开恩，借点粮食给我们吧！"

孙老板道："你饿死，你全家饿死，关我屁事！我只知道，谁偷老子的东西就打，打死活该！"

富豪们吼道："打死他！"打手挥鞭，被打者之号叫声撕心裂肺。几个胆小的工人，随挥鞭一次而痛叫一声！另几个工人怒视着挥鞭者，每一鞭都抽得他全身颤抖一下，似乎抽在心上，他们控制不住了，冲上前去吼道："我来打！"夺过鞭子往打手身上挥去。众吼道："打！打孙老板！他为富不仁！"

孙老板道："别打了！"

被打的孙老板及为富不仁的富豪们鼠窜至门口，赵朗将其挡住道："站住！"

"你！你们？"孙老板及富豪们惊惶后退。

赵朗怒目道："为富不仁，应该教训下！"

几个握鞭的工人，使出吃奶的劲，打得他们遍地滚，最后滚到赵朗跟前求饶道："大人，救我一命！……"

赵朗道："错在哪里？"

孙老扳道："不该打他们？"

"让开！让开！"麻姑、"三霄"组织人力将挨打的几个工人的妻儿老小抬了过来。他们看见亲人被捆，欲跑过去，但均无力无声，只有泪水长流。

赵朗道："孙老板，这就是他们的妻儿老小，你好好看一下！要是你们的妻儿老小也这样，你们怎么办？"孙老板及富豪们看了一眼，低下了头！赵朗对众道："弟兄们，他们的田土，你们不要种，让他颗粒无收；孙老板靠你们烤酒，你们不要为他干了，让他自己烤酒；他的酒是粮食烤出来的，我要让他

145

一粒粮食也买不到！"

财神从众人中站出来道："赵朗说得对！"

赵朗道："弟兄们，这是我们的财神大人！"

众道："财神大人，我们给你磕头了！"

孙老板及诸富豪向财神磕头道："我等昏庸，请财神指点！"

财神道："赵朗说得很清楚，没有他们的劳动，你们只有饿死；他们饿死，你们也要饿死，只是晚一点而已！养活他们，也养活你们自己！养活了他们，你们就会发财！对他们越好，你越发财！这个简单的道理，你们懂了没有？"

孙老板及诸富豪道："懂了！"

赵朗道："越做善事，越富有！"

财神道："这就是做人当讲良心！无良心者，自寻灭亡！"

孙老板道："财神大人，赵大人，我一定做善事，拿我的钱财救百姓！"

众富豪道："我也是！"

财神道："很好！我相信你们！我走了！"说完，升空而去。

赵朗扶起孙老板及诸富豪道："大家都是人，人与人当相互关爱，天下才太平；多做善事，大家才富有，对不对？"

孙老板道："对！"对众人道："乡亲们，我对不起你们！我一定要把做善事当作我的头等大事！请大家睁开眼睛盯着我！"

众富豪道："我也是！"

众将孙老板及诸富豪围着道："我们都是一家人！"赵朗吆喝起，众随唱道：

嗨哟！嗨哟！……

太阳出来喜洋洋

大家心里亮堂堂

穷者劳动创财富

富者从善天天忙

你爱我来我爱你

民富起来国才强……

钱旺才道："赵朗为慈善事业作出如此努力，使天下人皆相亲相爱，形成你爱我来我爱你的可喜局面。这就得到三界的认同，以后会如何呢？请看'百姓推举赵公明为巫师'！"

第十九回　百姓推举赵公明为巫师

　　玉帝对赵朗的作为很满意，决定让他出任巫师。但不用命令手段，而是令山神、土地公公和年轻的爱心鬼行动起来，以三界公举的形式完成。此时，山林里的山神和土地公公，走路偏偏倒倒，毫无精神。爱心鬼则着急道："山神爷爷，走快点嘛！"他使劲地推动山神，往前走了一段路，又倒回去道："土地公公！快点走！"他推动着土地走到山神前，两个老头同声道："我走不动了！"爱心鬼二话没说，拉着二老吭哧吭哧往前走，推得满头大汗，又认真对二老道："一个一个地来，我背你们走！"二老一挥手，将爱心鬼抛到空中，翻了几圈，又回到二老的怀中，二老哈哈大笑。爱心鬼生气道："好哇，你们给我装怪！我……我不和你们玩了！"不断在两个老头背上擂起鼓来。山神道："呃，孩子，你到阴间来了二十九天吗？"

　　爱心鬼道："三十天了！"

　　山神道："你是怎么到阴间的呢？"

　　爱心鬼道："跳到河里救一个娃娃，就到这儿来了！"

　　土地道："你不后悔？"

　　爱心鬼对土地之问，感到奇怪，便道："娃娃得救了，我后悔啥？你笑人！"

　　山神道："呃，这是你的英雄壮举呀，你为啥不对我们讲呢？"

　　爱心鬼也感到奇怪，便道："呃，该做的事情，埋头做就行了，讲啥？你笑人！"

　　山神道："所以，玉帝给你取名爱心鬼，是非常准确的！"

　　土地道："难怪，玉帝叫你白天也在人间行走，多多地去爱人间！好得很嘛！"

　　爱心鬼道："废话少说，走啊！"

　　山神道："好，按玉帝的指令，设法把二十几岁的赵朗，推到巫师的位置上，为民做更多好事！目标，两大院！"

　　两院大坝，又摆了几十桌以卤鸡鸭为主的宴会，人已坐满。山神、土地和爱心鬼则悄悄溜到一边观看。赵朗道："父老乡亲们，今天是石头卤菜大宴会，石头兄弟亮了一手，以后，就要亮到蜀地，亮遍天下！对不对？"

石头道："对，亮到蜀地，亮遍天下！"

赵朗道："黎朋大哥把全部家产拿出来，我们手头有钱了。希望大家动脑筋，想办法，只要能赚钱的我们都干！好不好？"

众道："好！"

赵朗道："好了，不多说了！今天所花的钱，全部算在我的头上！大家使劲吃，吃饱喝足，振作精神，放开膀子，大干一场！目的是：大家发财！"众鼓掌。

爱心鬼小声道："赵哥凡事都为大家想，他这种人，不当官怎么行呢？"

赵朗边吃边巡视，对麻良道："呃，没有请巴山里长吗？还有巴石兄弟呢？"

麻良道："我上门去请了的！"

夜晚，巴山父子在家里喝闷酒。山神、土地公公和爱心鬼赶来，审视其行动！巴山道："他妈的，前次用交椅敲诈百姓，固然是犯罪，我认罪了！可这二十四颗神珠、缚龙索、金鞭这三宝，应该是我里长的呀！呸！"

巴石道："是呀，这三样武器到手，就保证爹当巫师，我当里长！到时候，就一切都好办了！"

巴山胸有成竹地道："为此，老子想了三天三夜！……"与之耳语。

爱心鬼气愤道："这两父子太坏了，这种人能当官吗？我现在就收拾他们！"

山神抓住爱心鬼道："小孩子家，凡事都要看一看再说！"

第二天一大早，巴山巴石率一大队人马，挑有粮食家禽及用品，高高兴兴往老人孤儿院运行。山神、土地公公和爱心鬼跟随。

到了大院，赵朗赶来道："巴石兄弟，你们？……巴爹，老人家好！"

巴山道："朗朗，前次交椅的事，没搞对，特来向父老乡亲表示歉意！"

赵朗道："欢迎！欢迎！"

巴山道："你爹妈来了，聂郎的妈也来了，我尽力不够哇！现在，小作意思，以表对你一家，对聂郎妈的欢迎，问候！"

赵朗道："巴爹，我们领情就行了！这些东西就……"

巴山抓住赵朗道："朗朗娃，你不给我一个脸吗？"

赵朗道："好，谢谢！这些东西挑到库房去，银霄妹妹，详细登记！巴爹，大家都是忙人，有啥事情需要我效力，请讲！"

巴山道："没别的事！主要是对新来的三个同辈人，表表心意！"

爱心鬼是个相信一切人的纯洁者，听到巴山之言，高兴道："这还差不多！不能随便想占别人的便宜嘛！"

　　山神道："人家在演戏嘛！"

　　爱心鬼道："演戏？我不信！你看人家赵朗，对人对事，一就一，二就二，从不演戏！他们两爷子在学赵朗！好嘛，让他当里长；赵哥呢，做大官去！"

　　巴山显得很真诚地道："朗朗的事情多，我们就走了！"

　　赵朗道："那我就不留了！慢走！"随之，送至门口。巴山惊叫道："哎呀，我怎么搞的，巫师说的事，怎么能忘了呢？"

　　赵朗道："请讲！"

　　巴山道："巫师听说你有了三件宝贝，他很想看看，玩玩！他想你成天在为百姓办事，时间紧，所以叫我给他带去！你看呢？"

　　爱心鬼一听，就气得发抖道："坏蛋！硬是跟我做过场，骗人！"

　　山神土地笑着摇头道："小孩子呀，要骗你太容易了！"

　　赵朗毫不思索地道："行！银霄，你们去把三件宝贝拿来！"

　　爱心鬼着急道："哎呀，赵哥怎么那么无私呢？那宝贝怎么能给这种人呢？要是他们拿走了怎么办？"欲上前阻止。

　　山神阻止道："别急！我们来点小把戏，让他拿不走，不就行了！"

　　银霄等将三宝放桌上，赵朗道："巴爹，巴石兄弟，请吧！"

　　巴石与父商量后，上前玩了玩三件宝物，将二十四颗宝珠各分一半，揣入衣包；又将缚龙索和金鞭揣入各人衣包，起身在院内走动，便放心地哼着"嗨哟"，轻轻舞动起来。……走到大门口，二人欣喜若狂，满以为宝物到手，便对众道："再见！"又轻松地，抬起了跨门槛的一只脚。……突然间，土地对巴石一挥手，巴石则往内翻跟斗至原地；而山神则将巴山放倒在地，再往内滚动至原地。

　　接下来是，在爱心鬼操作下，从二人衣包中，飞出来的缚龙索拴住了金鞭，在空中旋转起来。其走向是，以巴氏二人之头部为中心，转成"8"字小圈。而金鞭之尖端，则始终对准巴氏二人之脑袋。稍有乱动，就会收其小命！为其保命，巴氏父子叫道："万爷爷、万大哥救我！"万爷爷从未玩过，走了上去。爱心鬼一挥手，二宝物一下落入万爷爷手中，万爷爷高兴道："哈，这些宝贝，和我这个老穷鬼，还有缘！"众欢呼鼓掌。

　　巴山道："是呀，可能是缘分问题：我们两爷子，和这些宝物没有缘分！"回到家里，两父子又喝起闷酒来，山神土地爱心鬼在旁观察着。巴山猛击桌道："嗨，居然降不住这些宝物，老子这一辈子，真他妈无能之极也！"

巴石道："爹，别急！我想，巫师肯定和宝物有缘分，爹和巫师又有缘分……"

巴山道："对呀！只要巫师出面，就成功一半！哈……"

爱心鬼又气愤道："哼，硬是不死心嗦！"

山神道："孩子，这下算看清楚了吧？再想办法收拾他们！"

第二天，山神土地爱心鬼又来两大院，观察一切动态，以选择举赵朗任巫师的时机。林云带着几个人来道："来，几个弟兄坐下喝茶，我去找赵朗兄弟！"

麻尚道："林云，赵朗出去了！有啥事就说，我们向他反映！"

林云道："大家知道，我带了三十几户搬过来，在赵朗兄弟的关心下，日子就好起来了！他们一看就急了！"

众人道："我们要投靠赵朗大哥！""赵朗大哥应该属于我们大家！"……

麻尚道："你们有好多户？"

众道："我们有四十一户！""二十八户！""六十三户！""五十七户！"……

麻尚道："行了！那么多户搬过来，我看悬！往哪儿放吗？"

林云道："是呀，我也想过，这边放不下！"

甲："搬不搬过来，没关系，关键是赵朗大哥管我们行了！"

银贵道："朗朗又不是官，他怎么管你们？"

甲："不是官，我们选他当官！"

麻尚道："他住在这儿，你们那么远！"

甲："都住在烁罗国哆嘛！"

银贵道："是一个国家，这是由巫师管的嘛！朗朗无权！"

甲："我们选赵大哥当巫师嘛！"

众："对，选赵大哥当巫师！""赵大哥管我们，我们绝对要发财！"……

听见了民众的呼声，山神高兴道："好，完成玉帝交给的任务，机会到了！跟我走！"山神率土地爱心鬼往山路走去，山神道："赵朗一天到晚管百姓，很得人心！现在那个巫师会管百姓吗？我们给他来一个风雨雷电泥石流，如果巫师的表现不如赵朗，那赵朗肯定就该当巫师了！"

土地道："对，这是民意测验！赵朗和巫师心中有无百姓，一下就测出来了！"

山神站在山上，对上天呼叫道："雷公、电母、风婆、雨神诸位神仙，赵公山需求诸神予以支持关爱！多谢了！"

云头上，雷公、电母、风婆三神应邀而来道："你放心，我们会尽力而为！"然后，各尽所能，雷电轰鸣闪烁，强风横扫大地。……唯雨神还在等待山神的信息。地面上，山神、土地和爱心鬼飞跑着，将每个村落的人赶至屋外，男女老少纷纷应声而出，往安全处跑去。山神道："屋里还有没有人？"

土地，爱心鬼道："全部出来了！"

"雨神大哥，麻烦你了！"山神向雨神比画放水手式！雨神一喷，水若山洪倾泻而至，……泥石流从山上压下来，将危崖下面的房屋全吞没。……洪水像一块彩色的布，从赵朗所在地区的头上飞过，众兴奋地看稀奇！……赵朗道："不好，邻近的村落要遭殃！走，救灾去！"带队伍出发。

此时，巫师与巴山却坐在滑竿上，走过暴雨区，进入无雨的赵朗区域。巴石提前跑到老人孤儿院道："万爷爷，赵哥在吗？"

万爷爷道："救灾去了！"巴石转身就跑了。

在一个泥石流灾区，赵朗对灾民道："老乡，有没有伤亡的？"

甲道："三十六家，一个人都没死！"

赵朗道："天老爷保佑！先到我们那边住下，再修房子！金霄妹妹，你带大家走吧！"山神、土地和爱心鬼对赵朗非常满意。

"赵哥！"巴石惊叫着赶来。

赵朗道："巴石兄弟，有啥事吗？"

巴石抓住赵朗道："快点回去，巫师要到家看你！"

赵朗道："你先回去告诉巫师，我正在救灾，等有个眉目了再回去陪他！"

巴石道："那怎么行呢？巫师重要，还是老百姓重要？"

赵朗笑而不答，道："你说呢？"

麻姑道："肯定巫师比老百姓重要！"

巴石道："就是嘛！麻姑妹说得很对！"

麻姑道："就是嘛，老百姓种的粮食，巫师是不吃的！"

巴石道："就是嘛，巫师是不吃……呃，巫师吃啥呢？"

麻姑道："吃你放的狗臭屁！"

"呃，麻姑妹，你……"巴石很尴尬。稍后，将赵朗拉至一边，并吃惊地围绕其转动着道："赵哥，我简直不理解你这个人！巫师就是国王！一般的老百姓拼命想见国王，都见不到！现在是国王来见你，你反而不见国王！连一点受宠若惊的感觉都没有！再说，赵哥，这些地方又不在你名下，你管他干啥？"

银霄道："算你说对了，哪个地方在朗朗哥名下？没有！因为他不是官！"

赵朗道："你说官不官有啥意思？反正，这都是烁罗国，都在巫师名下！"

巴石道："巫师名下的，巫师都不管！你管他干啥？"

赵朗笑道："哎呀，我这个人……毛病多，看到这些人受罪，就！……就不舒服！这样，就当我帮巫师的忙，尽点力嘛！"

巴石道："嗨，你硬是无事找事，为了啥嘛？走！……"

赵朗道："算了，兄弟！这个时候，还是为灾民想一下才好！"

巴石知道，左右不了赵朗，便道："唉，真拿你没办法，早点回来！"他走了。

麻姑道："巫师来，可能是想玩三件宝物！"

赵朗道："多半！银霄妹妹，你回去，他要玩你就给他！"

麻姑道："不行！老百姓受灾他不管，还玩宝物，他混账，不给！"

赵朗道："算了，他不管老百姓，你又怎么办？"

麻姑道："怎么办，罢他的官！让他玩去！"

赵朗道："行了，银霄妹，你回去！"将银霄赶走了！

对赵朗的一切表现，山神土地和爱心鬼非常满意，又返回两院。恰好，巫师巴山正走下滑竿，直往院奔去。巴山陪同下，巫师往茶馆走去，迈门槛时，爱心鬼上去将其后腿往下压，使其过不去。巫师叫道："呃，怎么了？"

"巫师大人，别急，我帮你！安全第一，不要绊倒了！"巴山跑过去抱住其大腿使劲拉，爱心鬼放手，二人惊叫着倒地。当然，爱心鬼的行为，老百姓是看不见的。

巴石赶来，扶二人道："两个老的，慢点！……赵朗在救灾，很快就回来！"

巫师道："哎哟……救灾！为啥不救老子呢？哎哟！……就这样子对我国王哪？看老子怎么收拾他！"

赵朗在另一个灾区数人数道："一百零八个，人数对吗？"

众道："一个也不少！"

赵朗道："大家不要着急，你们跟着玉霄，先到我们那儿去！麻姑妹，我们再到下一个灾区看看！"

茶房里，巫师不满道："在这儿白坐干啥？你叫他们把三件宝物拿出来嘛！"

巴山对麻尚道："麻老兄，巫师想看看三件宝物，你能不能……"

麻尚道："巴里长，三件宝物放在库房，库房由银霄姑娘管着！银霄又不在！"

金霄带回来的灾民，在外面吵吵闹闹开了锅。金霄道："那边泥石流，把他们的住房全埋了！朗朗哥叫他们到这里住下，再想法解决！"

茶房里，爱心鬼给巫师和巴山的茶碗里，放了口吐真言的药，二人喝了以后，似旁若无人地大声唱开了。巫师吼道："赵朗！……赵朗是个啥东西？"

巴山大声道："赵朗是个坏东西！"

巫师道："对，坏东西！老子来了，还不见老子！"

巴石上前提示巴山道："爹，你怎么了？……"

巴山道："滚开！……龟儿子赵朗这娃娃，随便啥时候，老百姓一叫他，他就马上上门！我叫他，他根本不理！"

巫师道："你算老几？不理你不算啥！不理老子，不理国王，这还了得！"

巴山道："是嘛，在他龟儿子心中，你国王不如一个百姓！"

巫师道："哎呀，龟儿子赵朗真是个傻瓜！在他的心中，百姓超过他的爹妈！怎么能这样呢？……"

众击皮鼓吆喝！巴石左右尴尬！

"干啥？干啥？"巫师巴山吃惊，然后二人道："反正，赵朗不是当官的料！"

众击皮鼓吆喝！巴石左右无法，山神和土地对二人吹了口气，二人清醒过来，见吆喝的人们怒视着他们，便埋头弯腰以回避之。巴石上前小声道："你们说了些难听的话！"然后对众解围道："对不起，两个老的酒喝多了！请大家不要见外！"巫师巴山狼狈不堪！

银霄回来了，巴石惊叫道："银霄妹妹，你回来了！巫师专门来看赵朗哥，顺便看看那三件宝物！"

银霄道："朗朗哥估计巫师来的目的，就叫我回来拿给你们玩！"

众吆喝道："不行！不准拿出来！""不关心百姓的人，我们不认！"……

银霄道："大家的心情可以理解！不过，我觉得，事情还是按朗朗哥说的做！是不是呀？"

众道："拥护赵朗！"银霄跑回库房将三宝拿来，放桌上道："请巫师检查！"

巫师高兴上前，看了半天，一个一个地摸一摸，用一用，甩一甩，一切正常。他便兴奋地将缚龙索挂到脖子上，二十四珠揣衣包里，手执金鞭舞弄起来。边耍边走至大坝子，走至大门外，一切都很正常。巫师和巴山父子兴奋到极点，一同吆喝起来："嗨哟"以表达三人的情绪之兴奋，胜利，快乐和希望！……兴奋的巫师道："你们告诉赵朗，这三件宝物我带走了，就当他对烁罗国的贡献！"

众道："不行！"……

巴山道："你们乱吼啥？"

巴石道："大家不要不安逸，这是国王的决定！"

巫师道："大家放心，我会给赵朗一个官当的！"说着他上滑竿道："起驾！"

爱心鬼急了，欲上前干预，山神拉住阻止道："呃，靠边上看戏去！"滑竿一起，就直往天上飞。精彩的音乐来了，只是其"嗨哟"之欢快变成"救命"之呼叫！……随此轻快的旋律，滑竿或在天上翻滚，或往下坠落。……玩尽花样后，挂在巫师脖子上的缚龙索，猛地往上升，将巫师悬吊于空中，眼看要吊死了。……巫师在断气的声音中，坠落于地面，巴氏父子上前搀扶之。众欢呼鼓掌。

"巫师大人，你好！"赵朗叫着向巫师奔去，被众人阻挡。

山神土地爱心鬼同叫道："赵朗当巫师！"

众道："我们拥护赵朗当巫师！""原来的巫师滚下台！"……

山神道："乡亲们，赵朗一心为民，是照亮公民发财的明灯！我提议他的名字改为赵公明！好不好？"

众道："好！我们烁罗国的巫师，烁罗国的国王就是赵公明！"众又击皮鼓吆喝起来！

钱旺才道："二十几岁的赵朗改名赵公明，由平头百姓，一下飞升至巫师的宝座。此乃赵公明天天一心为民、时时一切为民的结果！我们为此庆贺，为此欢呼！那么以后呢？赵公明将被李老君张道陵引入道教！故这以后，赵公明的一切言行当成为道教的楷模！请看'事事为苍生方可得民心'！"

第二十回　事事为苍生方可得民心

赵公明当上烁乐国的巫师，张道陵就在李老君的陪同下，前来观察他，为已创建的道教选拔重要助手！赵巫师的出现，又使邻国的巫师们，大有危及其权位之感，便想方设法，欲将赵公明拉下台！对此，山神土地爱心鬼则密切关注之，目的是保护赵公明，且与赵配合，制服巫师们。

这天傍晚，鸡鸭归笼，家狗就岗。……山路边上草丛里，放有一个黑色的小布袋。过路的山神土地爱心鬼发现了，爱心鬼欲拾起道："这是牛冲掉的钱，我给他送去就行了嘛！"

山神道："别忙！看看过路的人会如何！"三人往一旁隐去。

赵公明的忠实信徒周明走来，发现了钱袋，自语道："是掉到这儿，还是放这儿的？"他到不远处坐下等了等，便肯定此乃丢失之物。他想道："呀，要是袋子里有钱，被过路的人拿走了，怎么办？"于是，便决定跑去检查一下。突然，一个中年妇女向布袋处走去。观其步态，不像是找钱的人。周明却担心被其发现，便向其靠拢，冲过去将布袋捡起来。那女人睁大双眼，围绕周明转动，发出审视性的语音："嗯？咳？你？……"最后，威胁性地吼道："还——我！"

"啊！"周明惊吓，钱袋落地！双方伸手抓住钱袋，力大的周明夺过了钱袋，吼道："我的！我的！……"

"啊！……"大姐吓得转身跑了！跑了一段路，又回头盯视周明良久才离去。待大姐消失，周明翻看：白银五锭！他毫不犹豫地等待失主的到来。天亮时，他仍睁开双眼，盯住过往的人。突然，那位大姐，带着一群人急匆匆过来。当发现周明时，大姐便高兴地与那些人嘀咕。恰此时，又有两男一女从他们对面走来，他们便停下了脚步以回避。那两男一女，一路比比画画，不断寻找，到了丢钱袋处更如此。周明断定，此乃寻钱人！便向其走去，牛冲！是牛冲吗？他叫道："牛冲！你到这儿干啥？"

牛冲道："找钱！我掉钱了！"

周明道："掉了好多钱？"

牛冲道："五锭银子！"

周明道："你的钱装在哪里？"

牛冲道："装在布袋里！"

周明道："布包是啥子颜色？"

牛冲道："黑色！"

"哎呀，你终于来了！五锭白银，黑色钱袋！天黑的时候，我就捡到了，一直等到现在！"周明说着，便往他放钱袋处跑，牛冲及父母跟随！正当周明弯腰拾钱袋时，惊雷式的吼声从上空压下来："不准动！"

周明受惊后退，看见大姐与一群男女冲过来，动手抓钱袋，他便毫不犹豫地与之争抢起来！突然，土地公公一挥手，钱袋悬空。爱心鬼道："给牛冲，他们才是主人！"山神指着大姐等人道："别忙！这是巫师萧升、曹宝，先把

155

钱袋给他们，看他们要干啥！我们再对症下药！"

土地一挥手，钱袋落入大姐等人手中，他们高兴道："五锭白银！哈……"

周明牛冲等争抢道："我的！我们的！"

曹宝吼道："不要闹了！我告诉你们，他叫萧升，我叫曹宝，我们是两个鬼国的巫师！你们的巫师是赵公明吧？"

萧升道："我们来此，要消灭赵公明！"

周明正言厉色道："我们是赵公明的徒弟！你们就是我们的敌人！"

曹宝道："年轻人，和我们一起，把烁罗国整垮，整死赵公明，这五锭白银就退给你，还要给奖励，给你官当！"

周明道："你们两个巫师跪地求我，用八抬大轿抬我，要我当巫师我都不干！想弄死赵公明，休想！"

牛冲挑衅道："像你们两个巫师加在一起，还不如赵公明的一根指头！"

听了以上对话，山神想赵公明不出面，恐怕不好解决。于是，对土地道："土地公公，你跑一趟，通知赵公明一下，行不？"土地走了。

恰此时，周明的父母亲，正为周明通宵未归而着急，急匆匆赶到里长巴石家。巴石立即迎接道："周爹周妈，有啥需要侄子尽力吗？"

周大爷道："周明到现在还没回来！"

巴石道："二老别急！你们回家等着，我马上去找，保证把周明兄弟找回来！"

这一边，萧升对周明牛冲道："你们两小子，不知天高地厚！"说着习惯性地一甩手，就打在曹宝脸上，曹宝痛得直叫。这是山神举手一指的结果。

"哈！……"周明牛冲笑道："国王心肠不好，自己打自己最好！"

曹宝怒了，跑过来，抱着牛冲往外甩，结果是把萧升甩到几米高的崖下。这又是山神举手所致。随后，曹宝惊呆了，命令道："快跑去把萧巫师救上来！"

牛冲周明笑道："狗咬狗，好啊！想咬人，不得行，只有自己人咬自己人！"并夺过钱袋，与牛爹妈一起跑了。"站住！快追！"曹宝叫道。

牛冲周明等跑到味江河边，又被围了起来。曹宝道："把他们全部抓起来！"打手们蠢蠢欲动。

"住手！"巴石吼叫着冲过来，道："有啥事找我！"

曹宝道："你是谁？"

巴石道："我叫巴石，是他们的里长！他们什么事得罪了你们？请讲！"

牛冲道："他们是两个鬼国的巫师，要我们和他们一起，把烁罗国整垮，把赵哥弄死，再给我们官当！"

巴石道："弟兄们，快把这两个巫师捆起来，丢到味江河里喂鱼去！"

萧升吼道："你，……我俩是国王，你敢作对？"

巴石吼道："你两个国王有啥了不起？这是赵公明的天下！你就是天王老子，要胡作非为，照样丢味江河喂鱼！快呀，把他们丢下河去！"

周明牛冲二人，与曹宝萧升展开搏斗。山神的手轻轻拨动，使曹宝与萧升二人相互打起来。都把对方当作周明牛冲，同语吼道："你十几岁的娃娃，想和我巫师斗，我问你，你还能活几天？"稍等片刻，发现上当挨整了！

"嘿！"洪亮的咳嗽声把二巫师惊醒，赵公明微笑道："二位巫师，你们好！"

萧升吼道："啊，赵公明，是你暗施妖术，让我们相互残杀！"

曹宝吼道："赵公明，天下第一大坏蛋！"

"你们才是大坏蛋！"巴石牛冲周明及麻姑"三霄"冲过去，将曹萧二人围起来，吼道："你们再攻击赵公明，就和你拼命！"

云头上，李老君对张道陵道："你认真地看看，看我的徒弟赵公明，够不够你的标准！"

张道陵道："不敢，仙翁的徒弟多半是高手！"

李老君道："客气话不说了！要找道教的助手，当从各方面对他进行挑剔，这是基于对道教负责的！请仔细地看一看赵公明再说！"

赵公明道："请问二位，跟不跟我走？"

曹宝萧升道："走就走！我还怕你？"山神土地爱心鬼随行。

赵公明道："这就对了！大家保护好二位巫师！走！"一起步，赵公明就吆喝起来，众随唱之：

嗨哟！嗨哟！
弯弯的月儿小小的船
小小的船儿两头尖
我坐船这头
你坐船那端
大家手拉手
船儿才平安
大家齐努力
才能到对岸
不齐心来不努力

157

翻船喂鱼上坟山

嗨哟！嗨哟！……

在吆喝声中，巴石牛冲周明及"四女"，不时围绕曹宝萧升转动，且不断拉其手唱之舞之。巴石道："手拉手哇，手拉手哇，不拉手就要翻船啦！"

银霄道："要翻船啦要翻船，翻船喂鱼苦连天啦！"

金霄道："要齐心啦，不齐心要完蛋！"

碧霄道："不齐心就到不了对岸，对岸是金山啦！"

麻姑道："到不了金山，就一齐上坟山！"……

在全过程中，曹宝萧升之情绪略有缓解，也不很自然地随着唱之舞之。

队伍行至巴氏院落，众村民列队欢迎。巴石道："乡亲们，曹宝巫师，萧升巫师到我们这儿作客，大家鼓掌欢迎！"

众热烈鼓掌道："欢迎巫师！欢迎巫师！"

李老君张道陵亦混于群众中，山神土地爱心鬼混于群众之中。

赵公明挽着曹、萧的手，往里走道："请！"

巴山待众坐下后，便道："二位巫师，我曾经是里长，和你们一样，都是掌权人！掌权人不了解赵公明巫师，不研究赵公明巫师，就是最大的错误！"

赵公明严肃道："说我干啥？摆摆龙门阵，是为了增进了解，相互帮助，一起往前走嘛，不要说我！"

碧霄赶来，对赵公明道："赵哥，外面有人找你！"

"二位，对不起了，我出去一下再来陪你们！"赵公明随碧霄走了。

巴山道："赵公明是个怪人！恕我直言，二位走到巫师这个位子，不知道作了好多努力。我呢，下了好大工夫，才当上里长。而他赵公明，啥官都没当过，一下就成了巫师！二十几岁就当上巫师，真是天大的怪事！"

外面传来喧闹声："我们要见赵公明！""我们要见赵巫师！"……

巴石跑出去，银贵赶来道："巴里长，我的亲戚，他们要找赵巫师！"

巴石对来者热情道："好哇！各位父老，请！"边走边问道："你们是……"

甲道："我们是曹宝巫师手下的穷鬼们！"

巴石道："你们认识曹宝巫师！"

乙道："嗨，我们这些穷鬼，怎么可能认识国王？国王什么时候到百姓中来过？"

巴石有意地带众人至曹、萧二人处道："请诸位坐下喝茶！"又指着曹、萧二人道："诸位，这二位是我的亲戚！这是我父亲，垮台里长！有啥事请讲！"

"嗨哟！……"山民甲吆喝一声，唱道："赵公明，整得你们发财发大财啊！"

"发大财发大财啊！"众山民唱和，且将曹、萧二人围住。

乙唱道："曹宝，整得我们穷入地狱哟！"

众唱和道："穷入地狱穷入地狱哟！"

甲唱道："请求赵公明，同情同情我们！"

众唱和道："同情我们同情我们！"

乙唱道："让我们搬到这儿来，享点福啊！"

众唱和道："享点福享点福啊！……"

甲道："请大家不要误会，我们不是要到这儿来享清福，我们勤快得很！我们不满意的是，那个曹宝根本不管我们！"

众道："就是就是！"

巴山道："赵公明天生一副山民的骨头，专管穷百姓！哪家人病了，他主动上门照顾；哪家有事找他，他通夜不睡觉都干……"

巴山道："赵公明拼命地，把自己包里的钱，拿出来让百姓发财！而我们两父子呢，借交椅来敲诈百姓，实在是极端自私的人。说到赵公明就无地自容！"

巴石道："还有，去年狂风暴雨来了，赵公明跑去救灾民；我们两父子，和巫师到赵公明家里，想把他的三件宝物搞到手，再借此往上爬。结果，老百姓愤怒了，一下把巫师拉下来，把赵公明推上去！"

众道："我们也拥护赵公明！"

巴山抢话道："以前，我们还整过赵公明，他掌权了，偏偏不整我们！"

巴石道："我们的老巫师整过他，他不但不整老巫师，而且，……"

喧闹声中，老巫师带人走来道："巴山巴石，我带几个客人来，欢迎不？"

巴山道："老巫师，你的客人就是我们的客人，欢迎！"

老巫师看见了曹、萧二人，便神祕地小声地对巴氏父子道："这几个朋友说，曹宝巫师、萧升巫师要到我们这儿来，来了没有？"

巴山会意道："没有呀！"

老巫师对来客道："你们是不是听错了？"

来客A道："没错！他们肯定要来！"

老巫师道："好了，我先介绍一下。这五位，是萧升巫师手下的五个里长！"

巴山道："欢迎！请坐！"

巴石道："请喝茶！有事请讲，别客气！"曹、萧二人有意回避之！

Ａ道："我们想到你们这儿住几天，行吗？"

巴石道："没问题，你们五个人五间床，我负责！"

Ｂ道："我们是专门来这里等萧升的！他肯定要和曹宝一起来这儿捣鬼！"

巴石道："你们找到萧升巫师，有啥事？"

Ｂ道："我们要找他摊牌！……"

Ａ打断Ｂ的话道："别忙，等一会儿再摊牌！呃，老巫师，听说是老百姓一下就把你拉下马，是吗？"

老巫师坦然愉快道："是这样！"

Ｂ道："哈，老巫师垮台了，你情绪还很好！为啥？"

老巫师道："道理很简单，巫师的义务应该像赵公明那样，一切为国，一切为民！而我没有那样做，该下台！"

Ａ道："你当巫师的时候，是如何用权的呢？"

老巫师道："我当巫师的时候，不少的权力都用于私利，用于亲朋好友舅子老表！像赵公明那样，百分之百地为老百姓用权的事情，我根本就没有做到！当然该下台！"

Ｂ道："下台后没损失？"

老巫师道："不但没损失，反而得利更多了！我把烁罗国的权力，全部交给赵公明，他使劲带领全国百姓发财了！我个人的利益得到保证！再说，赵公明还封我为师爷，哪点不安逸？"

Ａ道："赵公明，从来就没有忘掉过老百姓，是这样吗？"

老巫师道："是这样，这就是要害！哪个巫师心中无老百姓，老百姓就有倒不完的霉！"

Ａ道："我们五个里长商量好了，全体投靠赵公明，请萧升巫师放我们走！"

甲道："对，我们也要投靠赵公明，要曹宝放我们走！"

Ａ道："萧升要是不放我们走，他就必须像赵公民一样，带领我们发财！"

乙道："曹宝也必须这样！"

Ｂ道："萧升要是做不到，就滚开，我们就把赵公明请过去！"

甲道："我们也要把赵公明请过去！"

乙兴奋地跑回曹、萧所在处，对他们说道："弟兄们，他们要逼萧升，我们也要逼曹宝！萧升曹宝不让老百姓过好日子，就滚蛋！你们二位，意下如何？"

"我……"曹、萧难言。二人身份暴露。

Ａ叫道："萧巫师！"

众人跑过来，与曹、萧对峙。此时的二位，既狼狈又坦然地面对大家，主动后退。曹宝道："我是曹宝！"

萧升道："我是萧升！"

老巫师道："二位巫师的到来，我们欢迎！"

曹宝道："大家给我们上了一课，谢谢！"

萧升道："以前错了，对不起大家！请给我一年的时间，我一定要像赵公明一样，带领大家走发财之路！"

曹宝道："一年不行，我自动滚蛋！"

萧升道："我自动下台！"

众人欢呼道："萧巫师，我们相信你！""曹巫师，我们拥护你！"

曹、萧二人泪水长流道："乡亲们，我们没让你们过好日子，你们怨恨我，该！我们一句话，你们又相信，又拥护，这表明你们太可爱、太可敬了！而我们太自私、太坏了！"

曹、萧道："我们要见赵公明！"

众呼道："我们要见赵公明！"

"嗨哟！……"传来赵公明的吆喝声，众一齐唱歌跳皮鼓舞：

弯弯的月儿小小的船

小小的船儿两头尖

我坐船这头

你坐船那端

大家手拉手

船儿才平安

大家齐努力

才能到对岸

到对岸，上金山

共同幸福乐无边

嗨哟！嗨哟！……

张道陵与李老君，对赵公明及其烁罗国的一切表现，极大的满意！

山神土地爱心鬼亦舞之唱之。

钱旺才道："赵公明正式归位成神，请看'文武会赵公明归位显威'！"

161

第二十一回　文武会赵公明归位显威

　　赵公明背着蜡烛香火，迎着朝阳，来到赵公山山顶，为后羿扫墓。墓前已摆有八套祭祀香烛，尚未点燃。对此，他有些纳闷！"哈！……"巴石、麻姑、"三霄"、周明、牛冲、马路从树林里冲了出来，围住赵公明，碧霄道："甩开我们，一个人到这儿来，祭祀先人后羿，为啥？"

　　赵公明坦然道："为啥？来吧，一起祭祀，我回答你们！"众跪下，点燃香烛，赵公明道："开始！"

　　众道："拯救人间的后羿先人，我们世世代代敬仰你，谢谢你！"

　　赵公明道："后羿先人，是你把我从天上射落下来，不再危害人间，并给了我向人间还债的机会，我谢谢你！"

　　牛冲道："赵哥，你前世是天上的一个太阳？哎呀，好伟大呀！"

　　赵公明道："哼，你看你看，我就知道你们会这样乱喊乱叫，才不告诉你们的！哼，我问你，危害人间的太阳还伟大呀？……"

　　麻姑道："怎么？你！……前世害人，今生悔过，不断还债，这还不伟大？"

　　金霄道："后羿把你射了下来，你不恨他，还感谢他，这还不伟大？"

　　赵公明道："你们！……少说这些！只求你们监督我还债，我就多谢了！"

　　牛冲马路抱住赵公明道："啊哟，赵哥的心好好啊！……"

　　"我……我懒得理你们！"赵公明无以对答，只好转移话题道："明天学习'道德经·上善若水'，不准迟到！"

　　云头上，李老君张道陵开心大笑！

　　为了学'道德经'，巴石周明等，急忙忙行走于树林里。马路喘粗气道："巴哥，等等我！……"

　　巴石道："你这个最小的兄弟，怎么走那么慢呢？赵哥在等我们哆嘛！"

　　马路道："'上善若水'，我没搞懂，哥老倌些，给我讲一讲嘛！"

　　牛冲道："你找错了对象！我们谁讲得过赵哥？你找赵哥去，走。"

　　马路道："站住！你们不理我，担心我在赵哥面前，告……告你们的状啊！"

......

为了学习《道德经》，行走在林间小道上的麻姑、金霄、银霄、碧霄等，一个个念念有词。碧霄长叹一声道："哎哟，苦哇，我记不住啊！"

麻姑道："你唱嘛，唱起来就好记了！"

碧霄长声悠悠地吆喝开来：嗨哟，嗨哟……

（道）上善若水啊，水利万物而不争

金霄道："居善地！"

碧霄唱：在那顺应自然之赵公山上

银霄道："心善渊！"

碧霄唱：有位心胸开阔的姑娘

麻姑道："与善仁！"

碧霄唱：待人真诚仁义，像水一样

金霄道："言善信！"

碧霄唱：她言谈举止守信第一，像水一样

银霄道："政善治！"

碧霄唱：她能净化人之心灵和环境，像水一样

麻姑道："事善能！"

碧霄唱：她为人处世因人而易，像水一样

众道："动善时！"

她动静随时，自然顺天，像水一样

她只为他人不与人争，像赵公明一样……

麻姑道："你唱的赵公山上的姑娘，是谁呀？"

碧霄道："是你，是她，是我！"

众道："都应该像水一样！像赵哥一样！"

云头上的李老君和张道陵敞怀大笑。

学习室，从不寂寞的马路，看着赵公明傻笑，便起身围着赵转动道："赵哥，你是国王了，为啥不穿国王衣服呢？"他顺势往赵公明身上爬。

牛冲对马路吼道："哎，你怎么能往国王身上爬呢？太不像话了！走开走开！"他拉开马路，自己爬到赵公明身上。

巴石道："呃，你们吊儿郎当的！随便怎么说嘛，赵哥总是国王了噻！"

牛冲道："啊哟，随便怎么说嘛，赵国王是我的哥，你敢把我怎么了？"

马路道："啊哟，随便怎么说嘛，赵国王是天地间最好的国王。我……呃，赵哥，把你的国王服给我穿一下嘛！"

163

众羞道："你二指宽一张脸，穿上国王服，就更没脸了！哈……"

麻姑道："坐好！为了不耽误时间，请赵国王给我们讲课，请！"

赵公明往桌上的碗和竹筒里，装上水后，道："这碗里的水，竹筒里的水，是啥样子？"

众道："圆形的！扁圆形的！""长圆形！"……

赵公明道："水就是这样有形无状，完全随着环境的变化而变形！"

麻姑道："报告，赵哥就是这样有形无状的！以前是老百姓的时候，他利万民而不争！万民喜欢他，拥护他当了国王以后，他仍以利万民为己任！"

赵公明道："不要说我！"

碧霄道："我说，水的最大特点是，滋润万物，使万物尽情生长，又不与万物争功夺利！赵哥就是这样最温柔最善良的人！"

赵公明道："你们说我做啥？"

金霄抢道："水在流动时遇到阻碍，它就迂回改道，但绝不停止前进！赵哥不是这样吗？"

银霄抢道："不管把水提到多高的位置，它总是向着最卑下的地方流淌！赵哥成了巫师，最想的还是朝老百姓这里走！"

巴石抢道："水被万物吸收，又变成万物，再奉献给人类！为了父老乡亲，你就是要赵哥献出生命，他也毫不犹豫！"

赵公明吼道："行了，一再喊你们不要说到我身上，为啥那么不落教？"

牛冲对赵公明道："你凭啥不准我们说你？

李老君走来，高声道："报告，我也来说你们赵哥！哈……"

众笑道："李爷爷，你好！苞谷爷爷好！"

李老君指着随来的张道陵道："这是我向你们介绍的张天师！"

众道："张天师好！"

张道陵道："朋友们好！"

赵公明道："二位老人，请坐！"

李老君道："我来有两件大事！第一件是好消息：聂郎被玉皇大帝任命为岷江龙王，很快就要回来了！"

"太好了！"众欢闹起来。

李老君道："第二件大事，请张天师讲。"

张道陵道："赵公明君之品德和精神，仰闻多时，特随老君前来，邀请与之以武相会，以道相会！时间地点请君定夺！"

赵公明道："能与天师相会，乃吾之大幸！六月六日，相会于柏灌台如何？"

张道陵道："很好！"

李老君道："我要带周明到兜率小天去几天，你转告周明父母，请他们放心！"

赵公明道："好！"

柏灌台位于赵公山半山腰，与青城山相连，约数十亩宽的平地上，庙宇巍峨，香烟袅袅。赵公明在室外搭了一座平台，以供与张天师相会之用。六月六日，赵公明率弟兄姊妹们，在柏灌台庙宇前敲锣打鼓，迎接李、张二老的到来。一番拱手寒暄后，李老君道："请二位以武相会！"

赵公明与张天师携手飞升至平台上，拱手道："请！"二人空手打斗一番，升至空中。赵公明手一指，平台散架，木板快速往张天师冲去。当快撞击之时，张一挥手，木板汇集成一张马架子。张坐其上，并跷二郎腿，无限逍遥地在空中旋转起来。还有一部分木板，飘浮于张天师的周围。突然，张之脚往上一踢，飘浮的木板，迅速合成一个木笼子，将赵装于笼内。谁知，赵公明之腿脚一伸，木笼子立即变成一叶轻舟。赵坐轻舟上，也跷二郎腿。按山里人之性情，赵吆喝着"嗨哟"旋转着，与张天师挥手招呼了，张天师亦吆喝挥手回应。

突然，赵公明甩出缚龙索直逼张天师，张手举朱笔，穿过缚龙索空心，将缚龙索甩向赵公明，将其套住，使赵不停地翻跟斗，成一红团。突然，红团里飞出二十四颗神珠，直飞张天师，将其圈住，不停地翻跟斗，成一黑团。

黑白两团不断靠近，又分离，却看不见人。……突然，一只黑虎叫着直奔红团。正当其张口欲咬之时，红团猛地向黑虎打去，黑虎痛叫起来。随之，黑虎又向赵公明逼近，当赵挥鞭时，它就撤退，且发出声音，好像以舞逗赵；赵真被逗乐了，也跟着发声迈步，双方似舞蹈起来。当靠近时，黑虎大叫一声，前脚举起，片刻转身趴地，尾巴对着赵摆动！赵公明跨上去，抓鬃欲打。"别打！别打！你打我做啥嘛，我又没得罪你！"黑虎这样说。

赵公明及兄弟姊妹们都惊呆了，这声音很熟悉："周明！"黑虎大叫一声，变成周明！"周明兄弟！"赵公明及哥哥姐姐们，都叫着抱着，兴奋不已！

李老君道："孩子们，周明本是只虎星下凡。长期以来跟随赵公明，尽做好事，造福百姓。据此，玉皇大帝准许周明恢复神位！紧跟赵公明，为建设道教，服务百姓而努力！"又对赵公明道："孩子，与张天师以武会友，感想如何？"

赵公明道："跟随天师，为父老乡亲勤劳致富奋斗终生，乃赵公明之天

165

职！"

张天师握着赵公明的手道："公明君之参与乃民之幸！当今，青城山的鬼帅们，成为百姓发展之巨大障碍，当如何处置？特请公明君示教！"

赵公明道："据我之了解，坦言之：与之斗法，乃最佳途径！"

张天师道："好！本人于青城山，搭琉璃高台，于七月一日与之斗法，如何？"

赵公明道："很好！斗法之时，愿配合天师，以达最终目标！"

七月一日，张道陵佩《盟威秘录》，在山之顶部，设置了琉璃高台。此时，张道陵与赵公明同坐台上。钟士季唆使鬼兵们道："把赵公明吼下台！"

众吼道："赵公明，滚下台！""你是秋瘟神，假充正神！""赵公明，叛徒！"……

赵公明道："鬼兵鬼将，弟兄们，你们说我是秋瘟神，那只是文字上的记录！是的，当时叫我当秋季瘟神，我没有接受！当瘟神就要危害百姓，我要是危害百姓，就违背了我的师父李老君爷爷的教诲，也违背了我的良心道德标准！文字记录是对我的诬蔑！我想借此机会澄清！大家说对不对？"

巴石麻姑等道："对，我们为你作证！"

赵公明道："前几天，我对钟士季等鬼帅巫师讲，以前，见到你们危害百姓时，我想过问。可是，我们又各管一方，只有提醒了事！现在，李老君张天师创造的道教，就不准再有危害百姓的事发生！以后，我就要管！……"

"呵！呵！赵公明，离开！……"鬼兵们吼声不断重复，张道陵示意赵公明飞离。鬼兵鬼将又闹开了："张道陵，滚蛋！"一鬼帅高呼道："弟兄们，点起阴火把！"一瞬间，千万把吹不熄的阴火炬，从四面八方飞至琉璃台，且伴之有嚎叫声："烧死张道陵！""烧死了！张道陵烧死了！""弟兄们，喝酒吃肉玩女人，走哇！……"突然，张道陵用手一指，琉璃台下劲风四起，燃烧的火焰，迅速将鬼兵衣服点燃，鬼兵们惨叫声震荡山谷："哎哟，我的衣服烧起来了！""哎哟，头发，头发烧光了！""我的脚，痛啊！"……钟士季吼道："不准闹！全部集合，向张道陵冲过去！"

众吼道："啊！……"其吼声如炸雷，其人潮如巨浪，直向张道陵压过去。张道陵笑道："正中吾之下怀！"举朱笔在空中画了几画，瞬间，鬼兵鬼将一个个转身抱头而逃，跑了几步，被一阵狂风席卷倒地，再也不能动弹了。钟士季等鬼帅们号啕起来道："完了，这老头厉害！""这些兵全死了，为我卖命的人都没了，怎么得了？""不要着急，干脆下话求他！"……钟士季等七鬼帅下跪乞求道："天师大人，我等错了，求大人饶了众多苍生，乞求还其生命！"

张道陵道："我将生命还给他们，不准再把他们当工具再去危害百姓！"

众道："是，一定照办！"

张道陵提起丹笔倒画了几下，鬼兵鬼将迅速复苏，一个个皆成聆听教训状。赵公明便旋于空中道："鬼兵鬼将们，你们跟随鬼帅们做了坏事，张天师就收了你们的命！现在，把命还给你们了，不准再跟随鬼帅危害百姓！听见没有？"

张天师道："你再危害百姓，我就再收你的命，叫你永远不再活过来！听清楚没有？"

"听清楚了！"众答道。

赵公明道："回去好好想想！在家里靠劳动吃饭，建造自己的家，才是最好的办法！"众纷纷散去。

钟士季心急如焚道："不行，这样下去，手无兵卒，成光杆司令了！"

一鬼帅道："不要着急，我们病魔的本领还没有施展！给他来个……"耳语。

钟士季道："哎呀，我怎么忘了呢？好！硬起腰杆，讨价还价！"走到张道陵琉璃台前道："张天师，你我都是有脸有面的人，你办事过分了！我们不服！"

张道陵道："不服就明日再决雌雄！"

钟士季等鬼帅们，乃杂病、瘟病、疟疾、痢疾之瘟神，其任何一种病都可以使人死亡。他们想引张道陵就地扎营，再悄悄地向张施以诸多瘟疫，使张立即归天！张一归天，他们就可随心所欲了。而对此阴谋，赵公明则一目看穿。他立即带上周明，守在通往张天师住地的路口，等着钟士季等的到来。

钟士季道等七鬼帅，轻脚轻手行至拐弯处，惊叫道："老虎！……"黑虎围着七鬼帅转圈，再大吼一声，腾空飞至七鬼帅的上空，屁股朝天，长长的舌头，悬吊在七鬼帅头上。七鬼帅纷纷抓住对方往上推，自己往下钻，其鬼哭狼嚎声向四野扩散。赵公明大笑道："哼，要丢命的时候，就拼命找替死鬼，以保自己的狗命！这就是你们灵魂大暴露！"

众道："是你干的？"

赵公明道："我不该吗？你们要用瘟疫害死张天师，我能不和你们对着干吗？你们要继续危害百姓，我要叫黑虎来收你们的命！"

钟士季道："你没道理！现在，我们还不认张天师，不认你赵公明，你凭啥管我们？"

167

赵公明道："啊，对了，你们还不服张天师，还要决斗一次嘛！不过，我告诉你们，就是把六魔王搬来与张天师决斗，你们也要完蛋！快走！"

钟士季七鬼帅，快速跑到六魔王处求救道："六魔王，救救我们！赵公明和张道陵说，要把你们和我们一起消灭！气死人！"

魔王怒吼道："收拾赵公明！收拾张……张道陵！"

次日，六魔王、七鬼帅直奔琉璃高台，又将其围得水泄不通。魔王抢话道："赵公明，听说你要消灭我们，是不是？"

赵公明道："是！今天你们来，就是要你们不要再危害百姓！如果不听，就要消灭你们！"

魔王道："哈，消灭我们！好，张……姓张的，有本事就比试法力！"

"奉陪！"张道陵对魔王鬼帅淡然一笑道。话音刚落，六魔七帅纵身跳入燃烧的阴火堆，张道陵随之跳入；六魔七帅溜出火堆，合力将阳火吹入，欲借阴阳之火将张道陵烧死，哪知张足履青莲微笑而出；张一口气将阴阳火吹灭，又一挥手燃起一堆柴火，先跳入火中，鄙视地对魔帅们道："有本事，来呀！"魔帅们跳入火中，衣服烧燃，皮肉烧痛，嚎叫声震天，欲跳出火堆。悬于空中的张道陵吼道："不准出去！你们这些魔鬼，就是这样害死了多少百姓！我要为百姓报仇，烧死你们！"魔帅们嚎叫声，求饶声震动山林。张道陵手握朱笔欲划，魔帅们怕丢命于朱笔下，便齐下跪求道："饶命！……"张天师就地旋转两圈，火熄灭了，随后道："我知道，你们这些魔鬼是不会服输的。来，拿出你们的看家本领，比一比！"将朱笔扔出道："拿去，划开山石！"魔帅们用朱笔，使出浑身解数，山石依然不动。张道陵一挥，朱笔到手，再用朱笔轻轻一划，山石分成两半，他跳进石缝中，挥手道："有胆量就进来！"

"你去！你去！……"魔帅们都这样叫着推别人进去。闹了半天，钟士季双手捏石子道："来，猜单双！哪两个猜错了，就去！"

"双！"结果为单，第一个猜错者全身发抖道："哎呀，我的命啊！……"

一魔帅吼道："哭个屁！连这点骨气都没有，不把我等的脸丢尽了？挺起胸，昂起头，为大家丢命也值得！去！"再划拳，此唱高调的魔帅猜错了，便瘫倒于地，号啕大哭起来："要老子的命了，老子不干！……"张道陵大笑道："哈！……尔等之心灵，何等肮脏！"

赵公明大笑道："哈！……唱高调是你们的，要救人是别人的！这就是你们这些魔鬼的唯一专长！"赵公明对张道陵道："天师大人，为了不浪费时间，看我的！嗨！"他大吼一声，一块几千万斤重的大石，用藕丝拴着，悬于魔鬼们头上，并有二鼠在争着咬藕丝。魔鬼们怕藕丝被咬断，死于大石下，便齐跪下哀求道："求张天师饶命！求赵公明饶命，我等自知技穷，心服口服，诚心归顺天师，不再危害百姓！"

张道陵道："尔等诚服，深表欢迎！尔等作孽太多，当于青城山天师洞三岛石小池中，将心掏出来洗一洗，以达洗心革面，终身为民尽力之目标！尔等以为如何？"

众道："照办！此乃我等之荣幸也！"张道陵一挥手，巨石消逝，众魔得安全。

张道陵高声道："锣鼓齐鸣！请赵公明君到位！"锣鼓声中，赵公明飞至琉璃台，李老君与张道陵并立台中。张道陵宣布道："诸教民听着，由原始天尊李老君创建的中国道教，在青城山正式确立。我宣布，经玉皇大帝认可，封赵公明为正一玄坛元帅，职守丹炉，掌管教中钱粮，巡视道教所及诸地，治理一切危害百姓之事，促使百姓发财，发财，发大财！"

钱旺才道："赵公明在道教中获得很高的地位，赵财神这个人物，也完成了由人变成神的全过程，我们为此庆幸。自此，我们将看到赵财神的诸多作为，即是说赵公明的故事很多很多！接下来，就是留下二十四个望娘滩的聂郎，已被玉帝任命为岷江龙王了，赵公明，当去迎接他所爱的兄弟之归来。请看'望娘郎回岷江护润天府'！"

第二十二回　望娘郎回岷江护润天府

山风吹，山鸟叫，喧闹的山民，喜悦的锣鼓，把大院搞成了欢乐的世界。父老乡亲们，前来迎接龙王聂郎的归来。而龙王的妈妈聂母，自然就成了众人视线的中心。碧霄抱着聂母，在其头上翻找了好久，然后惊抓抓地叫道："哎呀，大家看，妈妈的白头发全变黑了！"

金霄道："你大惊小怪做啥嘛！龙王兄弟要回来，妈妈的白发变黑，正常嘛！"

碧霄道："知道兄弟要回来才两天嘛！两天就变黑，那么快呀？"

银霄道："妈妈想兄弟想疯了嘛！越想就越疯，头发变得就越快！"

碧霄兴奋道："嗨哟，为了妈妈，为了龙王兄弟，唱啊，跳啊……"

天蓝蓝，地蓝蓝

蓝天大地紧相连

风雨雷电随时有

争做小鸟飞山尖

风雨吹，雷电闪

一吹一闪上蓝天

众随之唱跳到高潮，赵公明敲着皮鼓走来。巴石躲藏其背后装腔道："我是岷江龙王！我是年轻龙王！大家快向我磕头！不磕头，我龙王爷就……"

麻姑上前揪住巴石耳朵，道："冒充龙王者，本豺狼……！"

巴石道："豺狼妹妹，你体谅一下我这个凡人，让我冒充龙王，过一盘瘾嘛！"

众道："对，让他过盘瘾！"

巴石踏皮鼓点，迈正方步，拖腔拖调道："本龙王回来的任务，是保护好都江堰，让岷江水流入老百姓的田头家头，旮旯角落，使老百姓家家户户丰衣足食，幸福得不得了！把这个大坝子，搞成富得流油的天府之国！到那个时候，你们总该给我这个龙王爷，表……表示一下噻！"

众道："把你当神仙供奉起来！……妈妈说，供不供他？"

聂母大笑道："真龙王不供！把假龙王供起来，让他过瘾！"众敞怀大笑！

赵公明道："假龙王过完瘾，真龙王要来了！妈妈，你就高兴地等着吧！金霄，周明，走，接兄弟去！"三人起飞，来到二十四个望娘滩之第一滩，高兴地等待兄弟的归来。突然，河中起了漩涡，漩涡越来越快，发出的声音越来越大，演化成给人力量的音乐！……"兄弟来了，走！"赵公明三人飞至漩涡的上空，也跟着旋转起来。龙王从水底升起。此时的龙王，是一个魁梧健美的男人，他激动地招呼道："赵哥！金霄姐！周哥！"龙王与哥姐们均无言，你看我，我看你，手拉手，笑哇，哭哇，……旋转至泪水长流。回到滩头之时，仍不知道从何说起。……龙王则东看看，西瞧瞧，既兴奋又悲愤地回顾道："当时，妈妈在那儿，我走到这儿，回头看见妈妈，妈妈很痛苦，我叫了声娘！……"

赵公明道："兄弟呀，也怪我呀，我来晚了！"

龙王道："赵哥，不能怪你！这是天意！我叫了声娘以后，只有继续往前走了，耳边不断响起妈妈的声音：儿啊，回来吧！儿啊，回来吧！……"

赵公明激动地抱着龙王，在其耳边小声道："兄弟，你已经回来了呀！……"

龙王激动道："我回来了！赵哥，我回来了！金霄姐，周哥，我回来了！

望娘滩，我回来了！都江堰，我回来了！……妈妈呀，儿回来了！"

金霄道："妈妈在等你！"

周明道："父老乡亲们在等你！"

赵公明道："走！回家去！"为了母亲，四人挽着手，低空飞行于山间河边。……刚至江边的凤栖窝，就听到茅屋内传出一个女人的哭泣声。龙王第一个道："看看去！"其语调，既像决定，又像与哥姐商量，举止神态很像赵公明。四人走进茅屋，见一个白发苍苍的老太婆在哭泣，怀里有一个小孙女。龙王道："请问老人家，我等怎么称呼你？"

婆婆道："老身姓王，娘家在黎山，人们都叫我黎山老母！"

龙王道："黎山老母，遇到什么不幸吗？"

黎山老母道："这是我的孙女，明天就要丢到岷江喂孽龙了！"

龙王吃惊道："岷江？孽龙？"

黎山老母道："岷江里，有一条孽龙，每年六月二十四日，要求老百姓拿猪牛羊三牲供品献给它。每三年，还要送一对童男童女给他。若不照办，它就要涌水降灾！搞得老百姓恨它又怕它！我这小孙女，就要被孽龙吃啰！……"

龙王道："老人家，你放心，我们一定要消灭这条孽龙！"

黎山老母道："好，我等你好消息！"话音一落，人与草房都不见了！

赵公明惊悟道："天意！"

龙王道："赵哥，我们马上去找孽龙！"

赵公明道："对！兄弟，你看，妈妈在等你，父老乡亲也急于见你！我想，你周哥陪你回家去，行吗？孽龙的事情，我和你金霄姐来处理！"

龙王道："那怎么行呢？问题就出在面前，我能丢手吗？赵哥，你遇到这事，会丢在一边吗？"赵公明傻笑无语。龙王又道："再说，新官上任的第一把火，我不烧怎么行呢？再拿着业绩向妈妈报喜，不更好吗？"

赵公明道："行，周明兄弟，你马上回去报告妈妈！"周明走了。

两大院里挤满的人群，在锣鼓声中，全盯着龙王回来的方向。"回来了！龙王回来了！"牛冲惊抓抓叫道，拼命往回跑。锣鼓鞭炮一齐闹了半天，只周明一个人走来。牛冲跑过去问道："你，没有接到龙王吗？"

周明道："接到了！龙王兄弟明天消灭了孽龙，才回来。"

麻姑道："小小一条龙，赵哥金霄就解决了，龙王兄弟……"

周明道："龙王兄弟说，新官嘛，上任嘛，要烧一把火嘛！治服了孽龙嘛，再向妈妈报喜嘛！"

聂母惊喜道："是我的儿！我的儿，很像他赵哥！"

当夜，赵公明龙王金霄，向一大群人走去。众议论道："当爹的，要把一对双胞胎儿女，献给江神！""他是拿儿女去换个里长当，真不是人！"……突然，一男人将俩孩子挟于腋下，冲出门快步如飞往前跑。双胞胎的爷爷婆婆，哭闹着追出来道："我的孙儿孙女呀！……大哥叔叔些，请帮我把娃娃追回来呀！……"

　　龙王二话没说，道一声："我去"立即追去，将娃娃爹堵住；娃娃爹转向奔跑，又被龙王堵住。当他慌忙中落地扭痛了腿，一声惨叫时，俩孩子立即挣脱，投入龙王怀抱。看见俩孩子绝望哀求的眼睛，龙王对娃娃爹怒吼道："你个野兽，拿双胞胎去换个里长当，你……！"

　　娃娃爹抢话道："这是我家的事情，你凭啥管？"

　　龙王往回跑，将俩孩子交爷爷婆婆道："老人家，快带着孩子走！"

　　娃娃爹一拐一拐地追上来道："不行！不准！"欲阻止。

　　"当你的啄木官去吧！"龙王一抬手，娃娃爹又倒地。

　　金霄护送童男童女，随爷爷婆婆妈妈往远方走去。娃娃爹又不断头碰地，哀求道："求求你们，为了我的前途，把孩子还给我！……"

　　龙王道："闭上你的狗嘴！"

　　赵公明道："如果你还要抢娃娃，我叫你第一个死！"娃娃爹惊恐后退了。

　　县衙里，凡事总爱哼台腔迈台步的县令，在点蜡烛烧钱纸，叩首求天道："天老爷呀，玉皇大帝哟，漏撞！（'漏撞'为川戏鼓点）……本大人把童男童女交给了孽龙，岷江即可达风调雨顺，万家平安之境界也！漏撞！……这乃本大人之重大贡献也！漏撞！……该给本大人升个官，发盘财呀！……叭哒叭哒漏丑漏漏撞！"他显得轻松愉快。

　　"报，报，报告县令大人！"一小卒报告道："童男童女被爷爷婆婆带走了！"

　　县令道："格老子！……他爷爷婆婆住在哪里？"

　　小卒道："不知道！他们说，有人帮忙救娃娃，娃娃的爹被吓倒了！"

　　县令又台腔台步道："啊呀呀！怎么得了啊……怎么得了？漏撞！我穷县令……为百姓讨好孽龙之大事要……告吹了！漏撞！得罪了孽龙，父老乡亲们噻……又要倒霉了！……叭哒叭哒漏丑漏漏……"这句未哼完，便张嘴不动，若雕塑般兀立片刻道："啊！命令所有的人，重新寻找童男童女，明天午时三刻之前，必须完成！叭漏撞撞撞！"

　　月光下，大院内，父老乡亲们都在陪聂母。聂母对牛冲、马路、巴石道："你们都站好！"然后，抓住周明道："你龙王兄弟比你高嘛，比你矮？"

■

周明道："比我高！"

聂母用手指比画道："这么高吗，还是这么高？"

周明指着聂母比画的手道："这，这……哎呀，和赵哥一样高！"

众道："对啰，这就差不多嘛！"

聂母兴奋道："是呀，龙儿受他赵哥的影响太大了！天天都说赵哥叫我顶天立地！"她转动着向乡亲们数落道："他赵哥说，什么什么求知识要不耻下问，水滴石穿啦！……"

麻尚、银贵抢话道："就是就是，赵朗做啥子，都要刨根问底！"

聂母抢话道："他赵哥说，什么什么做事要专心致志，百折不挠！"

万爷爷、李婆婆抢话道："就是就是！哎呀，赵朗这娃儿，干啥事硬是一个老牛筋，办不成事不回头！"

聂母抢话道："他赵哥说，什么什么为老百姓办事，要脚踏实地，大公无私！"

赵木赵妈抢话道："就是就是！……"无话了。

聂母抢话道："什么什么……这个这个……和他赵哥一样，顶天立地！"

众道："这两弟兄，硬是一模一样的呢！"

"我的儿啦！……"兴奋极致的聂母叫着往外走去。

周明道："妈妈别急，明日午时三刻，办完事，就见兄弟！"

次日，江神庙内外，张灯结彩，杀猪牛羊的惨叫声，与大吹大打的锣鼓声交汇，具有浓厚的节日色彩。江神庙外，人群熙熙攘攘，又如赶场般热闹。县令坐轿子赶到，进庙内吼道："别闹了！你们吹吹打打有屁的用！童男童女都没了，在孽龙面前交不了差，孽龙再怒发洪水，我看你们就吹吹打打喂鱼去吧！"

众道："那怎么行呢？县令，该想办法再找哇！"

县令道："我叫部下找娃娃去了！"

一小卒跑来报告道："报告县令，猪市坝有一个老头，在卖一对童男童女！"

"本县令得救了！啊呀呀，叭哒叭哒……"县令踩着鼓点，快速离去！

猪市坝，脖子上插圈的童男童女，是龙王、金霄变的；枯瘦如柴的老头，自然就是赵公明了。围观者济济，县令赶到，立即问道："卖多少钱？"老头举手显五指。县令道："五两白银？五十两？"老头以手示意：五十两！县令大声道："在场的不分男女老少，谁拿得出五十两白银，我给他一个里长当！"

一青年道："我有！"

173

县令伸手道："好！拿钱来！"

青年道："爹，拿钱来！"

老头子道："算了吧！五十两，好可惜哟！"

青年道："你真是个守财奴！我当了里长，有了权，每个月岂止五十两？这点都不懂！"大吼一声："拿来！"手一伸，老头立即摸出钱！青年拿到钱后道："请县令给我一个我当里长的依据！"

县令道："你小子还不相信本县令唢？这个……依据，拿啥做依据呢？……干脆，老子这顶乌纱帽，给你逮住算求啰！"成交。县令命令道："带上童男童女上台也！叭哒叭哒……"快速往前，童男童女随县令往江神庙走去。

两院内外，聚满了父老乡亲们，大家都去接龙王，聂母动情道："谢谢父老兄弟的厚爱！……"

巴山道："他妹子，龙王回来创天府之国，这是千秋伟业呀！"

众道："我们为妹子高兴呀！……"

聂母兴奋道："谢谢大家！……"

巴石吼道："走哇，父老乡亲们，我们去迎接真龙王回家呀！……"

江神庙里人山人海，县令吼道："吹吹打打的，动起来！"锣鼓声中，童男童女被牵至特定的位子坐下，赵公明则以本来面目混在人群中。县令对众道："诸位父老乡亲，孽龙是掌握大家命运的神仙！当……当！"他习惯性地来两下锣鼓点，并扭两下屁股道："神仙要凡人死，谁敢不死？当……当……所以，等会儿孽龙到了，我等凡人当磕头作揖，听到没有！"

"听到了！"众吼声如海啸。

县令道："很好！"他又唱锣鼓又扭起屁股来："叭哒……叭哒叭，孽龙到！"喧闹声顿然消逝，若平静的海湾。孽龙大声地咳嗽了一下，一张铁青的脸，怒视着众人走来。到高位上坐下后，大吼一声道："还不给老子磕头！"

县令道："一齐跪下，求孽龙保佑大家风调雨顺，五谷丰登！"众磕头。

孽龙得意地道："风调雨顺，五谷丰登，少给老子唱这些！大家都在喊变过去变过来，老子也要变：三年大祭变成年年大祭！每年给老子送一对童男童女来！"他见众人惊呆了，又道："呃，今天给老子的童男童女呢？"

县令道："报告孽龙，童男童女在此，请验收！"

孽龙围绕童女转圈道："这个女子……哎呀，乖极了！以后，我不要男娃娃了！每个月给老子送一个女娃娃来！"

众惊叫道："啊！这怎么得了！"

孽龙道："吼啥吼？再吼，老子给点厉害让你们尝尝！"全场静下来了，孽龙走到童女面前欲摸其脸，金霄立即恢复原形，孽龙道："你原来是假的！"

金霄道："我们是人，专为人类除害！"

恢复原形的龙王道："有你这种东西的存在，老百姓就受害！"

赵公明腾空对众道："父老乡亲们，这位是玉皇大帝派来的岷江龙王！他来的第一件大事，是把长期以来作恶多端的孽龙管起来，使它不再危害我们大家！"

众欢呼道："欢迎龙王到来！""消灭孽龙！""砸烂江神庙！"……

孽龙一听，立即跳入江中以保狗命；龙王也追入水中。孽龙变成斑毛野鸭，朝赵公山飞去；龙王变成一只老鹰，向野鸭猛冲过去。孽龙变成一只丈八长的蜈蚣；龙王化作八丈高的雄鸡，张口猛啄蜈蚣，将其眼睛啄瞎一只。满身鲜血，嘶声痛叫的孽龙口吐毒液，将自身重重包裹，使人难以近身；龙王取出金弓，搭上银弹，"嗖"的一声，正中孽龙脑门，痛得呼天叫地的孽龙就地一滚，入地逃之。龙王手一挥，手掌成一面宝镜，照见孽龙在地下往青城山方向钻去。到了青城山，孽龙钻出地面变作一个游客，悠然闲逛。突然觉得脚腿无力，饿得心慌，四处寻找可充饥的野果。突然发现一家面馆，便急忙窜了进去。黎山老母正在烧水和面！孽龙道："快煮碗面来！"黎山老母点头微笑着，在案板上搓了一根又粗又长的面条。孽龙问道："你这是啥面？"

黎山老母道："青城甜水面！天下第一，包你满意！"

孽龙高兴道："那就请快点！请再给我加一碗酸汤！"过了一会儿，面和汤都端来了，饥饿的孽龙，几下就把一大碗面吃下肚了。似乎才喘了口气，但仍未吃饱。便道："请再给我一碗！"

黎山老母道："你真是贪得无厌了！"话一说完，孽龙就觉得肚子不舒服，恶心想吐，"哇"的一声，翻肠倒胃地吐了一大堆。细看，不是面条，而是一根又粗又长的铁链子！链子的那一头，正勾在孽龙的心尖上，怎么吐也吐不出来。黎山老母吹一口气，那堆链子就往外飞去，落在正往此走来的龙王面前。龙王从宝镜中看见，链子的那一头拴的是孽龙。于是，捡起链子顺着走去，见到黎山老母，便拱手道："谢谢黎山老母为民除害！"

黎山老母道："将它锁在离堆伏龙潭底，永远吐水灌田，为民造福！"话音一落，便消逝。

龙王道："你这孽龙，还想逃吗？"

孽龙道："不敢！你那么年轻当龙王，我这些老龙就这样！唉！……"

龙王道："你不服？告诉你，当不当官，不看年龄大小，是看你尽做坏事，还是尽做好事？干坏事的当官，天地不容！"孽龙趁龙王不注意，抓过铁链腾空而去。龙王也腾空追去，二人在空中打斗起来，经几个回合，变成两条龙在空中纠缠搏斗。

"看啦，龙王兄弟斗孽龙！"周明叫起来。快到离堆山的聂母及一大群人，兴奋地看到了二龙搏斗的全过程。聂母抓住周明道："哪个是我的儿，快说！"

周明道："年轻那个！嘴巴头没有链子的那个！"

众道："哎呀，兄弟好漂亮啊！""兄弟的功夫好啊！""妈妈有乖儿子啊！"……

聂母兴奋道："我的儿！我的儿！儿啊！……"

这场空中比斗，赵公山的人看见了！青城山的人看见了！灌口镇方圆百里的人都看见了！……最后，龙王将孽龙抓住，落地在离堆山上。龙王道："混账东西，你现在服不服？"

孽龙道："服了！请龙王饶我一命！"

龙王道："我不准备收你的命！"对赵公明、金霄道："黎山老母叫我们，将它锁在伏龙潭锁龙柱上，永远吐水灌田，为民造福。"

赵公明对孽龙道"为民造福，减轻你的罪过！"

孽龙道："是！是！"

龙王道："赵哥，金霄姐，我押孽龙去了！等我！"

县令在此搭了一个平台，赵公明将赶来的聂母安置在平台上，等待龙王凯旋。

锣鼓声中，人山人海，为英雄庆功。突然，伏龙潭的水起了一个漩涡，此漩涡越来越大，赵公明率麻姑、金霄、银霄、碧霄、周明飞至漩涡的上空，形成一个迎接龙王的圈。一会儿，龙王从人圈的中心升起，人圈再裂出一个口子，龙王在众哥姐的簇拥下，向坐在平台正中的聂母飞去。聂母见孩子们落脚平台后，站立起来。龙王见母亲，欲冲上前与之拥抱；聂母一举手，示其别动。然后，就上前围绕儿子转圈，她想全面地审视儿子。然后，情绪激动地高叫道："我的龙儿！"将其抱住，儿子也高叫道："我的妈妈呀！……"

母子呼叫声，变成深情的音乐，待音乐一荡过来，就唤起一片欢呼声。赵公明道："父老乡亲们，这位是留下二十四个望娘滩的聂郎兄弟，我们为他们母子团圆而鼓掌！"众欢呼，"聂郎兄弟成了岷江的龙王，使岷江水能滋润千家万户，为我们创造美丽的天府之国，提供了根本的保证！"众欢呼。

突然，"干爹！"脆生生的童男童女呼叫声，压倒欢呼声。……被救的童男童女呼叫着向龙王跑去，龙王将双胞胎抱起，叫道："我的干儿干女！……"

聂母叫道："我的干孙儿干孙女！"

"干婆婆！"深情的呼叫声，甜美的童音，给人们带来无限的欢乐和享受！……

赵公明对县令道："县令大人，这是年轻人的五十两白银，请退还他！"

县令道："是！一定！"

赵公明道："县令大人，卖官买官的做法，是不是害国害民？"

县令道："是！当改！"

龙王道："父老乡亲，这位是我的赵哥，我的上司赵公明！"

众惊道："赵公明，专做好事的人！"……

巴石道："父老乡亲，赵公明是中国道教的正一玄坛元帅！大家有啥事需要帮忙，欢迎来找他！"

麻姑、"三霄"等弟兄们叫道："有事就找赵公明！……"

众叫道："我们要找赵公明！……"

钱旺才道："二十四个望娘滩的故事流传了几千年，母子的结局，留给人们的是揪心与遗憾。而现在的圆满局号，却给予了人们打不完的哈哈！足见赵公明这个人物能量之大也！那么，赵公明下一步又有何作为呢？请看'禹母泪汇龙池感天育人'！"

第二十三回　禹母泪汇龙池感天育人

赵公明得民心得天下之原因，在于他凡事皆从父老乡亲的需要出发。若全体国民，特别是年轻人都把爱他人放在首位，建设好国家就有了根本的保证。为此，赵公明始终在想方设法创造机会，引导年轻人如此这般。当下，他就和巴石决定，明天带上年轻人去慈母池悼念大禹母子。

巴石继承了赵公明的工作作风，不定期地带着牛冲等几个年轻人，于夜间四处巡察。或保证乡亲们的安全，或解决可能出现的问题。随行的牛冲兴奋道："巴哥，你说赵哥要带大家去悼念大禹母子？"

巴石道："是呀，时间是明天！"

牛冲高兴道："哈，我又要和赵哥耍了！"

巴石提醒道："哎，悼念大禹母子是很庄重严肃的活动，你当作耍？"巴石指着脑袋道："这儿，动动脑筋，学一学！"突然，传来撕心裂肺的呻吟声，巴石道："别说了，听！"

"哎哟！……救命啊！"这似乎是一个可怜的女人，临终前的呐喊。巴石等异口同声道："马大娘！快跑！"快速赶到屋前，见门开着，便大叫道："马大娘！……""马大娘，你怎么了？"

马大娘道："哎哟，我肚子痛！"

巴石道："马大叔呢？"

马大娘道："看他姐姐去了！"

牛冲道："马路不在家？"

马大娘道："砍脑壳的，哎哟……"叫声凄惨。

巴石道："不要说了！看病要紧！抬走！"全体行动，送其到镇上看病。

马路在朱三娃处赌博两天三夜，欠下了五十两白银。计划是，天亮回家偷钱还之即可。要办此事当避开老妈，故他轻手轻脚地蹓到家门口："呃，门锁了，老妈出去了？"他想老妈不在正好，便开门进去，翻箱倒柜起来。结果是，没钱！再到堂屋，把家族神龛上的一个铜制的壶，拿下来摇了摇，壶内无钱！便道："哼，我家神物，随便也要抵你千儿八百！……"突然，外面传来嘈杂声！马路从门缝往外瞧：巴石他们在抬老妈！啊，老妈病了？……他想，有巴石他们在就不用愁了，该愁的还是还债之大事。便拿着铜壶从后门蹓之乎也！牛冲看见大门洞开，便道："呃，门怎么开着？走的时候我锁了的呀！"牛冲四处检查道："有贼娃子！你们看，到处翻得稀烂！"

马大娘道："啊！……不是贼娃子，就是马路！"

巴石下令道："大家搜！里里外外搜遍！……马大娘，你说马路怎么啦？"

马大娘道："说起就气死人啰！前两个晚上，我硬是瞪大眼睛等啊，盼啊，又到处喊啦，找哇，他就是不回来！白天回来晃一眼就不见了！"

巴石道："为啥？"

马大娘道："我问他，他整死不说。等他走了，才发现抽屉里的钱没了！"

巴石道："平时他用钱不？"

马大娘道："从不乱用钱！这次……"

巴石道："是不是在外面遇到什么了？"

牛冲巡至后门，远远看见熟悉的身影，便叫道："马路！"马路一听，顿了一下，拔腿就跑。牛冲叫着追去，巴石等也追去。马路知道跑不脱，便寻机将古铜壶藏在一窝草后面。牛冲追来道："你跑啥？……你屋头乱七八糟，是被偷了，还是你干的？你爹不在，你妈病了，你不管？"

马路道："谢谢！谢谢！我……"

牛冲道："嗨！我来追你，就是要你一声谢谢？怪头怪脑的！……走哇！"

马路道："上哪儿？干啥？"

"你发烧了吗怎么？"牛冲摸马路的额头道："喊你回去照顾你妈，你还问上哪儿干啥！哼，我倒要问你，你准备上哪儿？干啥？快说！……"

马路将巴石拉到一边，小声道："巴石哥，我想请你照顾一下我妈！我……"

巴石道："你这都是废话！你妈病不病我都要经常来！以前赵哥就这样嘛，我就更应该噻！我要听你的实话！"

马路道："我有点事，一会儿就回来！"

巴石道："行，我这个人好说！你走吧，……"

马路推搡道："你们，……先走嘛！"目的是支走他们，好拿古铜壶。

巴石道："我们先走，你再走？哈，……马路先生有大事，先送客！……"

突然，牛冲发现道："啥，古铜壶？呃，马路，我记得这是你们家的祖传宝物，为啥跑到这儿来了呢？……肯定是你拿出来的！"

巴石道："马路兄弟，遇到啥困难，大家帮你想办法！说说，怎么回事？"

马路不吭声。牛冲道："我看，不是借钱还债，就是赌输了拿宝物抵押！"马路仍无言。牛冲急吼道："说哇！敢于说话，说真话，赵哥就是这样的人！跟着赵哥跑，你怎么一点也没学到？……"突然，牛冲吼道："别动！你屁股上有一条蚂蟥！"马路惊叫着转圈！牛冲抱着马路道："我逗你的！山里头哪来蚂蝗嘛！快说，干了啥坏事？说不说？说不说？"并不断咯支马路腋下。

"哈！……"马路笑得喘不过气来，道："我交待！……"

牛冲道："别忙，我帮你交待！你并不是做野事的人，而是贪耍，……赌！绝对是赌，对不对？"马路点头。牛冲道："跟朱三娃一起赌？"马路点头。牛冲道："输了好多钱？"马路亮出五指。牛冲道："五两？五十两？马路哇，你真丢人啰！马家的祖传宝物，就只值五十两银子？"……

赵公明听巴石所谈，笑道："哈！……不怕错，就怕不改！"

巴石道："对！马路还是很单纯的，改过来是没问题的！"

赵公明问道："呃，那个朱三娃，我把他送回家了嘛，又跑出来了？"

巴石道："是！我喊他不要和后妈顶嘴，让步为先，他就是不听！"

赵公明道："朱三娃身边带了两个流浪儿，是吧？"

巴石道："是，今天就把两个流浪儿，接到老人孤儿院住下！"

赵公明道："把朱三娃一起接来嘛！明天带上他们，参加悼念大禹母子的活动，对他们会有好处的！"

朱三娃开赌的地方，是一个不小的山洞，即他和两个流浪儿过夜的窝。此时，借洞外的月光，他认真地将草窝铺厚一点后道："你们两个睡这儿！"

流浪儿道："哥哥，你不睡呀？"

朱三娃道："我还要等人给我送钱来呀！没钱，我们就要饿饭哆嘛！"

突然，脚步声逐渐靠近，朱三娃仔细地听了听，脸上露出满意的笑容：哈，马路送钱来了！……啊，怎么？巴石道："没想到吧，朱三娃！"

朱三娃吃惊道："你们是……"

牛冲道："专门来抓你的！赵巫师派我们来抓你！你不爱家庭，赌博成性！"

朱三娃听到赵公明，就紧张道："我？……你？……不要吓我哈！"

巴石道："不是抓你，是来接你！还有那两个娃儿，一起到老人孤儿院住！"

朱三娃松了口气，道："我……我不去！"

巴石道："明天，赵巫师要带我们到龙池去玩！专门指定要你去，还有那两个娃儿，一起去！"

两个娃娃一听，就高兴地跳起来，甲道："国王身边有条龙，好吓人啊！"

乙道："不是一条龙，是一只老虎！"

牛冲道："不对，国王身边有一龙一虎！"……

两个娃娃高兴道："啊，一龙一虎一个国王，好安逸哟！"

巴石对朱三娃道："你如何？"

朱三娃道："不敢去！人家是国王，我，叫花子，跑去给赵大哥丢脸？不干！"

巴石道："你为赵哥着想，很好！为赵哥着想的最好办法是啥？跟着赵哥走！"

牛冲道："为赵哥争气！"

清晨，霞光又通过树叶洒在两院的屋顶，鸟儿似乎在为青年们龙池之行唱送歌。年轻的有赵公明、龙王、周明、麻姑、"三霄"等，均在准备出发。突然，冒出清脆动听的童音："哥哥，哪个是龙？哪个是虎？我怎么找不到呢？"说这话的流浪儿正拉住龙王的手。

"我也没找到，快指给我看嘛！"这个流浪儿也拉着周明的手。

众开怀大笑，麻姑道："拉你手的就是龙！"

碧霄道："你抓住的就是虎！"

俩孩子道："哪儿啰？这是人哆嘛！"

金霄道："我们的龙和虎都是人变的神！他可以变成龙、虎！"

"啊！"俩流浪儿吓了，甩开手，均躲在赵公明背后。赵公明道："孩子，别怕！我们的龙和虎，都是大家的保护神！他们最爱你们这些小兄弟！"

两双清澈的童眼盯着龙王和周明，龙王道："兄弟，别怕！"

周明道："小弟娃儿，到我这儿来！"

众鼓励道："去呀，别怕！……"俩孩子慢慢靠近，像触电似的摸一下，又跑开了！众又鼓励道："龙和虎，都是你们的哥哥，快去！……"

"哥哥！……"俩孩子投入龙王和周明的怀里，众鼓掌欢笑。

巴石对赵公明道："赵哥，朱三娃不在了！我到处找都没人！"

赵公明掐指一算，起身走去，巴石跟随。到了公用茅司，看到了朱三娃，便对巴石小声道："你从前面去，我在他后面！"朱三娃高兴地看着坝子里的一切变化。突然见巴石来了，转身欲躲，撞在赵公明怀里，惊道："啊！……赵巫师！"

赵公明盯着朱三娃道："重新叫！"

朱三娃道："国王！"赵公明皱着眉，盯着朱不吭声，朱三娃道："赵大哥！"

"哎！"赵公明满脸堆笑地答应道，然后责怪道："兄弟，人和人，应该越走越近，你怎么跟我越走越远呢？不像话！"

"嘿嘿嘿！……"朱三娃傻笑着，一手搔头害羞道："没整对！"

"走！"赵公明拉着朱三娃走了。

龙池地，湖面不小，湖水清澈如镜，水中青山翠竹之倒影，清晰可见。湖岸树叶也不动，鸟儿也不飞，这是曾上演过一部伟大动人的故事的地方，让人顿觉庄严肃穆，沉静深思。赵公明的队伍，似乎都屏着呼吸地走着，甚至连俩流浪儿也自然无语，似乎又长大了一点，怕自己的言行坏事。

前面，一白发老者和两男一女，在点烛燃香烧钱纸。赵公明的队伍赶来，也点烛燃香烧钱纸。老者下跪，两男一女下跪，赵公明及队伍也下跪。老者道："天神大禹，并大禹之神母在天之灵，吾率不孝子女为你们祈祷请安来了！"然后，对子女道："孩子们，每年我都带你们来这里。现在，我又要对你们讲了！这是龙池吧？是的！可以前名字叫慈母池！因为，这是大禹的母亲，思念儿子的泪水汇聚而成的！"环视孩子们求知的眼神，老者道："那个时侯，山洪暴发，洪水齐天，全国父老挣扎在汪洋大海中。大禹之父鲧因治水失败，被天帝诛杀。天帝责成大禹担起父亲未完成之遗愿，继续治水！出发前

181

那天晚上，……"

大禹之家，位于汶川县石纽山刳儿坪，系茅草房。房外是狂风，暴雨，闪电，雷鸣，间杂有神龙的叫声。茅草房内，躺在床上的大禹，认真地听着神龙的叫声。他知道，这是天帝在召唤他，治水之重担压在肩上，不能再等了。他轻轻地移动开新婚之妻阿娇之手，又轻轻地起床穿上衣服，背上小包，亲了亲妻子后，向母亲走去。母亲早已准备好为儿子送行。见到大禹，立即说道："儿啊，娘不想拦你，也拦不住你！"

大禹向母亲跪下道："娘，怪儿不孝！"

母亲拉起大禹道："不！儿啊，你想想看，仔细地想想看，……那么多父老乡亲，被齐天的洪水吞没！那么多弟兄姐妹，在汪洋大海中挣扎！一双双绝望的眼睛盯着你，乞盼着你去拯救他们啦！去吧，若为了我，为了阿娇而守在屋里，为小家而不顾大家，你就会成为历史的罪人！"

听母亲的话语，大禹泪雨滂沱，又下跪道："母亲，儿代表受洪灾的父老兄弟谢谢母亲！可儿不在母亲身边，儿……"

母亲捂住大禹的嘴，又将大禹拉起来道："儿啊，忠孝不能两全，娘不怪你！你父亲虽然失败，但他是顶天立地的英雄！你也当顶天立地，干好千秋伟业！娘等你胜利归来！"母亲在鼓励着儿子，可深情的两眼却泪如泉涌！大禹从母亲处得到鼓舞和力量，却因将离开母亲而心如刀绞，故挂着微笑的脸上也泪水长流。他说道："娘，我是你的儿子，是英雄的后代，绝不会为父母丢脸！"

送儿出门，母亲道："盼儿早日归来！"

大禹道："请娘放心，儿一定早日归来！"走了几步，又跑回来与母拥抱："娘！……请娘代儿向阿娇赔不是！"然后，向大雨冲去。

"大禹！"阿娇呼叫着冲进雨里，抱住大禹道："你是我的！……"

大禹道："阿娇，亲爱的！快回去，淋了雨要生病的！我一定会早点回来！"

阿娇道："我不让你走！……"

风雨雷电突然加剧，神龙的叫声，由短促变为长嘶。大禹道："亲爱的，你听，这是神龙的叫声！神龙在催我！天帝在催我！受洪灾的父老乡亲在催我！……对不起了！"他挣脱阿娇，向暴雨冲去。

阿娇道："大禹，早点回来！……"

母亲冲到雨里道："我的儿，娘在等你！……"

阿娇搀扶着母亲回到屋里，突然，母亲发现玉佩掉在地上。她惊呼道：

"玉佩！玉佩没有带走！"她迅速捡起，呼叫道："大禹，我的儿，玉佩在这儿！……"又冲进了大雨里。

"娘！……"阿娇向母亲追去。驾神龙的大禹，早已飞到千里之外了，慈母与娇妻哪里追得上！在雨中站立良久，阿娇又搀扶母亲往回走。母亲不断地叨念道："我的儿啦，这玉佩是家传的吉祥物哇！当佩在胸前随身走，才能保证你万事如意呀！"

阿娇也唠叨道："哎呀，他怎么忘了呢？"

"是呀是呀，身挑重担，不带玉佩，怎么得了呢？……"母亲心急如焚地叨念着来回踱步："儿啊，早点回来呀！没有玉佩怎么行呢？……"

每天，母亲都手握玉佩坐门口，等待儿子的归来。每当感觉有行人的脚步声，她就叫道："大禹回来了！"急步出门，四面张望。

阿娇追出门问道："娘，大禹回来了？"

母亲道："我听到脚步声了！"她指着一个方向道："阿娇，你到那边看看，大禹是不是回来了？"阿娇立即往那边跑去，看了看，跑回来道："没有哇！娘，大禹没有回来！"

母亲又指着另一方向道："你到这边看看，他会不会从这边回来？"阿娇跑过去看了一下道："娘，没有人，大禹没有回来！"

母亲着急地叨念道："还不回来！……哎呀，没有吉祥物的保佑，他怎么能完成千秋伟业呢？"

阿娇道："娘，你要相信大禹是英雄！"

母亲道："是呀，我相信我的儿子是英雄！可这玉佩……"

阿娇道："对，这玉佩十分重要！娘，我给他送去！"

"行！"母亲想了想道："哎呀，不行！你女孩子找不到他！……"

每晚，母亲都在密密麻麻的雨声中，倾听儿子归来的脚步声。她随时叫道："阿娇，你听，脚步声！脚步声！是不是大禹的脚步声？"

阿娇听了后道："娘，这不是脚步声，是下雨声！……"

"不，是我儿的脚步声！"母亲不信，欲开门。

阿娇阻拦道："娘，开门淋了雨，病了怎么办？我听清了，硬是没人！"

母亲着急道："哎呀，不带吉祥物怎么行呢？……要不，托人给他带去！哎呀，不行！带掉了怎么办？只有老娘亲自给他带上才行！"

这一天，屋外阳光明媚，清风徐徐，天下太平矣。大禹率神兵战胜了洪水，驾神龙回家。到离家不远处，走下神龙，谴其离去后，他走到拐弯处看见家了，心里格外高兴。他欲给母亲爱妻一个惊喜，故笑着加快了步伐！突然，神龙飞回来，跳下一个小卒喊道："大王，黄河龙门山，被洪水淹没了！天帝令你，立即前去排洪救灾，不准犹豫片刻！"

此时，在家的母亲和阿娇，均听到小卒的话，异口同声道："大禹回来了？"一起出门，看见大禹已跨上神龙背，便叫道："大禹，儿子，不要走！……"

大禹道："娘，阿娇，我对不起你们！……"驾神龙又飞走了！

"儿啊，玉佩在此！……"母亲叫着，将玉佩高高举起。

阿娇道："大禹呀，饭都不吃一顿又走了！……"

一过家门而不入的大禹，将龙门山砍出三道门，以疏通洪水，造就了千秋功业三门峡。随后，大禹又驾神龙回家探母慰妻。快到家门时，正是午夜时分。突然，小卒又吼叫着赶来："大王，长江出大事了？"

大禹道："何为大事？"

小卒道："洪水将长江中下游全淹没了！千千万万民众被淹死！天帝令你立即行动！"

大禹跨上神龙，又大声道："娘，阿娇，大禹又欠你们一大笔债了！放心，我会用生命尝还的！"

"大禹！大禹！……"阿娇喊着开门，见大禹又飞走了。

"儿啊，我的儿！……"病床上的母亲喊着，艰难地坐立起来。

阿娇道："娘，大禹又走了！他又去长江治水！"

母亲道："啊，大禹又走了！"她显得很难受。

聪明懂事的阿娇，又抱着母亲道："娘啊，天下的人都需要你的儿子，好骄傲啊！娘，你要高兴哈！"

母亲道："是呀，我高兴！有好的儿子，又有好的媳妇，我怎么不高兴呢？"

阿娇拍着肚子道："还有小孙子呀！"

"哈！……"母亲抚摸阿娇的肚子道："对，有我的小禹，我高兴！……"

阿娇道："要骄傲，要自豪！"

母亲道："对，我骄傲！我自豪！"

二过家门而不入的大禹，仍用疏导的办法，将长江洪水引退，造出了长江三峡这块万代丰碑。这天风和日丽，母亲精神稍好一些，坐在床边看着手中的玉佩。大肚子阿娇端饭来道："娘，快吃饭！"

"我不饿！阿娇，你过来！"母亲举着玉佩道："你怀小禹这么久了，还没出生，定是神胎！我很高兴！这个玉佩当从大禹传至小禹，世世代代传下去！……"突然，狂风暴雨闪电雷鸣，劈头劈脑地从天而降，向母亲阿娇这些父老乡亲压过来，却不明缘由。风雨中，想念母亲及爱妻的大禹，驾神龙归来，又到家门口了！……小卒又追来道："大王，西昆仑山地陷落了！"

大禹道："你说啥？"

小卒道："风雨雷电中，天边飞来一块大石，将西昆仑山砸了一个大窟窿，地下水使劲往上冒，天上的雨又倾盆而至，如不治理，这里都可能被淹没！"

为治水，三过家门而不入的大禹声嘶力竭地叫道："娘，阿娇，你们往高处走，不要被水淹了！儿又走了，对不起了！"骑神龙又走了。

"大禹！……"阿娇呼喊着出门，又不见大禹了，便迅速回屋对母亲道："娘，大禹又治水去了！他叫我们赶快往高处搬，这儿要被水淹！"

母亲吃惊道："啥，我们这儿都要淹？好，那就走吧！"山路上，风雨中，阿娇搀扶着母亲往高处走。走哇！走哇！……走了很长一段路，走到现在的龙池地，母亲道："我走不动了！……"

阿娇道："那就歇一会儿吧！"

母亲感到体力不支了，便道："不行，你要先走！"

阿娇道："娘，我怎么能甩开你，一个人走呢？"

"你不是一个人！"母亲将玉佩交阿娇道："这玉佩，神物，未来属于小禹！你怀着小禹，带着神物，往前走，去求安全！去找大禹！"

阿娇道："娘，你！……"

母亲吼道："快走！快走！……"

山路上，风雨中的阿娇往前缓慢地走去！

山路上，风雨中的母亲望着阿娇走去，呼唤着："大禹！阿娇！小禹！我等着你们！"泪如泉涌，向大地流去！……老天亦泪雨倾盆！……

大禹率神兵，疏通了洪水，显现出一马平川，这就是四川盆地！西昆仑山又改名青城山！大禹迅速回家，在池边上发现了母亲，"娘！……"母亲脸上露出喜悦，可泪水依然若小溪，不断地向地面流去，流去，……啊，已汇成一个池子了！大禹背着母亲往前走，到了更高一点的地方，发现阿娇站在一块石头上，手臂直指着前方。再一靠近，看见手臂上挂着玉佩。……大禹叫道："阿娇！阿娇！……"阿娇仍凝固无声。见此，大禹惊呆了！过了片刻，便放下母亲，悄悄地向阿娇走去。……当快靠近时，已成石头的阿娇爆裂开来，一个胎儿崩了出来，飞至大禹怀里，爆发出胎儿的第一声啼哭！……玉佩也飞到大禹的脖子上！……慈母继续长流的泪水变成胜利的泪水，一家人圆满的泪

185

水！……泪水汇成了一个池子！新生的婴儿名启，成为我国第一个王朝的开创者！

龙池边，为孩子们讲大禹母子故事的老者，见孩子们一个个泪花闪闪，便指着龙池小声道："孩子们，这就大禹母亲的泪水，汇聚而成的池子，这就是后人认定的慈母池！你们从慈母身上看见了什么？"

甲："关心大禹！"

乙："支持大禹！"

老者道："对，关心儿子，支持儿子，这就是伟大的母爱！你们从大禹身上看见了什么？"

丙："他怎么不顾家呢？"

牛冲道："他顾不上！并不说明他不顾家！"

朱三娃道："大禹要是不去治水噻，他一家人也要淹死！"

老者道："对！为大家而不顾小家，也是为了小家！这就是大禹精神！孩子们，在我们这一片地区，就有一个大禹式的人物！你们知不知道是谁吗？"

众茫然不知道："谁？"

老者神祕地停了停，道："赵公明！"

牛冲道："大爷，这就是赵公明，我们的赵哥！"

赵公明道："老人家，你好！"

老者道："哎呀，你……你就是赵公明？哎呀……幸会幸会！"

赵公明道："老人家，大禹是我们敬仰的英雄！慈母是我们母亲的典范！我们想为他们建一座庙宇，供人们祭拜！行不？"

老者道："行！求之不得呀！"

锣鼓声中，赵公明选好位置，运运气，一挥手，眼看着不大不小的庙宇就起来了！众欢呼着往庙里跑去——前殿中堂是慈母和父亲鲧的塑像，左侧室是大禹的塑像，右侧室是阿娇的塑像，后殿中堂是幼儿启的塑像，脖子上挂有玉佩。

众在锣鼓声中，唱着山歌跳起皮鼓舞，欢乐无限！突然，飞来一条白龙，落地后变成一个凶神恶煞者，往庙里冲过来，吼道："停下！停下来！你们跳啥？一个个吃胀了，是不是？"白龙咬牙切齿道："你们给谁修庙子？"

龙王道："大禹！"

白龙道："我就知道！大禹是个大坏蛋，还把他供起来，你们找死？"

龙王道："大禹坏在哪里？"

白龙道："老子一个家族霸占了三门峡和三峡两大片地区，有享不完的福！就是大禹跑来，把我的家族整得个家破人亡，使我家族世世代代，没好日子过！老子到处找他大禹的后人，报仇雪恨，你们还要给他树碑立传！硬是跟老子对着干嗦？把庙宇拆了！"

龙王道："如果我不拆，你作何打算？"

白龙对龙王感到吃惊，道："嘀，你小子，还敢和本大人作对？你是谁？"

龙王挑衅道："我，我们，都是大禹的后人！来吧，你不是要报仇血恨吗？"

"我要叫大禹断子绝孙！"白龙与龙王打斗开来。二人斗了几个回合，龙王不见了，白龙四处搜寻，大吼道："有本事就不要东躲西藏！"突然，一条龙飞来，把白龙死死缠住，白龙一下变成一条小龙，溜之乎；猛地，白龙变一长鞭向龙王打去，龙王变一把巨斧向长鞭砍来；白龙变一支巨鹰欲啄龙王，龙王成一架飞机式的铁机，向巨鹰冲击；巨鹰被铁机推至山崖处，迅速升空，铁机则成一根长丝，将巨鹰缠住！……最后，龙王一声怒吼，一股强风，将白龙吹到陆面周明的身旁，周明伸手将白龙逮住。此时的白龙，已被捆得四肢不能动弹，龙王道："报告赵巫师，此恶龙如何处置？"

赵公明道："请老人家定夺！"

老者道："这一带经常干旱，水很重要！我建议，将此恶龙压在慈母池下面，叫他永远为百姓吐水！"

赵公明道："恶龙，你愿意吗？"

白龙道："愿意！"

龙王道："不行，不能相信他！要是我们一走，他又要作乱！"

赵公明道："不要紧，我们搬来巨石压住他，叫他永世不得翻身！"命令道："龙王，立即将白龙押至湖底！"

龙王道："是！"押白龙猛地窜入湖水！众等候龙王之归来。

巴石微笑着，在朱三娃耳边小声道："马路欠你的五十两？你……"

朱三娃小声道："是我欠他的债！不能再害他了！不能对不起大禹和慈母！"

巴石将马路和朱三娃的手，拉在一起道："我们大家都要想，怎么样做人，才对得起大禹慈母！"

龙王浮出水面，对赵公明道："报告，我已将他拴在一块大石上！"

赵公明道："很好！弟兄姊妹们，站出来！"龙王、周明、麻姑、金霄、银霄、碧霄皆为赵公明仙班人员站在一起，显得精干有力，势不可挡！在赵公明的引导下，众运气施功。赵公明高喊道："疾！"缚龙套和二十四颗神珠等神器，腾空往一个方向飞去。片刻，飞来三块巨大的花岗石，落在湖的一角，呈三角形的怪石群，将白龙压住，众欢呼。

钱旺才道："飞来的花岗石坚硬，上面又无泥土，却长有厚厚的苔藓，和各色珍稀树木，成为当今世界的植物奇观，石窟迷宫。这是大禹精神的体现，也是赵公明的贡献。……好了，人们对赵公明的婚姻问题，是很感兴趣的，可我一直忘了给大家讲，对不起了！一身没有缺点的赵公明的婚姻并不顺利！请看'爱之真谛不是为占有他'"

第二十四回　爱之真谛不是为占有他

中秋之夜，两大院之间的大坝子里，众乡亲又聚在一起过节。巴石道："各位父老乡亲，我们的中秋晚会已过了一半了，现在，欢迎赵哥唱一首歌，唱什么歌呀？爱情歌，对不对？"这才是他组织晚会的主要目的。长期以来，麻姑、金霄、银霄、碧霄与赵公明之间，相互暗恋着，怎么组织家庭呢？父老乡亲们为此着急了，催促巴石借此晚会直奔主题。故对巴石提出的问题，大家呼应道："对，男女对唱，谈恋爱！"……

赵公明被巴石牛冲等推上台，在"爱情歌"的呼声中，自言自语道："嘿，唱爱——情——歌！这样，我吆喝一句，提出问题，在座的，有胆子的就来回答！好不好？"众鼓掌道："好！"赵公明吆喝道：

嗨哟！嗨哟！

爱是什么

爱什么……

赵公明道："呃，怎么没人来呢，不敢嘛怎么的哟？我再吆喝一次哈，要是没有人唱，我就没事啰！"又吆喝一次后，吹起笛子来——

碧霄唱道：爱是什么

爱是温柔的风

甜蜜的雨

清澈透明的长河

金霄唱道：爱是什么

爱是舒心的微笑

惬意的责怪

脸上醉人的酒窝

银霄唱道：爱是什么

爱是敏感的神经

不让你皱眉

不让你叹息

天天为你献上无穷的欢乐

麻姑唱道：爱是什么

你是我言行的中心

你笑我高兴

你哭我难过

事事为你掀起心动的浪波

赵公明与四位姑娘合唱道：爱是什么

爱你才是爱自己

你的需要左右着我

为了你——

我永远奉献

永远拼搏

那才能结出包容和谐的鲜果

那才是心花永放的爱情之歌

动听的歌声中，意料之外，又合乎情理的事情发生了——"啊！……"赵公明的母亲叫了一声，说不出话，泪水长流。全场砸开了锅，将赵妈送至床上，屋内屋外水泄不通。赵公明跪在母亲床前，麻姑、金霄、银霄、碧霄均跪在赵妈床边。赵妈见此，放声大哭道："我要孙儿！……赵公明，我要孙儿！……"

目睹母亲的目光与泪花，麻姑先起身，盯了赵公明一眼离去，此一举是表现我当之无愧？还是不好意思？谁也说不清！走了几步，再回头盯着，不愿离去。……金霄、银霄、碧霄亦如麻姑一样，散至一旁，不愿离去。……

赵公明将头枕至母亲怀里，母亲继续哭喊道："没有孙儿，你就不是我的儿！……"将赵公明推开。

父亲赵木则流着泪，抓住赵公明道："给我孙……孙儿！……孙儿！"

这个特殊夜晚，赵公明做梦了。梦中的他艰难地，独行于广阔荒凉的沙漠里，披头散发，口渴难忍。突然，金霄迎面走来道："亲爱的，你口渴了！这是牛奶，羊奶，糖开水，来，我喂你！我爱你！"转眼间，一切消逝。

赵公明又做梦了。梦中的他艰难地行走在山路上，他腹中无物，饥饿难熬。银霄迎面走来道："亲爱的，你饿了！……红烧肉，鸡汤！来，我喂你！我不能没有你！"转瞬间，一切都没了。

第三次梦中的赵公明，涉水过河，河水淹至脖子了，只有退回岸边，不知如何是好。赶来的麻姑扶着他道："亲爱的，我背着你飞回家，幸福在我这里！你是我的！"一会儿，就无影无踪了。

第四次梦中的赵公明行走在草原上，因寒冷难忍，全身抖动。美妙的音乐声中，歌之舞之的碧霄手一挥，便让他着一身白马王子服饰，碧霄反复地唱道："我爱你呀我爱你，今生今世我离不开你！"……

随之，四女人围绕着赵公明转动起来，也反复唱道："我爱你呀我爱你，今生今世我离不开你！……"歌舞的四女人，均以为独自一人，在向所爱的赵公明抒发感情！……突然，"我亲爱的！"四女人叫着，扑上去拥抱赵公明，却四女人抱在了一起！……相互一看，惊叫着散开，难为情地各自走去。赵公明见此状，在自己脸上痛击一掌道："哎呀，对不起四个妹妹！"他猛地从梦中醒来！……静坐片刻，想了想，自责道："哎呀，我怎么搞的哟？"

次日清晨，梦中过了一夜的赵公明起床后，便对母亲道："娘，儿去捡点菌子，给二老补一下！"

母亲道："我要的是……菌子？"

赵木道："菌子……是……是孙……孙子吗？"

赵公明傻笑道："嘿嘿，慢……慢慢来嘛！"

"慢慢来？……你！……"母亲生气地举起手，赵公明将头伸过去，母亲的手只有轻轻放下，叹气一声，将其推开。

晨曦里，赵公明提着藤筐，握着弯刀，步履蹒跚而行。山间回荡着他的心声："选金霄吧，其他三个妹妹怎么办？都一样爱我哇！选麻姑吧，其他三个妹妹多难受啊！……"然后，大声地喊道："老天爷，我怎么办啦？"一脚踩虚，往几丈远的斜坡下滚去。突然，耳边响起"哥哥，慢点！"的呼叫声，是四个妹妹的声音！他翻身起来四下张望：没人！他自嘲道："嗨，神经病！东想西想！"……

稍微安静一下，他开始采菌子了，看见坡上有一朵漂亮的菌子，便高兴地爬上去：哈！四朵！一样大，一样漂亮！……他朝四周看了看，惊奇道："怎么又是四朵呢？……呀，这个四字硬是和我拴死了？老天爷呀，为什么？"他犹豫了好久，算了吧，又舍不得；欲伸手捡之，耳边则响起三个姑娘的声音：

"捡这朵！捡这朵！"他吓了一跳，往后退，又四处寻找，没有人哆嘛！他自责道："哼，耳朵怎么搞的哟？"他犹豫片刻，又将手伸向另一朵菌子，耳边又响起三个姑娘的声音："捡这朵！捡这朵！"……赵公明真的惊呆了，退了几步，想了想，跪下道："四位仙姑，我赵公明与你们太有缘了！……可我又敢动哪一朵呢？这是什么缘分啊？……"他用弯刀，铲动了四朵菌子之间的杂草，再三叩首道："四位仙姑，公明将你们供奉起来了！"然后，捡了几朵小菌子离开了。

赵公明往前走，突然，见金霄坐在那里激动地喘粗气，旁边放有一筐菌子。他叫道："金霄妹妹，你病了？"他伸手摸金霄前额，金霄抓住他的手，两眼痴情地等待吻抱。……他想吻又止，想吻又止，最后，就那么犹豫地盯着金霄。……

金霄失望了，她提起菌筐，起身慢慢地往前走去。突然，两腿一软，往地下一坐。赵哥道："金霄妹妹！……"他跑步欲上前搀扶金霄，金霄则顽强地站起来，往前走了！……赵公明只有痴呆地站立不动。

金霄走着走着，发现了四朵共存的菌子，停了下来，她想将其捡走。突然，她发现地面上动过刀，耳边响起她的心声："赵哥来过！……为啥不捡走？"她弄明白了赵哥不动的缘由，生气道："哼，只有拔掉三朵！才能留一朵！"可是，当她举刀时，善良的心则支配其全部留下了，泪流满面地急匆匆离去。

赵公明往前走，突然，看见银霄提着菌筐站立前方。他惊叫道："银霄妹妹！"双方迈步走近，赵哥却站立了：双臂欲张开，又收回，反复几次。银霄感觉赵哥在召唤，故兴奋地加速至跟前，闭眼等待。可赵哥却道："银霄妹，你……"他让开了路，示其往前走去！银霄睁开双眼，泪水夺眶而出！她失望伤心地往前走去了！……赵哥仍站立不动。

银霄走着走着，发现了四朵菌子，细心地发现有铲动的痕迹，响起她的心声："赵哥……不下手……为啥？在他心中有四朵？……哼！"，可举起的手又不动弹了，绝望道："赵哥哇！你……"她往前走去了。

赵公明心事重重地走了一段路，长叹口气道："唉！苦哇！"就地坐了下来。待了一会儿，碧霄走来，挨着他坐下。他惊叫道："碧霄妹妹，你……"下意识地往旁边移动了一下。碧霄则无语，深情地盯着赵哥，并又移动一下挨身而坐，闭着眼睛等待着！可等了一会儿，她感觉赵哥欲动，脸上甜美极了，然赵哥还是移开了。……她怒火中烧，一赌气，又靠拢一次，赵哥又离开了。她愤怒地站起来，往前走了！赵公明叫道："碧霄妹妹，我……"无以言表，原地不动。

碧霄走到四朵菌子前，颇感新鲜，围绕着转圈时，发现新鲜的动土，耳边响起她的心声："未必是赵哥？……为啥不动？一、二、三、四！……"她猛地意识到四女人道："这边也一、二……四！"……她举起的弯刀在空中午了几下，长呼道："我的天啦，你太平均了！……不，又太不公平了！唉！……"她也走了！

赵公明埋着头，有气无力往前走。麻姑在前方站立未动，背对着赵公明，心乱如麻地望着前方。赵公明未看见，走来与之相撞，使麻姑往斜坡下滚去。……

赵猛醒，叫道："麻姑妹！……"他冲下去，扶麻姑，麻姑却猛地抱着赵哥，被抱的赵哥欲使劲吻抱，麻姑等待着。……赵哥却将其推开道："麻姑妹妹，摔坏没有？……"麻姑燃烧的双眼盯着赵哥，……嘣出一句道："你是男人吗？……"绝望地起身走去，赵哥仍不动。

麻姑走到四朵菌子前，冷静地观察，一切都懂了！摇摇头，往一边走去，走了几步，倒回来，举起刀在空中舞动半天，似乎胸中燃烧着烈火！……最后吼了一声："赵公山啦，为啥有四朵？……只有一朵该多好啊！……"

此刻，我们关注的还是赵公明。他提着一筐菌子回家，赵妈听到了，到门口接儿子道："儿啊，快点！"

赵公明道："娘，我给你捡的菌子！"

赵妈拉着儿子道："来看嘛！这儿，四碗，熟的！……四姊妹给你煮的！……我孙儿的事，你说话，找哪个？"

赵木回来，也说道："说……说嘛，找……哪个？"赵公明不敢点头，也不敢摇头。赵木道："香火！赵家……香火！大事！不抓就不行！听到……听到没有？"赵公明只有点头，因为他无法用语言表达。赵妈端起菌子喂赵公明道："尝……尝一下！金霄妹妹……做的！"

赵公明顺手反喂赵妈道："娘吃嘛！帮儿吃嘛！"

赵妈道："帮你吃？帮……帮你找媳妇，还差不多！"

赵木道："帮找……找金霄行……行不？"

赵妈抓住赵公明道："行！行！……金霄行……行，该是哈？"

赵木道："行！就这样定……定下来！该是哈？"

赵妈道："该是哈？"

赵公明喂赵木道："菌子都好吃，该是哈？"

牛冲马路跑来，边叫"赵爹赵妈"，又叫道"赵哥走啊"拉着推着赵哥往外走去。对此，应该说是对赵公明的解脱。可到了树林里，赵公明又跑不脱了，巴石、龙王、周明、朱三娃等将为他举行重要会议。巴石道："现在开会。赵哥的婚姻问题，也就是国家大事，既然是国家大事，那就请赵巫师讲话！"

赵公明问道："我讲话！……讲啥？"

牛冲道："讲啥，你说，应该选哪个姐姐作国母？"

赵公明道："我，……我怎么知道？"

马路道："你是国王，怎么不知道呢？"

朱三娃道："啊哟，国王不知道怎么行呢？"

赵公明道："我决定不了！"

牛冲道："你决定不了，怎么能当国王呢？"

赵公明道："我当不了国王，你来当！"

牛冲道："我当就我当！"

马路道："你当不如我当！"

牛冲道："我当国王，是业余国王，目的是解决正宗国王的婚姻问题！"

马路道："那么请问，谁当国母？"

牛冲道："当然是豺狼姐姐麻姑！"

赵公明道："我就对不起其他三个妹妹！"

马路道："银霄姐姐最合适！"

赵公明道："我就对不起其他三个妹妹！"

周明道："碧霄姐姐！"

龙王道："金霄姐姐！"

众道："我就对不起其他三个妹妹！"

巴石道："你这样怎么得了啊！……我看你赵巫师硬是麻烦！……请问赵国王，这四个兄弟给你提出了建设性的意见，哪个对？哪个不对？"

赵公明道："他们都对，只有我不对！"

牛冲道："你不对，就要改嘛！"

马路道："既然我们都对，你就按我们的指令办！"

赵公明惊道："啊！四个都要？"

龙王道："对的，四个都要！"

众道："对，一夫多妻！"

"啊！一夫多妻？……"赵公明左右为难！

大院门房内，集中有万爷爷、李婆婆、老巫师、巴山、马路爹等人，都在窗口注视着过路的赵公明。马路从外面走来，见这群老人之神态，便试探性地往返两次，见老人们不理他，便问道："老人家，做啥？"

万爷爷道："走开走开！不要坏了我们的事！"

马路道："啥好事？"

马路爹道："你滚开哟！"

马路道："嘿，你们向我报告了，说不定，本首长还可能邦你们的忙呢！"

李婆婆道："对的嘛，你把公明给我们找来嘛！"

马路得意道："哈，本首长刚才主持了，赵公明的斗争会！你们又要斗他呀？"

巴山道："怎么，我们没有审查他的权力？"

马路道："有权！就要好好审问他一下！……来了！准备抓人！"

赵公明走进大门，"嗨！"众吼一声，并向他招手。他麻木地看了一眼，又转身往里走去。"站住！"李婆婆吼着追到赵公明跟前，围着赵转了一圈。赵仍像没看见一样，其神态近乎傻瓜。李婆婆道："跟我走！"李婆婆往门房走，赵公明却往大院里走。李婆婆吼道："站住！你做啥？"

赵公明道："你叫我走哆嘛！"

李婆婆道："哼，你……！走！"揪其进门房，房中央放一张凳子，叫赵坐下，众坐其周围。李婆婆道："娃娃，说一下，婚姻的事情你怎么想？"

众道："对，你怎么想？"

老巫师对众道："不要忙！……"

万爷爷对赵公明道："快点说！不说脱不到手！"

众道："对的，不说脱不了手！"

老巫师对众道："我叫你们不要忙！我……"

李婆婆抢话道："火都烧到眉毛了，还不要忙！"

万爷爷道："国家大事还不要忙！"

老巫师道："正因为是国家大事，才叫你们停一下！赵公明是巫师，国王，解决国王的婚姻，就是解决国家大事！解决国家大事，应该由代表国家的人来主持，你们能代表国家吗？"

众道："我们？……"

老巫师道："只有我这个老巫师，才能代表国家！只有我这个老巫师主持的会议，讨论赵公明的婚姻问题，才表明国家，在关心处理国家大事！对不对？"

众道："对嘛！"

老巫师道："现在，我宣布，在这样的会议上，你们随便怎么说这个娃娃，骂这个娃娃，吼这个娃娃，这个娃娃都不敢动！开始！"

赵公明起身欲走，众吼道："站住！你这个娃娃怎么乱动呢？不准动！坐好！"

老巫师道："不要闹！这个娃娃想走，又敢走，说明他急于解决婚姻问题！现在开会！把你的想法作个交待！"

众盯着赵公明，赵无言。众吼道："交待！交待！"

老巫师道："请赵巫师注意，你不交待问题，就是不爱国！"

众吼道："不准不爱国！"

老巫师道："你不交待问题，就是不爱国民！"

众吼道："不准不爱国民！"

老巫师道："说，四个妹妹，你爱哪一个？"

赵公明道："都爱！"

老巫师道："不行！只能爱一个！"

赵公明道："你们不准我不爱国民哆嘛！四个妹妹都是国民，我怎么敢不爱？"

老巫师道："你！……现在说的是婚姻，国家只准你爱一个！你爱哪个？"

赵公明道："请问，国家规定我爱那个？"

老巫师道："这个这个！……我宣布，现在，大家都可以代表国家表态！"

李婆婆道："我这个国家爱金霄！"

万爷爷道："我这国家要银霄！"

巴山道："我这个国家要碧霄！"

牛冲父母道："我们要麻姑！"

马路父母道："我们要银霄金霄麻姑碧霄！"

周明父母道："我们要金霄银霄碧霄麻姑！"

老巫师道："赵巫师准备要谁？"

赵公明道："你们这几个国家都要完了，我还敢要哇？"

众道："啊！"

金霄送一束鲜花，插在赵公明卧室花桶里，出去了。

银霄走来，拔出金霄的一束鲜花放桌上，将自己的花插入花桶里，走了。

碧霄拔出银霄的一束鲜花放在桌上，将自己的花插入花桶里。

麻姑拔出碧霄的一束鲜花放桌上，将自己的花插入花桶里，走了。

赵公明回卧室，发现一束鲜花插在花桶里，桌上却另有三束鲜花。他明白其含义，又不知该怎么办？他躺在床上冥思苦想，起床将插入花桶的那束花，取出来抱在怀里，可脸上并无轻松愉快感。过了片刻，还是将另外的三束花抱起来。最后，将四束花全插进花桶里，又倒床了。……

天刚蒙蒙亮，基本未眠的赵公明翻身起床，走出卧室，去花园里寻找花朵。通过一番对比选择后，以其花色不同，却大小一样的四株花为一束，总共组建了四束完全一样的花以后，他似乎显得轻松一些，但仍不时流露出遗憾与茫然。虽然如此，以花回敬四个妹妹，也算是真心与礼节吧。请看"啃老族无人性公明怒治"！

第二十五回　啃老族无人性公明怒治

赵公明周明银霄来到小镇上，听买卖的吆喝声响彻云霄，见挑担的人们往返穿行，呈一片繁荣景象，心中非常满意，也不断与卖主交流。丁边上，有几个妇女在交头接耳，表现出极大的愤怒与谴责，赵公明饶有兴趣地上前倾听。

甲道："这两个东西，从来不把爹妈当人！"

乙道："让他们俩死了才好！"

赵公明道："大娘大嫂，看来你们很生气，有啥事吗？"

甲道："哎呀，他大哥哇，你们要是去管一管，全镇的人为你烧高香了！"

赵公明道："怎么啦？"

乙道："两弟兄，两个媳妇，三十多岁了，不种庄稼，不做生意，再加两个娃儿，六张嘴巴，每天三顿，全啃两个老人！"

赵公明道："那么严重？"

甲道："你们去看看嘛！就那边，龙老大，龙老二！"

龙家在邻丁处，摆杂货摊，龙大爷在此负责经营。龙家大院不小，赵公明与周明银霄走进来，见俩小孩在坝子内打石弹。龙老大龙老二夫妇四人，在一间屋里掷骰子赌钱。龙大娘在推磨，碾磨苞谷。赵公明三人到一僻静处躲起来，以观察之。俩小孩属龙老大龙老二之子，名曰大牛二牛。此时，大牛弹出之石弹滚进洞里，他高兴地跳起来喊道："我赢了！拿钱来！"二牛摸遍全身，无钱！就跑，大牛抓住二牛道："你跑不脱！"

二牛道："我找妈拿钱！"跑到赌博房喊道："妈，给我钱！"

二牛妈道："滚开，管你奶奶要！"

龙大娘手里实在被压榨得已身无分文。

可龙老二及媳妇恶语相加。

龙大娘实在气不过道："你们从不做事，让两个老的累死？"

赵公明与周明银霄耳语后，走到铺子前，见一个女欲掏钱，另一女人阻拦道："可怜的龙大爷呀，我硬是天天都想买你的东西！可是，钱到你手还没搁热，老大老二就抢走了，我心头不舒服！对不起了，龙大爷！"

一女人道："龙大爷呀，想办法治一治龙老大、龙老二嘛！"二女人走了。

见龙大爷泪眼汪汪地，盯着钱从手里"飞"走，赵公明掏钱道："大爷，给我一两银子的吃的，请你随便配搭！"

"好！好！"龙大爷接过钱，脸都笑开了花。龙老二跑来抢钱，龙大爷不给，龙老二道："老子输了一两二钱！"抢过钱道："这一两，好！你还欠我二钱！"

银霄干预道："哎，你怎么抢呢？"

龙老二道："我家务事，与你无关！"跑了。

赵公明道："大爷，你挣的钱都给他们赌博？不管一管？"

龙大爷终于开口道："管他们？除非神仙！"停了停，又道："两个孽种！神仙管不管得住，都难说！阎王爷把他们抓走最好！"

龙大爷把货给了赵公明，赵公明又给了一两，龙大爷不要，正推让中，龙老二又跑来抢到手，并道："不要白不要！"又嬉皮笑脸地道："少爷小姐，再给点钱吧！"赵公明银霄转身走，龙老二追上去，点头哈腰道："我给你们当狗都干！保证叫干啥就干啥？"

银霄道："叫你杀人也干吗？"

龙老二道："干！"

赵公明怒视龙老二，龙老二却似乎感到有希望，仍嬉皮笑脸点头哈腰！赵公明道："行了，有机会再说！"走去。龙老二仍盯着他们，并喊道："我等你们！"

龙大娘在灶房里煮饭，背对着门，灶头上，灶火里，案板上的活，累得她喘不过气来。龙老大大吼道："还没有煮好？"龙大娘一惊倒地，龙老大看见了，吼道："不要装风！我的大事一完，没吃的，你脱不了手！"走了。

房梁上的周明银霄欲动，赵公明阻止。

龙大爷端茶杯到灶房来参开水，立即搀扶大娘道："都是累来的哟，……你去守铺子，我来做！"

197

龙大娘道："你，你整错了，那几个'祖宗'没吃的，又闹又打，怎么得了啊！走你的！"推龙大爷出门，又忙起来。

赵公明与周明银霄耳语。三人来到赌博房，见龙老二捂着小碗摇骰子，赵公明提起他往上一扔，翻了一圈坠落桌子上，直顾疼叫。众傻了，四面看，无人，龙老二惊叫道："有鬼！有鬼！"欲往外跑。

龙老大道："哪来鬼哟，要跑？……呃，老二喜欢翻跟斗嘛！我看，八成是装怪！输了，想借机溜走哇？不行！"众又坐下来。

龙老二道："好，你凶！你来！"将小碗交给龙老大。龙老大刚一摇骰子，就被赵公明银霄抬起往上甩，再似平板般落到地上，一声惨叫。紧接着，周明将两个女人拖起来横撞墙上，反弹回来将桌子砸得稀烂。三人又分别对着两男两女打耳光。突然，龙老大叫道："有鬼！"爬起来往外跑，瘫坐坝子里。三人也叫着跑出去，又坐在一起。龙大爷龙大娘闻声出门观看。大牛妈摸出两坨银子，惊叫道："哎呀，成石头了！"众又惊呆！

龙大爷道："我早就说过，这间房死了两个赌鬼，你们不信！"

"有鬼呀！"龙老大叫着爬起来欲跑出坝子，却撞在墙上，又痛叫着倒地。三人也跑出去，绊倒在地，痛叫不已。对此，赵公明周明银霄是很开心的！

龙大娘心痛地摸揉龙老二道："没有流血，不要紧！"

龙老二顶一句道："啊，我不流血，你不安逸？"

龙大娘碰了一鼻子灰，又欲去扶大牛妈，大牛妈道："假惺惺的，少来！"

龙大爷扶起龙老大，不吭声，怕碰壁，只是邦龙老大掸背上的灰。龙老大摸着背叫道："哎哟，你老不死的，帮着赌鬼整我干啥哟！"

龙大爷没趣地离开，二牛妈吼道："老不死的，你不拉老娘一把呀？好嘛，你欠老娘十二银子！"

龙大爷气得弯腰喀出血来，对龙大娘道："老婆子吔，我活不到几天啰！"

龙大娘给其捶背道："没事！尽说鬼话做啥？走，到床上去！"向卧室走去。

龙老二走到灶房一看，吼道："唉，饭还没有整好！你安的啥心？"

龙老大吼道："老不死的，拿话来说！"四人将二老围起来，对不予理睬的二老大打出手。结果是两男两女相互打斗，拳脚相加，相互看着，同声道："你怎么流血呢？"再看看自己已出血了，而二老身上不见血，龙老大猛醒道："啊，肯定是老东西，找鬼帮忙，整我们！"

龙老二吼道："老东西居心不良！找他们算账！"两男两女又冲过去，欲对二老动手。突然，两男两女升空，再横平落地面，过了好久才发出哭叫声。

他们又指着二老同声道："就是两个老鬼害我们！"二老木然地盯着两男两女。

赵公明咬牙切齿道："真是四个恶鬼！还不反省自己！……"

午饭时间，龙家餐室里，四男女及两小孩围坐大桌，吃得个一塌糊涂！屋角的小桌上，只有泡酸菜等素食，供二老用的。龙老大道："他妈的，赢来的二两银子，又变成了两坨石头！怎么搞的呢？硬是有鬼呀！"

大牛妈道："是不是作孽多了，有神仙来收拾我们啰！"

此时，卧房里，龙大娘见龙大爷想吃肉，便道："我去给你拈块肉来！"

龙大爷阻拦道："算了！那些孽种又要打你的筷子！"龙大娘不理，走了。

龙老二见龙大娘端碗进来，便对牛大妈道："你说的作孽，是不是指我们，对这两个老东西不好？"顺手打龙大娘拈肉的筷子道，"正好，你说说，我们对你两个老的，好不好？"

龙大娘讨好道："好！"又伸手。

龙老二又打筷子道："我们吃的肉都不够，你又跑来拈，这叫对我们好吗？"

龙大娘无法控制，号啕大哭道："作孽呀！……老头子快死了，吃块肉都不行啦？怪我啊，怎么生些孽种啊！……"她哭得抽搐起来，似乎要断气。

二牛妈在地下拾了块肉骨头，放进龙大娘碗里道："拿去，这个最补身子！"

龙大娘哭喊道："连狗都不如啊！……"

龙大爷听见吵闹，就缓慢起床，扶着墙缓慢叨念着移动过来，砸烂龙大娘手中的碗，大吼一声："狗都不如！"随即拉着龙大娘哭号道："狗都不如啊！狗都不如啊……活着有啥用啊！死了算了！……"二老趔趔趄趄往外走去。

两男两女碰杯："干！"喝的酒已变成鲜红的辣椒水，四人被辣得直顾喷吐哭喊，再看桌上的碗里装的全是狗屎，臭气呛鼻。"有鬼呀！"四人往外跑去！

赵公明怒视着这一切，斩钉截铁道："明天，明天必须解决！"

次日清晨，龙大爷又打开铺面，不断咳嗽见血。龙大娘又煮好了饭，两男两女的门依然关着。银霄着一身红装赶来，吼道："龙老大，龙老二，在不在？"

龙氏兄弟同时开门，见银霄立即哈腰道："小姐，有何大事召见奴才？"

银霄道："就这狗眉狗样跟我走，不丢我的脸啦？"

龙氏兄弟道："是是是，我穿好衣服，再来应召！"

传出龙老大的吼声："我那件衣服呢？……"

大牛妈的声音：“见妖精，就要打扮？老娘给你两下！”

龙老二的声音：“快把那件衣服给我！”

二牛妈的声音：“新妖精来了，你心头慌？搞不好，老娘不认！”

银霄见龙大娘端碗草药水，道：“大娘，大爷都好吗？”

龙大娘长叹口气道：“唉，活不到几天啰！”往龙大爷处走去！

龙氏兄弟跑到银霄跟前，道：“报告小姐，有何指令？”

银霄道：“有土匪要来抢我家，给你们一个效忠的机会！以后自有好处！”

龙氏兄弟道：“为小姐卖命，正是我的目标！”

大牛妈二牛妈追过来阻挡道：“不行！你要是卖了命，我怎么办？”

龙氏兄弟吼道：“滚！”踢开老婆，随银霄往大门走去。赵公明身着武装，杀气腾腾道：“龙老大龙老二在不在？”他直顾往坝子走去，周明随后。

大牛妈二牛妈用笑脸相迎道：“先生来了，小妾有礼了！”赵公明不屑一顾，欲往龙大爷处走去，二女人阻之，大献其媚。大牛妈道：“哎呀，先生仪表堂堂，真乃天地无二，哪个女人相配，正洪福齐天！”

二牛妈道：“你看我和你，高矮胖瘦，正好相当！哎呀，我都不好意思了！……”

这时，听到龙大娘的号哭声：“老头子呀，苦命人啦！你走了，我怎么办啦！……”

赵公明走到龙大爷遗体面前叩首，然后，对龙氏兄弟道：“先为你们父亲大人办丧事！我随时等你们！”

龙氏二人道：“大人，你的事才是大事，这是小事一桩！找几个人埋了就是！”

银霄道：“你们！……父母亲连猪狗都不如？”

“哼！真是畜牲！”赵公明生气地走了，龙氏二人欲追道：“大人！……”

银霄挡住道：“站住！丧事办不办？”

龙氏二人道：“办丧事，要花钱嘛！这……”

银霄气道：“你们当儿子，不该花钱？”威逼二人。

龙老大对龙老二道：“你出好多钱？”

二牛妈道：“没钱！”

龙老二反问龙老大道：“你出好多钱？”

大牛妈道：“我的钱变成石头了，你们看见的嘛！”

龙氏二人道：“小姐，我们都没有钱！”

龙氏二人道：“弟兄们，帮个忙，把老东西丢到山那边！”

众怒吼道："两个野兽！杀死龙老大龙老二！办不办？"将二人围起来。

龙氏二人被逼道："办，一定办！"

龙老大自言自语道："要办呢，就要钱嘛！……"

龙老二对龙老大道："你一个月赢了我五十两银子！你……"

龙老大指着死去的龙大爷道："你别闹！钱在他身上！搜！……"欲对龙大爷搜身。龙大娘气得全身发抖吼道："住手！到现在，你们还不放过老头子啊？"她摸出钱对银霄道："姑娘，麻烦你……帮我办一办丧事！"

"好，我来办！"银霄道。

"你怎么找外人呢？该我这个媳妇尽孝心嘛！"大牛妈二牛妈吼叫着冲过去抢钱，银霄一挥手，二女人倒地于几丈远处。

"我是他儿，该我办！"龙氏二人冲过去抢钱，被银霄掀落二女人身上，二女人又痛打男人。

众吼道："好！使劲地打！"

夜晚，棺木停放在坝子的中央，虽然幡旗飘飘，烛火熊熊，却凄凉悲惨，使人揪心。龙大娘跪于棺前，哭得死去活来，大牛二牛身着孝服在棺前站立着。

镇上的人们都带着祭物前来，悼念龙大爷。身穿孝服的龙氏二人，笑容可掬地伸手接祭物道："多谢！"来客却将祭物送到银霄处。

大牛妈二牛妈未着孝服，几次想去抢祭物，可一看银霄的眼睛，又不敢动。便走到一边，扔起骰子来。银霄追上去质问道："你们就是这样当媳妇吗？"

"我们不够格，你来当嘛！"二女人道，银霄气得牙根直痒。

突然，棺木内传出敲打声和微弱的呼叫声："老婆子，我接你来了……"

银霄下令道："开棺！"众人帮着开棺，发现龙大爷睁开双眼，不断重复着："老婆子！老婆子！……"龙大爷被扶起来，坐在棺内，四处找龙大娘。

龙大娘跑来抓住龙大爷道："老头子！我在这里！……你没有死，好哇！"

龙大爷道："不，我向阎王爷请了假，回来接你！"

龙大娘道："你接我到阴间？"

龙大爷道："对，你在阳间我不放心！在那几个孽种面前，你连狗都不如，我怎么放心嘛？走吧，到了阴间，自由自在多好哇！"

"造孽呀！……"龙大娘号啕大哭！

"打死几个孽种！"众人怒吼！

"我——跟——你——走！"龙大娘撕裂肺腑地哭叫道。

赵公明高声道："不能走！我是赵公明！"

众欢呼道："赵公明来了！""龙大爷，龙大娘，赵公明救你们来了！"……

赵公明道："龙大爷，我已经给阎王爷打了招呼，你不用再去阴间了！"

龙大娘跪下道："多谢赵公明！"

在棺木里的龙大爷道："快扶我下来，我要给赵公明磕头！"

赵公明和银霄，将龙大爷扶下棺木，至一木凳前坐下，龙大爷不断叨念"多谢赵公神仙"，欲起身下跪，赵公明道："大爷，救你是我的责任！大娘，起来！龙老大龙老二！"

两男两女呆立一旁，无任何反应。众吼道："还不下跪！"两男两女立即相对下跪，众吼道："混账！赵公明来救了你爹，不感谢？"

赵公明道："乡亲们，这几个是不是孽种？"

众道："天打雷劈的孽种！""打他！"……

赵公明道："父老乡亲，给他们四个孽种一个改过自新的机会，希望大家盯着他们！我和银霄妹周明兄弟，也会经常来检查！"

两男两女向赵公明跪下道："谢谢赵公神仙！谢谢大家！请盯着我们！做好人，孝敬二老！"

赵公明对二老道："两个老人家，这四个人这么坏，都是你们娇惯出来的哟！"二老惭愧地点头。赵公明道："他们已经三十几岁了，你们还欠他们啥？应该是他们欠你们的养育之恩，该他们孝敬你们了！是吧？"二老点头。赵公明道："好了，让他们自己动手，自食其力！若不动手，饿死活该！请两个老的到我那边去，去养身体，去享福！对了，大牛二牛留在这儿，我不放心！让他们到我那边去，我一定把他们教育好！再说，让他们和爷爷奶奶一起生活，给二老一个安慰！二老心情愉快了，大牛二牛也健康成长了，这不很好吗？"

众羡慕道："太好了！"

赵公明道："父老乡亲，欢迎到我那边去！"

银霄周明道："有事就找赵公明！"

赵公明道："未来都会好！"

众欢呼道："好！"

钱旺才道："赵公明的最大特点是，任何言行，都是以民众的生存利弊为核心。也许，这正是世世代代百姓崇敬他的根本原因。现在，他教育了啃老族，又在干什么呢？请看'富家子奸民女天地不容'！"

第二十六回　富家子奸民女天地不容

赵公明周明金霄，又在山林中巡视，体察民情。

中年男人乔敦，紧张地奔跑着，因有六个大汉在追杀他。乔敦是去找赵公明告状的，其矛头直指强奸民女的富家子胡来，目的是为民除害。追杀乔敦的大汉，则是胡来出钱请来杀死乔敦的，若乔敦找到了赵公明，他就活不出来了，他最怕赵公明！

此刻，手执刀棍的六人中的一人道："哎呀，累死老子，烧口烟再走嘛！"

"混账，你烧的是烟吗？你烧的是钱！大家都烧烟，乔敦跑到天边，你拿屁的钱！"说此话者乃头目王麻子。他说道："我们要的钱，还在胡来少爷手里，要拿乔敦的脑袋去换！想要钱的跟我走！"又带众吼道："乔敦，留下你的脑袋再跑！……"

赵公明、周明、金霄停下了脚步，周明道："留下脑袋再跑！啊哟，凶！……"

赵公明道："人命关天！密切关注！"

翻了一座山，乔敦下坡了，赵公明就住在对面的大院里，他来过的。而前面的路均无隐避处，他们追来，凶多吉少。他灵机一动，脱下外衣往拐弯处甩去，钻进山洞藏了起来。

王麻子等看见衣服，其一人便喊道："乔敦的衣服，追呀，钱要到手了！"

赵公明等赶到山洞，乔敦一看，吓坏了道："你们……也要杀我？来吧！"

金霄道："大哥，我们是来救你的！别怕，这是赵公明！"

乔敦跪下道："赵公明先生，我就是来找你告状的！他们要杀我呀！"

王麻子等人捡起了衣服，又没人！便道："搜！"，突然，一人惊叫道："在这儿！"王麻子等围过来，皆吼着："哈，跑不脱，钱要到手了！"

周明变的乔敦，两眼怒火燃烧，吼道："你们这些王八蛋，杀了我，走不出三步，赵公明就要找你们算账！"

众人不敢动手！王麻子慌了手脚道："动手哇，站着干啥！看到钱又不敢拿！老子来！"他举刀手无力，扔刀道："我不要钱了！谁来动刀，我把钱给他，行不行？"众人不敢动。

"我来！"一年轻人捡起刀一挥，刀在几个杀手间穿行，最后落在王麻子肩上，不动了！王麻子叫道："哎呀……"僵立不敢动。突然，乔敦出现眼前！回头一看：那个乔敦变成周明！众惊怕得全身发抖！乔敦吼道："起来！把刀捡起来，当着赵公明的面，把我杀了！"

　　"赵公明！"众惊，刀落地，跪下磕头道："我有罪！求赵先生饶了我……"

　　赵公明道："押走！"押到两院大坝里，赵公明、乔敦坐着，王麻子等皆跪着。赵公明道："你们为啥子要杀乔大哥？"

　　几个人都指使王麻子说话，王便道："胡来是有钱人家的少爷，他想奸污乔大爷的女儿，没有搞成。但乔大爷气了，与胡来打起来，说要找赵公明讨个公道！胡来最怕赵公明，就派我们来杀乔大爷！"

　　赵公明对王麻子等道："你们几个想没想过，杀死了乔大哥，他一家人怎么办、怎么活？

　　赵公明道："好了，起来，坐下！你们把胡来干的坏事，讲给我听一听！包括你们跟着他干的坏事也要讲，讲了就是将功补过，不讲就罪加一等！讲不讲？"

　　王麻子道："我先讲！我是小头目，跟胡来的时间最长、干的坏事最多！谢谢，给我将功补过的机会！"

　　王麻子回忆起来。那一天，王麻子行走在山路上。对面走来一个年约十七八岁的胡来，王麻子便点头哈腰道："胡少爷，你……"

　　胡来命令似的道："王麻子，跟我走！"王麻子跟随到了树林里，胡道："去，给我找个漂亮姑娘耍耍"胡来一指，狗腿子苟不来亮出提包里的银子，胡来道："找来女人，这归你了！"

　　王麻子惊道："归我？什么时候？"

　　胡来道："马上！立即！不找到这儿来，这个钱就不是你的了！"

　　王麻子摸着头道："哎呀，到这儿？怎么……怎么办啰！"

　　突然，一个十四五岁的姑娘，背一篾东西往这边走来。王麻子躲在大石后面细看，道："江大爷的老四，四妹！傻头傻脑的！"

　　胡来躲在大石后面。四妹慢慢过来，将背篾靠在大石上歇口气。胡来与苟不来突然扑过去，四妹吓倒在地，翻身与之搏斗。胡来吼道："王麻子，快邦老子摁着她！"王麻子上前紧张犹豫跑了。胡来转身，重拳打在四妹头上，四妹旋晕倒地，胡来对苟不来道："老子要安逸！你守住，别人不准过来！"

　　苟不来四方巡视着，走来的人，一见苟不来，就自动转向。……稍后，胡来穿好衣服，嬉皮笑脸道："你给了我安逸，钱全部给你！"钱一扔，走了。又转身"不准说出去，要不然老子弄死你！听到没有？"四妹被蹂躏恐吓成木头人了！

苟不来安抚主人道："不要紧，女人传出去，不认！王麻子倒是要防！"

胡来道："走，找他去！"

近乎呆子的四妹起身，好奇地看到白晃晃的银子道："啥哟？"随即全部捡起，装在背篼里，回家去。江大娘见其情况反常，便道："你怎么了？"

四妹道："他们打我！"江大娘追过去见四妹身上有血，裤子又被撕烂，大体明白了。再从背篼里发现银子，更确认出事了。一直在一旁观看的江大爷也明白了，江大娘道："四妹被糟蹋了！"

"唉！"江大爷一跺脚道："多半是财主家干的！惹不起呀！……"走了几步，气得呼天叫地。

胡来苟不来赶到王麻子屋外，吼道："王麻子！出来！"王麻子畏首畏尾地走来，苟不来道："不准外传！有人找你，你不认！"

胡来道："你要是认了，不给你钱，还要收拾你！你要的钱在我那儿，哪里有好女人，一报告，钱就到手，哪点不安逸？"说完，扬长而去。

几天来，王麻子为四妹之事，总有些不安，故坐在一根矮凳上，双手抱着头。突然，孕妇王妻怒气冲冲走来，抓住他的头发往后拽，吼道："拿钱来！"

王麻子痛叫道："哎哟！痛死我了！放手！……老子给你两下！"

王妻逼过来，指着肚子道："打呀！打这儿！"

王麻子一看，慌忙后退道："我……我的儿，你！……你！……"

王妻逼近伸手道："你要儿，我要钱，拿来！"

王麻子道："你……我没有钱！"

王妻威胁道："没钱就滚！"将王麻子逼到门外道："三天之内不给钱，老娘就带着你的儿跳崖！"关门后又开门道："没钱不准进屋！"将门关死了。为了过老婆关，王麻子走到胡来家门外，两个门卫向他挥手，示其滚开！他转身与胡来撞个满怀，急忙弯腰道："少爷，你……你好！"

胡来哈哈大笑道："你是来拿钱的呀？那天的事，你没有外传，那笔钱在这儿！再帮我找姑娘，两笔钱一起给你！说哇，你不说，两笔钱我都不认了！"

王麻子感到钱要到手了，高兴地比画道："山那边，余家老二，那回赶场的时候，我指给你看过的嘛！"

胡来想了想，兴奋地对苟不来下令道："给钱，两笔一起，拿给我的探子王麻子先生！哈……"王麻子接过钱，笑欢了！胡来下令道："走！带我去余

205

家，搞成了，又是一笔钱给你！"王麻子带着胡来，快速走到一丛小竹林前，指着远处，竹林掩映的几间草房道："余大爷就在那儿！"胡来加快了步伐，苟不来道："别忙，要是二妹不在家呢？还是王麻子探看一下再说！"王麻子拔腿就往草房跑去。

草房内，二妹在灶房煮猪草。余大爷躺在床上，咳嗽不已。余大娘端草药水过来，听到余大爷的呻吟声道："听到你呻唤，我心就痛得甩哟！"

余大爷咳嗽道："哎呀，你不要痛嘛，你痛，我更痛啊！我死了算啰！……"

余大娘道："好了，不要乱说乱想！来，吃药！"

王麻子走来，便道："哟，二妹，你忙啥？"

二妹道："喂猪哆嘛！王哥，你有事？"

王麻子道："没事！我走这儿过，顺便看一眼！余大爷！"王麻子喊着进去道："余大爷，还没好哇？余大娘，你也在！余大爷好些不？"

余大爷一阵咳嗽道："哎哟，阎王爷催我啰！"

二妹赶过来，王麻子道："镇上的朱老师，看病很有名嘛！"

余大爷道："是，越有名，就越要钱嘛！"

王麻子想有后台胡来，便大方地道："我这儿还有几个，先拿去看病再说！"

余大娘道："不要！借得起，还不起！多谢王三！"王三是王麻子的名字。

余大爷也道："不行！不能要！哎哟，借一屁股账，连累你大娘二妹，我心……"

王麻子道："先看病，不说还账的事行不行？"转身跑了。

余大娘也点头道："这娃儿，好起来了？……二妹，快动手，送你爹看病去！"正准备出门，王麻子就叫着跑来道："余大爷！神仙来啰！你的病要好了！……我出门遇到胡家少爷，他听说你的病情，要来看你一下！"对走到门外的胡来道："胡少爷，进来！这是胡少爷！大家都认识嘛！"

余大娘道："胡少爷，坐嘛！哎呀，穷人家，没个干净的地方！……"

二妹端凳子来，道："少爷，坐！"

胡来盯了一眼二妹道："多谢！病了就看病！啊，你家看病有些难！……这样吧……"他顺手摸几把钱，往床上扔道："王麻子，你先背余大爷走，我再找几个人来，一起送到镇上去看病！"王麻子立即动起手来。

余大娘道："胡少爷，你这个钱，我们怎么还得起哟！……"

胡来道："不说还钱，只说良心！有钱人不管一管穷人，就是不讲良心！

对不对？你们家的事，我管定了！不要再说还钱的事了！王麻子，快走！"余家人就这样，稀里糊涂地一起上路了。匄不来见二妹欲跟随，便碰了一下王麻子，并以暗示。王麻子又走了几步，便道："二妹，你去干啥？胡少爷还要喊人来，一起送大爷到镇上，你去没用！……再说，我王哥回来，不给碗饭吃吗？"

余大娘道："对！二妹回去煮饭，不能对不起王哥！"二妹停步回家。

众人一起走到三岔口，胡来道："不送你们了！"往另一路走去。

余大娘感情地道："胡少爷，感谢你的大恩大德！我祖祖辈辈都会感谢你的！"

分路后，见余大爷等已拐弯了，胡来便转头向余家走去。

顺利地看完病，胡来家的跟班在王麻子的指引下，护送余大爷至家院外，便停下来。王麻子道："大娘扶大爷回去，我就陪他们几步！"

余大娘道："行！王三过来吃饭哈！"

王麻子道："好！不要等我！"陪几个跟班走了。

二老人目送其离去，且不断道："多谢了！好人呀！"余大娘扶余大爷进院子，喊道："二妹，快来扶你爹！"二妹无动静，便道："死女子，跑哪儿去了？"二老进屋，见床被整得乱七八糟，且有一摊血，隐隐听到二妹的哭声，二老预感不妙，余大娘慌忙跑过去，见二妹在屋角蹲着。大娘道："怎么了？"拉二妹起来，见被打得鼻青脸肿，衣裤被扯得稀烂！"啊"余大爷明白了，颤悠悠扑过去，问二妹道："哪个？……哪个畜牲？哪个遭雷打的？说！……"

满脸血污的二妹道："胡……胡家的！"

余大娘道："胡家的！"惊呆了，手脚抽搐起来。

余大爷哭叫道："胡来！遭天杀的胡来呀！……我……"倒地，死了！

一个大雷打来，瓢泼大雨下来！"啊！"似乎受了雷击，余大娘呆立片刻，扑在余大爷身上，边打边叨念："胡家的，坏蛋！"不断重复此句，她疯了！

二妹见爹死了，妈疯了，便起身换一套干净的衣服，找一根绳子，搭到横梁上，站到凳上道："爹，娘，女儿给你们惹来大祸，对不起你们，我也该走了！"欲将头钻进绳套里，余大娘边叨念边窜动，一下将二妹站的凳子碰倒，二妹绊倒在地。"胡家的，坏蛋！……"余大娘叫着，向雷雨中跑去，"娘！我的娘啊！……"二妹惨叫着向母亲追去！……

余家的灾难，当地引起大的震动，但谁也不知其因。王麻子似乎受到良心的谴责，睡了三天！王妻走来，见其还倒在床上，便爬上床去吼道："拿钱来！"

王麻子道："我哪儿有钱啰！"

王妻道："不拿钱来，娃儿生下来吃泥巴？"王妻一伸脚，将王麻子蹬落床下。

王麻子宽慰道："好！好！"

"王麻子！王麻子！"传来苟不来的叫声。钱又滚来了！为钱害人？不行！可老婆这一关，怎么过？想来想去，最后干一回吧！故走出来点头哈腰道："胡少爷，我……"

胡来道："余家的事，你心中有些慌？"

王麻子道："是。"

胡来道："给你银子，壮壮胆！"

王麻子一听，眉飞色舞顺口道："乔大爷的女，乔妹！"胡来兴奋地抓住王麻子欲到乔家，王麻子用手比划着"钱"道："嘿嘿，能不能先给这个！"

胡来道："啊，这个啊？"抓过钱袋往空中扔，王麻子接住，便快速往乔家院跑去。院内传出女人的吆喝声："嗨哟！嗨哟！……"王麻子道："乔妹！在家！"胡来欲迈步。王麻子阻拦道："乔大爷牛高马大，厉害得很！……这样，我跑到你家，喊几个保镖来才好办！你们先守在这儿，不让乔妹跑掉就行了！"说完转身就跑了。

胡来转到屋背后，听其吆喝声，蠢蠢欲动。王麻子带着打手，跑至三岔路口，手一指道："就那儿！我回去一趟，马上再来！"说完往家里溜去。

苟不来安排好几个打手，随胡来往里冲去，屋里吵闹打斗声传出来，其中乔妹的声音特别大。回家的乔敦，在对面坡上听见女儿的声音，又见院内站有几个人：大事不好！便跑步回家！

苟不来从门口露出头来叫道："外面留一个，其他都进来！"几个打手冲进去，打斗声和乔妹的吼声更大了！乔敦冲过来喊道："乔妹！……"

一打手叫道："乔老头回来了！"胡来等人从另一道门往外跑。

乔敦叫道："乔妹，不要怕！我来了！"听见女儿的呼叫声，便快步冲进去，看见女儿便问道："出事没有？"

乔妹道："还没有！"乔敦放心了。提起锄头追到坝子里，几个打手吼道："你敢上来！就打死你！"乔敦与之打斗，腿部挨一棒倒地，乔妹冲上来保护着父亲。乔敦骂道："胡来，你个王八蛋，我要找你算账！……"

胡来道："老子也要找你算账，你那个女儿，必须是老子的女人！"

乔敦道:"找赵公明讨个公道!"

"啊!"胡来一听赵公明,立即下话道:"哎,乔大爷,赵公明就不要找了,我也不找你女儿了!这次,就算误会!我赔你钱嘛!"抓钱就撒。

乔敦道:"收起你个鬼打钱!欺侮了那么多良家女子,对不起父老乡亲!"

逃回家里,胡来真如丧家之犬,惊叫道:"哎呀,赵公明来了,我怎么办啰!"

苟不来搀扶道:"天老爷会保佑你的!"

胡来叫道:"杀死乔老头的人,找到没有?乔老头跑了怎么得了!……"

苟不来道:"找到王麻子了!"王麻子随一门卫急忙忙跑来道:"啥事?"

胡来急道:"快点,找五个壮汉去追乔敦,再提乔敦的脑袋,到我这儿拿钱!"

王麻子道:"杀人!我不干!"

胡来道:"你胆小!找几个胆大心狠的人,你叫他们杀,不就完了!一人二十两银子,干不干?"未等王麻子回答,便道:"给你五十两!"

"五十两!"王麻子心动,道:"干脆这样,你先给我三十两。然后,我再和大家平分,以免闲话!"

胡来道:"狡猾得很呢!给他三十两!"……

回到现在,王麻子道:"这就是我干的坏事,请赵大哥处理我!"

赵公明怒道:"你害了三个妹妹,害死了余大爷,使余大娘成了疯子,你还有资格叫我赵大哥嘛?去你的!"一拳将王麻子打至几丈远道:"我不处分你,天地不容!一想到几个妹妹,特别是余家,我心如猫抓!不能再等了!一起走!"

赵公明来到江家,拉住江大爷的手道:"江大爷,我一定要严惩这个祸害,为你家报仇!请照顾好四妹!到时候,再把你全家接到我们那边去!"

江大爷江大娘跪下道:"多谢赵公明!"

赵公明等来到余家,余大娘正蓬头垢面,坐在小凳上叨念道:"胡家的,坏蛋!……"二妹亦愁容满面地,给余大娘拈头上的虱子。王麻子一看,泪水夺眶而出,扑过去跪下道:"余大娘,二妹,是我害了你们啦!我对不起你们!……"

赵公明上前道:"二妹,我来晚了,对不起了!"

……

赵公明道:"金霄银霄,你们陪同大娘二妹,到我们那边去!大娘二妹,我们现在要去收拾胡来,为你们报仇!"

赵公明乔敦带上乔妹，向胡来家走去！胡来家门口，依然有两个门卫守候。王麻子等六人，提一坨沾血的布包，走到门口，正与出门的苟不来相遇，苟不来兴奋道："啊，你们回来了？"王麻子举示布包，苟道："太好了！快进快进！"并高声叫道："少爷，乔敦的头！乔敦的头！……"

　　胡来看到布包道："你打开！"苟解开布包，胡来由远到近细看道："乔老头？……是，是乔老头！太好了，发钱！"胡来兴奋地走来走去。

　　胡来之父胡欢走来，见众便道："大家好！"又问胡来道："你在干啥？"

　　胡来道："和你没关系，滚开！你再不滚开，老子对你不客气！"

　　胡欢若奴才似的道："是，我滚开，该对了嘛！"还满脸堆笑地往后退。

　　胡来对着布包道："你不是要找赵公明吗？老子现在要去找你的乔妹！走！"走出大门，与走来的乔妹相遇，便兴奋道："哎哟，乔妹，走吧，你爹在里头！"

　　乔妹大声道："喊他出来！"

　　胡来道："啊哟，你那么凶干啥？你爹死了！他的脑袋在里头！"

　　乔妹道："你杀了我爹？"

　　胡来道："对的，我杀了他！他要去找赵公明来收我的命！哈……他已到阎王爷那儿报到了！……哎呀，老子难得和你废话！进不进去？"

　　乔妹怒视胡来道："我要找你报仇！"

　　众吆喝！

　　胡来道："吆喝啥？"动手拉乔妹，触电似的倒翻几个跟斗，趴在地下。

　　众吆喝！

　　胡来吃惊道："不准闹！再闹，老子一个个弄死！"回望着乔妹道："怎么搞的，你是鬼呀？"

　　胡来爬起来，又不敢向乔妹靠近，便命令道："狗奴才，给我抓！"几个打手不敢动！

　　乔妹道："你不敢动啦？我来嘛！"她一伸手，胡来倒地；她一举手，胡来平升十米高；她收回手，胡来落地，一声痛叫。如此反复多次，胡来痛叫到快没命了。

　　乔妹吼道："苟不来，站出来！"苟不来一听，吓得瘫倒在地，乔妹一挥手，苟不来落地，又弹蹦起来；又落地又弹蹦，如此反复地在众人面前转了一圈，他痛叫不已。

　　众鼓掌道："活该！"……

　　胡来苟不来躺在了一起，乔敦和真乔妹站在二人面前，二人惊呆了道：

"你们！她？"指着收拾二人的乔妹，乔妹摇身一变，恢复到碧霄的真身！乔敦乔妹道："赵公明在这儿！"

赵公明道："乡亲们，对于祸害胡来、苟不来怎么处置？"

"打他们，打！"众人道。

赵公明道："胡来的父亲胡欢来了没有？"

胡欢紧张道："我……在这儿！"

赵公明道："你养了这样一条畜牲，疯狂地蹂辱民女，你知不知道？"

胡欢道："我不知道！"

胡来道："我有罪！对不起乡亲们啦！……为害社会，天地不容！"

胡欢哭道："但祸根在我身上！生子不教，危害乡亲，我妄为人也！我愿把我的收入奉献给大家，以求赎罪于百万分之一！"

赵公明道："欢迎！"

王麻子等六人掏出钱道："这是昧心钱，不该拿！"

众道："欢迎！"

请看下回"茶花开歌舞起财源滚滚"！

第二十七回　茶花开歌舞起财源滚滚

与赵公明对着干的人叫施乐，五十来岁，自封为音乐神。因为这位音乐神的绝对统治，全家人就有吃不完的苦——每年都弹尽粮绝，若不是外甥麻良麻姑送吃的来，其全家之生计就难以维持。现在，麻氏兄妹又行走在给舅舅送粮食的路上，麻姑见麻良累了，便道："哥哥，歇会儿吧！……"一歇下来，麻姑就牢骚道："唉！这个舅舅哇，真是怪得有盐有味！一家人倒不完的霉呀！……不行，必须把舅舅拉过来！要不然，舅妈，表哥表妹的日子怎么过？"

麻良笑道："嘿，舅舅那人，就是九十九头牛，也把他拉不过来！"

麻姑道："我说你这个哥太不行了！不相信自己，长敌人志气！"

麻良大笑道："哈！……你把舅舅当敌人了！"

麻姑道："就是就是！不跟着赵公明走的人，就是敌人！"两兄妹哈哈大笑。

赵公明和龙王周明走来，龙王问道："哥姐，你们这是干啥？"

麻良道："我舅舅家缺粮，送点过去！"

赵公明大叫道："哎呀，对不起，我怎么把你舅舅家的事，给忘了呢？这样，请你们兄妹等一等，我来组织一下，多给舅舅送点吃的去。"对民众的责任心，驱使他带龙王周明腾空飞走了。一转眼，他们又带着金霄、银霄、碧霄、巴石、牛冲、马路、朱三娃各背一箧，从空中飞来，降落于此。牛冲道："哎呀，我当神仙了！"

马路道："好安逸哟，腾云驾雾，云里雾里！"

麻良道："呃，公明兄弟，你让我也过一次瘾，飞到舅舅那儿去！"

麻姑阻止道："别忙！我那个怪舅舅，是天下第一怪人！这次去，你赵哥必须把怪舅舅改造过来，才行！否则，就不要去！"

牛冲道："不去，我们怎么过瘾？你豺狼姐也太狠心了！"马路等也闹起来。

麻姑道："好嘛，让你们过瘾！"转身对赵公明道："明说，改造我舅舅，我们全家已无用了，只有靠你了！"

赵公明道："到哪个山头，唱哪个山头的歌！预备，起！"所有的人腾空而起，麻良吓得直叫，麻姑扶着他，赵公明吹了口气，他就稳定了，但不敢睁眼，且道："过这个瘾，要短命！"众哈哈大笑往前飞去！

赵公山斜坡上一大片山茶花盛开，似若干彩色的云朵落于此，彩云边上镶有一座品字形的草房，中间一块大坝子，为一家人歌舞之场地。赵公明等人俯视山茶花，兴奋道："哎呀，山茶花，好漂亮啊！""好香啊！"……

麻姑道："这就是我舅舅家！"赵公明的队伍降落在草房外。听草房内传来吹埙的声音，这是施乐之作；有箫的声音，这是施肖在吹；有音色极美之女声，这是施畅在唱！听到吹的和唱的极不协调，麻姑等外行人，都一个个睁大眼睛道："哎呀，怎么那么难听啰？""各吹各，各唱各的！"……

一个老太婆背一捆柴走来，麻良道："舅妈，你砍柴呀？"追上去接过柴。"舅妈，怎么没精神，病了？"麻姑追上去搀扶舅妈。

舅妈苦笑道："是病啰！我啥病，你还不知道吗？"

麻姑道："对，你是心病！都是舅舅的怪毛病惹的！不要紧，这次我给你请来赵公明大哥，专门治舅舅的病！"

赵公明等道："舅妈好！"

舅妈道："好，大家好！这是赵巫师？"

麻姑道："对！舅舅的怪毛病，你对赵哥说一说，以便对症下药！"

舅妈苦笑道："说起来，怪老头也怪得很简单！这片地只准栽山茶花，不准种粮食。结果是四口人，顿顿吃红苕苞谷汤。吃完了就只有靠他们救济！"

麻良道："是嘛，我们几次建议，把栽的山茶花卖了，卖了又栽，栽了又卖，不断增加收入，改善生活，舅舅却不准！"

麻姑道："还有，种杂粮，栽山茶花和家屋事，全由舅妈一人包干，他和表哥表妹另有大事！"

舅妈道："他的大事是，两兄妹必须成天和他一起吹呀，唱呀，跳哇，叫什么高尚的艺术！好像是饿饭了，也还不断唱不断跳的人，才是高尚的人！"

赵公明道："好了，舅妈也该休息了！我们进去看看吧！"

舅妈及麻姑赵公明等悄悄走进院内。施乐独坐凳上烧水蒸，对站立一旁的施肖施畅吼道："站好！"施肖施畅看到麻良麻姑等来了，便欲上前迎接。见施乐斜视着他们，又不敢动了。犹豫了一下，施畅大胆地叫道："麻姑姐！"欲跑过去。施乐站起挡住！施畅道："他们来了哆嘛！"

施乐道："屁话！搞艺术，不应受外界干扰，这是规矩，你不懂？"

"舅舅！"麻姑叫着跑来，施乐转身举手道："站住！任何人破坏我的艺术生产，都是罪过！"并挥手示意离去！再手握埙，围着施肖施畅转动，吼道："我跟你们说过多少回，总和我不搭调！太不像话了！"说到此，他吹埙一次。这是他的习惯，不管啥场合，与谁对话，说几句都要吹一次埙。他接着道："我一再对你们讲，你爷爷是音乐之神，给我取名施乐，就是要我作音乐之神！"吹埙，道："所以，你吹你唱，当一切以我为中心，跟着神走，懂了没有？"又吹埙。

施肖、施畅道："懂了！"

施乐对施畅道："我再问你，温柔的女性该如何表达？来，看着我！"施乐哼唱着"关关睢鸠，在河之舟"，以女人舞步示范。与此同时，又间断性地吹埙。特别是唱道"窈窕淑女，君子好逑"时，走步子，扭屁股，递秋波，乃天下第一难看。当煞尾时，他吹着埙追上去，一往情深地盯着施畅道："看着我的眼睛！"继续吹埙扭动，施畅难受地躲避至施肖背后。"看着我！"施乐追过去，继续示范。施畅无法控制，狂笑起来！施乐吼道："不准笑！乱笑，就是对艺术的玷污！"施畅不笑了。施乐训导道："我刚才的示范，就是内心情感的表达！你再不照这个标准来，我对你不客气！又来！"埙和箫吹至歌唱时，施畅唱之舞之：

关关睢鸠

在河之舟

窈窕淑女

君子好逑

当歌至第三句时，施畅加快了节奏，唱出新的曲调，并骄傲地旋转起来。而埙和箫这两种乐器，对新旋律皆不能表达，施乐便生气地停吹。施肖吹的箫，则变成了有节奏的击拍。

施乐吼道："停下！"施畅不理，又从头唱之舞之，施肖则吹之伴之，施乐吼叫着追之打之。

施畅则疯狂地唱着舞着，施肖亦吹箫击拍，与妹妹愉快地舞蹈起来！……

其实，这是一段很美的歌舞小品，故麻姑们在一旁观看鼓掌，高呼着："好啊！好听，好看，太棒了！……"

"麻良哥！麻姑姐！"施畅兴奋地向麻姑跑来！

"麻良哥！麻姑妹！"施肖也高兴地向麻姑队伍跑来！

麻良麻姑叫道："舅舅！"

赵公明等也叫道："舅舅好！"并集体敬礼。

施乐不予理睬，麻姑叫着向施乐奔去："舅舅，我们来看你！"施乐威严地哼了一声，举手制止，麻姑站立不快。施乐对施畅道："这首歌，是表达女性的柔美，我刚才给你示范了，你为啥不照着来？"吹一次埙。

施畅辩解道："君子向我求爱，我该忸忸怩怩，矫揉造作？哼，我是美丽的茶花女神，我旋转我骄傲！在那些人不人鬼不鬼的小伙子面前，我不该骄傲吗？"

施乐道："你胡说！搞得施肖也跟着你跳！不像话！"

麻姑道："施肖哥哥，你跟着妹妹跳，很痛苦吧？"

施肖道："哪儿啰！只有这样跳我才高兴！"

施乐道："放屁！你已经没有了旋律，完全是打鼓，赶节奏！"

施肖道："是嘛，箫和埙吹起来，只能为快节奏击鼓！"

施乐气急道："你们，完全跟老子唱对台戏！这个音乐神你们来当！"

麻姑俏皮道："舅舅，别生气！这个音乐神，只有你才能当！他们肯定是没有资格的！他们肯定错了！错了没有？说，快说哇！"且不断吼叫，挤眉弄眼。

施肖施畅道："错？……好嘛，就算错了嘛！"

麻姑继续训道："你们说，是不是想抢个音乐神来当，唉？"

施畅道："不想！没资格！"

"啊，这还差不多！"麻姑对施乐道："舅舅，他们认错了，该对了吧！"又拉着施乐的手，撒起娇来："舅舅，你这个音乐神好伟大哟！侄女我……

我想当一当！……业余的音乐神！"她对众人煽动性地吆喝起来：嗨哟！嗨
哟！……

　　天蓝蓝，地蓝蓝
　　山茶花开红艳艳
　　你也唱来我也跳
　　争当小鸟飞山尖
　　管风雨，管雷电
　　茶花歌舞换新天……

　　在此节目中，赵公明吹笛子伴奏。麻姑欲拉舅舅同歌舞，舅舅不高兴一甩
手，麻姑则腾空而起，三霄亦随之升空，似小鸟飞行于山茶花之上。

　　龙王周明升空旋转于高处，保卫着山茶花。

　　施畅施肖巴石等凡人，均唱跳着穿行于花丛中！美丽极了，欢乐极了！歌
唱反复的过程中，施乐老头则一手执棍子，一手握埙，追打着吼道："不准乱
跑！山茶花是我的命！糟蹋了山茶花，就是要我的命！……"

　　麻良叫道："舅舅，别绊倒！"追去保护施乐！突然，施乐绊倒了，压在
一窝山茶花上，埙飞至远处悬空不动。施乐哭喊道："哎呀！我的山茶花，我
的埙呀！……"音乐戛然而止，美妙绝伦的又一段歌舞至此而终！

　　"舅舅，你看！"麻良扶着施乐，指着悬空的埙！施乐颤悠悠走过去，吃
惊地围着埙转圈，欲动又不敢动："不掉地，怪了！这……"麻良在施乐耳边
小声道："舅舅，多半是神仙在保佑你！"一伸手拿过埙，施乐接过埙，使劲
地吹起来，最后又伤心地叫道："山茶花，我的心肝宝贝呀！……哎呀，我的
山茶花，被他们遭蹋没有？不行，我要去看一下！"麻良搀扶着施乐向山茶园
走去。……

　　施畅抓住麻姑道："姐姐呀，刚才的歌唱，是我最快乐的一次！我谢谢你"

　　施肖道："我也是！你一带动，我们好像就获得了自由；一自由了，想象
就展开了；一展开想象，旋律就活泼悠扬，舒美极了！谢谢妹妹！"

　　施畅道："姐姐呀，我们完全是爹手中的木头人，叫我们往左，就不敢往
右！"

　　麻姑道："就像泥巴人，随手乱捏，猪头狗脑，牛头马面他也觉得美！"

　　施畅道："是呀！姐姐呀，救救我们吧！"

　　麻姑道："别急！赵哥就是来救你们的！"

　　施氏兄妹抓住赵公明，就跳起来道："真的呀？赵哥，我谢谢你！"

　　赵公明笑道："共同努力吧！看一看老人家再说！"

施乐走着，重复一句话："山茶花，我的心肝宝贝，你没有受到伤害吧？"……

突然，漂亮的女神在云头上道："放心吧，我没有受到伤害！"

施乐惊奇地望着天空道："你是花神吧？"

花神道："是的，我是山茶花神，谢谢你对我的厚爱！但是，你的厚爱又使我难受！如何才使我不难受呢？这就是你要办的大事！要是办不好，我对你不客气！"花神一举手，施乐升至空中，在山茶花上空巡视一圈，然后至众人之上空，再落地，花神隐去！"舅舅！"兴奋的人群将施乐围起来。施乐从未有过的高兴，骄傲地走来走去道："哈，花神要求我办一件大事！……"

众欢呼，碧霄吆喝，赵公明吹笛，众将施乐抬起后，又跳皮鼓舞，歌词道：

欢天喜地花神来

手拉手把舅舅抬

花神指出办大事

何为大事诸君猜

一条大路光灿灿

坎坷小道长青苔

诚望舅舅选好路

财源滚滚幸福来

施畅道："爹，花神说的是什么大事？"

施乐道："很清楚，你们走的是，长满青苔的坎坷小道，我走的是阳光灿烂的大路！"又吹埙，接着道："花神要求我把可怜的你们，拖到我这条阳光大道上来！哈！……"吹着埙，蹦跳起来，众惊！

舅妈喊道："吃饭啰！"

施乐高兴道："走，吃饭去！一边吃，一边向你们讲我的安排！"走进大厅，发现了摆在一边的背篼，他打开看了看，往里走去。里间大桌上摆满了鸡鱼鸭肉，施畅抓起就吃，道："爹，鸡鱼鸭肉，我们哪年才能吃哟！快，快吃！"

施乐道："别忙！这是哪里来的？"

舅妈道："麻良麻姑他们送来的！"

施乐道："他们送来的他们吃！施肖施畅不准吃！志士不饮盗泉之水，君子不吃嗟来之食！那些背篼里的东西也背走！"

麻良阻止麻姑道："舅舅，亲人之间相互关心，不应该见外呀！"

巴石道："舅舅，那些，是我们的乡亲们主动献上，以体现相互关爱！"

施乐道："我说过，吃嗟来之食者，非君子也！"

麻姑道："舅舅，赵公明赵巫师，分配给你们的，不行吗？"

施乐道："巫师是干什么的？"

麻姑道："哎呀，舅舅哇，巫师就是国王！这个赵公明巫师就是国王！"

施乐道："国王到我这儿干啥？"

麻姑道："给你送这些食物来，就是代表国家对你全家的照顾！"

施乐道："国家凭啥照顾我！"

麻姑道："凭啥？凭……凭舅舅你是音乐神！"

施乐道："我是音乐神，这不假！可国王知道吗？"

赵公明道："舅舅，你是音乐神，我听麻良哥说过！也知道舅舅，成天忙于对音乐的研究！我们送食物来，就是对舅舅工作的支持！"

施乐道："谢谢你们的支持！但鸡鱼鸭肉属于你们，吾之主食乃红苕稀饭矣！"走了几步，又回头道："孩子他妈，施肖施畅，你们统统出来，等他们吃完了，我们再吃红苕稀饭！"

众追到坝子里。赵公明道："舅舅，这样行不行，我们背来的东西，不是送给你们的，就当是我们的钱！我们再用这些钱，买你们的山茶花！"

施乐道："你说啥？再说说！"

赵公明道："我们买你们的山茶花，让山茶花栽满赵公山，赵公山成了山茶花的天下！这样，山茶花的赵公山，就成了人们喜爱的乐园！各地人们来观赏山茶花，欣赏舅舅创作的音乐，那不是天大的好事！"

施妈道："太好了！太好了！"兴奋地从施乐手中夺过埙，吹了几下。

施乐夺过埙道："请你注意修养！你们的国王是叫我作商贾！我堂堂一个音乐神，丢掉高尚的艺术，去作劣等的商人，真乃有辱斯文矣！"

赵公明道："舅舅，我是说，山茶花需要扩大生长的范围，这是人们的希望！音乐艺术也当从小家庭，走向大社会，这才能体现出艺术的价值！舅舅是音乐神，好多人并不知道！只有……"

麻姑抢话道："是嘛！大量的人不知道你是音乐神，也就无法承认你是音乐神了！你这个音乐神又有啥意思？"

施妈道："自己封的音乐神，关在屋子里，等于圈圈！"

施乐对每个说话者使劲吹埙，打断其话道："住嘴！我这个音乐神，是先人给的！是美丽的山茶花给的！我这个音乐神，是按山茶花神的旨意，迈步在阳光大道上！嗨哟！……"他兴奋地吹埙跳起来。

麻姑道："舅舅，山茶花神指出的路，就是赵巫师所说的：把山茶花卖出

217

去！”

施乐吼道："打胡乱说！我——不——听！"继续吹着蹦跳着。

施畅抓住麻姑道："姐姐，我们怎么办啦！……"施肖也在一旁唉声叹气，麻姑等也盯着赵公明。赵公明道："别急！我有办法！"小声交待，众高兴。

施乐停下来，看了看麻姑等，转身过去，背对着众吹埙。先是一次长音，施妈道："这是叫我的！"向施乐走去。施乐又吹两次短音，施畅道："这是叫我和哥哥的！"与施肖向施乐走去。

赵公明暗示麻姑，麻姑大声叫道："舅舅，我们走了！"

"把背来的东西背走！"施乐道，并不回头

麻姑道："好！再见！"赵公明双手一挥，施展隐身法，使其队伍瞬间消逝。

"哎哟喂呀……"施畅施肖按照赵公明的安排，以饥饿者的姿态，长声地呻吟起来，像兄妹二重唱。施乐便道："精神垮者，非吾施家人也！"

施妈亦按赵公明的设计，假笑道："我的精神没垮，算你施家人吧？"

施乐高兴道："很好！这就是标准的施家人！"

施妈笑道："哎呀呀，跟了你几十年，才第一次当个标准的施家人！我好幸福啊！"夺过施乐手中的埙吹起来，请示道："请问音乐神，对卑职有何指令？"

施乐道："你回去煮吃的！"

施妈嘲笑道："呃，你也想吃东西？庸俗之极也！在你这个伟大的音乐神带领下，一家人都献身音乐，还吃东西干啥？"对施畅怒吼道："起来跳哇，施肖快点吹呀，不吹牛不乱跳，对不起音乐神啦！……"拉施畅起来，又吹埙，施畅喊道："哎哟喂呀！……我饿！"边唱边倒地。

"不准喊饿！"施妈吼道，将埙抛至空中，埙悬而不落。施乐伸手欲拿埙，施妈又上前将埙抢到手后，盯着埙怒吼道："音乐神啦，你要把我们三娘母饿死啊！"又高高举起道："我！我！……硬是想把你砸个稀巴烂啦！"欲砸。

"别！别砸！不准砸！"施乐紧张到全身发抖，一步一步地靠近，猛地将埙抢到手，冷静道："奇怪呀！你如此这般，几十年第一次，呃，你仗谁的势吗？"

施妈道："我仗赵公明的势，又怎么样？"

施乐笑道："哈，我是音乐神，他赵公明算啥？"

施妈吼道："呸哟！你厉害，我惹不起你！"又拱手大声道："赵公明！快来收拾这个老怪物吧，我求求你了！"回到屋，麻姑送肉来，施妈吃起花儿开。

施乐对施肖施畅大笑道："哈，你们的妈，拿赵公明来吓我？无聊也！"

施畅唱道："高尚的爹呀，女儿呀，饿了呀，就没见地了！哎哟喂呀，……"

施乐安抚道："乖乖，你们俩呢，到门口坐下，听我和你们对话，就不饿了！"

施畅施肖相互搀扶着，走到门口坐下，麻姑给端来肉道："你们快吃，舅舅看不见！"与之耳语，二人又吃又笑。

在这个过程中，施乐吹埙之旋律时而清风徐来，时而泉水叮咚；又像是对亲人的思念，又像是对所爱之追寻；……婉转动听，悠远深沉，使人回肠荡气，百听不厌！说施乐为音乐神，实乃当之无愧也！音乐止，施妈三母子有气无力地齐声吆喝道："喂！……"施乐转身，见母子三人用手比画示意：吃饭了。

"哈！……"施乐大笑走来道："你们啦，……嘿，这么美妙的音乐，你们听了都还没精神！看来，尔等与艺术的距离还不小哇！"

施乐精神唤发地走到餐室，到小桌前坐下，见施妈三母子趴在桌上，便道："你们……盯着我的碗，有啥宝贝？"用筷子挑了一下道："一根红苕！你们呢？"

施妈道："只剩下你碗里那一根了！我们三人只有喝白开水了！"

施乐道："既然这样，你们三人分吃这根红苕，我喝水就行了！"

无力的施畅走到鱼肉桌前道："音乐神爹，我们……吃这个算了嘛！"

施乐追过去道："别动！你们要努力争取当君子，回去吃红苕！"

施妈道："呸哟！只有一根红苕了，怎么办？"

施乐道："你问我干啥？我们有明确分工嘛，解决吃的，由你管啦！"

施妈道："既然我管，我就按赵公明说的做：卖山茶花，再拿钱买吃的！"

施乐道："你又唱赵公明调了！卑俗之人，金钱第一也！……"

施妈抢话道："我要活命第一！"

施乐道："我身为君子，当脸面第一呀！我的妻子成商人，我的脸往哪儿放？"

施妈道："你的脸面，饿死我们三娘母，就是你的脸面啦！"

施乐道："言之过也！胡说也！呃，你怎么那么没修养呢？一张口就离不开一个饿字！"赵公明对施乐吹了口气，"哎呀！"施乐惊叫一声，双手摁着肚子，两腿无力颤抖道："我肚子……快点！我要那个！"施肖背施乐往茅房跑去。

麻姑安抚道："放心，没事！舅舅很快就要投降了！舅妈，妹妹，抓紧吃！"

两母女高兴地道："都吃饱了！"

麻姑道："注意，要把舅舅的胃口调起来，想方设法让他吃！"

施妈道："让他音乐神完蛋！"又快乐地与之耳语。

施肖将施乐，放于小桌前的长椅上道："爹的肚子像水一样，全拉空了！"

施妈道："不要紧，肚子拉空，精神还在呀！"

施畅道："爹，快来吃鸡鱼鸭肉啊！这么多东西，使劲吃呀！"

施乐微睁双眼道："不行！我要的……纯洁的白开水，与我君……君子之高……高尚之情操相……相吻合也！"闭着眼睛，伸手乱舞，寻找埙。

"这儿！"施畅送一个鸡腿过去，施乐抓过来当作埙，吹了两下无声音，再用鼻子闻了闻，睁开眼道："庸俗也！拿开！"施畅接过鸡腿。

"这儿！"施妈送过来一条鸭腿！施乐接过鸭腿，闻了闻，想吃又不敢吃，便当埙吹，又吹不出声音，睁眼看了看，叫道："我的艺术呢？"

突然，赵公明挥手，满桌的肉，飞到施乐旁边的小桌上，白开水飞到大桌上。施妈指着鱼肉，送一双筷子给施乐道："拿着！这才是你的艺术！"

施乐一看道："非艺……术也！我的，白——开——水呢？"

施畅指着大桌子道："爹，你的白开水艺术在那一桌！"

施乐道："抬……抬我过去！"

施妈道："抬啥哟？你的精神又没垮，还不能走到哇？没问题，快走！"

"哼！"施乐不满地赌气站起来，迈一步就倒下，被儿女扶到大桌前。

突然，麻姑暗示，施氏三母子同声唱道："哎哟喂呀！我要饿死了！"……赵公明吹口气，鸡腿鸭腿悬于施乐及妻儿们上空，伸手可及也！施妈三人道："救命神来了！快吃呀！……"

施乐闻到香气，睁眼看到鸡鸭腿道："这是救命神吗？非也！"

施妈三人道："不，这正是我们要的救命神！对不起了！"

施乐道："啊呀呀，败我家风也！"上空的鸡鸭腿，在他脸上嘴边碰撞，他欲伸手欲张嘴，又自我控制，不断嚥口水。施妈道："我们都吃胀了！来，我喂你！"

施乐道："去！吃嗟……嗟来之食，何谓君……君也……子也！"

"管你肝子幺子（猪肾）还是猪蹄子，我偏要喂你这个饿君子！"施妈撕一坨鸡肉，见其闭嘴，咯吱其腋下，趁其张嘴塞入内，且大声道："你不吃，饿死活该！我们三娘母却不愿赔命！"施乐含而不动，抬头环顾。施畅道："爹，你吃嘛！没人看见，有啥丢人的嘛！"施乐的喉头蠕动了几下，一皱眉，咀嚼几下，又吐掉了。施妈道："好嘛，你要死是你的事情，我不管哈！我告诉你，山茶花是我一个人培育的，为了保证我们三娘母活命，我要卖山茶花！"

施乐突然来劲道："不行！山茶花神对我们那么好，怎么能卖呢？"

施妈道："不卖，我们怎么活？走，买主在外面等我们！"

施乐宣誓道："你要卖山茶花，我就死在你面前！"

施肖跑来道："爹，妈，山茶花已经恹了，要死了！"

施乐叫喊道："快，快抬我出去！"施氏兄妹抬施乐至山茶花旁边，施乐伤心跪地哭喊道："山茶花神啦，我还没有照你说的办，……我对不起你呀！……"

突然，山茶花神出现在上空道："施乐，你错了，赵公明才是对的！我要你办的事情，就是按赵公明说的去做！你懂了没有？"

施乐道："啊！我……我错了？"

花神道："你不让山茶花开满赵公山，我很难受！你不把你的音乐推向老百姓，就是天大的错误！你说，错了没有？"

施乐道："我，我真的错了？……"

花神道："你一个人占有山茶花，我不答应；对音乐你自我封闭，老百姓不承认，意义何在？你要是不改，我就把这些花带走，让你永远见不到山茶花！"

施乐道："我改！一定改！按赵公明说的做！"

山茶花神手一挥，山茶花又活了！"舅舅！"赵公明麻姑等叫着向施乐跑来！

碧霄又放开嗓子吆喝起来：

嗨哟！……嗨哟！……

欢天喜地花神来

赵公山上茶花开

一条大道光灿灿

迈开大步往前迈

兄弟姐妹齐努力

221

财源滚滚进山寨

又唱歌来又跳舞

赵公山人乐开怀……

歌声中——山民们纷纷前来买山茶花，山茶花开满赵公山；施肖施畅同时举行结婚大典，赵公明吹笛，施乐也跳起皮鼓舞来；施乐带队行走在山茶花中……

钱旺才道："赵公明与山茶花神配合，改造了一个顽固的音乐老夫子，给人们带来了极大的愉快和享受！然而，赵公山人的信仰与需求，却被已消灭的鬼国之另一股残余势力利用，又掀起了一个大的波澜，又引来一个精彩的故事。请看'团结警惕才能开花结果'！"

第二十八回　团结警惕才能开花结果

今天，是赵公明下属范里长的生日，百姓们纷纷前来为之祝寿。此时，小巫师正闭眼叨念道："凡人范贤的四十寿辰，在此祝寿，差之千里矣！若能在赵公山山顶，后羿墓旁修一坐寿财殿，范贤每年在寿财殿庆祝生日，则长寿八百岁，金银财宝堆积如山矣！"

范贤兴奋激动，众惊叹，交头接耳。小巫师道："此寿财殿不单属范贤一人，当为范贤之臣民所有！男女老少皆可在此寿财殿过生日！若此，每人活到七、八百岁，家家发大财，实乃天神所赐矣！"

众人兴奋激动，随范贤磕头道："感谢天神保佑！"

小巫师道："凡夫俗子们，按神的意志行动吧，否则，休想长寿发财也！"

众道："感谢天神对我等的关爱！"

范贤道："我等一定要按天神的意志行动！在赵公山山顶修一座寿财殿！"

小巫师道："明日上午，范里长随我至山顶测定寿财殿之殿基！"

今天，是赵公明下属熊里长大寿，故老百姓纷纷前来祝寿。此时，小巫师正闭眼叨念道："今日是凡人熊胆的四十三寿辰，在此庆祝并非最佳之地也！聪明人当在赵公山山顶，后羿墓旁，修一坐寿财殿，熊胆的生日在寿财殿庆贺，少说也当活一千岁，家中金银财宝堆积如山也！"

熊胆兴奋激动，众惊叹不已。小巫师道："此寿财殿不只属于熊胆一人，当为熊胆之臣民所有！男女老少皆可在此寿财殿过生日！若此，每人活到四、五百岁，家家发大财，实乃天神所赐矣！"

众激动，随熊胆磕头道："感谢天神保佑！"

小巫师道："凡夫俗子们，按神的意志行动吧，否则，休想长寿发财也！"

熊胆道："我等一定要按天神的意志行动，在赵公山山顶修一座寿财殿！"

小巫师道："明日上午，熊里长随我至山顶测定寿财殿之殿基！"

次日上午，赵公明带众神，在赵公山山顶祭奠后羿，点蜡烛，烧钱纸，赵公明带头跪下，众随之下跪。赵公明道："我们祭奠后羿先神，不为自己，专为民众排除障碍而行动，为民众团结友爱发财而生存！这就是后羿精神！我们要发扬后羿精神，为父老乡亲团结友爱发财奋斗终身！"

众道："发挥后羿精神，为父老乡亲奋斗终身！"

祭祀完结，赵公明道："啊，有人来了，大家散开，看一看！"众仙隐去。

范里长及两个老者随小巫师来到此处，范里长道："小巫师，请歇口气！"

小巫师道："不用了！为了让你们长寿发财，我累死累活都愿意！"

范里长感动万分道："谢谢小巫师！请小巫师指点，寿财殿建在哪个位置好？"

小巫师左看右看道："坐南朝北，是风水的要害！你们只要跟着我走，保证你们长生不老，财源滚滚！来，跟我走！"他合手胸前，迈一字步往前扭动道："和我迈一样的步子，求其高度的一致，方可达理想之境界！"范里长及两个长胡子老者，迈一字步，虽丑态百出，但其认真之精神则感人至深。小巫师道："我带着你们走过的地方，就是寿财殿的墙基。于后天午时，准时破土开建！"众兴奋，小巫师强调道："在此过程中，如果有谁和你们过不去，就和他们斗到底！即便是鲜血长流也绝不让步！"

范里长道："对！在这个问题上，即便是你死我活，我们也绝不后退一步！"

小巫师道："好了，你们回去吧！"范里长等兴奋地往回走了。小巫师离去。

赵公明问大家道："大家看出什么问题没有？"

龙王道："为啥要说鲜血长流呢？"

金霄道："我看关键是小巫师！"

赵公明道："对！说不定，问题就在小巫师身上！"

223

从另一个方向传来吵嚷声，赵公明道："熊里长他们来了，散开！"

熊里长及老者老太婆，陪小巫师又来到后羿墓旁，二老喘不过气来，瘫坐地下。小巫师道："为了你们的长寿富裕，我是累死累活都愿意！"

熊里长感动："多谢！"

老太婆道："哎呀，巫师都不怕累，我等还坐着，不像话！……老哥，快起来！"向老者伸出拐杖，一拉，二人均坐地道："哎哟，朽木不可雕矣！"

小巫师道："此话差矣！寿财殿一落成，保证还你们青春！给你们金银！"

二老激动道："多谢！多谢！"二老立即翻身磕头作揖，再慢慢起立。

熊里长道："谢谢小巫师！请小巫师指点，这寿财殿建在何处为好？"

小巫师东看西看道："寿财殿当坐南朝北！只要你们跟我走，我保证你们长生不老！来，跟着我走！"他合手胸前，迈秧歌的步子，按照为范贤设计的殿基线路行走。熊里长及二老扭不来秧歌，老太婆道："小巫师，我冒犯一下，你的步子，能不能教我们一下？"小巫师道："很好！看来你们很有诚意！来，进三步，退一步：一、二、三四！……"二老弓腰驼背，要多难看，有多难看，但其诚意却使人感动。小巫师道："我带着你们走过的线路，就是寿财殿的墙基。后天午时，准时破土开建！在这个过程中，有谁和你们作对，就和他们斗到底！即便是鲜血长流，也绝不让步！"

熊里长道："对！在这个问题上，即便是你死我活，我们也绝不后退一步！"

听到以上对话，龙王道："问题严重！在同一个地方，叫两家来争斗"

麻姑道："安心来一个你死我活！"

赵公明道："说不定，他的目的是针对我们来的呢！"

众道："马上揭穿他！"

赵公明道："别忙！我的意见是，龙王兄弟跟踪小巫师看一看再说！"

小巫师飞进山洞，龙王跟后。山洞里一群山妖聚集于此，中间摆了几桌酒席，头人居中，小巫师赶来磕头道："报告头人，部下部署完备！"

头人高兴道："好！快请起，弟兄们，到时候，我们分两部分人，混进去，选时机大开杀戒，杀死赵公明，赵公山就是我们的！"

龙王在隐蔽处观察这一切，回到家禀报完了后道："他们要大开杀戒，我们也不能手软！"

赵公明道："好！我的意见是麻姑、金霄、银霄、龙王兄弟到范里长那边；我们就到熊里长这边。先不要亮身份，混在其中，见机行事，不能让任何一个乡亲受到伤害！"

范里长在斜坡上，汇聚了两千余人，携带锄头棍棒，还抱着牵着背着几岁的小孩。范里长道："乡亲们，今天之所以邀集大家一起去，是因为寿财殿的破土，牵涉到我们世世代代，长寿发财幸福！"他举起缠绕有红绸的锄头道："这是我们德高望重的吴大爷，准备的破土专用锄！红色就是兴旺长寿！感谢吴大爷！"

众道："感谢吴大爷！"

范里长道："一破土，吴大爷就要年轻三十岁，对不对呀？"

众道："对！吴大爷越活越年轻了！"

众笑，纷纷与吴大爷打闹起来。"等一等！"袁大爷喊叫着跑来，后面跟一长串山民，背有鸡鱼鸭肉等熟食，和跟斗酒。袁大爷道："今天，是我的孙子一周岁的生日！到了山顶，请大家痛痛快快地吃一顿，喝一台！"

范里长道："袁大爷的孙子，算寿财殿破土的第一人，太好了！"

众道："袁家人太有福气了！""不，袁家人略带仙气也！"……

袁大爷激动道："谢谢大家！我袁家人沾大家的光，沾赵公山的光！"

范里长道："父老乡亲，目标赵公山山顶，出发！"众吆荷着，嘻嘻哈哈上山去。麻姑、金霄、银霄、龙王混于其中，一部分山妖混于其中。

熊里长在大坝子里，汇聚了一千余人，男女老少均握棍棒锄头，不少的妇人，还抱着牵着背着几岁的小孩。熊里长道："乡亲们，寿财殿的破土，与每一个人，乃至子子孙孙的寿命长短，金银多少直接关联！"他举起缠绕金红两色绸的锄头道："为此，我们特请德高望重的龚大爷，准备了破土专用锄头，感谢龚大爷！"

众道："感谢龚大爷！"

熊里长道："红色代表长寿，金色代表富有，愿每个人长寿健康，发财多福！"

众道："家家发财，个个不老！"

"等一等！"方大爷叫着跑来，后面跟一长串背有鸡鱼鸭肉熟食，和跟斗酒的山民。方大爷道："今天寿财殿破土，恰逢本人五十大寿，我准备了酒菜，到了山顶，请大家为我喝一杯！"

熊里长道："方大爷成了寿财殿，破土的第一寿辰人，算方大爷的福气呀！"

众道："祝方大爷长寿发财！""方大爷福如高天，寿比赵公山！"

方大爷兴奋道："谢谢大家！我方某沾赵公山的福哇！"

众为方大爷鼓掌欢呼。熊里长道："乡亲们，目标赵公山山顶，出发！"众欢闹着上山去。赵公明、碧霄、周明混于其中，一部分山妖及其头人亦混于其中。

范里长的队伍打打闹闹上山途中，外号叫猪儿的年轻人，一直在老年人朱大爷屁股后面转悠着，叨念道："朱大爷，你老人家给我讲故事嘛！"

朱大爷累得气喘吁吁，坐一旁对猪儿吹了口气道："哎哟喂，你……你个小猪儿，拱得我老朱，要翻到崖底下了哟！"

猪儿蹲下道："好了，不拱你了。来，我抱你大腿，总安逸了嘛！"

朱大爷等哈哈大笑起来道："嗨，安逸，有根猪儿抱本大爷大腿了！"猪儿抬起朱大爷的腿，致使朱大爷从坐处倒地。"哎呀！"众赶忙搀扶朱大爷。朱大爷道："猪儿娃娃，你把老子整散架嚯，赵公明要找你算账的哟！"

猪儿道："对不起，朱大爷！我抱你大腿，是想照顾你哆嘛！"

朱大爷道："呸哟！你还不是想本大爷给你讲故事！是不是这样？"

猪儿傻笑道："是，又怎么了？"又按摩朱大爷的腿讨好道："你老人家天天都给我们讲故事，好舒服哟！你就讲赵公明嘛！你想嘛，听了赵公明的故事，脚一伸，就到了赵公山山顶！好安逸哟！"

朱大爷道："哈……！听了赵公明的故事，不只是脚一伸到山顶，而且要多活一百岁！"众围过来听。

猪儿道："那你就快讲快讲嘛！"

朱大爷讲道："这个赵公明……不讲了！你答应背我上山顶，我才讲给你听！"

猪儿道："啊！好嘛，我背你上山，你一边走一边讲！"

朱大爷道："好嘛！……啊，还不行！这个寿财殿修好以后，你在寿财殿做生日，就要多活三百岁！你必须答应分一百岁给我，我才讲！"

猪儿道："啊！我不干！"

朱大爷道："傻瓜，听完赵公明的故事，你就成了半个赵公明了！人家赵公明，大公无私，一切都为老百姓考虑！你分一百岁给我都舍不得，连赵公明的边都挨不着，还想当半个赵公明！休想！"

猪儿道："好嘛，分一百岁给你嘛！"

"这还差不多！哈，小猪儿背老朱了！"朱大爷一到猪儿背上，讲道："这个赵公明……"话音刚落，猪儿就趴在地上，众哈哈大笑。

范里长道："快走啊，午时快到了！"突然，一山妖趁人不注意，抓起猪儿往崖下扔去，猪儿叫，众也叫！突然，猪儿在半空中转了一圈，又回到人群中。众惊喜道："猪儿，你怎么了？"

猪儿吓得魂不守舍，朱大爷诓道："乖乖，不怕，有本大爷在，不要怕！"

范里长道："乖猪儿，大家都在，你别怕！"

朱大爷道："来，乖猪儿，我给你讲赵公明的故事哈！"

猪儿道："我……有一个人对我说：兄弟，别怕！一下就回到这儿了！"

朱大爷道："肯定是赵公明救了你！"

众道："就是就是，就是赵公明！"……

猪儿笑了，笑得很天真道："赵公明救我了！"

朱大爷道："是呀，小猪儿腾云驾雾飞空中，成神仙啰！"

猪儿笑道："嘿嘿，赵公明救我，成神仙了，我成神仙了！"

朱大爷问道："呃，是哪个把你甩下崖的？"

猪儿道："我怎么知道呢！只感觉有人抓我！"

麻姑指着一山妖道："猪儿是他甩下崖的，我亲眼看见！"

山妖道："我没有！她诬蔑我！"

麻姑道："大家看，他是哪家的人？"

众道："不认识！他不是我们乡里的人！"山妖狼狈回避。

麻姑道："好了，大家走吧！"

众又往前走，山妖亦埋头往前。突然，麻姑给龙王一个暗示，龙王远距离一挥手，山妖被扔到了空中，落入深渊，其叫声惊动了大家。众人相互盯视，相互问道："是谁处理了这个人？"

众道："肯定是赵公明处理他！"……随行的山妖们心中恐慌起来。

金霄道："大家注意，警防有坏人倒鬼！"

范里长道："对的，大家小心一些，手拉手往上走！"

熊里长的一长串队伍，嘻嘻哈哈往上行动。有人对着山林叫道："我们要修寿——财——殿！""有了寿财殿，本大人要活一千岁！""我就是亿万富翁！""我要天天和赵公明大爷，一起喝酒吃肉啰！哈……"

要上山过生日的方大爷，始终处于兴奋状。他对众道："乡亲们，累了歇一会儿，饿了就吃东西，我这儿有的是！"

众道："我们不饿！""方大爷，到了寿财殿，我们要把你吃空，吃垮！"

方大爷道："吃不垮！我当活五百岁的老神仙，亿万富翁，还怕你们吃

227

吗？"

众大笑道："祝你活一千岁！"

方大爷道："谢谢大家了！"一山妖上前，抓起一支卤鸡欲吃！方大爷抢过鸡道："兄弟，你拈这些小砣的，这支鸡到了山上，我砍成砣砣以后再吃，好不好？"山妖不满地抓了几砣吃起来。方大爷道："兄弟，不是我们这里的人吧？"山妖不语地离去。众用异样的眼神盯着山妖，山妖感到几分尴尬。方大爷友善地跟上喊道："兄弟，你不要误会！我没别的意思，……你再吃嘛！"山妖从众人的眼里消逝。赵公明给周明一个暗示，周明跟了上去。

碧霄道："为了方大爷的生日，我们来唱歌吧！"：嗨哟！嗨哟！……

甲方：你姓啥？乙方：我姓任

啥子人赵公山人

赵公山人爱什么

爱上山爱下河

手中出金银心中穷欢乐

爱做善事爱积德

家家不愁吃个个笑呵呵

这才是包容和谐的赵公山之歌

这才是价值无穷的财富之歌

歌声中，熊里长一群人，一边唱，一边跳，不断地往上攀登！歌声一完，趁人不注意，吃卤鸡的那个山妖，从背后给方大爷一刀刺去。就这一瞬间，周明的手一扬，山妖手中的刀便往高处举起，刀尖对着他自己的胸部。周明的手往下一压，山妖的刀刺进自己的胸膛，惨叫一声倒地。众人并未发现这一过程，只看到鲜血直流的山妖倒地，众吃惊道："怎么的？呃，他怎么死了呢？""哎呀，是不是抓了一支鸡，觉得无脸见人啰？"……方大爷心中不安，便拿出一只鸡，道："兄弟，送你一支鸡，好好享受一下吧！"欲将鸡放死者胸部。

碧霄抢过鸡道："不要把鸡整脏了！他莫名其妙地抢鸡，莫名其妙地自杀，跟你有啥关系？说不定，他还想杀你呢！"

方大爷道："他想杀我？不可能！"赵公明与周明对了一眼，摇摇头。

熊里长道："好了，不说了！走，上山！不要耽误了修寿财殿的事情！"

范里长的人马到了赵公山山顶，皆为自己当长寿致富而兴奋，唱闹不已也。年轻人甲弯腰驼背，装成一老者，咳咳咔咔道："孩子们，我已经八百岁了，金银财宝压驼了我的背！你们快跪下，为我磕头！"

年轻人乙道："不对不对，你怎么能是驼背子呢？既然是因寿财殿而长寿发财的人，应该是永远年轻嘛！看着本大人！"他挺着胸，叉着腰，迈着八字步道："孩子们，你们看我这个千岁老人，有多大年龄？"

年轻人丙道："你说一千岁哆嘛！"

年轻人乙道："我是说，看我这个样子有好多岁！"

年轻人丙道："两千岁！"

年轻人乙道："呸哟！哪个傻瓜才说我大于三十岁！"众哈哈大笑

范里长带着袁大爷等长者，沿着小巫师走的线路走，发现已成了一根线，他吃惊道："吧，怎么搞的呢？怎么有根线呢？那天，走了一圈，没有画线哆嘛？"

众问道："是不是画了线，你搞忘了？"

那天同行的二人道："肯定没有画线！再说，那天我们啥也没带！"

众感到神秘了，袁大爷道："神了！小巫师走一路就成线，说明小巫师指出的路，是神仙的路！修寿财殿，真是神的意志！"

众兴奋道："神仙在保佑我们！""我们绝对要活几百岁！""说不定，小巫师就是神仙！""感谢小巫师！"……

范里长道："太好了！小巫师肯定是神仙！算我们的福气呀！"

熊里长的队伍已经靠近，听到山顶的人声，一人道："山上有人！"

熊里长道："大家走快一点！"

范里长看看天色道："午时到了！这样，把袁大爷的孙子放在这画线的中间，一起为他做生。大家说，对不对？"

众道："对！沾一点幼童的仙气！""喝一口童尿，要多活一百岁！"袁大爷高兴地把孙子抱到画线的中央，幸福得意之极。

范里长上前道："将孩子放下！乡亲们，我们要修的寿财殿，就在这里。在破土之前，我们先为第一个小寿星祝寿！大家说好不好？"

一人道："我说这样，把小男寿星的衣服脱光，赤裸裸地放在这里，我们赤诚地祝他活一千岁！"

众道："好，脱光衣服，就是排除一切，高高兴兴地去当神仙！"袁大爷和范里长，给孩子脱衣服垫底，将孩子放衣服上。范里长道："为了寿辰殿，我们为孩子祝寿！"话音刚落，小男寿星的尿就冲到范里长袁大爷脸上。

众欢呼起来，鼓掌道："太灵了！真是小神仙！"……

熊里长的队伍赶到，见众人欢呼，熊里长道："范里长！"

范里长道："熊里长，你好！"

熊里长道："范里长，你们这是干啥？"

范里长道："我们在这里修寿财殿！你们来干啥？"

熊里长道："我们也是来修寿财殿！你们修在哪里？"

范里长指点道："修在这里！"

熊里长上前一看道："我们也是修在这里呀！"

范里长道："不对哟，这是小巫师为我们指定的位置！"

熊里长道："我们的位子，也是小巫师指定的！"

范里长道："你是不是记错了？小巫师叫我们午时破土！"

熊里长道："小巫师也叫我们午时破土！"

范里长道："这就怪了！"

熊里长道："小巫师是非常认真负责地，为我们选这块宝地！大家说是不是？"

熊里长的人道："是！"

范里长道："小巫师也说这块风水宝地是我们的，乡亲们，是不是这样？"

范里长的人道："是这样的！"

熊里长道："小巫师说我们的人在这里做生日，可以活四、五百岁，可以发大财！"

范里长道："小巫师说我的人这样做，可以活八百岁，金银如山！"

熊里长道："那怎么办？"

范里长道："怎么办，这是我们的宝地！"

范里长的人道："对，这是我们的宝地！"

熊里长道："不对，这块宝地是我们的！"

熊里长的人道："这块宝地是我们的！"

范里长道："熊里长，我请你们理智一点！"

熊里长道："最大的理智，就是请范里长带人回家！"

熊里长的人道："范里长，回家去！"

范里长道："凡事都有个先后，我们比你们先到！请你带上你的人回去！"

范里长的人道："熊里长，回家去！"

熊里长道："呃，你硬是要和我们鱼死网破哇？"

范里长道："鱼死网破又怎么？鲜血长流都不怕！乡亲们，是不是？"

范里长的人道："是！"

熊里长道："为了世世代代的长寿发财，为了这块宝地，就是付出生命，也是值得的！大家说是不是？"

熊里长的人道："就是！"

熊里长那边的一山妖道："弟兄们，杀呀！"

范里长那边的一个山妖道："兄弟们，拼了！"双方红眼相对，一触即发。……

范里长和熊里长同时喊道："弟兄们！……"

赵公明仍隐蔽其身份，吼道："住手！弟兄们，不要上当！请大家想一想，同一个小巫师，为你们两个乡里的老百姓修寿财殿，选择了同一块宝地？为什么？他是为了让你们互相残杀！"

山妖的头人道："老乡们，不要听他的！他是别有用心，看到你们要长寿发财，他得不到，嫉妒你们！老乡们，为了自己的幸福，杀呀！"

双方群众吼起来："杀呀！"

赵公明迫不得已亮相吼道："住手！乡亲们，我是赵公明！"

"赵公明！"众一听，立即停下来，望着赵公明。赵公明道："父老乡亲们，他们是当初鬼国的残余势力，这个人是他们的头人，小巫师是他的部下！挑起你们相互残杀，让你们的鲜血流到味江河，以达到他们东山再起的目的！"

狗急跳墙的头人道："弟兄们，杀呀！"

赵公明道："乡亲们，找个安全的地方躲起来！我的兄弟们，消灭鬼国的残余，为保卫乡亲们的安全，杀呀！"战场拉开了——龙王变成一条龙，穿行于人群中，四支脚爪见山妖就抓，再抛向空中，致使无数山妖身亡；

麻姑一升天，十个山妖刺向百姓的十把刀，立即飞过去围绕麻姑的两支手臂转圈，待麻姑落地后，再一挥手，十把刀飞向十个山妖，或砍头，或刺肚；

金霄一跺脚，将几个山妖手中的刀抖落地，再一抬脚，几个山妖被踢下崖；

银霄一转圈，将山妖手中的刀吸到身上，再翻个跟斗，刀向山妖们飞去，又是断颈，又是破肚；

碧霄一声吼：嗨哟——口中飞出一根银丝，围绕一个个山妖窜动，并将十余个山妖绑成一大捆，再嗨哟一声，十余个山妖被一齐抛至崖下；

周明恢复黑虎形象，吼叫着穿行于山妖中，咬住山妖就摆头，将其甩至崖下，又仰着身躯往前滑行，四支脚见山妖就登，将山妖一个个地登下山崖；

赵公明则升空大吼，口中飞出无数的箭，将山妖一个个射死。身上射出无数闪闪发光的红线，将无数山妖刺死。又双手一抬，几十个山妖腾空旋转，直至消逝。然后，赵公明一吼："头人，小巫师，哪里逃！"手中进出的一根金丝至很远很远的地方。……赵公明落地片刻，银丝捆住的头人、小巫师便落到面前。赵公明道："乡亲们，残余的山妖全部消灭了，你们看看有没有受伤的？"

范里长道："赵大哥，我们的人一个也没受伤！"

熊里长道："赵大哥，我们的人全在！"

赵公明道："你们看看这两个人！"

范里长熊里长一齐道："小巫师！这个就是小巫师！"

赵公明道："小巫师，你为啥要骗大家？"

小巫师道："是他！他是我们的头人，他叫我欺骗百姓，让百姓互相残杀，再借机杀死赵公明！"

愤怒的群众吼道："杀死他！杀死他们两个！"赵公明手一指，头人和小巫师惨叫着落入深渊。

范里长熊里长道："我们上当了！我们错了！"

赵公明道："乡亲们，上当，是天大的错误！相互间为了追求和需要，就互相残杀，是更大的错误！我说的对不对呀？"

众道："对！"

赵公明道："父老乡亲们！"他的手在空中一挥，一捆不同的树枝显于手中，他说道："大家看，这是不同的树种，对吧！"再一挥手，一捆树枝栽于土里！先后五次，五捆树枝稳稳地根植于大地了！瞬间，五捆不同树种合抱而生的树，开出不同的花朵来！人们兴奋起来，纷纷观赏道："哎呀，灯笼花！""你看，海棠花，马桑花，红椋子！""这儿还有，毛叶忍冬，金花小蘖，灯台树，八仙花！"……

赵公明道："乡亲们，这不同的树种，只因为它们共同植根于土里，又亲热地抱在一起，才会开花结果！是不是？"

众道："是！"

赵公明道："我们人呢？"

众道："只有团结友爱，才能幸福美满！"……

钱旺才道："这不同树种合抱而生的五株树，至今仍花叶茂盛，硕果累累，赵公山人取其俗名——赵公柴！普遍视其为植物奇观，千古之谜！其实，这是赵公明的杰出贡献！其寓意深长，简洁易懂，对社会作出了精妙的注解！赵公明为父老乡亲做了大量的好事，已成为民众心中的英雄楷模！对此，玉皇大帝很满意，便对赵公明采取了一项很得人心的措施：封其为中华大财神！请看'神灯亮坏变好玉帝封神'！"

第二十九回　神灯亮坏变好玉帝封神

赵公山王坟墓岭朝天门大巫师殿侧，有一个灯杆坪，赵公明在此架设起很高的神灯架。点燃神灯，由他和麻姑"三霄"龙王周明等在此轮流值班，目的是为三界众生指路。这就为财富之神的历史，增添了下无数闪光的故事。

这一天傍晚的山路上，走来一对新婚夫妇。他们完成了第一次回娘家省亲，再一起返回幸福之家。新娘背着背篼，艰难地走在前头。新郎则手握一根鞭子，走在新娘的后面，不断挥鞭吆喝着，就像是赶马运货的马帮一样："嘘！……快走！"他一鞭抽在了新娘的头上。"哎哟！"新娘叫了一声，停下来盯新郎一眼。

新郎吼道："你看我干啥？你以为，才当新娘子，就该我伺候你？你错了！女人在男人面前就是牲口，这是祖先的规定！走不走？不走我又抽鞭了！"新娘低头走了！新郎则兴奋地吆喝着吼叫道："嗨哟！我是真正的新郎官！我是专管女人的高手！……"对此，新娘不敢回头，也不敢停步。新郎见新娘走远了，便吼道："站住！你跑啥？有哪个男人在等你吗？"胆小谨慎的新娘闻声即停步！新郎赶来又抽了一鞭道："我叫你跑！"脸上显一条鞭印的新娘张口，却不敢发出叫痛之声！新郎举鞭吼道："你再叫！再叫我又抽了！"新娘极痛苦的脸上泪水长流！新郎盯着新娘转了一圈道："这就对了，泪水可流，哭声不可有！"新娘又低头，原地不动！新郎吼道："你站着等我打吗？往前滚啦！"新娘低头迈步，新郎又吼道："站住！"新娘正要落地的脚又赶紧收回，猛然失去平衡，差点摔倒。新郎一扭一扭地扭过来，一手摸新娘脸蛋道："我问你，在你爹妈面前，为啥不说我半句好话呢？"

新娘道："我背后说你是好女婿！说了好多！"

新郎听了高兴道："这还差不多！"新娘见新郎情绪好转，欲借机将背篼放坎上歇口气。新郎道："呃，你放下干啥？"

新娘乞求道："我求你，我歇……歇口气嘛！"她喘不过气来。

新郎道："你歇不歇气，什么时候歇气，由我来决定！这点你不懂？走！"

新娘痛苦道："好女婿！……你就是这样的好女婿哟！……"

新郎道："谁说我是女婿？我是驯马能手！连你都管不住，我叫啥男人？走！"对着新娘的脚抽了一鞭，新娘跳了几下，盯了一眼，又走了。走到斜坡上，新郎坐地下，故意将一只鞋甩到坎下，惊叫道："我的鞋！……"新娘停下，跑过来道："你怎么了？"

新郎道："你问这问那干啥？妇道人家，把鞋子给本大人捡起来就行了嘛！这点你都不懂？快点捡！"新娘放下背篼，快步捡鞋！

新郎道："我数十下，你捡不回来，老子就要动鞭子了！一、二、三……十！"新娘气喘吁吁跑到新郎面前。

新郎满意道："呃，这还差不多！来，给本大人穿上！"新娘为新郎穿鞋，新郎脚一蹬，使新娘倒地。新郎吼道："本大人的脚是赃的哆嘛，要讲卫生啦！过来，用舌头把这双脚舔干净了再穿！先跪下嘛！"新娘跪下，抬起新郎的脚，不愿舔。新郎吼道："舔啦！"

新娘道："饶了我吧，我求你！"用围腰布为其擦了脚，迅速穿上。

新郎道："好嘛，饶了你这次！记住，这算你欠我的一笔债！拉我起来！"新郎被拉起来，将新娘撞倒在地，新娘痛叫起来！新郎哈哈大笑，高兴地跳起来道："这就是男人，想干啥就干啥！你必须懂这一点！懂了，才对你有好处！"

新娘之痛苦，无权言表，只有默默地流泪。

新郎又凶残起来，道："哟，你又泪水如河呀！好哇，流哇，……不准流到地下，流到你嘴里，吞下去！"他动手捏住新娘的下颚往上抬道："抬高点，泪水也是宝，流跑了不划算！……两滴泪水来了，把嘴张开！……"见两滴泪水流入新娘的嘴里，新郎高兴道："呃，这就对了！泪水的味道，就是幸福味！放心，我当随时赐给你幸福味！"

新娘受到侮辱了，哭得更厉害了！新郎吼道："不准哭！嘿，你用眼流水来控诉本大人，是吧？再哭，我又要甩鞭子啰！……背上背篼，走！"

新娘背着东西，快步走到悬崖边，新郎又叫起来："站住！本大人不想穿鞋子了！打光脚板才安逸！"他脱下鞋，往新娘砸去，并道："给我捡起来！"

新娘背着东西捡鞋子，背上的一酒坛落地打烂，酒水带着香气流走了。新郎一看，惊叫道："酒哇，我的命根子呀！……"趴到地下喝起来！然后，又甩起鞭子骂起来："你个混账，老丈人给本大人献殷勤，你不安逸呀？……错了没有？看我不打死你！……"又甩动鞭子！

新娘被追打着往前跑。

新郎吼道："站住！不站住老子要跳崖了！"新娘站住了。新郎追过来，吼道："来，你也把鞋子脱了，打光脚扳！这就跟本大人平起平坐了！……呃，和本大人平起平坐，你的地位就提高了嘛，很好哇！"

新娘求道："求求你，饶了我吧！我两只脚都生疮了！"

新郎吼道："你的脚生疮有啥了不起？女人为男人死都不怕，你脚痛一下都舍不得！这说明你对本大人不爱不忠！老子要你的命！"新郎边骂边将背篓放下，把新娘推倒在地，吼道："脱鞋！"邦其脱掉鞋，又将其拉起来，新娘红肿的脚触地更痛了，故不断地跳，不断地叫！新郎又使劲地甩开鞭子吼道："看我的鞭子！"不断抽打着！……"哎哟！……"新娘不断躲鞭子，痛哭着，跳动着！……

突然，高处神灯亮了，直照着新郎新娘！并传来优美神祕的吆喝声：

嗨哟！嗨哟！

爱是什么？

爱什么？……

在神灯照射和音乐感染下，新郎新娘原地转了几圈。新郎兴奋激动道："赵公明！赵公明！"又拉新娘道："亲爱的，你看赵公明！"面对凶残的新郎，痛苦的新娘近似麻木呆滞。新郎道："你看见赵公明了吗？"新娘两眼泪花滚滚，疼痛的双脚仍不停地跳动着。新郎心痛了，惊叫道："哎呀，打光脚板？你的两脚生疮哆嘛！我亲爱的，来，我给你穿上！……"新郎坐地下，真情地将新娘抱在怀里，欲为其擦脚穿鞋！突然，他又将新娘放地上，欲趴下去，用舌头舔新娘的双脚！新娘将脚收回来道："你干啥呀，那么赃！"

新郎道："我这样对你，侮辱你，糟蹋你，我向你悔过！"

"我不要你这样！"新娘这样说，仍对新郎投以异样的眼神！

"那我必须伺候你！"新郎埋头为新娘擦干净双脚，并穿上鞋，一抬头，又见新娘怀疑的眼神，便道："你怎么这样盯着我呢？"

新娘道："你不再强迫我打光脚板？"

新郎道："是的，保证永远不再犯错误！"

新娘道："你不要我的命？"

新郎道："我折磨你就是犯罪！是神灯把我唤醒，不全身心地去伺候对方，就不叫爱！这是赵公明不欢迎的！我再不能作那种男人了！亲爱的，拉我一把嘛！"新娘发现新郎说的话都是真的，便起身将新郎拉起来。新郎顺势将新娘抱在怀里，转圈吆喝道："嗨哟，我爱你！……"

新娘也高兴地享受着，然后道："行了，有人来了，多难看！"

放下新娘后，新郎又兴奋地倒地下，望着那盏神灯道："赵公明，我爱你！……"

　　新娘主动地拉起新郎，又为其掸屁股上的泥土："好赃啊！"

　　"哎，别动！"新郎将鞭子交新娘道："来，用这个抽打我，我对不起你！"

　　新娘道："把女人当牲口，这是你们男人的特权哆嘛！"

　　新郎道："那是罪恶的特权，我不要！交给你！"

　　"啊，毒蛇！我不要！"新娘惊慌地将鞭子扔地下，猛地抱住新郎，激动地盯着新郎，"啊"地高叫一声，狂笑起来。新郎与之应和，二人幸福的笑声，换来几个轻快的音符！新郎新娘争抢背篼道："我背！"

　　新郎道："你背它！我背你！"二人的真情换来神祕的吆喝声：嗨哟！嗨哟！……

　　赵公明、麻姑、金霄、银霄、碧霄、龙王、周明笑了！

　　小镇场口，傍晚，一个中年寡妇走出场回家去。跟随寡妇后面的是一个中年男人，杀猪匠，号称屠夫，他似乎对寡妇颇有兴趣。一个瘦弱的小叫花子，躲躲藏藏地跟在屠夫后面，好像对屠夫很有兴趣！

　　走到山路上，寡妇的脚崴了一下坐地，顺眼看见了后面的屠夫。屠夫色眉色眼地笑着，死盯着她。她身上起了鸡皮疙瘩，紧张地四处望了望，没有同行人。天色已快黑，她紧张了，就一拐一拐地加快了步伐。

　　已被发现了的屠夫，干脆就大声地喀嗽一下，又长声吆吆地发出一声划破山林的叫喊："嗨哟！……"他是一个开口就吼叫的人。寡妇一听，毛骨悚然，又加快步子。屠夫追，小叫花子也追！

　　寡妇跑得喘不过气来！屠夫向寡妇靠近道："妹妹，不要怕！我找你说话！"

　　寡妇听了更害怕，又更喘不过气来。

　　小叫花子叫道："叔叔，等等我！我找你有事！"寡妇听到小孩叫，心中稍踏实一点，但仍在跑！

　　屠夫喊道："妹妹，我要你！你跑不脱！"眼看要抓住寡妇了。

　　小叫花子喊道："叔叔，我找你！你休想跑！"猛扑过去抓住屠夫的一只脚，二人倒地，成一条直线。屠夫吼道："你要干啥嘛！"

　　小叫花子道："叔叔，大家都知道你是有钱人！可怜可怜我，给点钱嘛！"

　　屠夫见寡妇跑远了，道："耽误老子好事！滚！"扔几个钱在小叫花子脸上，爬起来又追寡妇去了。坡地上，屠夫追近寡妇了，显出几分兴奋，他笑闹起来："哈！哈！哈！你必须是我的，好乖哟！哈……呃，你怎么跑都好看呢！啊呀呀，妹妹呀，看你累，我心痛呀！"

寡妇不断回头，紧张叫唤："救命啦！有坏人啦！……"

屠夫调戏起寡妇来了："哎呀，听你叫，我就舒坦！要到手了，哈……"

寡妇围着树子躲藏，屠夫步步追赶，并高兴道："妹妹呀，哥哥好想你哟！……白天想你，我就像长了两只死鱼的眼睛，闭都闭不上。看到你好看的身段，我全身发抖哇！晚上想你噻，我睡不着哇！就像丢在地上的鱼鳅，使劲地蹦过去，弹过来！哎呀，我这条鱼鳅快干死了！我，我和你无缘，命苦哇！妹妹呀，你为我想一下嘛，你再不到手，我怎么活哟！"他甚至露"呜呜呜"的哭丧声！

寡妇道："你来……来……我和你拼了！"

"拼？拼在一起就好哇！哎呀呀……"屠夫露出寡妇到手的欢乐，双手张开向寡妇扑过去道："我的花儿，我的叶儿，我的老婆儿，我的肥猪儿，……"结果是，庞大的一身肥肉，直挺挺地趴在了地下！他痛叫道："哎哟，痛死我啰！……"

原来是小叫花子扑过来，又抓住屠夫的脚，二人趴地，又形成一条直线！寡妇见到，抿嘴一笑！

屠夫骂道："哎哟！……你个叫花子，痛死老子！气死老子了！"

小叫花子道："叔叔，我肚子饿！"

寡妇道："小兄弟，来，我有吃的！"

小叫花子跑过去，拿着饼子吃起来，围着屠夫转了一圈吼道："啊！我有吃的啰！叔叔没希望啰！啊！……啊！……"然后，蹦跳着与寡妇往前走去！

屠夫失望道："嘿，狗东西，忘恩负义！拿了老子的钱，还破坏老子好事！"

崖边小路上，牵着小叫花子的寡妇就胆大了，继续往前走去。屠夫跳过去挡路道："陈妹妹，我是屠夫，卖肉的刀儿匠。我爱你的时间好长了！到处打听，知道你男的死了好久，婆家又把你撵了出来，你……你成了寡妇，我也是光棍，无儿无女，我有钱！年龄只差几岁，嫁给我，包你美满！"

寡妇道："你说些啥哟！"

屠夫道："说啥？我想你好久好久了！妹妹，快渴死的我横心了！当着叫花子，我今晚上要在月亮坝抱你，成亲；搞不成，我就追到你屋头，不走了！你不嫁给我，我就死在你面前！"

寡妇牵小叫花子道:"走!"

屠夫猛地抓过小孩,高高举起吼道:"你不嫁给我,我就把他甩到崖底下!"

寡妇小孩惊叫!……

突然,神灯亮,照着三人,并传来神秘的吆喝声:

嗨哟!嗨哟!……

爱是什么?

爱什么?……

神灯下,屠夫放下小孩,又抓住欲跑的小孩,问道:"我在干啥?"

小孩道:"你要把我甩崖底下,整死我!"跑!

屠夫又抓住小孩道:"为啥?"

小孩道:"你要强迫孃孃嫁给你!"跑到寡妇身边,二人欲走。

"赵公明大哥啊,我错了!"屠夫猛地跪下道:"陈妹妹,小娃娃,我对不起你们啦!……我爱陈妹妹,想和你在一起!你还没同意,我就要强迫你,说明我只爱自己,并不爱陈妹妹!我错了!陈妹妹,我对不起你!我真混账啊,差点用小孩子的命,强迫陈妹妹在一起!……是赵公明大哥给了我良心,是赵公明大哥,救了小孩子的命!我向赵公明大哥发誓,我要把小孩当作我的儿子,我要教他养猪,教他当屠夫,靠劳动发财过好日子!"

寡妇与小叫花子耳语,小叫花子向屠夫跑去,叫道:"爹!……"又跪下道:"赵公明叔叔,我好吃懒做,错了!我要照爹说的去做!"把钱还给屠夫道:"爹,我找你要钱,错了!"

屠夫将小叫花子抱在怀里道:"这就对了!零用钱,揣着!……乖儿子!我这个爹,为了自己,把陈孃孃吓死了,我真臭,成了臭猪肉,谁都不要了!来,我们两爷子一起向陈孃孃请罪!"

小叫花子磕头道:"妈,我爹对不起你,儿向你磕头了!"

屠夫道:"你叫错了!陈孃孃还没有嫁给我,你就叫她妈,怎么行呢?"

小叫花子道:"我喜欢她,我偏要认她作妈!"

屠夫道:"你是我的儿,陈孃孃呢,正在考虑嫁不嫁给我,你就叫她妈,你这不是逼迫她嫁给我吗?"

小叫花子道:"我就是要,逼迫我妈嫁给我爹!"

"闭上你的臭嘴!"屠夫对小叫花子大吼一声:"对不起,陈妹妹!这娃娃跟以前的我一样,成了臭猪肉了,请你原谅他!至于我呢,你不嫁给我,我就不当他爹!……啊,不对!我是说,他是你的儿,你又不嫁给我,我就没资格当他的爹！……啊，也不对，一个娃娃，这边一个妈，那边一个爹也是可以的！只是有点……有点不那个！”并与小叫花子挤眉弄眼以暗示。

小叫花子又猛地跪下道："妈，你不嫁给我爹，我就不认你作妈！"

"傻瓜！"凑近小孩耳边道："你不认她作妈，我这个爹就成寡男，你害老子！"屠夫猛地将小叫花子拉起来，送到寡妇身边道："这是你永远的妈！来，双手叉腰，你们两母子就是这级别！我呢，向你们两娘母下跪，一是争取当陈妹妹的儿子的——真资格的——正宗的爹！一是向陈妹妹求婚！"

小叫花子双手叉腰道："好，我看你怎么求！呃，妈，你也把腰叉起来呀！"

小叫花子动手让寡妇叉腰，寡妇又放下手，小叫花子促其叉腰。屠夫道："呃，对了，你是叉腰级别的大娘！"屠夫道："呃，这才对嘛！"

小叫花子道："少废话！你要求我和妈哆嘛，怎么不求呢？"

屠夫道："不要慌嘛！"他吆喝了几声："嗨哟！嗨哟！……赵公明大哥哟，我求我儿子！……呃，求儿子的事情，早都说了嘛！还有啥说的呢？要说，只有一句话，教你作赵公明的人！当然，我自己就要先作赵公明的人！……这个求妹妹嫁给我呢，我就按赵公明的要求做：妹妹家父母姊妹，我供养！我每天挣的钱，全交给妹妹！我要让妹妹不做活路，每天都有打不完的哈哈！我……"

小叫花子道："妈，你看爹有点乖哟！"

屠夫道："我不是有点乖，而是乖得很！……这个这个……还有啥呢？……妹妹呀，你不要理我，我不行！拿赵公明大哥的标准一比，我……我老奸巨猾狼心狗肺猪心猪肝外加不要脸！……"变哭腔调道："你呀，你，你带上幺儿回家去呀，我跪在这里请罪嘛！五天以后噻，我饿死在这里，活该呀！……为陈妹妹死噻，我心甘情愿啦！……唧格哩格唧格哩格唧当！"他又扭动起来

"跪下！"小叫花子大吼一声！

"啊！"屠夫吓坏了，倒地道："啊呀呀，我苦命的人啦！……"

小叫花子笑道："哈！……我的爹呀，好乖哟，哈！……"翻一个跟斗后对寡妇道："妈，你怎么不笑呢？你笑啊！你笑啊！……妈！"他咯吱寡妇。

"哈！……"寡妇发出脆生生的笑声。三人的笑声使神灯闪闪烁烁！山林里又荡扬起动听的吆喝声声：

嗨哟！嗨哟！……

赵公明、麻姑、三霄笑了！

包大爷经营的木材作坊，热火朝天，生机勃勃。突然，一群年轻人冲进来，大吼大闹，使众纷纷停了下来。来者中，又高又大，愣眉愣眼的包大山吼道："包老板，出来！……钻出来！"他是一个结巴，手握一根木棒，必要时，用木棒敲打身边的东西，以补充语言之不足。

包大爷从门外跑来，问道："啥事？有啥事？"

包大山吼道："嘿，你搬家……搬家！搬家！这个作坊归……归……龟儿子的我……我接管了！"舞弄木棒，众纷纷躲避。

包大爷道："这是我包家的山，包家的木材，我包家一手经营的！……"

包大山抢话道："你少放屁！龟儿子的我……我来……管，我拿钱！完了！"木棒打断几根薄木板。

"哎哟！"打断的木板碰上了包大爷的头，但他顾不上，只求道："包老弟，有事我们商量一下！"他是一个胆小的人。

包大山道："商量个……屁！你不滚，就一把火烧……烧了！"他乱吼乱叫，拿木棒乱舞乱敲，使得包大爷乱蹦乱跳，痛苦不堪！

周明龙王二人混于此中。龙王夺过木棒扔地道："呃，你干啥？想吓人吗？"

"你干啥？"包大山的打手们将龙王、周明围起来。

周明道："你横行乡里，霸占包大爷的财产，我对你不客气"

"啊，娃娃家！"包大山捡起木棒舞动道："吃了豹……豹子胆，你龟……龟儿敢和我龟儿……龟儿子作对！"他抓起木棒，歇斯底里地吼叫道："嗨！……"

"少来！"龙王一说，包大山不敢动弹，龙王道："有本事打官司！"

"好！"包大山道："对的！打……打官司！娃娃，走，到……县衙！"

周明道："县令会站在你那边？我才不信！"

包大爷急得团团转，龙王安慰道："不要紧！县令总是讲道理，求公道的吧！"

到了县令府，县令当众询问包大山道："作坊一年要收多少钱？"

包大山道："一百二……二十……万两，遭……雷打！"

县令道："屁话！你一年少报一两，我全部没收！……你准备给我多少？"

包大山道："一年三万……三……三十万！"

县令道："少一百万不谈！滚！"离去。

包大山追道："大人！你龟儿子……好，一百万……就龟儿一百万！"

"啊！这……县令大人，这就是国法吗！"包大爷急得跺脚道。

县令听大笑道："对，这就是国法！我开庭判决，此作坊归包大山所有！"

"啊！"包大爷气晕倒地，龙王周明照顾包大爷，并相互耳语。然后，龙王对县令道："县令大人，但凡打官司，官方必须实地考察，你去考察过吗？"

"滚！"县令往后院走，龙王追上去耳语道："县令大人，你不为自己着想？"

县令停下来，问道："为自己着想，啥意思？"

龙王道："我去看过，那个作坊年产值，如果达到五百万，你就吃大亏了！"

"啊！"县令吃惊后，又兴奋地对龙王道："真是我的好兄弟！我宣布：判决有效！本官也当实地考查一下！退庭，下乡！包大山陪同！"

走到圩上，包大爷伤心道："完了，全部被包大山吃定了！怎么得了啊！"

周明小声道："大爷别急，县令只要下去走一趟，我保证你会好的！"

包大爷道："哎呀，他已判给包大山了！……你们只是好心宽慰我啰！……"

走进山林里，县令道："怎么样，本大人保住了你的利益吧？"

包大山道："是呀！你龟儿的比我……龟儿子的父……父母还亲！"

县令道："好哇，你除了一年给我一百万，每月每日还准备孝敬我多少？"

包大山惊叫道："啊，你龟儿还不……不满足？"

县令道："满足了，就停止不前了嘛！你他妈是靠我得来的，我是靠权力收取，还冒有风险！你不给我加钱，老子判决无效！"

"啊！……"包大山吃惊，想了想，舞动木棒道："龟儿子我不靠你！我龟儿子靠吓人……抢人发，发……发龟儿子的财！"

县令夺过木棒道："你靠吓人发财，犯大法，我抓你！"比杀人的手势，又挥动木棒道："再发给你一口棺材！"

"哑哟哑哟哑哟！龟儿子你……"包大山急得团团转。

县令举木棒逼近，死盯着包大山道："选哪头？"

包大山无可奈何道："哟喂呀！……认了！每月给你……龟儿子一万！"夺过木棒道："哑！哑！哑！老子就当被龟……！"龙王对着二人指了一下，包大山举木棒，将县令打倒在地。县令爬起来，木棒飞到他手里，他一棒将包大山打倒在地。木棒在空中旋转，二人抢棒，包大山到手，一棒将县令打飞至一棵树的上端，悬吊不动。木棒又飞至县令脚前，县令抬起一脚……木棒追踪乱跑的包大山，一棒将其打至另一棵树的上端，且悬吊其上！"救命啦！"二人惊呼，过了片刻，坠落地下，痛叫不已。

打手们惊呆了！龙王周明和众随员，在一旁喜乐开来，包大爷略有些开心！

县令包大山二人爬起来，又一拐一拐地呻吟着往前走。到了池塘边，县令道："他妈的，你我之间，搞些啥名堂啊！"

包大山道："龟儿子的，就像是狗……一条饿狗遇到更饿……更饿的狗！"

县令道："你是条乱咬的疯狗，只吓那些小狗，吓不到戴乌纱帽的狗！"

包大山道："对的，有乌……乌纱帽的狗咬……起来毒……毒得很！"

县令道："毒得很！好，我又要咬了！你只得百分之一，其余全部归我！"

包大山吼道："比我凶……凶一百倍！"

县令炫耀道："哈！不，该凶一千倍！一万倍！老子有权嘛！有打手保镖哇！老子的专业，就是吃你们这些王八蛋！"他好像醉了："你去查一查，像你这种家伙，死在牢房的有多少人！哈！……"他又得意地扭起屁股来！

周明对二人吹了口气，包大山吼道："龟儿子，老子和你拼了！"抱住县令！

县令招呼打手们："来人，杀死他！……"打手们不动！二人吼叫着扭打起来，最后，双双打进池塘，呼叫"救命！"……

神灯亮，配以美妙的吆喝声：

嗨哟！嗨哟！……

爱是什么

爱什么

神灯下，在池塘里挣扎的包大山、县令突然升空落地，均无力瘫倒。过了一会儿，二人同时对着天空道："赵公明！赵公明大人，我看见你了！……"二人同时爬起来，喊道："赵公明大人，是你救了我！我错了！乡亲们，我有罪！……"二人争着向包大爷龙王周明等跑去，又相互碰撞倒地，并叫道："我对不起你们，我有罪呀！……"

包大爷等跑过来，扶他们。龙王道："我们都是赵公明的人，有话慢慢说！"

包大山、县令同时道："我还不是赵公明的人，我是坏人！……"

周明道："明白了就好！一个一个地说！"

包大山、县令抢话道："我先说！"

"哈！……"龙王大笑道："我邦你们说算了！包大哥向包大爷赔礼道歉！从此以后再不好吃懒做，欺凌父老乡亲，对不对？"

包大山道："对！对！对！就这……这个意思！"

龙王道："县令大人呢，从此以后，再不乱用权力，以饱私囊！一心一意为父老乡亲谋福利！对不对？”

县令道：“对！对！对！就是这个意思！”

龙王道：“还有啥？”

包大山道：“我……龟儿子我向以前……欺侮过的……父老乡亲请罪赔钱！”

县令道：“我还要为以前，因贪财而错判的案子翻案，把我所得的钱财，全部退还给受害的父老乡亲！”

龙王道：“还有啥？”

包大山、县令同时道：“争取做一个，标准的赵公明人！”

“欢迎！”众鼓掌！欢跳起来！包大爷道：“我要把收入的钱财，大办慈善事业！”他显得特别年轻！……

传来美妙的吆喝声：

嗨哟！嗨哟！……

赵公明、麻姑、三霄笑了！

山林里，夜。鸡叫——“咯咯咯”的短声，偶尔发出的长声，与人的“嗨哟”声相配合，使寂静的山林略有诗意与活力。这是一个中年男子挑一担鸡，欢快地行走着。鸡约有三十来只，拴成两梱，悬吊在担子的两头。

小神仙在树端死盯着鸡，甩出两根线，将两梱鸡勾上，慢慢地收线，再轻轻地一拉，两梱鸡“咯咯咯”地叫着往空中飘去，引来跳跃性的音乐。

挑鸡人一个仰翻叉，惊叫着倒地，望着空中移动的鸡，他猛地翻身趴地，双手抱头，小声道：“有鬼！有鬼！……”

当两捆鸡快飘至小神仙手中时，在另一端的山神一挥手，将拴鸡的线割断。

两梱鸡又叫着，向挑担人飘去！

挑担人一看，慌张地甩掉扁担，高叫着“有鬼”往前跑着。……鸡的长短叫声在他的后面，且不断地向他靠近。挑担人猛地绊跤，翻身一看，两梱鸡挂在扁担的两端，轻快地向他飘来！他想起身跑，又不敢，只得龟缩原地。……鸡担子移动过来，不知何故，挑担人起身，鸡担子放在他肩上了。……他停了片刻，猛地甩开担子，叫着“有鬼”往前奔跑！……又不知何故，他再度停了下来，当鸡担子再度落在他肩上后，他便高兴地踏着欢快的节奏，哼哈着往前走去。

小神仙道：“山神大哥，你为啥总跟我过不去呢？就几只鸡，有啥了不起嘛！”

山神道："小神仙兄弟，这是老百姓的财产哆嘛！"

小神仙道："老百姓经常到庙宇，向神仙敬供。我小神仙，在他们手中拿走一点，他们肯定高兴！"

山神道："他高兴吗？他喊有鬼，吓得魂飞魄散了！好了，小神仙兄弟，千万不要占小便宜！你占的是小便宜，百姓却是大损失！你需要啥？我一定邦忙！"

小神仙道："唉！……实话相告，这是我妈，想吃点人间的鸡肉！"

山神道："嗨，你怎么不早说呢！小事一桩！跟我走，保证让你满意！"

山林里，夜，七十多岁的老两口，亲热无比地牵着手走来！老头不断地吆喝着打哈哈，且不断对老太道："妹妹，你怎么不打哈哈呢？打呀！……你打一个哈哈，哥哥给你磕一个响头！"

老太盯住老头，铁青着脸道："是不是我一个哈哈，你一个响头？"

老头道："是！我是哥哥哆嘛！哥哥必须将就妹妹噻！"

老太道："我要打了！"

老头跪下道："哥哥跪下哟！唧哩格唧！……"他一张口就离不开哼几下！

"我打了！"老太张开嘴却无声音。

"别动！"老头叫道，站起来，跑过去看老太张开的嘴道："你还不算无齿！"吻了一下，又哼着"我跟妹妹跪呀……唧哩格唧……"欲跪下，老太跑来拉起老头，抱在怀里，瞪大眼睛，吼道："哈！哈！哈！"四只眼睛相对，二人爆发出震动山林的笑声！

一个女鬼怒视着老两口，显得很看不惯！

爱心鬼和土地公公在监视着女鬼，保护着老两口，爱心鬼道："我总担心，女鬼要害两个老人！"

土地道："不要紧！有我们在！"

牵手老两口往前走，老头吆喝着唱道：

嗨哟！嗨哟！……

半夜天上挂月亮

手牵妹妹上山梁

并肩走过六十载

糖水泡我万年长

女鬼手一指，一块大石横在了老两口脚前，不注意就会绊跤；土地吹口气，老两口腾空越过大石，继续往前走。老太唱道：

嗨哟！嗨哟！……

月亮出来照山岩

哥哥穿我做的鞋

红鞋花鞋不准爱

只爱乖妹我好人才

女鬼一吹气，将山沟上的木桥弄断；土地手一指，走到桥上的老两口又飘到沟对面去了。并继续唱着吆喝着，无限幸福地往家园走去！

女鬼跑来，找土地、爱心鬼质问道："你们两个干啥嘛，气死老娘了！"

爱心鬼道："你差点害死老两口，你气死也活该！"

女鬼道："我哪里是要害死他们嘛！我看不惯那两口子的亲热样子！我只想让他们绊一跤！"

爱心鬼道："那么大岁数的人经得起绊吗？绊死了怎么办？"

女鬼道："反正，……反正，我没有想害他们！"

土地调解道："大妹，恕我直言，你在阳间，多半是被你男人气死的！"

女鬼吃惊道："你怎么知道呢？"

土地道："你很爱你的男人，你的男人不爱你！"

女鬼道："就是就是！"

土地道："他虐待你，安心气死你！"

女鬼道："就是就是！"

土地道："你看到亲热的两口子，就想到你的痛苦，就难受！"

女鬼道："就是就是！"

土地道："这是一种病！"

女鬼道："病！啥病？"

土地道："嫉妒病！"

女鬼道："治得好吗？"

土地道："没问题，保证治好！大妹，跟我们走！"

女鬼道："好！"

赵公山最大的开阔地，山神带着小神仙走来；土地、爱心鬼带着女鬼走来。

神灯亮，传来美妙的吆喝声：

嗨哟！嗨哟！……

爱是什么

爱什么

神灯下，小神仙抓住山神道："老哥，我怎么要占小便宜呢？太不像话了！"

众哈哈大笑！女鬼也大笑！爱心鬼抓住女鬼道："嬢嬢，你病好了？"

女鬼笑道："谁说我有病？我没有病！哈……"

众高喊道："赵公明大哥，我爱你！""赵公明神仙，我爱你！""赵公明爷爷，我爱你！"深情的呼喊声，响彻赵公山！燃烧的火把将赵公山照得通红透亮！

着各民族服装的华人向赵公山涌来！……赵公山已成为人们求神拜道、赎罪免灾、去穷致富之神秘地。幸运的人们，把赵公山变成欢乐的海洋！……

玉皇大帝、西王母来了！

道教祖师元始天尊、李老君、张天师来了！观音菩萨来了！

大禹父子、大禹之母和阿娇来了！李冰父子来了！……

天上地下一切人都围绕赵公明转动！……

玉帝宣布："孩子们，赵公明是我三界最好的孩子！朕任命他为第一大财神！"

赵公明道："谢谢玉帝！谢谢祖师诸神！谢谢父老乡亲！肩此重任，诚惶诚恐！吾常想，何为财富？爱，就是最大的财富！爱他人，就是爱自己！爱他人，才是爱自己！大爱，才是取之不尽，用之不完的财富！让我爱的人发财，才是我的最终目的！"天上地下一齐欢唱跳跃道：

爱什么，

爱什么

爱高天，爱长河

爱小草，爱花朵

爱弟弟妹妹

天天为他献上无穷的欢乐

爱姐姐哥哥

事事为他掀起心动的浪波

爱父老乡亲

他们是我行为的中心

他们的需要左右着我

爱他们就是爱自己

爱大家才是爱小我

永远奉献

永不停泊
那才是生命无限的人性之本
那才是滚滚长流的财富之歌